水と光

——アメリカの文学の原点を探る

入子文子　監修
谷口義朗／中村善雄　編

開文社出版

まえがき

悪魔の舌に嘗め尽くされる世界——リアルタイムで送られる大津波の映像を前に、全身の血が一挙に退くのを覚えた。いや過去形でなく、脳裏に焼き付いたその光景は今も同じ戦慄を呼び起こす。東日本を襲った3・11の大震災は、文明の恩恵を無感覚に享受してきた我々に根源的な衝撃を与えた。すでに一九九五年一月十七日の阪神淡路大震災のただ中でその破壊力を身をもって体験していた私は、物質の空しさを思い知らされていた。そのとき以来、価値観に変化をきたしていたが、この度は更に深く、生きることの意味の問い直しを迫られている。

月並みな言葉で〈未曾有〉の出来事と言われる。だが、本当に〈未曾有〉なのか。タイポロジカルな感性に訴えれば、世界創造の時から歴史を直線的に進むこの世の時間は、いずれ終末の時を迎えるのではなかったか。その予兆として旧約聖書は、この世に繰り返され、混沌をもたらす〈未曾有〉の事件を伝えていたのではなかったか。ノアの洪水、バベルの塔の崩壊、はたまたソドムの破滅……と。歴史／物語を繙いてもまた、ホメロスの昔から今に至るまで世界に残酷な破壊をもたらす、戦争という〈未曾有〉の出来事が後を絶たないのではないか。この様相を前にして、今こそ生の原点を見据える時であろう。

この感覚は、アメリカの文学に対しても同様に働く。ピューリタンたちが、慕わしく離れがたいイングランドを後にした背後にも混沌と終末の感覚があった。イングランドのみならずヨーロッパ中に吹き荒れたカトリックとプロテスタントの政治がらみの宗教戦争、それに連動する経済不況が重なった激動の時代にあって、コットン・マザーの言うように、自由と「聖職録」とを取り上げられたイングランドのピューリタンたちがいた。暗澹たる世界にいた彼らイングランド人はこの世の遙か彼方に〈光〉を見つめ、新たな命の源である洗礼の〈水〉を求めて、大西洋という暗い〈水〉を渡った。その群を導いたジョン・ウィンスロップは、オールド・イングランドの先祖伝来の土地の領主としてこよなく愛した〈丘の上の町〉を後に、遙か未開の地に、聖書にもとづいたもう一つの〈丘の上の町〉を建設しようとして出発した。神に捧げる蝋燭の〈光〉を、また人々に希望を与える〈光〉を新たに灯そうとして。

だがここで忘れてならないのは、二〇一二年十二月の某シンポジウムで問題提起したように、ウィンスロップが理想とした〈丘の上の町〉は、聖書にのみもとづいた単なる頭の中の理念的な〈丘の上の町〉ではなかったということだ。ホーソーン流に言うならば、ウィンスロップには同じ土から生まれ、同じ土に埋められてきた先祖たちと同じ土から生まれた自分自身の〈丘の上の町〉があった。三人のアダムを祖先に持ち、祖父、父そして自分が「ロード・オヴ・グロートン」と呼ばれて、実際に住民を治めた共同体、土が土に愛着をもって感応する〈丘の上の町〉であるグロートンの原風景があった。その〈丘の上の町〉には先祖を埋葬する記念碑のある教会や、先祖伝来の屋敷や学校があり、麓のボックス川に沿った林まで緩やかに南下する斜面には、羊や牛が放牧され、小麦が育つ。彼の心の中には、コンスタブルの絵に描かれたサフォークの、イングランドでも有数の穏やかで美しい景観の広がる原風景、祖父が植えたマルベリーの木の下で遊んだ子供時代の想い出を伴う原風景があったのだった。[註1] ウィンスロップは、どこかフォークナーをも思わせるこのような〈丘の上の町〉を存在の根底に持ちながら〈水〉を渡り、ニューイングランドの地で新たに〈丘の上の町〉に〈光〉を灯そうとしたのだった。こうしてアメリカの原点には〈水〉と〈光〉があった。

そこで本書では、〈水〉と〈光〉というアメリカの原点に立ち戻り、アメリカの文学にそれらがどのように反映されているかを探ろうと試みる。ここでの〈水〉と〈光〉はさまざまな意味を内包する。海や川、湖沼、泉、露、霧そして涙といった〈水〉、太陽や月、星、篝火、蝋燭といった〈光〉ばかりでなく、比喩としての四元、森羅万象、自然、世界、さらには超越的な〈水〉と〈光〉をも志向する。光と闇が解き放ち難く縒り合わさったこの複雑な世界の中で、作家が最終的に価値を置くのは何か、生きる上で個人は何に価値を見出すのか、置かれた過酷な外的状況の中で人はどこを見て生きるのか、最も大切なものは何か、などなど、生きることの意味をさまざまな面から模索することを目的とする。

以上は本書『水と光――アメリカの文学の原点を探る』の趣意書（二〇一一年十二月）に最近のシンポジウムの原稿の一部を加筆したものである。この趣意書のもとに十六人の原稿が寄せられた。

副題の一部に、いわゆる「アメリカ文学」でなく「アメリカの文学」と銘打った本書は、「アメリカに関する文学」というほどの巾の広さを有する。「水」と「光」のいずれかを想像力に溶かし込んで各執筆者にのびのびとお書きいただいた論文を、絹の糸で柔らかく緩やかに繋ぐ意図があった。本書の全体は時代順に第Ⅰ部「始まりの時の水と光」、第Ⅱ部「アメリカン・ルネサンスの水と光」、第Ⅲ部「現代の水と光」の三部構成、十六章建てを採る。以下、簡単に各論文の内容を紹介しておきたい。

アメリカは周知のように初めからアメリカだったわけではない。そもそもアメリカ文学史の常識どおり、この国自体が間違いの上に成立している。コロンブスの手元の地図に太平洋や日本は現れていたが、アメリカ大陸は影も形もなく、彼の発見したサンサルバドル島（聖救世主島）は東洋のインドと誤って信じられ、その住民は東洋のインド人、「インディアン」と誤って命名され、今日に至っている。のみならずこの大陸の命名に〈発見〉者コロンブスの栄誉は関与せず、ヴァルトゼーミュラーの間違いのままアメリゴ・ベスプッチにオマージュが捧げられ、その女性形をとって「アメリカ」と名付けられた。真の〈発見〉者コロンブスの栄誉に関しては、その女性形「コロンビア」が南米にある国名とアメリカ合衆国各地の都市名、そしてコロンビア特別区「ワシントンDC」、すなわち「ワシントン・ディストリクト・オヴ・コロンビア」という首都名に辛うじて残されているに過ぎない。

コロンブスによる紆余曲折の〈発見〉の後、積極的にアメリカに手を伸ばしてきたスペインやフランスに遅れて、この大陸に植民地を作ることを夢見たエリザベス一世のイングランドの表象としてサー・ウオルター・ローリーがいる。第1章「塩辛い砂地に麗しい花を探す」で水野眞理氏は、このエリザベスの廷臣ローリーの詩に注目する。ローリーは十六世紀におけるヴァージニア植民事業の主たる推進者ではあったが、自らヴァージニアを訪れることも、事業について文書を残すこともなかった。しかし、ローリーの残した長詩「シンシアへの大洋《オケアノス》の書の最終第二十一巻」には彼のヴァージニアへの思いが読みとれる。それは「大洋《オケアノス》」を自称する誇大妄想狂のローリーが、シンシア＝女王の愛顧を求めてヴァージニア植民に心血を注ぐが、女王の欲望に翻弄されて挫折し、女王の愛顧も失った悲しみの歌であり、言葉によって事態を回復することの不可能性を、なおも詩の言葉を通して語る自己言及的作品である。

入子文子は第2章「『緋文字』をとりまく十七世紀の海」で、十九世紀半ばのロマンス作家ホーソーンがニューイングランド第一世代植民地を舞台にした『緋文字』に描かれる十七世紀前半のボストンの海に注目する。『緋文字』研究において殆ど論じられることのない、どこか謎めいた十七世紀のボストンの海を、作品テクストとウィンスロップの『日誌』とのテクストの鬩ぎ合いの中で読む時、ホーソーンが『緋文字』執筆に当たり、十七世紀前半のボストンにカトリックの信者や神父を受容する素地を見ていたことを明らかにする。同時に海の無法性が逆説的に自由の根源でもあることを浮かび上がらせる。

第3章の巽孝之氏による「アメリカン・ルネッサンスの光と影」は、F・O・マシーセンの画期的な文学史研究『アメリカン・ルネッサンス』（一九四四年）刊行七十周年を迎えた機会を捉え、以後のファイデルセンからディモクへ至るアメリカン・ルネッサンス研究史を再検討する。とりわけリンカーン第十六代大統領がアメリカン・ルネッサンスの中心的肖像として再評価される昨今の傾向に注目し、南北戦争前夜の時代には、北部にとっては南部の制度が、南部にとっては北部の制度が、互いが互いにとっての光と影として、いわば幻影の他者として悪魔払いの対象だったことを解き明かす。

第4章「ポーの水とダークキャノン」は伊藤詔子氏による。ポーの微睡《まどろ》む水は常に死と結びつき、最初期の詩「湖へ」ですでにポーを決定づける弔いの重い水や水中の墓場、宇宙的ナルシズムが描かれる。水はポー的世界の第一元素であり、中でも陰鬱（メランコリー）の同義語であった沼地にポーは深い共感を示し、「眠れる人」の朧な霧、超現実のトポス「夢の国」を生み出し、また「海中の都市」では、アメリカの共同幻想「丘の上の都市」が、死海に沈む悪徳の都、海の墓場に変貌する。しかし、川を遡行して到達する「アルンハイムの領地」では、時空を超えた第二の自然としての水と光の幻想庭園に至り、超現実派画家マグリットに霊感を与えるに至ったと結論する。

ホーソーンの『七破風の館』を論じる妹尾智美氏の第5章「孤独のなかの光」は、従来好意的な評価を与えられなかった隠遁者ヘプジバーの〈孤独〉なあり方に焦点を当て、そこに潜む〈光〉の部分を探る。彼女が身を置いた「館」という一空間を、十六世紀のヨーロッパ及び十七、十八世紀のイギリスで大流行した洞窟建築〈グロッタ〉の考え方、ならびにそれに深く関わる〈グロテスク〉の概念を背景に分析することにより、その〈綺想〉に煌めく夢幻的空間が、彼女に驚くべき力——世間が見落としがちな〈真実〉を捉える深い洞察力——を逆説的に授けた可能性を提示する。

舌津智之氏の第6章「装甲艦の海戦詩」は、メルヴィルの『戦争詩集』（一八六六年）におけるハンプトン・ローズ海戦の表象に注目する。この海戦は、南北戦争中の一八六二年三月上旬、近代兵器としての装甲艦が登場し、それまでの木造軍艦の時代に終止符を打つことになった戦いとして知られている。メルヴィルの詩に描かれた消えゆく木造船は、先行するホーソーンの散文や、半世紀後のハート・クレインの詩作品の光に照らすとき、愛と死の主題を凝縮する官能的な象徴として水上に浮かび上がる。

照明なくして舞台は成り立たず、光は演劇の基本的要素であると考える常山菜穂子氏の第7章「アメリカを照らす光」は、一八八三年に興行師ボロッシー兄弟が、トマス・エジソン協力のもとに上演したスペクタクル『エクセルシール』を取り上げて、白熱電球の発明とスペクタクルという演劇ジャンルの完成との交差点を探る。そこから、十九世紀末のアメリカ観客が、舞台から放たれる電球の光に、国民融合と工業大国の夢を照らし出す希望の光を見出していたことを読み取る。

第8章は中村善雄氏による「メディア論者としてのジェイムズ」である。〈電信〉と、〈電灯〉をキーワードにジェイムズの二作品、『使者たち』と「檻の中」を文化論的視座から論じる。長編『使者たち』については、〈電灯〉と〈広告〉によって、パリがファンタズマゴリックなスペクタクル世界へと変換される様相を探り、中篇「檻の中」については、〈電信〉との接触によって、空間感覚の喪失や、意識の拡張、仮想的世界の構築が惹起される点を問題とする。ジェイムズは当時の〈新しい〉メディアの出現が都市と人間に及ぼす諸問題を小説化しており、そのゆえに彼が時代をリアルに物語る作家であることを明らかにする。

第9章、里内克巳氏の「光を得るヘレン・ケラー」は、一九〇三年に出版されたヘレン・ケラーの自伝『私の人生の物語』を素材として取り上げ、史的文脈も参照しつつそのレトリックや構成を分析する。それによって知識という〈光〉を手掛かりに、自らを発見・確立しようとしたケラーの模索の過程が、文学作品としての自伝に結実していることを示し、同時に、書き手の自己確立・自己表現への志向が、世紀転換期の社会を冷静に見据える感性を育んだ可能性にも考察を及ぼす。

作中に鏤められ具体的に描写されるモノに注目し、コーパス言語学の分析方法を用いて、『白い象たちの山並み』におけるヘミングウェイの真意と巧みな小説技法を読み解こうとするのが、疋田知美氏による第10章「コーパスと文学的想像力で見るジグに訪れた光」である。従来、堕胎をテーマとするリアリズム小説の枠で読まれてきたこの短篇が、実は、目に見えるモノを通して、目に見えない崇高さを志向する、ホーソーンの〈ロマンスの中間理論〉を地でゆくロマンスのカテゴリーで読むことも可能ではないか、それこそが〈氷山理論〉と繋がるのではないかと提言する。

谷口義朗氏の第11章「月の光の下で」は、フォークナーの『乾いた九月』を扱う。ミニーは最後の場面で狂ったように笑い続け、マクレドンは苦しそうに喘ぐ。自らの欲望に従って行為した結果そのような仕儀に至ったのだが、本論ではこの笑いと喘ぎの意味を、まず彼等の住むアメリカ南部の田舎町社会が女性に押しつける女としての役割、またこの社会に受け継がれてきた騎士道精神の伝統が教える、男としての役割というものを、彼らの行為の動因とみなすことから探ってゆく。

第12章「フォークナーとモリスンの奴隷制表象と愛の曙光」は山下昇氏による。フォークナーとモリスンという、時代背景、人種、ジェンダーを異にする二人の作家の代表作『行け、モーセ』と『ビラヴィド』の、奴隷制表象の特徴を明らかにする。フォークナーの視点は白人男性であるアイク・マッキャスリンを中心としており、良心的であろうとしながらも果たし得ない彼の愛の不可能性に焦点が当てられる。一方モリスンにおいては黒人たちがいかに過酷な生を強制され、その遺産に苦しめられているかを描出している。双方の作品を相互参照しながら読むことによって、それぞれの作品理解が深まり、作品に埋め込まれた愛の希望の曙光が見えてくる。

吉原あけみ氏は第13章「アン・モロウ・リンドバーグと海」において、一世を風靡した飛行士リンドバーグの妻、アン・モロウ・リンドバーグの人生と、今も読まれ続けている彼女の珠玉の小品『海からの贈り物』との関連を探る。数ある自然の中からタイトルとして特に「海」を選んだ理由は、彼女の過ごしてきた実人生の中で常に「海」と関わりがあったことに起因する。「海」がどのような形でアンの人生に関わってきたのかを、自伝を用いて追う。

テネシー・ウィリアムズの演劇と日本の歌舞伎の接点に関心を抱く古木圭子氏は、第14章「テネシー・ウィリアムズの『牛乳列車はもう止まらない』にみる光と影」で、ウィリアムズの作品の光と影の逆説的側面に注目する。光は生命を象徴すると同時に、現実の過酷さをさらけ出して登場人物を死へと誘う破壊的要素を内包する。光と対峙する影もまた、死を象徴すると同時に、登場人物の生命を保護する肯定的イメージを有する。ウィリアムズ戯曲に現れる光と影、そして海のイメージが、どのような点において人間の生と死という問題を具現化しているか、さらにそれらが後期の戯曲『牛乳列車はもう止まらない』において、どのように日本演劇を採り入れた実験的技法と結びついていったか、という点を明らかにする。

第15章は石原敏子氏の「絵本の棚から見えるアメリカ」である。広大なアメリカ合衆国の国土を彩る、多様性を極めた自然の風景は、アメリカで出版される数多くの絵本に映し出されている。本論では二十世紀後半から現代にかけて出版されてきたこの分野における百冊以上の絵本を観察し、そのうちの五十冊を紹介して考察する。そこから、子どもと大人の読者を対象にしたこれらの絵本が、文学的媒体として果たす役割を導き出す。

最後を飾るのは武藤修二氏の第16章「シルヴィア・プラスの海と自伝神話化」である。シルヴィア・プラスは九歳までの幼児期を祖父母の住む海岸で過ごし、“OCEAN 1212-W”と題する短い自伝に書き記した。それは「ガラス瓶に封入された船」であり、「飛翔する神話」であると結んでいる。タイトルの聴覚的呪文性から魔術性、そして自伝の神話化への経路を辿り、海の波打ち際がいかに重要となったかを論じる。また疎外意識の克服として海辺で発見した「選び」の神話的偶像の持つ意味などを摘出する。

以上のように「水」と「光」をさまざまな角度から眺めてとらえた本書が、改めて「アメリカの文学」を考える契機となれば幸いである。しかし、残る課題がある。「水」と「光」が圧倒的な力で迫ってくる「創世記」第一章一節から五節の考察である。訳は『新共同訳聖書』を参照した。

初めに、神は天地を創造された。地は混沌であって、闇が深遠の面にあり、神の霊が水の面を動いていた。神は言われた。「光あれ。」こうして光があった。神は光を見て、良しとされた。神は光と闇を分け、光を昼と呼び、闇を夜と呼ばれた。夕べがあり、朝があった。第一の日である。

ここから、世界の根源に「水」と「光」があることが読み取れよう。偶然とはいえ、不思議なコインシデンスだ。本書の題名を『水と光』に定めたのは、アメリカの特殊性を思い巡らせた結果であって、聖書のこの箇所を念頭に置いたわけではなかったからだ。だが「水」と「光」は、後思案としてのタイポロジカルな発想であったとしても、アメリカの文学の原点を「世界」の根源に重ね、我々の生き方とも連動させるには、ふさわしい語であろう。

もう一つのコインシデンスが、本書の二つの露の玉のカバー写真との出会いだ。書名を考えていたある日、『読売新聞』を手に取るや目に飛び込んできたのが、コラムの芭蕉の句「今日よりや書付消さん笠の露」に添えられた写真、緑の葉にきらりと光る二つの露であった。コラムを担当する長谷川櫂氏によれば、笠の書付は「同行二人」の文字で本来は仏と二人の意。芭蕉はこれを「曽良と二人」という意味にしたという。「同行二人」は「キリストと二人」とも、その他、人それぞれの解釈を可能にする。これだ！　表紙に使う図案は即座に決まった。二〇一一年八月二十六日のことである。今にして思えば、露は水の面に揺らめく光であり、別れの涙であるばかりか、日々世界に新たな命と希望をもたらす水である。

さて、本書の出版に際してはさまざまな方々のお世話になった。まず、それぞれの大学内外の公務に削られる、あるいは執筆活動に投入されるべき貴重な時間をさいて力作をお寄せ下さった執筆者の方々に、敬意と謝意を捧げたい。同時に、昨今の厳しい出版業界の事情にもかかわらず、本書の出版を快くお引き受け下さった開文社の安居洋一社長に、心よりお礼を申し上げたい。氏の適切な助言と寛大で強い励まし、そして煩瑣な実務的労力の提供がなければ、本書の完成はあり得なかった。

また、関西大学からの「記念論文集等刊行補助金」は、出版費用の一部に当てさせて頂いた。その申請に当たっては関西大学出版部出版課の門脇卓也氏のお世話になった。記して感謝する。さらに、カバーに用いた写真は上記の読売新聞社のご好意による。

最後になってしまったが、本書の編集に加わり、また査読者として、煩雑な仕事の労をお執りいただき、ご多忙にもかかわらず丁寧に出版を推進して下さった谷口義朗氏と中村善雄氏に感謝の意を捧げたい。

註1　日本英文学会関西支部大会（二〇一二年十二月二十二日　於京都大学）シンポジウム「英米文学の慰め」における入子の発表、「『緋文字』のウィンスロップ——もう一つの〈丘の上の町〉」の草稿にもとづく。

二〇一三年一月吉日

入子　文子

目次

第Ⅰ部　始まりの時の水と光

第1章

塩辛い砂地に花を探す
——ローリーの「シンシアへの大洋《オケアノス》の書」とヴァージニア事業——

水野眞理

十九世紀の文筆家キングズレー（Charles Kingsley）をして「全能の神の思慮のもと、この一人の男にアメリカ合衆国全土はその存在を負っている」（18）とまで言わしめたウォルター・ローリー（Walter Raleigh）であるが、彼は皮肉にも、自らが手がけたヴァージニア植民地を目にすることはなかった。何度も個人の資金で船団を送りながら、さまざまな事情でローリー自身が大西洋を渡ってヴァージニアへ赴くことは叶わず、またローリー自身がヴァージニアについてまとまった文書を残すこともなかった。我々の知るローリーのヴァージニア植民の姿は、派遣された人々による報告と、その後の考古学的調査から再構成されたものなのである。

本稿は、ローリー自身のヴァージニア植民への思いをエリザベス女王との関わりの中に見出そうとする試みである。その根拠となる資料として、ローリーの残した最も長い詩である「シンシアへの大洋の書の最終第二一巻」（"The 21th and Last Booke of the Ocean to Scinthia" 以下「シンシアへの大洋の書」と略記する）を取り上げ、自らを「大洋《オケアノス》」になぞらえたローリーが月の処女神シンシアになぞらえられたエリザベス女王との関係を歌いつつ、果たせなかったヴァージニア植民への思いを歌いこんでいることを論証しようとするものである。

1　ローリーとロアノウク (Roanoke) 植民地

ヴァージニア植民の経緯に関しては報告文書も多く、既に膨大な研究があるが、ここでは当該の詩を見ていく上で必要な要素、ローリーがいかにヴァージニア植民に執着していたかという点に絞って、時間軸にそって概観しておきたい。[1]

ヴァージニア植民地の出発点は、ポルトガルに掌握されたインド洋も、またスペインに掌握された中南米も経ずに、イングランドから新大陸の北側を抜けて中国・アジアに至る「北西航路」の探索にあった。同時にイングランドは新大陸に勢力を確立していたカトリック国スペインに対抗して、新大陸に橋頭堡を持つことで海陸の両方からスペインに打撃を加える可能性を探っていた。さらに、人口増、ヨーロッパへの銀の流入に起因するインフレ、食糧不足、毛織物製品の供給過剰などに対する一発逆転的解決として、新大陸への植民と物資の入手が画策されたのである。

それはギルバート (Humphrey Gilbert) が一五六五年、女王エリザベスに北西航路探索の許可を求めて出した請願、一五七六年にそれを活字化した「カタイへの新航路の発見に関する論」(*A Discourse of a Discouerie for a New Passage to Cataia*) に始まる。ギルバートは自身とエリザベス女王および、カタイ会社の出資によって、フロビシャー (Martin Frobisher) 一行を新大陸に送った。フロビシャーの一五七六年、一五七七年、一五七八年と三度の航海は、北西航路の探索に加え、新大陸産の有用な鉱物資源の探索、居留地を残す試みをも目的としていた。フロビシャーの第三回航海は一五隻からなる船団によるものであったが、内部紛争のためにこの試みは頓挫し、金鉱物と思われたものも愚者の金、黄鉄鉱であることが判明すると、航海に投資したカタイ会社がフロビシャーを訴える結果となった (*CSP* Col. 122 Domestic Eliz. CXXX, 17)。

しかし、エリザベスの新大陸への関心は衰えることなく、ついに一五七八年にはギルバートの請願に応えて、地上の未所有の土地を発見し探索し、占領する勅許を出した。これに基づき、ギルバート自身が北西航路の探索とともに、スペイン船への私掠を目論んで三五〇名を率いて航海に乗り出したが、この時は装備と規律の欠如から本国に戻ることを余儀なくされる。ギルバートの異父弟ローリーもフォルコン号を調達して参加したが、アフリカ東端沖のカボ・ヴェルデ諸島から先へも進めずにプリマスに帰港した。

一五八三年六月、ギルバートは五隻の船に二六〇名を乗せて再び出航した。この航海にもローリーは自らの名を冠した二〇〇トンのバーク船を調達したが、自ら渡航する許可は得られず、出航したローリー号も糧食の欠乏や病から中途で帰国している。ギルバート一行はニューファウンドランドの漁師町セント・ジョンズに至り、ニューファウンドランドを女王の名のもとにイングランド領と宣言している。しかし、同年九月、帰路の荒海でギルバートは部下の忠告を無視した結果、溺死した。[2]

宮廷で急速に女王の愛顧を伸ばしつつあったローリーが異父兄ギルバートの企図を引き継いだのは当然といえるだろう。ギルバートに与えられたものとほぼ同文の勅許状が一五八四年三月ローリーに与えられた。[3] 同年には、ローリーの要請によりハクルート (Richard Hakluyt) が『西方植民論』(*A Discourse on Western Planting*)[4] を書き、理論面から新大陸への植民を支えた。その根拠は、新大陸の動植物鉱物資源の利用、スペインへの対抗、および、北西航路の確保であった。

ローリーの意図を受けた新大陸のより南への探検は一五八四年に始まる。この年派遣されたアマダス (Philip Amadas) とバーロウ (Arthur Barlowe) が現在のノース・カロライナの海岸を探検する。彼らのもたらした現地情報を聞いたエリザベスはそこを自らに因んでヴァージニア (Virginia) と名づけることを認め、この命名をもって領有の印としたのである。

ローリーは一五八五年に再び探検・植民の船団を送り出した。今回は遠縁のグレンヴィル (Richard Grenville) を総帥とし、五隻の船が新大陸へ渡る。嵐による離散、座礁などの困難を経て、船団は現在のノース・カロライナ沖に連なる島々に到着。本土の探検なども行われ、先住民との争いを経て、入植の土地として本土に近いロアノウク (Roanoke) 島が選ばれた。この航海には数学者、天文学者のハリオット (Thomas Harriot) が同行し、現地の地図作成に関わったのち、帰国後の一五八八年に『ヴァージニアの新発見地に関する簡潔かつ真正なる報告』(*A Brief and True Report of the New Found Land of Virginia*) を出版している。この書は出資者のローリーに対する報告書という形をとっているものの、現地の動植物の名前、先住民への敬意ある関心、コミュニケーションの重視、といった点でハリオット独自の植民観を示している。ハリオットの報告書は、翌年ハクルートによって再版され、さらに一五九〇年、同行した画家ホワイト (John White) の残したアルゴンキン (Algonquin) 族の生活の水彩画集のド・ブリ (Theodor de Bry) による銅版画と合わせて「大航海」シリーズの『アメリカ』(*Grand Voyages, America*) 第一部として再び出版され、旧世界人の新世界理解を決定づけることとなった (図)。

グレンヴィルは一〇七名を残し、一五八五年八月糧食と人員の補給に本国へ戻る。翌一五八六年の四月に再来する、という約束に反してグレンヴィルが現れないのに住民が痺れを切らし

1585年のホワイトによるヴァージニアの地図（チェサピーク湾からルカウト岬まで）中央よりやや下、長い砂洲と本土の間にロアノウク島が薄赤色に着色されている。
"Roanoke Colony." Wikipedia. Web. 31 Jul. 2012.

ていたところ、偶然私掠船に乗ったドレイク（Francis Drake）が通りかかり、住民を本国へ連れ帰った。グレンヴィルの補給船が入れ違いに姿を見せたのは、人々がロアノウクを去ってわずか二週間後のことであった。グレンヴィルは入植地の存在証明のために一五名という少数のイングランド人を島に残して帰国した。

さらに一五八七年、ローリーは再び船団を前年よりやや北の現在ヴァージニアのチェサピーク湾への植民のために送り出した。今回はホワイトが画家としてではなく、ヴァージニア植民地総督（Governor）という肩書きで船団を率いた。しかし水先案内のポルトガル人フェルナンデス（Simon Fernandez）の反抗により一行は再びロアノウクに降ろされ、ここで入植を試みることになる。一行は一五八六年にグレンヴィルが残した一五名の死を確認し、それがもとで、先住民との不幸な諍いを起こした。また糧食の不足も予測されたため、ホワイトは一一八名を残して本国へ帰航する。しかしながら、一五八七年晩秋に英国にたどり着いたホワイトを待っていたのは、スペインとの緊張関係の中で無敵艦隊に備えた大型船に対する出航停止命令であった。ようやく年明けに海戦向きではない小型船二隻に糧食を積んで新大陸へ向けて出航したホワイトは、途上でフランスの艦船に全てを強奪され、満身創痍で英国へ戻ることを余儀なくされる。

結局ホワイトがロアノウクに向けて再出航できたのは無敵艦隊との戦争が終わって一年半後の一五九〇年三月であった。ロアノウクに戻ったホワイト一行は、クロアトアン（Croatoan）と彫り付けた杭と、クロ（Cro）と幹に彫り付けた木を残して一一八名の人々が掻き消えたのを見出した。戦闘の痕跡もなかったためにこの失踪は大きな謎となった。「失われた入植地」（The Lost Colony）の人々の運命については、波にさらわれた、先住民に殺害されるなどして死に絶えた、先住民の中に吸収された、あるいは別の場所に移動した、など、さまざまな説を生みながらその後長く議論が続いている。[5]

続く一〇年の間にローリーは、ヴァージニア植民からいったん離れるかに見える。一五九二年、女王の侍女スロ

ックモートン (Elizabeth Throckmorton) との秘密の婚姻が発覚し、女王の不興を蒙ったローリー夫妻は一時ロンドン塔に収監される。彼が釈放されたのは、彼の私掠船マードレ・デ・ディオス号がスペイン船から奪った富の分配のためであった。その後一五九五年、スペイン人の噂に刺激され、女王の愛顧を回復する意図もあり、ローリーは自ら南米オリノコ川流域に黄金郷エル・ドラドを探策する航海を行った。そして、失敗に終わったこの探検の弁明を帰国の翌年の一五九六年に『広大で豊かで美しいギアナ帝国の解明』(*The Discovery of Large, Rich and Bewtiful Empyre of Guiana* 以下『ギアナ帝国』と略記)として出版している。また、出版はされなかったが、「ギアナへの航海について」("Of the Voyage for Guiana") と題する文書を恐らく同時期に書いている。

しかし、ローリーは一六〇二年にロアノウクを再び調査すべくメイス (Samuel Mace) を送り出している。この航海は結果的にはロアノウクを調査することなく、現地からササフラスの香木を積み帰るという利益重視型の航海に終わった。さらにもう一度——そしてこれがローリーにとっての最後のヴァージニア関与となるのだが——一六〇三年、メイスと商人ギルバート (Bartholomew Gilbert) にヴァージニアへの航海を行わせている。ギルバートはデラウェア湾で先住民に殺され、帰国した生還者たちは、エリザベスの死後即位したジェイムズ一世のもとでローリーが反逆罪で収監されていることを知ったのである。ローリーの政敵の手によるこのロンドン塔幽閉はその後一二年間にわたる。こうして、ローリーが個人の資金でヴァージニア植民地化を推進する時代は終わった。ヴァージニアがイングランド人により本格的に植民地化され、その後のアメリカの基礎となっていくのは一六〇七年以降、ロンドン会社とプリマス会社とが合体したヴァージニア会社の手によるものである。

2　ローリーの寡黙

以上に見たようにローリーは一五八四年から一六〇三年までの約二〇年間、結果的には失敗に終わるものの、ヴァージニアへの植民事業に継続的に関わり続けた。ところが、この間、奇妙なことに、報告にせよ、弁明にせよ、ローリー自身による植民地関連の文書はほとんど残されていない。ハクルートが根気よく収集した植民活動の資料には、ヴァージニア探検・入植に実働した者たちが出資者ローリーに宛てた報告の類が多数含まれているのに、である。ローリー自身がヴァージニア植民に触れているのは、筆者が確認できた限りではわずか四度、すなわち『ギアナ帝国』の中で二度、書簡で四度、に限られる。しかもそれは彼のヴァージニア植民が終わりに近づいてからか、またはそのはるかに後のことなのである。

『ギアナ帝国』では、一五九五年ローリーがトリニダード島で会ったスペイン人から狡猾にギアナの情報を聞きだしたことが自慢げに語られる中で、彼自身のギアナ探検への関心を隠して、「私はただヴァージニアに入植させた連中の救助に向かっている、と思わせておいた。彼らの間でもこの入植に関しては情報が飛び交っていたからである。実際、もし悪天候によってヴァージニア海岸へ近づくことを妨げられていなければ、私は［ギアナからの］帰途に入植者の救助を行っていたであろう」として、八年も前の「失われた入植地」に触れている（*Discouerie* 133）。ローリーが本気でロアノウク入植者の救助を意図していたとは考えがたいが、少なくともここには、彼が「失われた入植地」に関して罪悪感を覚え続けていたことが露呈している。同書の中でローリーはまた、ギアナ帝国があるとされるオリノコ川流域への主としてスペイン人によるこれまでの探検の歴史を概観し、補足的にフランス人がアマゾン川流域への植民を試みていることに触れて、情報源を「私の船団がヴァージニアから戻ってきたその年に、そこ［アマゾン川流域］から戻ってファルマス[6]に停泊していたフランス船の船長と話した」と説明してい

る (*Discouerie* 145)。

書簡の一通はローリーのヴァージニア植民が最終段階にあった一六〇二年八月、国務大臣セシル (Robert Cecil) に宛てたものである。勅許状によって新大陸の物資搬送の全権を持つ自分に無断で、商人ギルバートがヴァージニアから大量の香木ササフラスもたらしたためにイングランド内でのササフラスの値崩れが起きている、ついてはロンドンへのササフラス搬入を阻止してほしい、と懇願するものである (Edwards 251–52)。一六〇三年、反逆罪のかどでロンドン塔に収監されたローリーは死を覚悟して妻に遺書めいた書簡を送っており、その中で、レノルズという人物に、ヴァージニアからの収益を遺贈している (Edwards 386)。また一六〇八年以降、日付は不明であるがセシルに対しギアナの再探検を願い出る書簡の中で、スペインを刺激しないためにヴァージニア行きを装う計画を記している (Edwards 391)。最後の書簡はさらに後の一六一〇年ごろロンドン塔の中からジェイムズ一世の王妃アンに宛てたもので、ヴァージニア植民に再び関与したいとの願いを添えて塔からの解放を懇願している (Edwards 333–34)。いずれも、質量ともにヴァージニア植民に関するローリーの思考を追うにはきわめて不十分なものといわざるを得ない。

ローリーのヴァージニア植民への執着と相容れないように見えるこの寡黙の理由は何であろうか？　企画の失敗がその理由だとは考えられない。なぜなら、ローリーは一五九五年に自ら行ったギアナ帝国探索が失敗に終わったにもかかわらず、その詳細を翌年に出版して自己弁護を行っているからである。自らがヴァージニアと名づけた土地を皮肉にも一度もその目で見ることがなかったことがその一因であるとは考えられるだろう。だがそれ以外に何か理由があるのではないか。

3　ローリーと水

デヴォン出身のローリーは、その地方の訛りによって自らの名前の [I] 音を発音できなかったため、エリザベス女王からウォーター (Water) と仇名されていた、と伝えられている (Nicholls and Williams 28n)。[7] ことの真偽は確かめようがないが、ローリーをめぐる逸話には水に関連したものが多いことも事実である。女王が歩く先に水溜りを見たローリーが、機転を利かせて自らの外套で水溜りを覆って女王の足が濡れないようにしたところ、この騎士道的なパフォーマンスが女王の心を捉えたという話。彼が新大陸からもたらされた煙草を燻らせていたところ、召し使いが火事と誤ってローリーの頭からバケツの水をかけたという話。これらの些細な話は逸話の域を出るものではないが、周囲がローリーについて抱いていたイメージをある程度集約しているといえるだろう。そこでは水がローリーにとって忌避すべきもの、あるいは迷惑なもの、ととらえている。ローリーが「水」と仇名され、後に述べるように彼が「大洋《オケアノス》」を自称していたことと並べてみると、これらからは、田舎訛りの抜けきらない紳士階級出身ながら、スタンドプレイで女王の愛顧を一身に集め、イングランド人の新大陸進出に避けてとおれない存在であるかに振舞う男への周囲からの嫉妬や揶揄の眼差しを見て取ることができる。

それでは当のローリーは水をどのようなイメージでとらえていたのだろうか。そしてそのことと、彼のヴァージニア植民計画とは、どのように関わっていたのだろうか。ローリーは自らをどのように表出したのだろうか。

4 「シンシアへの大洋の書」の謎

このことを考える上で、彼の詩「シンシアへの大洋の書」がヒントを与えてくれる。運命の転変を嘆くこの書には、水のイメージが散りばめられており、それらを追っていくことで我々はローリーの数少ない自己表出を見ることができるとともに、ヴァージニア植民への思いのかすかではあるが確かな痕跡を見出すことができるのである。

この詩はローリーの生前には出版されることがなく、十九世紀後半になってハットフィールド・ハウスに収蔵されているセシル文書の中から手稿の形で発見され、一八七〇年にハナ (John Hannah) によって他の「宮廷詩人」の作品と併せて一冊として出版された。この手稿の重要な点は、それがローリーの自筆によるものと鑑定されたことである。当時の貴族は通常自作を出版せず、それらは手書きで写されて狭いサークル内で流通するのが一般的であったため、作者自筆の原稿はとりわけ貴重である。

しかし、決定稿や刊本の欠如から「シンシアへの大洋の書」は謎の多い作品となっている。まず、一つの謎はタイトルそのものにある。「シンシアへの大洋の書の最終第二一巻」(*The 21th and last booke of the Ocean to Scinthia*) は21thという奇妙な表記を含んでいる。レイサム (Agnes M. C. Latham) とオウクショット (Walter Fraser Oakeshott) はこれを11thと読み、ジルスン (J. P. Gilson) は "one-and-twentieth" と読んでいる。そして、これが最終巻である、ということに反して、このあとに、「悲しみを扱う第二二巻［または第一二巻］の始まり」として詩形の異なる二一行半の断片が続いている。いったいローリーはどのような完成形を思い描いていたのであろうか。「シンシアへの大洋の書」は未完成で断片的ながら五二二行に及ぶ長詩であり、もしこの詩に先立つ二〇巻分もの詩行があるとすれば、全体は一万行を超えることになるし、レイサムに従って11thだとしても五〇〇〇行を超える。プロットのある物語なら長編詩ということもありうるだろうが、本作のように嘆きの詩行だけで五〇〇〇行を超える作品をローリーが意図したとは考えにくい。大言壮語癖のあったローリーが壮大な詩を創作中であるかのような印象を与えることが21th、または11thと題した理由なのかもしれないが、現在我々が目にすることができる材料からは、確かな結論を導くことは叶わない。

いま一つの謎は、そしてこちらのほうがより重要なのだが、同時に発見された形式の異なる他の四篇も含め、その執筆年代が不明である、という点である。[8] 現在ではローリーの身の上の事件や、アイルランドで交流を持った詩人スペンサー（Edmund Spenser）の作品との間テクスト性などを根拠として、「シンシアへの大洋の書」は一五九二年の夏以降、一五九五年以前に書かれた、というのが学界の一応の共通理解となっている。一五九二年はこの作品の背景をなすローリーの結婚事件、一五九五年はこの作品に言及したスペンサーの『コリン・クラウト故郷に帰る』（*Colin Clouts Come Home Againe*）が出版された年である。さらに、作中の「一二年間まるまるを私はこの戦争に費やした／私のもっとも幸福な青春の一二年を／でも私はそのうちに消耗し、それらの年月は無駄に流れた／この過去から残っているものは悲しみだけ（120–23）」[9] という詩行は、一五八〇年にローリーが臨時侍従官（Esquire of the Body Extraordinary）として宮廷の隅に出現して以来の波乱の一二年間を指すと理解できる。そうであるならば、「シンシアへの大洋の書」は一五九二年の終わりから遅くとも一五九三年に書かれたと推測することが可能である。ここで誤解を避けるために指摘したいのは、秘密の結婚が発覚して一時ロンドン塔に囚われたとはいえ、ローリーの身分が没落したたわけではない、という点である。彼は一五八四年には新大陸植民の勅許とともに錫鉱山総督（Lord Warden of the Stannaries）、一五八五年にはデヴォン海軍中将（Vice-Admiral of Devon）、一五八六年には親衛隊長（Captain of the Yeomen of the Guard）、一五八七年にはコーンウォール知事（Lord Lieutenant of Cornwall）といった地位を矢継ぎ早に与えられ、それらは一六〇三年、エリザベスの死後のジェイムズ一世治下で剥奪されるまで保たれていた。[10] ローリーが失ったのは宮廷内での愛顧、という感情の領域に属するものであったにすぎない。

もう一点忘れてならないのは、この一二年間がローリーにとってまさにヴァージニア植民に心血を注いだ時期でもあったことである。勅許状を受けた一五八四年から「失われた入植地」発見の一五九〇年まで、途中のスペイン無敵艦隊との海戦時を除いて、殆ど毎年彼は船団を新大陸に送り続けている。一五九一年に期限の切れる勅許状を更新するためにヴァージニアに実体としての入植地を確立する必要があったことも、不振の続く事業に投資し続けた一因であったろう。ヴァージニアは（イングランド人にとっての）処女地を意味するとともに、処女王エリザベスに因んで命名されている。これを裏返せば、本作の処女神シンシアはエリザベスを指すとともに、ローリーの思い通りにならないヴァージニア事業をも指すと解釈することができる。この点を、以下に作品本文から確認しよう。

5　「シンシアへの大洋《オケアノス》の書」とヴァージニア事業の挫折

「シンシアへの大洋の書」の詩形は弱強五歩格でABABCDCD… と交互に韻を踏むので、四行連を重ねたものとも解せるが、手稿では連に分けることはされず淡々と行が重ねられている。ところどころで脚韻が乱れたり、線で消去されたりしている部分があり、これが完成稿でなくまだ推敲中のものであることを物語っている。実際その内容はなんらかのプロットや原理にそって構成されているとはいいがたい。大きな特徴は、執拗に繰り返される as … so あるいは as … such の構文と、過去時制文と現在時制文の対比である。この詩は愛顧とその喪失、語り手の経験した幸福と転落の落差を表現するさまざまな直喩の集積であり、ローリーは将来それらをなんらかの流れに合わせて並べ替えて完成に導くつもりであったのではないかと推測される。「シンシアへの大洋の書」が未完稿であることは、しかし、そこから読み取れるものの価値を減じるわけではない。むしろ、完成への過程で削除された可能性のある表現に我々が触れているかもしれないのである。

タイトル「シンシアへの大洋の書」から誤解されがちであるが、この詩の内容は語り手に降りかかる運命の残酷さをかこつものであって「大洋《オケアノス》」から直接「シンシア」へ宛てたメッセージではない。ローリーがタイトルで自らを「大洋《オケアノス》」になぞらえたことには、デヴォン海軍中将 (Vice-Admiral of Devon) の地位を与えられていたこともさりながら、彼が資産を傾けて船を調達し、それらを植民、私掠、そして海戦に提供して、イングランドの海外進出を支えた、という自負が現れていよう。すなわち、自らがイングランドと新大陸を結ぶ媒介である、という隠喩と理解できる。しかし、それはタイトルのみのことであり、本文では一人称の語り手を文字通り「大洋《オケアノス》」と解しなければならない詩行はない。一方、シンシア、すなわち月の女神が処女王エリザベスを指していることは疑いを容れないが、[11] 本文中でシンシアは常に三人称 she で示され、語りかけられることはない。しばしば呼びかけの対象となる二人称の thou がシンシアではなく語り手自身の心を指していることは、この詩の自己言及的な性質を示している。

おお、重い心よ、誰がお前の証人となってくれるか、
どの舌が、どのペンがお前の責苦を綴れるというのか、
確かに存在したおまえ自身の喪の思いのほかには　(147–49)

しかし我が思いよ、もうやめよ、終止符を打て、運命に譲歩せよ
嘆きの声も悲しみの音ももうかすれてきた　(474–75)

　また、この詩はローリーの海洋人生に降りかかった不幸を隠さずに嘆いてもいる。一五九二年、秘密の結婚の発覚の前に、ローリーはスペインの新大陸における本拠地パナマの襲撃の指揮を女王から委任されていた。女王も資金と二隻の戦艦を提供し、その一隻を旗艦としてローリーに指揮させるはずであった。ローリー自身も借金をして女王の二倍の資金と一隻の船を提供した。ところが諸般の事情で出航の準備が遅れると女王がこの企画に疑念を呈し始め、ローリーにはパナマへの途上でフロビシャーと提督を交代する命令が出されたのである。ローリーは莫大な出費を負いながら、パナマ襲撃に加わることは叶わなかった。「シンシアへの大洋の書」にはそのことへの恨みが綴られている。

黄金と、称賛と、栄誉を得ようと新しい世界を探すため、
欲望を試し、遠く隔てられた愛を試すために
私が出航したところ、彼女は書きつけをよこした、
それは一万隻の艦船よりも強力なものだったが、
私を呼び戻し、大いなる栄誉の思いを捨てよ、
私の友、私の財産、私の挑戦を捨てよ、
私があれほど長く温めてきた企みを捨てよ、
そして心配も安楽も気にかけるなと。(62–68)

しかし、第六二行は語り手が「新しい世界を探すため」に出航したと述べており、そこにはローリーのパナマ襲撃不発のみならず、一五九二年にいたる彼の新大陸事業の全て——特にヴァージニア植民——の挫折も想起されていると考えられる。たとえばロアノウクに置き去りにされた植民者たちの救出を阻んだのは、無敵艦隊との海戦を控

えた国家の方針としての大型船の外洋航海停止であった。皮肉にも、女王＝処女神シンシアが処女地ヴァージニア植民を阻害したのである。

　語り手は過去の愛顧の喪失と現在の不遇をさまざまな暗喩・直喩を用いてかこつが、そこで我々の眼を引くのが、「大洋《オケアノス》」というタイトルでの自称とは裏腹に、水の不吉なあるいは不快なイメージである。

水嵩の増した流れの泥に埋まり、
……………………………………
自責の念に殺され、悪夢にうなされ、
期限のない悲しみ、終わりのない不興、
実もたわわな木々から、私は萎れた葉を集め
みじめな手でちぎれた穂を摘む
かつてはずっしりとした麦の束を抱えたこの私が
今や塩辛い砂地に麗しい花を探すとは　(17, 19–24)

通常の植物の生育しない「塩辛い砂地」(brinish sand) に花を探す行為は、ローリーが女王の好意を回復の望みなしに求め続けることを意味している。しかし、この海岸のイメージは、ローリーの求めたヴァージニアから引き出されたものではなかったか。ヴァージニア自体がローリーにとっては塩辛い砂地に捜し求める花ではなかったか。それが否定的な感情を持って用いられていることには注意する必要がある。それをさらに補強する詩行を引用しよう。そこで語り手は、新大陸探検・植民に勇躍する男たちではなく、母国イングランドから遠い新大陸で、死んでも死に切れない思いを持ちながら滅んでいった人々に自らを重ねている。

私の希望は視界から失せ、強いられた風により
見知らぬ国に、遠い土地に送られて、
岸辺にひとり、打ち捨てられ、友もなく、
満身創痍で、死の冷たい発作にとりつかれ、
愛が、時が、運が破滅させて
もはやうごめくこともできないのに、それでも埃にまみれてうごめく者のようだ　(87–92)[12]

これらの詩行にも我々はロアノウクの「失われた入植地」を想起することができる。一五八七年にホワイトがロアノウクの入植地に残した一一八名が救出されずに消滅したことが無敵艦隊戦を挟んで二年半後の再訪で確認された事件は、出資者ローリーにとっても長いトラウマとなっていたことを、これらの詩行は露わにする。この間のローリーの焦燥は察するに余りある。

瀕死の状態でまだ動こうとする者のイメージは、植民事業に失敗しつつ、女王の好意を失いつつも諦めきれないローリーの自己をもとらえている。次の例では死体と水車に喩えられた語り手の精神は妨害する力に抗い、敗れ、そして繁栄の残像だけが残る。

虐殺された死体が
魂は去っているのになお生温かく、
自然の力によってまた動くように
……………………
また、水流が逆向きになっても

水車が落ちる水の力で無理やり回され
しばらくは軸を中心に回り続けるが、
ついに勢いを失って静止するように、
そのように、私の打ち捨てられた心は、私のしおれた頭は、
かつて享受した喜び全てを亡くした未亡人だ　(73–75, 81–86)

男性である自らの敗北した精神を「未亡人」という女性名詞に喩えることによって、ローリーは持ち前の攻撃性すら失った自己の表出に成功している。このことは、一五九二年時点で五九歳になるエリザベスが未婚の女王であり、男性の支援を欠くという国民の不安ともかすかにつながっているだろう。
別の詩行ではローリーは女王の好意を得ていた幸福が失われるさまを溶けるつららの直喩によって、痛苦に満ちた身体感覚として表現する。そして融氷のイメージはさらに、春の雪解け水による洪水と海の隠喩を誘って降りかかる不幸を詠う。

ちょうど太陽が異例の暖かさで照りつけるときの
冬の日のつららのように
そのように私の喜びは溶けて人知れぬ涙となった
そのように私の心（臓）は壊れて消耗性の滴りとなった。
一年の季節が長けて
降り積もった雪が山々の頂上から
突然の流れとなって処々の低地に溢れるように、
そのように時は私の絶望をさらに増やし、

悲しみの流れと苦痛の大海が
私のあらゆる希望の堤防を圧迫し
私の心を不幸の淵に沈めたのだ。(132–42)

このように「シンシアへの大洋の書」において、水の力はしばしば暴力的、破壊的なものとしてとらえられている。水は"Water"と呼ばれたローリーではなく、むしろ苦痛の原因である女王の圧倒的な支配力を表現する。次の詩行が示すように、ローリーの内心では女王の欲望を巧妙に操作してきたつもりであったが、それは永続的なものとはなりえなかった。

ちょうど水の流れがかつて流れていたもともとの流路から
強い力で囲い込まれていても、
どこか小さな裂け目やゆるんだ部分から
漏れ始めて、ついには流出路を形成し
抑制していた堤を突然引き裂いて
荒れ狂い、結局もともとの古い流路を
滔々と流れるように、
女の愛の痛い代償はそのようなものだ　(220–27)

この詩の本文には自らを「大洋」と呼ぶような誇大妄想は見られない。「水」がローリー自身の要素として言及されるとき、それは雨の雫といった極めて弱弱しいイメージでしかない。高い代償を払って手に入れた繁栄が一瞬にして失われるさまは次のように表現される。

それはちょうど、小さな雨滴が
十上がった大地に落ちても、熱で乾かされてしまい、
涼しくする湿気などまったく見られず、
水分の痕跡さえ残らないようなものだ　(237–40)

「シンシアへの大洋の書」の結末で語り手は、再び自己言及的に「心と心を結んだ絆を時が絶ってしまったのだから／言葉でそれを結びなおすことも、嘆きでそれを再生することもできない」(480–81) と、運命の前に文学が無力であることを認め、自らに諦めるよう諭す。そこで用いられるトポスは、ヒーローとの逢瀬のためにセストスへとダーダネルス海峡を泳ぎ渡り、嵐の夜に溺死するリアンダーの伝説である。

高山の頂に杉の木生うるところ、
その岸に荒れ狂う海が打ちつけていた。
杉の木は、自分たちからはるか離れた
お前の希望の港を見つけるための印だった。
リアンダーがかつて足繁く訪れたセストスの岸に
ヒーローは恋人を導く明かりを置いていない。
お前は明かりを探すが甲斐なく、嵐が起こって
お前が死にゆく間彼女は眠っている、かつてお前の危険を案じた彼女が。
だからもうがんばるのは止めよ、お前の疲れた目を下に向けよ、
お前の目がお前の心をこれらの嘆きへと導いたのだから。(483–92)

この伝説は一五九八年にマーロウ (Christopher Marlowe) の未完の詩『ヒーローとリアンダー』(*Hero and Leander*) として出版され、同年チャップマン (George Chapman) が完成して英語圏で有名になった。しかし「シンシアへの大洋の書」の執筆時点で知られていたのは六世紀のギリシア詩人ムサエウス (Musaeus Grammaticus) による長詩と、オウィディウス (Publius Ovidius Naso) の『名婦の書簡』(*Herorides*) 18–19 によってであった。前者ではヒーローが灯した明かりは嵐に吹き消され (26)、後者はリアンダーの到着が遅いことをヒーローが案じる場面で終わっており、明かりが消えた原因への言及はない。それに対し、ローリーはヒーローが明かりを灯さず、眠っている、と脚色を加えることで女の無情の犠牲になる男のドラマへと伝説を書き換えた。ローリーはリアンダーのごとく波間に沈んでいくというイメージで自らを見ている。海を渡ろうとして挫折するリアンダー、それはヴァージニアを見ることなく事業の挫折を味わった「疲れた男」ローリーそのものではないだろうか。そしてローリーがここに込めているのは、この挫折の原因がエリザベスにある、という恨みではないのだろうか。

ここで我々はローリーがヴァージニア植民の出資者でありながら、それについてひどく寡黙であったという事実を思い出さずにはいられない。もし、事業の挫折の原因が女王にある、とローリーが考えていたとすれば、彼の寡黙は当然のことだと考えられるのである。「シンシアへの大洋の書」は、秘密の結婚の発覚による女王の不興を嘆くだけの詩ではない。それは、「大洋《オケアノス》」を自称さえする野心家で誇大妄想狂のローリーが、女王の愛顧を求めてヴァージニア植民に心血を注ぎ、それが女王の欲望に翻弄されて挫折し、女王の愛顧も失いながら、言葉によって事態を回復することの不可能性を深く知っていたことを、それでもなお詩の言葉を通して語っているのである。

註

1 この経緯の記述は複数の典拠に基づいているが、特に Moran, Trevelyan, Quinn に多くを負っている。

2 ヘイズ (Edward Haies) による報告が残されている。(Hakluyt, *Principall Navigations* 679–97)

3 勅許状の骨子は「わが信頼し愛する家臣、紳士ウォルター・ローリーおよび末代に至るその相続者に対し、いかなるキリスト教君主にも領有されておらずいかなるキリスト教徒にも居住されていない異教の野蛮な土地、国、そして領土をも探検、探索、発見、視察する自由と許可を与える」(graunt to our trusty and welbeloved servant Walter Ralegh Esquire, and to his heires and assignes for ever, free liberty & licence from time to time, and at all times for ever hereafter, to discover, search, finde out, and view such remote, heathen and barbarous lands, countreis, and territories, not actually possessed of any Christian prince, nor inhabited by Christian people) というものである。期限は七年間、ギルバートへの勅許状と同様、特に地域に関する制限は設けられていない。

4 このタイトルは一八七七年に出版されたときに付けられたもの。もとは「最近試行された西方探検によってイングランド王国に齎されると予想される大いなる必要性と様々な物資に関する特論」("A Particular Discourse Concerning the Great Necessity and Manifold Commodities That Are Likely to Grow to This Realm of England by the Western Discoveries Lately Attempted") と題され、ローリーの指示によりエリザベス女王に献呈された。

5 最新の説は、移動した、というものである。この説はホワイトの残した水彩の地図に砦の印が描かれ、その上から紙片をはりつけて修正を加えた跡が発見されたことを根拠としている (*FoxNews.com* 7 May, 2012)。

6 ファルマス (Falmouth) は英国南西部のコーンウォール州の港町。ヨーロッパ随一の水深を誇るため、外洋航海の大型船が停泊するのに適している。一五九五年以前でローリーの派遣した船がファルマスに戻ったのは一五八五年ロアノウクへの最初の植民が行われた年と考えられる (Sams 128)。

7 一五九四年二月八日付けのローリーの妻エリザベスからセシルへの書簡には、夫をギアナの方向である西ではなく、東の方向へ誘導してほしい、との懇願がしたためられている。そこで夫ローリーの名は "sur watar" と綴られている。(Edwards 397)

8 「シンシアへの大洋の書」を最初に刊行したハナとダンカン・ジョーンズ (Katherine Duncan-Jones) は、この詩が一六〇三年の女王の死後に書かれたと考えた。ゴス (Edmund Gosse) は一五八九年、コラー (Katherine Koller) は一五九二年を主張した。

9 本稿における「シンシアへの大洋の書」からの引用は、最新の本文校訂に基づく *The Poems of Sir Walter Raleigh: A Historical Edition*, ed. Michael Rudick に拠り、適宜ハナによる版を参照した。

10 親衛隊長の地位のみ、一五九二年のロンドン塔収監中、別の人物が務めたが、釈放後再びローリーのものとなっている。

11 ストロング (Roy Strong) はエリザベスを処女神シンシア（ディアーナ）になぞらえる慣習は、一五八四―八五年にイタリア人ブルーノ (Giordano Bruno) がエリザベスに捧げた詩に始まると指摘している。また、エリザベス一世の処女性とその政治的・文化的意義、自己表出に関する包括的な研究はイエイツ (Frances Yates) を嚆矢としてこれまで多くのものがあり、それをキング (John N. King) が「女王エリザベス一世――処女王の表出」で手際よくまとめている。

12 「うごめく」にあたる原文は "writes"。従来この語はその綴りのとおり、「書く」と解されてきたが、文脈と、ローリーがときとして th を t と書くことを考えれば、"writhe" のことだと解するのが自然であろう。彼は第一四二行で "depths" を "deapts" と書いている。

参考文献

Calendar of State Papers, Domestic Series, of the Reigns of Edward VI, Mary, and Elizabeth. 1547–1580. Vol. I. Ed. Robert Lemon. London: Longman, 1856. *Internet Archive*. Web. 1 Aug. 2012.

Duncan-Jones, Katherine. "The Date of Raleigh's '22th: and Last Booke of the Ocean to Scinthia.'" *RES*. New Ser. 21 (1970): 143–58. Print.

Edwards, Edward ed. *The Life of Sir Walter Ralegh … Together with His Letters*. Vol. 2. Letters. London: Macmillan, 1868. Print.

Elizabeth I. "Charter To Sir Walter Raleigh." *Academic Search Complete*. Web. 30 July 2012.

Gilbert, Humphrey. *A Discourse of a Discouerie for a New Passage to Cataia*. London: Richarde Jhones, 1576. *EEBO*. Web. 25 July 2012.

Gilson, J. P. "Correspondence: Sir Walter Ralegh's Cynthia." *RES* 4 (1928): 340. *NII-REO*. Web. 1 Aug. 2012.

Gosse, Edmund. "Sir Walter Raleigh's *Cynthia*." *Athenaeum* 3036 (Jan. 1886): 32–33. *British Periodicals*. Web. 31 Jul. 2012.

Hakluyt, Richard. *The Principall Navigations, Voiages and Discoveries of the English Nation*. London: Barker, 1589. Rpt. Cambridge: Cambrige UP for Hakluyt Society, 1965. Print.

——. *A Discourse on Western Planting, Written in the Year 1584*. Ed. Charles Deane. Cambridge, Mass.: J. Wilson & Son, 1877. Print.

Hannah, John, ed. *The Courtly Poets from Raleigh to Montrose*. London: Bell and Daldy, 1870. Print.

Harriot, Thomas. *A Briefe and True Report of the New Found Land of Virginia*. London: R. Robinson, 1588. *EEBO*. Web. 31 Jul. 2012.

King, John N. "Queen Elizabeth I: Representations of the Virgin Queen." *Renaissance Quarterly* 43.1 (1990): 30–74. *JSTOR*. Web. 1 Aug. 2012.

Kingsley, Charles. *Sir Walter Raleigh and His Time*. Boston: Ticknor & Fields, 1859. Print.

Koller, Katherine. "Spenser and Ralegh." *ELH* 1(1934): 51–57. *JSTOR*. Web. 1 Aug. 2012.

Latham, Agnes M. C. ed. *The Poems of Sir Walter Ralegh*. London: Constable, 1929. Print.

Metcalf, Henry Aiken. "Preface" to *Sir Walter Raleigh* by Henry David Thoreau. Boston: Bibliophile Society, 1905. Print.

Moran, Michael G. *Inventing Virginia: Sir Walter Raleigh and the Rhetoric of Colonization, 1584–1890*. New York: Peter Lang, 2007. Print.

Musaeus. *Hero and Leander*. Tr. E. E.Sikes. London: Methuen, 1920. *Internet Archive*. Web. 31 Jul. 2012.

"New Clue to Mystery of Lost Roanoke Colony: Digging History." *FoxNews.com*. Web. 7 May, 2012.

Nicholls, Mark and Penry Williams. *Sir Walter Raleigh: In Life and Legend*. London: Continuum International, 2011. Print.

Oakeshott, Walter Fraser. *The Queen and the Poet*. London: Faber, 1960. Print.

Ovid. *Heroides*. Tr. Grant Showerman. *THEOI*. Web. 31 Jul. 2012.

Quinn, David Beers. *Set Fair for Roanoke: Voyages and Colonies, 1584–1606*. Chapel Hill: U of North Carolina P, 1985. Print.

Quinn, David Beers, ed., *The Roanoke Voyages 1584–1590, Documents to Illustrate the English Voyages to North America Under the Patent Granted to Sir Walter Raleigh in 1584*, Series II, 2 vols. London: Hakluyt Society, 1955. Print.

Ralegh, Sir Walter. *The Discoverie of the Large, Rich and Bewtiful Empyre of Guiana*. Ed. Neil L. Whitehead. Norman: U of Oklahoma P, 1997. Print.

——. "Of the Voyage for Guiana." *Envisioning America: English Plans for the Colonization of North America, 1580–1640*. Ed. Peter C. Mancall. Boston: Bedford Books, 1995. 107–11. Print.

——. *The Poems of Sir Walter Ralegh: A Historical Edition*. Ed. Michael Rudick. Tempe, AZ: Arizona Center for Medieval and Renaissance Studies, 1999. Print.

Sams, Conway Whittle. *The Conquest of Virginia: The First Attempt Being an Account of Sir Walter Raleigh's Colony on Roanoke Island, Based on Original Records, and Incidents in the Life of Raleigh 1584–1602*. Norfolk, Va.: Keyser-Doherty, 1924. Print.

Spenser, Edmund. *Colin Clovts Come Home Againe. The Yale Edition of the Shorter Poems of Edmund Spenser*. Ed. William A. Oram et al. New Haven: Yale UP, 1989. Print.

Strong, Roy. *The Cult of Elizabeth: Elizabethan Portraiture and Pageantry*. London: Thames and Hudson, 1977. Print.

Trevelyan, Raleigh. *Sir Walter Raleigh*. London: Penguin, 2002. Print.

Yates, Frances. *Astraea: The Imperial Theme in the Sixteenth Century*. London: RKP, 1975. Print.

第2章

『緋文字』をとりまく十七世紀の海

入子 文子

はじめに

二〇〇五年の独立記念日の翌日、私はボストンのロング・ウオーフで白いモーターボートに乗り込んでいた。陽光を溶け込ませたニュー・イングランドの、夏の空が青く染め上げた海原を、ボートは波を蹴立ててまっしぐらに進む。甲板では何組かのアメリカ人の家族やカップルが、風に髪をなびかせて海を見つめている。キャッスル・アイランド、ロング・アイランド、バード・アイランド、ラヴェルズ・アイランドなど大小の島々を通り過ぎ、かなたにボストン灯台を見晴るかすジョージズ・アイランドに上陸。ウオレン要塞のある島だ。大学からの研究休暇を利用して欧米の要塞を調査する旅の一コマである。

四〇〇年ほど前、総督ジョン・ウィンスロップ (John Winthrop 1588–1649) もまた、ボストン湾に要塞の適地を探して一隻の帆船を繰り出していた（図1参照）。一六三一年の、奇しくも後に独立記念日となる七月四日にミスティックで進水した、総督の三〇トンのバーク船「湾の恩恵号《ブレッシング・オヴ・ザ・ベイ》」(W 1: 65)[1]である。やがて、ボストンの守りとして「キャッスル・アイランドに要塞を建てる」(W 1: 132) ことが一六三四年九月四日の総会議で決った。アメリカ独立への第一歩がこうして築かれたのだった。

図1　1637年のボストン湾 (Rutman 71)

昨今、大西洋交易研究がブームとなっているが、関心の殆どは十八、十九世紀にあり、十七世紀のボストンは忘れられている。いったい、ウィンスロップの目にしたボストンの海には、いかなる種類の船が、いかなる人々を乗せて行き交っていたのだろう。ナサニエル・ホーソーン (Nathaniel Hawthorne, 1804–64) は十七世紀前半の第一世代マサチューセッツ湾植民地を舞台にした『緋文字』(*The Scarlet Letter*, 1850) の序文で、十八、十九世紀のセイラムの海や船乗り、そして波止場の栄枯盛衰を多彩に語る。対して『緋文字』の本文では十七世紀前半のボストンの海が、パールの戯れる浜辺やボストン湾の特定の船や船乗りなどを通して特殊な描写で展開されるのみだ。

> 厳格とは言っても、その時代の不完全な道徳律を大いに特徴付けていたことに、海に行く人びと (seafaring class) については、[2] 陸の上での気ままな行状ばかりか、彼等の “proper element” の上での、ずっともっと命知らずの行為も認可されていた。(233)[3]

〈青い〉とか〈広大な〉とかいった、おなじみの形容詞のつく海ではない。そもそも船乗りの “proper element” とは、海についての耳慣れない表現である。『緋文字』におけるボストンの海はどこか謎めいている。

にもかかわらず、十七世紀前半のボストンの海を『緋文字』の背景として論じた研究を筆者は寡聞にして知らない。しかもホーソーンは英米の歴史に通暁した、歴史家顔負けの歴史読みと評価されている。ライスキャンプ(Charles Ryscamp)やM・D・ベル(Michael Davitt Bell)も言うように、『緋文字』のテクストにおいては、ニュー・イングランドの歴史上の出来事や人物の使用に十分注意して読む価値はある(Ryscamp 257-72; M. D. Bell 159)。ところが、この二人すら看過したのがボストンの海というコンテクストである。本稿は、十七世紀前半のボストンの海に焦点を当て、『緋文字』解釈に新たな地平を開く試みである。

1 ある手紙と、批評の現在

本論に入る前に、『緋文字』の海に思いを馳せることになったきっかけに触れておきたい。それはヘンリー・フェアバンクス(Henry G. Fairbanks)が『緋文字』論で紹介するジェイムズ・ラッセル・ローウェル(James Russell Lowell)の手紙である(入子「ホーソーンとカトリック」五一参照)。一八六〇年六月十二日付けのジェイン・ノートン宛てのこの手紙は、ホーソーンが当初『緋文字』において、牧師ディムズデイル(Dimmesdale)をしてカトリックの神父に告白させる構想を抱いていたことを知らせる。

> 私はホーソーンに二度会いました。……彼はまた、『緋文字』における構想の一部には、ディムズデイルをしてカトリックの神父(a Catholic priest)に告白させることが含まれていたと述べました。そうしなかったのはディムズデイルのために残念です。そうしていたなら心理的に好ましかったでしょうに。(Fairbanks 40; Lowell 2: 48)

しかしホーソーンは、結果的にカトリックの神父を登場させなかった。彼はなぜ当初の構想を破棄したのか。この魅力的な疑問を解こうとしたフェアバンクス、ボーマン（Earnest Baughman）、ニューベリー（Frederick Newberry）、フォスター（Dennis Foster）などの批評家の間では、一定の結論が出て議論は収まっている。彼等が共通してあげる理由は二つある。第一は、ピューリタンがカトリックの儀式に従っても本来の効果はない、とホーソーンが考えた、との理由である。第二は、この植民地にローマ・カトリックを入れるのは歴史的に見て無理だ、とホーソーンが考えた、との理由である。「ホーソーン自身もその方が心理的に好ましいと考えていたであろうが、歴史に適合するか否かに特別敏感な感覚に従った結果、人を寛容に受け入れそうにない十七世紀ボストンに、カトリックの聖職者を導き入れることはしなかった」（Fairbanks 40）。それゆえに、「［広場の］群衆の中にローマ・カトリックがいるはずがない」（Foster 154）。だからこそホーソーンは当初の構想を破棄したというわけだ。

だがホーソーンが当初の構想を破棄したのは本当にこれら二つの理由からだったのだろうか。先述のローウェルの手紙が書かれた一八六〇年は『大理石の牧神』（*The Marble Faun*）出版の年にあたる。この作品では、ピューリタン娘ヒルダ（Hilda）がカトリックの告解制度によって苦悩から解放される（入子「ホーソーンとカトリック」五四—五六参照）。『緋文字』出版後一〇年を経たその年になって、ホーソーンはピューリタンの模範的牧師ディムズデイルをしてカトリックの神父に告白させるという初期の構想を明かした。その時ホーソーンの中で、信仰深いピューリタンがカトリックの神父に告白して救いを得るという構図が二重写しになっていた。

カトリックへのホーソーンの親近感はイタリアで始まったわけではなく、渡欧前のニュー・イングランド時代、『緋文字』の構想を始める一八四〇年頃に遡る。一八四〇年に出版された『おじいさんの椅子』（*Grandfather's Chair*）に登場するクララ（Clara）は、ホーソーンとカトリックの関係を考える上で注目に値する。ニュー・イングランドにおけるホーソーン家第一世代の敬虔なピューリタン、ウィリアム・ホーソーン（William Hathorne [sic]）を祖先とするクララにホーソーンは、ピューリタンが「ローマ・カトリックの偶像」(6: 22) とみなす「十字架」(6: 22) のついた、マリア信仰の象徴である「ビーズのロザリオ」(6: 20) を作らせているからだ。[4] このロザリオは、一八二五年のコーナー・ストーン設置後、[5] 途中で頓挫していた「バンカー・ヒル記念塔」を完成させる資金集めとして、一八四〇年に催された「バンカー・ヒル慈善市」(6: 20) の「婦人の市 (Ladie’s Fair)」(Wheildon 191–96) に出品され、[6]「シスター・オヴ・チャリティー」《a sister of charity》 (6: 20) の小さな人形に持たせるための物という設定である。敬虔なピューリタンの末裔でありながらカトリックの儀式に疑問を持たないクララを登場人物として創った時期が、ディムズデイルの構想時期と重なっていたのである。続く『昔の有名な人々』(*Famous Old People*, 1841) では、後にロングフェロー (Henry Wadsworth Longfellow) の『エヴァンジェリン――アカディの物語』(*Evangeline, A Tale of Acadie*, 1847) として実る、鐘の音と祈りに満ちたカトリックの平和なフランス村の悲劇を、「アカディーを追放された者たち」の挿話に託す。[12] この時期のホーソーンはすでにカトリックへの傾斜を深めていたと言えよう。

以上の事実を踏まえるとき、カトリックの儀式がピューリタンにとって本来の意味を持たないとホーソーンが考えていた、と決めるのは早計に過ぎよう。もしディムズデイルがカトリックの儀式に従ってカトリックの神父に告解すれば、ディムズデイルはヒルダのように苦悩から解放され、その結果、狂気の淵に追いつめられることなくピューリタンの制度に従って公衆の面前で告白することもできたはずだ。

だが問題は、ディムズデイルがカトリックの神父に告解する機会が歴史的にあり得たか否かである。そこで第二の理由、すなわち、ホーソーンが初期の構想を破棄したのは、この植民地にローマ・カトリックの信者や神父を入れるのは歴史に適合しない、とホーソーンが考えていたからだ、という理由の検証に入る。このことが本稿の主たる目的である。そのために作品舞台である十七世紀前半のボストンの海を、文学的テクストと歴史的コンテクストの鬩ぎ合いの中で浮かび上がらせたい。

2　ボストンの海の船と船乗り

『緋文字』冒頭の広場の場面以来、〈罪を厳罰で処するピューリタン〉という先入観を植え付けられた我々が、異端を厳しく取り締まる『緋文字』の社会にカトリックが入り込む余地はないと思い込んできたことは既に述べた（入子「ホーソーンとカトリック」五七参照）。

しかし、この思い込みは物語も最後になって揺らぐ。ボストンの波止場に、人間の法律には従わない、「いかがわしいブリストル船」が入港し、「三日後」にはブリストルに向けて出帆することが記されるからである。ヘスターたちを乗せてボストンを秘かに脱出させる手はずを整えていたのもこの船であった。今で言う密航が可能であったのだ。それならば、十七世紀前半のボストンの『緋文字』の海に、ピューリタンが異端として嫌うカトリック信者を乗せた船が行き交い、波止場に錨を下ろしていたとしても不思議ではない。

事実、問題を解く一つの鍵が、このブリストル船に隠されている。ボストンの海のこの船は次のように物語に導入される。

> たまたま一隻の船 (ship) が波止場に泊っていた (lay)。当時は珍しくなかったが、例のいかがわしい漫遊者ども (questionable cruisers)、すなわち、必ずしも大洋の完全な無法者というわけではないが、それでもかなり無責任な本性をもって大洋の表面をうろつき廻っていた (roamed over) ものの一例だった。この［本性を入れる器である］船 (vessel) は、つい最近「スペインの海 (the Spanish Main)」［カリブ海］から到着したばかりで、三日のうちにブリストルに向かって出航することになっていた。(215)

「完全な無法者」とは言わないが「かなり無責任な本性」でうろつき廻る船は、たった三日しか停泊せず、堅気の取引をする気のなさそうな、限りなく無法者に近い、怠惰で胡散臭い人間として擬人化される。しかも「たまたま」とか「例の……ものの一例」との言い回しは、同種の船がしばしばここに立ち寄ることを示唆する。さらに、今日《こんにち》の我々の感覚には耳慣れない用語を用いた、次のような描写に移る。

厳格とは言っても、その時代の不完全な道徳律を大いに特徴付けていたことに、海に行く人々については、陸の上でのわがままな行状ばかりか、彼等の“proper element”の上での、ずっともっと命知らずの行為も認可されていた。当時の船乗りは、今日でなら海賊 (pirate) として告発されるところである。例えば問題のこの船の乗組員は、他の船乗り仲間と比べて格別好ましからざる船乗りの標本というのではなかったが、スペイン貿易において掠奪行為を働いたかどで、我々の用語で言う有罪であって、現代の法廷でなら全員の首が危ないような判決を受けていたことだろう。

それにしても、こういう遠い昔には、海は自らの自由な意志に任せて (at its own will)、あるいは嵐の風 (tempestuous wind) にのみ服従していればよく、大いに高まり (heaved)、ふくれあがり (swelled)、泡立ち (foamed)、人間の法律による規制には殆ど従わない試みをすればよかった。(233)

“proper element”という特殊な描写についての解釈は稿を改めるとして、ここでは船と海に行く人々と海とが、渾然一体となって不思議な様相を呈している。

不思議なのはそれだけではない。ボストンの海と船と船乗りにかなりの分量を割きながら、しかも、このような船が他の時にも頻繁に姿を現すことを示唆しながら、『緋文字』本文の全体に亘ってブリストル船（とその乗組員）以外の船には具体的な言及がない。一六二四年からカリブ海のバルバドスで始まる煙草農園の計画にウィンスロップの次男ヘンリーが参加を計画し、一六二七年に渡航、到着後奴隷を送るようボストンの父親に要求していることから（Manegold 7–8）、カリブ海域に出没するブリストル船に興味を抱いたのだろうか。それにしても序文ではセイラムの海や船や船乗りなどの海事に関する描写は微に入り細に亘っているのに、本文ではボストンのブリストル船にしか言及しない。あまりの落差ではないか。ホーソーンの意図はどこにあったのだろう。そこで、ホーソーンがブリストル船を如何に捉えていたのか、彼が熟読していたウィンスロップやハチンスン（Thomas Hutchinson）、スノウ（Caleb Hopkins Snow）、フェルト（Joseph B. Felt）などの史料を参照しながら、ボストンの海事を考察してみよう。

3　〈いかがわしい〉ブリストル船

『緋文字』の「いかがわしいブリストル船」には、十七世紀前半のボストンの海を含む大西洋の歴史史料が持ち込まれている。すでに見たように、いかがわしいとはいえ語り手の言うブリストル船は、必ずしも「完全な無法者」ではなく、「海賊（pirate）」（233）すれすれだが、それとは一線を画した「私掠船（buccaneer）」（233）である。

当時の海賊をホーソーンは知っていた。[7]『日誌』には、ボストンの海と、近辺の小規模の海賊についての記述が一六三三年に二例ある他、一六四三年にボストンに入港した一八〇トンのニュー・ヘイヴン船が遭遇した海賊船が登場する。「カナリー諸島」への途上、「パルマ島」付近で出会った「トルコの海賊船」（W2: 126–27）――「三〇〇トン、二六砲門、二〇〇人の乗組員」という大型海賊船――である。ウィンスロップの筆致は海賊映画さながらだ。

海賊船にもましてウィンスロップに目立つのが、ブリストル船に代表される私掠船である。特にブリストル船は、『緋文字』の舞台が始まる一六四二年以前から頻繁にボストンの海に現れる。ラティマー（John Latimer）によれば、ブリストルは西イングランドにあって古くから貿易港として栄え、中世には「船舶所有数においてロンドンと肩を並べていた」(Latimer 1)。アルマダ海戦以前には、一五八〇年から一六四〇年まで同じ王の統治下にあった「イベリア半島」のスペイン、ポルトガルとの交易で（エルティス／リチャードソン　四三）、長期に亘って繁栄し、三〇隻の「背高バーク船」(Latimer 1) の艦隊で知られた、イングランド「最大の貿易港」(Latimer 20) であった。しかし、アルマダ海戦後はその影響でスペイン貿易が減少、また共有地囲い込みによる西イングランドの羊毛の質の低下や、宮廷人の好みの変化などにより、ブリストルに栄えていた織物交易が衰退し、市の繁栄に影がさす (Latimer 1–2)。

ジェイムズ一世即位後、ブリストルのジョン・ディグビー (John Digby) がチャールズ皇太子の結婚話を進めるためスペインに派遣され、ジェイムズの愛顧を得て「一六二二年に初代ブリストル伯」(Latimer 87) の称号を与えられる。ブリストルは国王以外にも「宮廷有力者」(Latimer 8) との親密な友好関係を結び、「カナリー、マデイラ、マラガ」(Latimer 87) 等の葡萄酒の輸入業者として、「王権のもと専売特許権」(Latimer 87) を有する商人も出て、ロンドンには劣るが外国貿易の雄であった。

ジェイムズ一世崩御の後、チャールズ一世の時代になっても、ブリストルはカトリック色の強い王党派の都市であった。ブリストル伯一世二世の親子はチャールズ一世のカトリックの妃アンリエッタ・マリアの信頼厚き相談相手であったばかりか (Haynes 190, 212)、ブリストル自体がアンリエッタの寡婦産と定められていた (Haynes 214)。

ブリストル船は、またニュー・イングランドに縁がある。一六〇三年、ブリストルから二隻の船が出帆、北ヴァージニア（後のニュー・イングランド）の海岸に到達、後のプリマスを含むマサチューセッツ湾に二ヶ月ほど滞在し、測量、河川や港の発見等に費やしたのち、ブリストルに帰港、新しい地が「神の素晴らしい恩恵に満ちている」と伝えた (Latimer 19–20)。『緋文字』の背景の時代にも、ブリストル船はアメリカのボストンに出入港する。

一六三一年には「フレンドシップ号」と「ホワイト・エンジェル号」が「雌の仔牛、羊」(*W* 1: 65–66) を荷揚げし、カリブ海の「セント・クリストファー島」(*W* 1: 66) に向かう。一六四〇年にも「ブリストルの小さな船、『ホワイト・エンジェル号』」(*W* 1: 331) が記される。一六三五年には「ジェイムズ号」がイングランドの「ヨークシャーの正直な人々を一〇〇人」(*W* 1: 156) 運ぶ。一六三六年や一六三七年の項では、家畜と乗客を積んで登場する。ピューリタンのニュー・イングランドにやって来たその足（船）でカトリック国やその植民地との交易に出かける。一六三六年には家畜と乗客を乗せて到着するが、二週間後、大部分はサー・フェルディナンド・ゴージズ (Sir Ferdinando Gorges) ――フェルトによれば、「その次男はリンカン伯の娘で、アーベラ・ジョンソン夫人の姉と結婚」(Felt 47; Cook 41) ――のメインのパスタカクへ運ぶ (*W* 1: 190)。パスタカクはマサチューセッツの「敵」を公言する王党派のゴージの所有地（*W* 2: 10; Felt 47）である。彼は一六三七年には親カトリックの王チャールズからニュー・イングランド総督の任命状を得ているほどだ (Felt 109)。乗客の中にはカトリックもいたであろう。またウィンスロップは別の箇所で、一六三六年に入港したブリストル船の家畜と乗客は、「二週間後に北方のフランス植民地に運ぶ」(*W* 1: 190) ためであったと記している。北方のフランス植民地とはカトリックのニュー・フランスゆえに、船内にカトリックの乗客がいたことは想像に難くない。

一六三七年に家畜と乗客を積んでやってきた、ウェスタン諸島（アゾレス諸島）を航行したブリストル船「ジョージ号」(*W* 1: 208) も含めて、ブリストル船はどことなく奴隷貿易のにおいを漂わせる。実際に私掠、奴隷貿易が行われていたことが判明するのは、一六三八年の記述による。曰く「スペインの小さなフリゲート艦が一隻、獣皮や獣脂を乗せて到着。この船はニューマン船長の〈戦利品〉であり、カリブ海プロヴィデンス島の支配者達による取引所の許状を用意していた」(*W* 1:277–78)。この記述が、ボストンで奴隷貿易が堂々と行われていることを意味するのは、次にあげる一六三八年二月二十六日付けの『日誌』とつきあわせれば明らかになる。「この記述は奴隷貿易の明白な証拠」(W 1: 260, n2) と注釈者ホズマーもコメントする一節である。

セイラム船「ディザイア号」のピアス氏が西インド諸島から七ヶ月経て後に帰還。彼は［カリブ海］プロヴィデンスに出かけていたが、そこから綿花 (cotton)、煙草それに黒人 (negroes) なにがしかと、テルテュゴスからの塩をもたらした。これらの品と代替できる商品 (commodities) といえば干魚と強い酒 (strong liquor [=whisky, or brandy]) である。彼はその地で、プロヴィデンスの支配者達から取引所の許状を携えて差し向けられた二隻の軍艦と会った。彼等は彼がスペイン人たちから奪ったさまざまな戦利品、それに多くの黒人を奪取した。(W 1: 260)

この一節から、次のことを読みとることができる。ニュー・イングランド特産品である干魚とウィスキーを積んで出帆したセイラム船「ディザイア号」が、それらと引き替えに西インド諸島で綿花、煙草、黒人を入手、干魚を作るための塩をテルテュゴスで買い入れ、途上、メキシコで産出する金銀を本国に送るスペイン武装船を襲い、その船の上級乗組員（軍人貴族）が身につけていた派手で贅沢な衣装や刀剣、金銀装飾品、その他さまざまな贅沢品、それに恐らくは船倉に詰め込んだ大量の黒人奴隷も掠奪したのであろう。もっとも結局は、その後出会ったイギリス領プロヴィデンスの軍艦に、公認の奪取行為を働かれ、持ち帰ったのはなにがしかに過ぎない（ただし積荷をごまかしているかも知れず、本当のところはわからない）。

この『日誌』の一節は、『緋文字』第二一章に現れるブリストル船の船乗りたちの派手な衣装や金銀の装飾品、刀、多量のワインやブランデーや煙草等の意味を明確にする。この「私掠船 (buccaneer)」(233) が行なった「スペイン交易」(233) とは、スペイン領メキシコで金銀財宝を積み込んで帰途についたスペイン船を襲撃し、掠奪したことを意味する。「金の留め金」、「ジャック・ナイフか剣」(232)、「煙草」、浴びるほどの「ワイン」、「ブランデー」、船長の「夥しいリボンのついた上着」、「金のレース」や「金鎖」、「羽根飾り」(233) のついた帽子といった、贅沢でこれ見よがしな出で立ちは、スペイン船の上級乗組員であるスペイン貴族の軍人からの戦利品、その戦闘で受けたのが「刀傷」である。なお「大量の薬屋の薬」(234) とは、スペイン船から掠奪した、当時薬効があると言われていたワインと煙草と考えられる。[8] ホーソーンの愛読書であり、四体液説に基づくロバート・バートン (Robert Burton) の『メランコリーの解剖』(*The Anatomy of Melancholy*, 1621) では、「一杯のワインは良質の薬」(Burton 223) だし、煙草はメランコリーの治療に「必要」(Burton 40) である。『緋文字』と合冊出版の予定であった短篇「メイン・ストリート」("Main Street") で、大西洋を「広大でメランコリーな海 (vast and melancholy sea)」(11: 53) と呼び、バートンとワインに魅せられていた、ホーソーンらしい用語の選択である（入子『メランコリーの垂線』参照）。しかも腑に落ちないのは、「残る危険と言えば drug or pill からのもののみだ」(234) というくだりである。"drug or pill" は普通、薬としての「粉薬か丸薬」を意味する。しかし、これほど万全の医者と医薬に恵まれながら、「危険」とは奇妙である。武装船に必要だが爆発の危険と背中合わせの「火薬か弾丸」を意味するブラック・ユーモアと思われる。これまたスペイン武装船から大量に掠奪したのであろう。

『緋文字』の語り手が、ブリストル船に「いかがわしい」という形容詞を付けるのは、私掠船の海賊まがいの掠奪行為と、奴隷貿易の故である。だが注意しなければならないのは、これらの行為は、十九世紀の語り手の十九世紀の道徳律からみて〈いかがわしい〉のであって、十七世紀前半のボストンの支配者達の道徳律からは許容されていた点だ。だからこそピューリタンの指導者達が船乗りの傍若無人振りを「まんざら慈悲深くなくもなく」(233)、にこにこ顔で眺めていた。

だが、十七世紀前半のピューリタン社会の道徳律から見ても、ブリストル船は別の面で〈いかがわしい〉。宗教上、政治上のいかがわしさである。宗教上のいかがわしさについての一例はウィンスロップの一六四〇年七月二十七日の『日誌』に示される。

> チャールトンの前に停泊していた二〇〇トンほどのブリストル船「メアリー・ローズ号」が二十一バレルの自ら所有する火薬で爆発して粉々になった。この事件には神の審判が顕現している。というのも船長と乗組員の多くは我々と我々の宗教の儀式を嘲笑する異教の汚れた輩である。例えば我々の教会が我が本国のために断食を続けているとき、他の船長達が全て我々の集会に参加しているにもかかわらず、彼等は船上に残り、彼等共通の礼拝を行った。翌日の主の日も同様であった。そこで彼の友人の一人が翌日乗船し、何故上陸して我々の集会に来なかったのかと訊ねたところ、自分自身の家族がいるとか、我々が陸上でおこなっている礼拝と同様、船上で素晴らしい礼拝をおこなっている、などと答えた。それから二時間も経たない内に（ディナーの時刻であった）爆発が起こった。
> (W 2: 9)

ブリストル船が私掠船として働いたり奴隷貿易を行なったりしてもピューリタン達は〈いかがわしい〉行為とみなさないが、彼等がピューリタンたちを蔑みながら宗教の違いを見せつけることは極めて〈いかがわしい〉行為である。「薔薇のマリア《メアリー・ローズ》号」という聖母マリアを意味する船名が示すように、この船はカトリックの船であろう。ピューリタン達の目には〈いかがわしい〉船と映る。にもかかわらず、入港も集会参加のための乗組員の上陸も許されている。

政治上のいかがわしさもある。イングランドで王党派と議会派が対立を深め、大主教ロードが失脚し、一六四二年にピューリタンの議会派が勢力を増した。ピューリタンの植民地でも王党派の〈いかがわしさ〉が問題になるはずだ。しかし、宗教上の自由を標榜するマサチューセッツ湾植民地は、王党派の船の入港を許していた。ところが一六四四年、行政官や長老の前で、「王を支持する港であるブリストル」からの一隻の船が、「二四砲門のロンドンからの船の、議会派による委任状を携えたスタッグ船長によって、ボストン湾内で拿捕された」(Felt 163)。ウィンスロップによれば、スタッグ船長は、「ここでビルボア向けの魚を積載した一〇〇トンのブリストル船を発見」(W 2: 183)。スタッグ船長は議会の委任状には一言も触れず、「テナリーフ［アフリカ北西海岸沖、カナリー諸島最大の島］からのワインのかなりの積荷を陸揚げ。突然錨を上げ、ボストンの前からチャールズタウンへと帆走し、船をチャールズタウンとブリストル船の間に位置させて、横並びに係留させた」(W 2: 183)。ブリストル船の船長を呼び、委任状を示して、もし屈するなら、ブリストル船の船長自身とその乗組員固有の所有物とその日の賃金を取らせる等と言い渡し、三〇分以内に答を要求。結局、同意したブリストル船は、積荷ごと拿捕されることになる。

ブリストルがカトリックの港であるだけでなく王党派の港でもあることは、一六四五年にブリッジウオーター、ウィンチェスター、ダートマスとともに、この港が議会派によって包囲・攻撃され陥落したことからも (Felt 137)、明らかである。

この件で注意すべきなのは、たとえ結果的に議会派のロンドン船によってブリストル船が拿捕されたとしても、初めから植民地が関与したわけではないことだ。湾に待ちかまえていたロンドン船が委任状を楯にブリストル船に圧力をかけた。結果がどうあれ、植民地側は少なくとも入港を許していた。ピューリタン植民地にとってカトリックも王党派もともに危険であったはずである。にもかかわらず、この時まで殆ど容認していたのは何故だろうか。

4　船乗りへの優遇措置

その原因は、この植民地の交易促進のための、船乗り全般に対する優遇措置にあった。『緋文字』には見られないが、ホーソーンにおなじみの史料には、ボストン湾に出入りするさまざまな船が登場する。スノウの一六三四年の項によれば、「オランダ、フランス、スペイン、ポルトガルからボストンを訪れるたくさんの船が、停泊のための波止場を求めた」(Snow 124)。ウィンスロップもボストン湾に現れる各国の色々な船を記す。ボストン船、フランス船、ポルトガル船、オランダ船、そしてブリストル船……。

ウィンスロップにはオランダ船の入港が顕著である。それには原因がある。船の出入りを盛んにする事は、生まれて間もない若い植民地の交易を促進し、成長させるために必要であった。しかし、背後には更に深刻な問題がある。玉木俊明氏によれば、この時期、人口増のため世界的に食糧不足だった。そこでオランダ船の活躍が顕著となる。十六世紀半ばから十七世紀半ばにかけて海運業を一手に引き受けていたオランダ船は、バルト海の穀倉地帯ポーランドから穀物を輸入し、ヨーロッパ各地に再輸出し、中継貿易により巨額の利益を得ていたのである（玉木 36–48）。玉木氏は「アメリカの需要の想定は無理」(36) と断定するが、アメリカをも視野に入れてもよかった。アメリカも深刻な食糧不足に見舞われており、オランダ船は穀物や家畜をニュー・イングランドに運ぶ役割を担っていたからだ。

ウィンスロップの記述には、アメリカのみならずヨーロッパの食糧不足も垣間見られる。ニュー・イングランド植民地発足後間もない一六三一年には、本国「イングランドの穀物の高値に関係して」(W 1: 59)、「今年当地にもたらされた」「小麦」や「豆」などの「穀物は大変な高値を呼んだ」。翌一六三二年、一六三六年には雌仔牛と山羊、「穀物をヴァージニアから購入」し、船で運ぶ。同年「オランダ船」が「ヴァージニアから二〇〇ブッシェルの穀物」(*W* 1: 185) をもたらす。

『緋文字』の舞台と同時代の一六四三年のニュー・イングランドでは、収穫時の寒冷多湿の夏、鳩の軍勢、ネズミの大軍のために、「国じゅうで穀物が殆ど無くなった」(*W* 2:91-92) という。この深刻な食糧不足を憂慮して、本国イングランドも助力したらしい。『緋文字』の背景となるピューリタン革命の時代に、興味深い法令が発布されているからだ。一六四二年にイングランドの下院は以下のように、「マサチューセッツ湾植民地のために記念すべき法令を可決した」(Snow 122)。

あらゆる交易商品は、個人であれ団体であれ、商人であれそれ以外であれ、あらゆる人によって、当イングランド王国からニュー・イングランドへ輸出され、かの地で消費されるもよし、使用あるいは利用されるもよしとする。あるいはかの植民地の生産物はかなたからこなたへ輸入可能とし、往来航行に当たっては必要に応じて、いかなる船舶で輸送するも可とする。また、その交易商品を所有する個人または団体は全て、いかなる関税、特別税、輸出入課税の支払いも免除とする。(Snow 122)

ニュー・イングランドの交易促進に配慮した、本国に於ける一六四二年の船乗りへのこの優遇措置は、ピューリタン革命が激化し、王党派を厳しく警戒しなければならないマサチューセッツ湾植民地の法令にも引き継がれる。この時代とは、すでに述べたように、語り手の背後のホーソーンが特に関心を抱いていた「クロムウェルの時代」(1: 29) である。従ってこの件に関する情報がホーソーンの目を逃れているとは思えない。船はカトリックの船であっても許される。一六四二年にはメリーランドというアメリカ・カトリック入植地から、第二代ボルティモア男爵にして総督セシリウス・カルヴァート氏の代理が交易交渉でやってくる。[9]

本国が騒然となる一六四四年五月二十九日発布のマサチューセッツ湾植民地の法令は、まず当時の状況を説明する。「悪意に汚染された多数の者たちの扇動的な言動による我が本国での不和・内戦が、アメリカ政府の多地域で分裂を引き起こし」、「国王支持を名乗る者たち」と「議会支持を名乗る者たち」が出た。「彼等は議会派自体が、かの王国にいる悪意ある怠け者・ローマ・カトリックに対抗して国王と議会に味方する立場にいる事を理解しない」と。次にこの状況への対処として命令がくだる。「文書によるのであれ、行動によるのであれ、言語によるのであれ、直接間接に平和を乱そうとする者は何人も、あるいは自らに関して、議会に対抗して国王を支持する者だとか、その同志だと騙って、集会を開く者は何人も、この共和国の崇高な徳性に反する犯罪者とみなされ、その性質と程度により死刑に値する厳罰等を以て起訴される」(Shurtleff, ed. 2: 69)。ところがこの条文の後に極めて興味深い例外事項が付加される。本論を支える重要な例外事項である。

> ただし、このことは交易と販売促進のみを目的にこの地にやって来るいかなる商人、外国人そして船乗りについても適用されない。彼等が国王の手中にある如何なる地域から来ようとも、また議会派に敵対する者たちに結びついていようとも、この地で静かに振舞い、我々の間でいかなる紛争（党派争い）も暴動あるいは扇動も起こしたり謀ったりしない限りに於いて。(Shurtleff, ed. 2: 69)

『緋文字』のヘスターを思わせる付加事項である。ヘスターが「アン・ハチンスン」(165) の如き追放処分を受けなかったのは、「社会の旧い偏見に満ちた全体系を解体して再構築する」(164) ような、「大西洋の向こう側では当然であった思想の自由」を、「血肉を備えた行動」(164) に表さなかったからであったのだから。如何なる宗教的政治的信条であっても、如何なる国籍であっても、すなわちカトリックであれ王党派であれ、「交易と販売促進のみを目的に」やって来る「商人、外国人そして船乗り」は入港を許されるということだ。これら〈海に行く人びと〉に対して、何と緩やかな法令であることか。ヘスターたちがボストンで「ブリストルからの船」にこっそり乗船する手はずになっていたのも、史実に基づいたホーソーンの仕業だった。

十七世紀前半のボストンに王党派もカトリックもいた可能性がある。だが、ディムズデイルの告解を可能にするカトリックの神父に会う機会を、ボストンで得られただろうか。

5　ラ・トゥール (La Tour) とドゥネー (D'Aulney)

以上のように緩やかな海の事情のもと、ディムズデイルの部屋の、フランス「ゴブラン織り工房から織り出された」目も彩な「タペストリー」(126) が、フランス船によってボストン港にもたらされても不思議ではない。『緋文字』の背景となっている一六四二年から一六四九年の間のニュー・イングランドの歴史で興味深いのが、ボストンにやってくるフランス船である。フライアー (Mary Fryer) の要を得た概説によると、その頃北アメリカには、ピューリタンのニュー・イングランドとカトリックのニュー・フランスという、隣接する英仏二つの植民地があった。境を接する未熟な植民地同志のマサチューセッツとアカディー (Acadie) は、互いに交易と防衛の面で協力関係を結ぼうとする。フランスの商人は自己資金で交易基地を作り、所有する船でフランスから商品を購入し、インディアンと毛皮、塩、魚、木材などの交易をする。そのニュー・フランスのアカディーではラ・トゥールとドゥネーというフランス人同志が、総督の称号と領有権をめぐって内部抗争を続けていた。抗争の延長線上でこの二人は、何度か自前のフランス船でボストンにやってくる。巻き込まれたボストンは、一〇年の長きに渡り迷惑を被ることになる（Fryer 1-8）。

北アメリカのフランス植民地行政内のラ・トゥールとドゥネーをめぐる派閥間闘争は、カナダの研究者グリフィス（N. E. S. Griffiths）がこのテーマに絞った大著を二〇〇五年に完成するまで、あまりよく知られていなかった（Fryer 1）。[10] しかしこの事件は、事件当時のニュー・イングランドには、総督の選出に異変をきたすほどの騒ぎをもたらした。この件を巡るウィンスロップの『日誌』からの情報は途中で途切れるものの臨場感に溢れ、物語の面白さを感じさせる。総督として、また総督代理として直接関わり、そのために総督の座を二期追われることになったのだから。[11]

ましてホーソーン研究の分野で、フランス人同士のこの内輪もめを論じた研究は私の目にする限り見当たらない。しかしアカディーをめぐるこの出来事に、ホーソーンが特別の関心を抱いたことは想像に難くない。『緋文字』の重要な材源の一つと言われるフェルトの『セイラム年代記』（*The Annals of Salem*, 1827）には、一六四五年、一六四六年にこの事件の代理《コミッショナー》として、ニュー・イングランド第一世代の祖先ウィリアム・ホーソーン（William Hathorne[sic]）の名が上がっている（Felt 167, 173; MHS, ed. "Papers," 102）。また周知のように、ホーソーンは自分があたためていたアカディーのフランス人村を舞台にした恋人達の悲劇の材源をロングフェローに譲り、『エヴァンジェリン』（一八四七）誕生のきっかけを作った。[12] さらに「ある鐘の伝記」（"A Bell's Biography"）というスケッチでは、アカディーに近いインディアン村のラール神父の悲劇を扱っている。ホーソーンのアカディーへの関心の程が偲ばれる。

6　カトリックの神父とニュー・イングランド

このようなコンテクストに置くとき、アカディーのフランス船がカトリックの神父をボストンへと運び、上陸させていた事実を、ホーソーンが知らなかったとは思えない。事の発端が「東からの情報」として初めて『日誌』に出るのは、一六三三年一月である。フランス人がセイブル岬近辺のスコットランド植民地を購入、リシュリュー枢機卿が取り仕切り、「来年は神父達とイエズス会士達とを送り込む準備」ができているという。そのフランス人達は「ローマ・カトリック」なので、「悪しき隣人になるやも知れぬ」、そこで、重要メンバーをボストンに召集する (W 1: 97)。十一月にはプリマスのアラトンが交易テントを張っていたマチャイアスについて、その地域のフランス人総督ラ・トゥールが領有権を主張、二人を殺し、男三人と品物とを運び去る (W 1: 113)。次に大々的に『日誌』に現れるのは八年後の一六四一年十一月。この時からボストンはアカディー領有権を主張する二人のフランス人の戦いに巻き込まれる。

一六四一年十一月八日、グレイト・ベイの奥、「セイブル岬」のこちら側、セント・ジョン河畔に一六三五年に要塞を建てたラ・トゥールが（W 2: 43; Chartrand 17. 図2参照）、自由な交易と、ドゥネーに対抗す

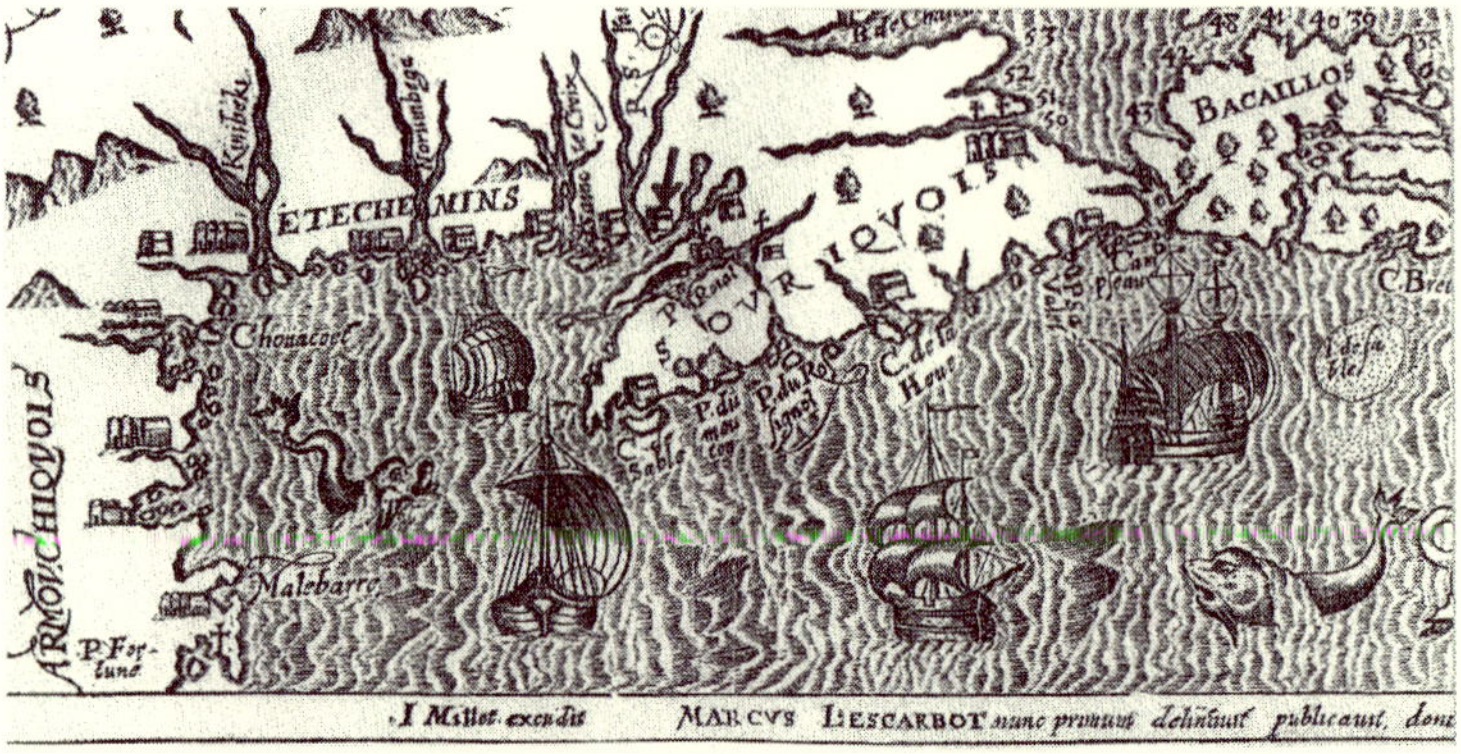

図2　1609年のアカディー (Chartrand 13)
1635年に建設されたラ・トゥール要塞は現在のニュー・ブランズウィックのSt. ジョンにあった。(矢印の所)

る助力と、ボストンの商人によってイギリスから物資を持ち帰ることができるように便宜を図ることとを申し出て、初めてボストンに代理を送る。ユグノーの港町「ロシェル (Rochel[sic]) のプロテスタントであるロシェッツ (Rochett)」(W 2: 43) と記されている。しかしラ・トゥール本人の手紙はなく、ミスター・シュートからの数通の手紙のみである。翌一六四二年十月六日にラ・トゥールの補佐《リューティナント》ロシェッツを含む一四人を乗せたフランスの小型帆船「シャロップ船 (Shallop)」(W 2: 85) の一行が、総督にあてたラ・トゥールの同様の手紙を携えて再訪。ウィンスロップはこの時、彼等をはっきりと「ローマ・カトリック達 (papists)」と呼んで歓待し、カトリックとプロテスタントの交流が行われる。カトリック信者たちは町に上陸し、ピューリタンの信仰集会にやってくる。

彼等はここで一週間滞在、親切なもてなしを受ける。そして彼らはローマ・カトリック (papists) だが我々の信仰集会にやってきた。補佐はその時目にしたことに大いに動かされ、このような優れた組織《オーダー》を他の所では見たことがないと述べた。長老の一人が彼に、ユグノーであるマーロラット (Marlorat) による注釈付きのフランス語聖書を贈呈。それを彼は快く受け取り、必ず読むと約束した。(W 2: 85)

更に翌一六四三年六月十二日に、ラ・トゥール自身が「フランスの」ロシェルから今度は一四〇トンの船 (ship) に一四〇人を乗せてボストンにやってくる。彼等は順風に乗って、気付かれることなく湾に入り、「総督の庭《ガヴァナーズ・ガーデン》」(W 2: 105) に上陸。そこに総督ウィンスロップ夫妻と二人の息子、息子の妻がいた。以前に劣らぬ歓待を受け、一ヶ月滞在する。

その間、ボストンの軍事訓練の日に、自分の兵士に陸上での軍事訓練をさせたいと申し出ていたラ・トゥールに許可が与えられ、マスケット銃で武装した四〇人の彼の部下が上陸、「我々の一五〇人からなる訓練部隊に伴われ、午前中、我々の軍事訓練を見学」、昼食に招待されたのち、午後は彼等の訓練が許された。「姿勢、動きとも優れて熟達していた」という。ラ・トゥールとその紳士たちは礼を尽くして歓待され、「我々の教会の集会に正式にやってきた」(*W* 2: 105–08)。「船長とその乗組員はプロテスタント」[とウィンスロップは言うが、後のドゥネーの手紙では、ユグノーに偽装したカトリックという」だが、その中に本物のカトリックがいる。「ラ・トゥールの奥方にかしづくために送られた二人の修道士 (Friars) と二人の女性」(*W* 2: 105) である。二人の修道士の内の一人は「学識の高い賢明な人」(*W* 2: 130) とみなされる。

その修道士と協議した何人かの長老たちが彼の学識の深さと賢明さを報告している。また、彼らの方からもわざわざコットン氏に会って話し合うために町中に出向く。出発に当たりラ・トゥールが総督と二人の長老に挨拶に来て、ここで受けた礼儀正しい対応に感謝していると述べる。(*W* 2: 130)

カトリックとピューリタンそれぞれの聖職者が反目し合うどころか、ボストンの町でわざわざ会って友好を深め、互いに敬意を表しあう。宗教の違いを超えて相手を受け入れ、その優れた面を評価することのできるピューリタンの様子を読んだホーソーンは、果たして批評家が言うように、「人を寛容に受け入れることのない十七世紀ボストンに、カトリックの聖職者を導き入れること」が「歴史に適合」しないと考えただろうか。そうは思えない。もっともハチンスンによればラ・トゥールに対するウィンスロップの好意的な助力に対して、他の行政官たちは、ラ・トゥールが神父や修道僧たちをお供にしたローマ・カトリックだとみなして、強い不満を表明したのではあったが (Hutchinson 123, n)。

一方、敵対者ドゥネーも一六四四年に時の総督エンディコットの住んでいたセイラムに一〇人の男を乗せたボートで「マリー (Mr. Marie) とかいう」代理を送る。「フランス国璽の押されたフランス国王委任状」を示すこの代理もカトリックらしく、「修道士 (friar) と思われるが、紳士のごとき服装をしている」(*W* 2: 201; Hutchinson 1: 125)。変装した修道士(多分カプチン僧 [MHS, ed. "Papers" 97]) という、ほぼ同時代のシェイクスピアにも見られるパターンである。これらの事例から、カトリックの神父がボストンに滞在したり、変装したカトリックの聴聞僧がボストンに入ったりする可能性はあったし、ホーソーンもそのことを熟知していたと言えるであろう。

イングランドでのピューリタン革命が完成に近づくにつれ、マサチューセッツ湾植民地の宗教的取り締まりは厳しくなる。ウィンスロップには記されていないが、一六四七年五月二十六日の総会議記録には、「当会議はヨーロッパで起こっている大きな戦争、騒動、分裂と同様に、イエズス会士の集団の秘密の工作や教唆によって苦しめられているのを見るに付け」で始まる、イエズス会士を中心とする聖職者取り締まりの次の法令が記されている。

いかなるイエズス会士、あるいは……教会人も(そう呼ばれているのだが)、教皇、あるいはローマの司教座によって叙任した者も、今後いかなる時も当管轄区内に往来することを禁ず。もし何人《なんびと》かにそのような社会、集団の一員であるという正当な疑いがかけられると、当人は数人の行政官の前に連行される。もしこの疑いを晴らし得なければ、次のアシスタント会議まで拘束され、起訴され、会議が正当とみなす追放等の処分となる。当人がこのようにして追放され、再び当管区内で捉えられる場合は、裁判にかけられ、死刑となる。(Shurtleff, ed. 2: 112)

だが、またもや、「この法は次のイエズス会士には摘要されない」と、条項が追加される。

難破か他の事故で海岸に打ち上げられ、出発のための航海の機会がないか、この地に公式に送られる使者と一緒か、イングランドと敵対していない国に属する商人・船長と共に来航し、彼等が当地に滞在する期間、害にならぬよう行動した、その同じ商人・船長と出発する限りにおいては。(Shurtleff, ed. 2: 112)

当時イエズス会士がニュー・イングランド植民地に再三再四姿を現し、ピューリタンに脅威を与えていたことが読みとられる。ただ、ローマ・カトリック、及び船乗りの締め付けが強化されたとはいえ、この時期にはまだ特別免除が設定されていた。聴問の資格を有するカトリック聖職者がボストンに滞在する可能性は残されていたのである。

この後、カトリック聖職者や船乗りに対してさらに締め付けが強化されることは二つの史実からわかる。一つは一六四九年三月二十六日に死亡したウィンスロップの、死の床でのエピソードである。ハチンスンやスノウによれば、ダドリーが押しつけた「ある異端者の追放命令書」への署名をウィンスロップは拒否して言った、「既にその種の仕事は十分過ぎるほどしてしまった」と (Hutchinson 142; Snow 104)。異端者の追放が一段と活発化していた証拠であろう。

もう一つはウィンスロップ亡き後の一六四九年五月二日、総会議記録に記される船舶取り締まり強化の、以下の法令である。

港には多くの船舶があり、その多くは外国船である。そこで当会議は、ボストンとチャールズタウンで直ちに軍隊の見張りが任命され、四人の行政官がその変更の必要を認めるまで継続することを命令する。(Shurtleff 2: 273)

これまで比較的緩やかだった外国船への監視の目が厳しくなり、カトリックを含む外国人の入国が困難になることを予想させる。

『緋文字』の世界は一六四二年から一六四九年に設定され、最後はウィンスロップの死の直後、一六四九年五月の選挙で選ばれた新総督就任祝賀の行列で終わる。したがって歴史的に見て一六五〇年近くまでカトリックの神父がこの植民地に滞在する可能性があったことを、『緋文字』の構想を巡らし始めたホーソーンは十分認識していた。ホーソーンが初期の構想を破棄したのは、ホーソーンが「歴史に適合するか否かに特別敏感な感覚に従った結果、人を寛容に受け入れることのない十七世紀ボストンに、カトリックの聖職者を導き入れることはしなかった」ためではなかったのである。

おわりに

ホーソーンが参考にしたと思われる史料をもとに、『緋文字』と十七世紀のボストンの海に焦点を当て、カトリックとの関係を考察してきた。すると、初めに提起した問題――『緋文字』において、ディムズデイルをしてカトリックの神父に告白させるという構想をホーソーンは何故破棄したのか――は振り出しに戻った。先行研究があげた二つの理由は、どちらも妥当性を欠くことが判明したからだ。ホーソーンにおいては、ピューリタンがカトリックの儀式に従って告解しても有効である。また歴史上、十七世紀前半のボストンが一六五〇年近くまでは海を渡って来るカトリックの聖職者を何らかの形で受け入れていたことをホーソーンは承知していた。従ってディムズデイルがカトリックの神父に、カトリックの儀式に従って告解することは可能であった。もしそうしていれば、罪の苦悩から解放された精神が生命力を取り戻し、このピューリタン社会に定められた公の告白の場に勇気を以て臨む道もありえた。

ピューリタン社会においてすら、秘密の罪を聖職者に私的に告白することが、いかに罪に苦しむ人間の精神を解放するかを、当のディムズデイルは知っていた。惨めな秘密の罪ある者は、なぜ早めに告白して至上の喜びを我がものにしないのかと問うチリングワース（Chillingworth）に、ディムズデイルは、「たいていの者はそうします」（132）と答え、次のように続ける。

実に多くの哀れな人たちは、臨終の床ばかりか、健康にも恵まれ、評判も芳しい生前に、私に罪を打ち明けました。そして、そのように内から注ぎだしてしまうと、いつも、ああ！　こういう罪深い兄弟達が、長らく自分自身の汚れた吐息で窒息しそうになっていたのに、やっと自由に空気が吸えるようになった者さながらに、どんなにか心の安らぎを覚えるものかを、私はこれまで見てきました。（132）

では、なぜホーソーンはディムズデイルをしてカトリックの神父に告白させる構想を破棄したのか。紙幅も尽きたのでそれについては今後の考察に委ねる。

以上、十七世紀第一世代植民地ボストンの海という、始まりの時の海について考察した。結果としてこの時代の海は、陸の規則に縛られない不法という闇を特色とする故に、逆説的にアメリカの自由の光を包含しうる領域であったと言えるであろう。

＊本稿は日本学術振興会科学研究費基盤（c）（課題番号　20520264）に基づく研究成果の一部である。また日本ナサニエル・ホーソーン協会全国大会シンポジウム「ホーソーンと海」（二〇一二年五月二十六日　於　日本大学）における口頭発表「『緋文字』をとりまく十七世紀の海」の原稿に加筆・修正を施したものである。なお、この口頭発表では関西シェイクスピア研究会（二〇一一年六月二十六日　於奈良女子大学）での口頭発表の原稿と、「ホーソーンとカトリック」『関西大学文学論集』（二〇一二）とをあらたな構想の下に発展させていることをお断りする。

註

1　*Winthrop's Journal*, vol. 1: 65.　以下、引用末尾の括弧内に *W* と略記し巻数と頁数を記す。

2　"seafaring class" に対する「海に行く人々」という訳語は、川北稔氏の "sea-faring people" の訳語「海に行く人びと」（川北　二三七）を拝借した。

3　Nathaniel Hawthorne, *The Scarlet Letter*, vol. 1 of *The Centenary Edition*, 233.　以後、ホーソーンの作品の引用はこの版による。引用末尾の括弧内に巻数とページ数を記す。ただし、*The Scarlet Letter* からの引用は頁数のみとする。

4　十字架と言えば、エンディコット (John Endicott, 1589–1665) がカトリックの偶像として嫌い、英国の国旗から赤い十字を切り割いた事件をホーソーンはすでに短篇「エンディコットと赤い十字」("Endicott and the Red Cross," 1838) で扱っている。

5　バンカー・ヒル記念塔は独立戦争五〇周年を記念して一八二四年から一八二五年にアメリカを再訪したラファイエット (Gilbert du Motier Lafayette, 1757–1834) の手で、一八二五年六月十七日にコーナー・ストーンが打ち込まれて開始された (Marc H. Miller 135–45)。

6　Wheildon によれば、一八四〇年に始まったこの運動は James S. Savage の助力のもと、Solomon Willard の組織する委員会を中心に進められ、一八四二年の記念塔の完成により成功裡に終る。Savage は *Winthrop Journal* のテクストを完成させ、一八二五―二六年に編集・出版、マサチューセッツ歴史協会会長の座に就いていた（Hosmer, Introduction 17）。ちなみに Wheildon はホーソーンには言及していない。

7　ウィンスロップの『日誌』の一六三二年十一月二十一日の項では、「東部にいたディクシー・ブルと一五人のイギリス人達が海賊に変身し、何艘かのボートを盗み、ペマクオッドを奪い取った」ので、総督は会議を開き、「自分のバーク船に二〇人を乗せて送り出し、海賊を捕縛することに同意した」、が、「吹雪と氷のため、バーク船の準備が妨げられた」(W 1: 95)。急派したシャロップ船も「南西の暴風」や「北風」に足止めを食い、帰港は「一ヶ月後」。またニール船長とヒルトン氏は、「海賊を追跡すべく全戦力、すなわちピネース船とシャロップ船4隻と四〇人ほどの乗組員とを送り出したが、強風のため三週間航行不能」(W 1: 96)。

8　和田光弘氏によれば、煙草は、セビーリャの内科医ニコラス・モナルデスが一五七一年に著した薬草誌で多彩な薬効の故に万能薬と説き、当時のガレノスの体液説に適切に位置づけた。ベガもモナルデスの名をあげながら、「この植物の薬効はスペインでも確認され、その結果、聖なる草の名が与えられた」(牛島信明訳）と述べている（和田　一八—一九）。

9　メリーランドはカトリックに対する避難所として一六三二年に建設された。この植民地がプロテスタントにも開かれたのは、信教の自由を認めた一六四九年の寛容令からと言われるが（明石　一二一）、実際にはセシリウス・カルヴァートの一六三三年の宣告にみられるように当初から開かれていた(Ellis 23)。

10　グリフィスの書誌を見ると、フライアーの言うようにフランス植民地内の派閥間抗争がカナダ史で等閑に付されてきたことに気付く。英仏双方を横断する資料が十分に発掘されていなかったことを物語る。

11　この件に関して、『ウィンスロップの日誌』は不完全である。事件半ばの一六四九年三月、彼はこの世を去る。また、彼にとって不都合な記述も含まれず、客観性を欠く。客観的資料と思われる同時期の総会議記録もまた不完全である。"French business" として時折、部分的、単発的に現れ、欠落頁も多いため、全容は把握できない。ホーソーンが歴史家として高く評価するハチンスンの『マサチューセッツの歴史』では、この事件はまとまりを持って構成され、わかりやすい。ただしこの著作のために「資料を収集していたハチンスンの手を逃れた」「手紙や公文書」があるか、たとえ「その写しを入手出来ていたとしても、群衆が彼の文書を通りに放り出し、その多くの部分を破壊したとき、恐らく失われた」(MHS, ed. "Papers," 90)。ハチンスンにおいても不完全と言える。フェルトの『セイラム年代記』は限られた範囲で扱っているにすぎない。なお筆者の見落としでなければ、スノウにはこの事件への言及は見られない。

12　ホーソーンがロングフェローに材源を譲った経緯については、センテナリー版の *The Letters 1843–1853* の編者が註で懇切丁寧に参考文献を提示している (16: 198)。ホーソーンは『アメリカン・ノートブックス』一八三八年の項に、「コノリーがフランス人から聞いた」(8: 182) この物語の材源の梗概を記し、『昔の有名な人々』(一八四一) の「アカディを追放された者達」において、この話を「部分的に発展させている」(8: 600)。なお注釈者も言うように、コノリーの流した「信頼できない噂」(8: 600) にホーソーンはさぞ迷惑しているであろう。

引用文献

Baughman, Earnest W. "Public Confession and *The Scarlet Letter*." *NEQ* 40(1967): 532–50.

Bell, Michael Davitt. *Hawthorne and Historical Romance in New England*. Princeton UP, 1971.

Burton, Robert. *The Anatomy of Melancholy*. 1621. Ed. & introd. Holbrook Jackson. 1932; London: Dent, 1978.

Chartrand, Rene. *The Forts of New France in Northeast America 1600–1763*. Osprey, 2008.

Cook, A. M. *Lincolnshire: Links with the U.S.A.* Lincoln, England: Lincoln Cathedral, 2005.

Fairbanks, Henry G. "Hawthorne and Confession." *Catholic Historical Review* 43 (1957): 38–45.

Felt, Joseph B. *The Annals of Salem, From Its First Settlement*. Salem, 1827.

Foster, Dennis. "The Embroidered Sin: Confessional Evasion in *The Scarlet Letter*." *Criticism: a quarterly for literature and the arts.* 25(1983): 141–63.

Fryer, Mary Beacock. *More Battlefields of Canada*. Toronto: Dundum, 1993.

Griffiths, N. E. S. *From Migrant to Acadian: A North American Border People 1604–1755*. Montreal: McGill-Queen's UP, 2005.

Hawthorne, Nathaniel. *The Scarlet Letter*. Vol. 1 of *The Centenary Edition of the Works of Nathaniel Hawthorne*. Ed. William Charvat et al. Ohio State UP, 1962（邦訳　八木敏雄『完訳 緋文字』岩波文庫、一九九二）; *The True Stories*. Vol. 6 of *The Centenary Edition*, 1972. *The American Notebooks*. Vol. 8 of The Centenary Edition, 1932; *The Marble Faun*. Vol. 4 of The Centenary Edition.1968. *The Letters, 1843–1853*. Vol. 16 of *The Centenary Edition*. 1985.

Heynes, Henrietta. *Henrietta Maria*. NY; Putnam's, 1912.

Hosmer, James Kendal. Introduction. *Winthrop's Journal: "History of New England" 1630–1649*. Ed. Hosmer. 2 vols. 1908.

Hutchinson, Thomas. *The History of Massachusetts*. 3rd ed. 2 vols. Boston, 1795.

Latimer, John. *The Annals of Bristol in the Seventeenth Century*. Bristol: William George's, 1900.

Lowell, James Russell. *Letters of James Russell Lowell*. Charles Eliot Norton, ed.Vol.2, in 3 vols. NY: AMS, 1966.

Manegold, C. S. *Ten Hills Farm: The Forgotten History of Slavery in the North*. Princeton: Princeton UP, 2010.

Massachusetts Historical Society, ed. "Papers relative to the Rival Chiefs, D'Aulney and La Tour, Governors of Nova Scotia." *Massachusetts Historical Society Collections*. Series 3, vol. 7.

Miller, Marc H. "Lafayette's Farewell Tour and American Art." Lafayette, *Hero of Two Worlds: The Art and Pageantry of His Farewell Tour of America*. The Centenary Edition. By Stanley J. Idzerda, Anne C. Loveland and Marc H. Miller. NY: Queens Museum, 1989.

Newberry, Frederick W. "Tradition and Disinheritance in *The Scarlet Letter*." *Emerson Society Quarterly* 23 (1977): 1–26.

Rutman, Darrett B. *Winthrop's Boston: A Portrait of a Puritan Town, 1630–1649*. NY: Norton, 1965.

Ryscamp, Charles. "The New England Sources in *The Scarlet Letter*." *American Literature* 31 (1959). 257–72.

Shurtleff, Nathaniel B., ed. *Records of the Governor and Company of the Massachusetts Bay in New England*. Vol. 2, 3. Boston, 1853.

Snow, Caleb Hopkins. *A History of Boston*. Boston: Bowen, 1825.

Wheildon, William W. *Memoir of Solomon Willard: Architect and Superintendent of the Bunker Hill Monument*. Prepared and printed by direction of the Monument Association, 1865.

Winthrop, John. *Winthrop's Journal: "History of New England" 1630–1649*. Ed. James Kendal Hosmer. 2 vols. 1908.

明石紀雄『トマス・ジェファソンと自由の帝国の理念』ミネルヴァ書房（一九九三）新装版一九九九。

入子文子『ホーソーン・〈緋文字〉・タペストリー』南雲堂、二〇〇四。「ホーソーンとカトリック」『関西大学文学論集』（関西大学文学会）第六一巻第四号（二〇一二）五一―六五頁。『メランコリーの垂線』関西大学出版部、二〇一二。

エルティス、デイヴィッド／デイヴィッド・リチャードソン『環大西洋奴隷貿易歴史地図』増井志津代訳　東洋書林、二〇一二。

川北稔「海に行く人びと」の結社――密輪集団」『結社のイギリス史――クラブから帝国まで』川北稔編　綾部恒雄監修　山川出版、二〇〇五。

玉木俊明『近代ヨーロッパの誕生――オランダからイギリスへ』講談社メチエ、二〇〇九。

和田光弘『タバコが語る世界史』山川出版、二〇〇四。

第Ⅱ部　アメリカン・ルネッサンスの水と光

第3章

アメリカン・ルネッサンスの光と影

巽　孝之

序章　ハーヴァード大学マシーセン教授復活

二〇一〇年を過ぎてアメリカン・ルネッサンスという言説的準拠枠をいまいちど考え直してみようと思ったのは、当初こそ、二〇一〇年が画期的なアメリカ・ロマン派文学史『アメリカン・ルネッサンス』の著者であるハーヴァード大学教授F・O・マシーセン（Francis Otto Matthiessen）の没後六〇周年にあたること、二〇一一年が『アメリカン・ルネッサンス』（*American Renaissance*）が一九四一年に出てきっかり七〇周年を迎えることと、この大著の邦訳がついに上智大学出版会から刊行されることになったということ、この三つがきっかけだった。

わたしにとって、アメリカン・ルネッサンスは自身のアメリカ文学研究の出発点である。『アメリカン・ルネッサンス』という書物は六七八ページにおよぶ大著だが、わたしは一九八〇年代初頭の大学院時代に指導教授から、それをマシーセンの反論を試みたチャールズ・ファイデルスン・ジュニアの『象徴主義とアメリカ文学』（*Symbolism and American Literature*）と比較検討せよという課題を与えられ、一夏をかけて大学ノート一〇冊ほどに両者をまとめ一〇〇枚ほどのレポートを書いたことを、昨日のように思い出す。マシーセンが弟子のハリー・レヴィンの力を借りて命名した「アメリカン・ルネッサンス」という時代が、アメリカが最初の文学的成熟期を迎え、芸術・文化全域にわたって自らの伝統を確認しえた時代、その結果あたかもヨーロッパ・ルネッサンス期の華やかさにも似て、ヨーロッパの影響から一歩踏み出したアメリカ独自の文学が明るく花開いた「黄金時代」であり「文化的独立の時代」であり、その最大の証拠が一八五〇年から五五年という五年間に、ラルフ・ウォルドー・エマソンの『代表的人間』（一八五〇年）、ナサニエル・ホーソーンの『緋文字』（一八五〇）・『七破風の屋敷』（一八五一）、ハーマン・メルヴィルの『白鯨』（一八五一）・『ピエール』（一八五二）、ヘンリー・デイヴィッド・ソローの『ウォールデン――森の生活』（一八五四）、及びウォルト・ホイットマンの『草の葉』（一八五五）といった名作群であったことは、いまでは自明の文学史的前提になっている。わたし自身の代表的著作である『ニュー・アメリカニズム』『アメリカン・ソドム』『リンカーンの世紀』の三部作は、いずれもアメリカン・ルネッサンスという文脈にゆったりと関わったものであり、十九世紀半ばのこの時代とマシーセンによって設定された批評的準拠枠は、たえず批判的に発展させるべき対象で在り続けている。したがって、マシーセン・キャノンをしっかりふまえつつも、あくまで自身の生きる現在という同時代の視点からこれら名作群を、あるいはキャノンから洩れてしまった問題作群をたえず読み直し、あるいは再発掘していくのが、アメリカン・ルネッサンス研究者に長く共通する課題だったろう。

そして、つい最近、ハーヴァード大学におけるゲイ&レズビアン会議（Harvard Gay and Lesbian Caucus）は、ジェンダーとセクシュアリティをめぐる研究の分野でF・O・マシーセンを冠にした訪問教授の資格を設けるべく募金活動を行い、二〇〇九年には目標額の一五〇万ドル、日本円にしておよそ一億五千万円の基金を集め終わり、いよいよハーヴァード大学には初代のF・O・マシーセン教授が誕生することになったという。

この知らせは、二十一世紀の時点でアメリカン・ルネッサンスとともに、その言説空間を最初に構築したマシーセンそのものの主体形成がいかに連動しているかを、根本的に考え直すきっかけを与えてくれた。それは、文学テクストと時代的コンテクスト以上に、それらを語る批評家自身のスピーチアクトの問題をも再考させる。

いまでこそゲイやレズビアンをめぐるクイア理論の研究が華々しく、二〇〇四年にはマサチューセッツ州は同性愛結婚の法案を通過させたアメリカ合衆国最初の州となり、十八世紀に大覚醒運動を導いたジョナサン・エドワーズゆかりのマサチューセッツ州ノーサンプトンでは毎年五月一日すなわちメイデイになると全市を挙げてのゲイ&レズビアン&バイセクシュアル&トランスジェンダー、最近では略してＬＧＢＴが中心の大行進「ノーサンプトン・プライド・パレード」が行われることから、アメリカにおける性的解放の波は高まるばかりで、二十世紀のアメリカ文学研究を代表するマシーセンが同性愛者であり、恋人の画家の死を悼むあまりに自殺したことも、ごくごく当然のように受け止められている。つまり、マシーセンをクイアとして自然視するばかりか、その名をまさしくセクシュアリティ研究の名において再び権威づけるのは、二十一世紀現在の視点があってこそ可能な達成と見てかまわないのである。

しかし、ここでいまから七〇年前の時代的コンテクストへ目を転じてみれば、ことはそう簡単ではない。マシーセンは同性愛であることをカミングアウトしたくてもできない時代の空気を読んでいたはずで、万が一タブーを破りそれが発覚すれば、彼はたちまち性的変態と密接に連動するものと考えられていた左翼的分子として官憲に目を付けられ、いわば新時代の魔女狩り、新時代の異端審問に遭っても致し方なかったことを、確実に意識していたはずなのだ。ホーソーンの『緋文字』や『七破風の屋敷』の主題は、マシーセン本人の抱える問題とも連動していたのである。現在を基軸にして歴史を読み直すことの面白さと危うさの両方が、マシーセンの再評価にはひそんでいる。

1　言論弾圧と自主規制の時代に

ここでひとまず、フランシス・オットー・マシーセンの伝記的背景を早足で辿ってみよう。

一九〇二年、カリフォルニア州パサデナに、生涯まともな職につかなかったフレドリック・ウィリアム・マシーセンの三男、四人兄弟の最年少として生を享けた彼は、のちにイリノイ州ラサールに住む義父フリードリッヒ・ウィルヘルム・マシーセンのところで「スモールタウン・ボーイ」として育つ。ワシントン・アーヴィングゆかりのハドソン川沿いの町、ニューヨーク州タリータウンにあるハックリー高校で四年間をすごし、イエール大学を一九二三年に卒業、つづいてオックスフォード大学で学び、さらにハーヴァード大学大学院から一九二六年に文学修士号を、一九二七年には文学博士号を授与される。その直後の二年間、イエール大学で教鞭を執った以外はすべてハーヴァード大学文学部英文科での教育に没頭。その批評は新批評と民主主義を巧妙に融合させるところに特徴があり、代表的な著書としては、『セアラ・オウネ・ジュウェット』（一九二九）から、『翻訳――あるエリザベス朝芸術』（一九三一）、『T・S・エリオットの業績』（一九三五）、『アメリカン・ルネッサンス――エマソンとホイットマンの時代における芸術と表現』（一九四一）、『ヘンリー・ジェイムズ――円熟期の研究』（一九四四）、それに『シオドア・ドライサー』（一九五一）に至るまで数多い。一九五〇年没。

こうまとめると、まさしくアメリカ東海岸の知性には典型的なエリート・コースをまっしぐらに突き進んできた厳格なる文学者を連想するだろうか。しかし彼の伝記を執筆したウィリアム・ケインによれば、マシーセンは幼くして実の父親に捨てられたため、だからこそ真摯なる学問研究と急進的な左翼思想に赴いたのではないか、という。彼があれほど政治的な不正と経済的な不平等を批判し、多くの左翼組織に属し、最終的にはキリスト教的社会主義という一見矛盾しかねない、にもかかわらず自身の内部ではみごとに融合していたイデオロギーを貫くことになったのは、ひとつには自らの孤独を癒す目的があったのではないかとも見られる。そして、この副作用には、むろん彼の同性愛嗜好を付加することができるだろう。じっさい一九二四年には、オックスフォードへ戻る船旅の途上で出会った年長の青年画家で同じくイエール大学卒業生のラッセル・チェイニー（一八八一―一九四五）と恋仲になり、熱烈なラヴレターを交わし、ゲイ詩人ホイットマンの「僕のための歌」の中にも自分たちの恋愛を読み込んだマシーセンなのだ。『アメリカン・ルネッサンス』という大著の遠因として、彼がかつて学んだシェイクスピアらを初めとするイギリス・ルネッサンスの文学や芸術があったのは事実であり、そこから学んだ成果を活かして、十九世紀中葉のアメリカにおけるロマン主義と民主主義という二大原理に適用した手さばきは圧倒的だが、しかし最も直接的にして必ずしも目にははっきり見えない動因として禁断のセクシュアリティの問題があったこと、まさにそのために十九世紀文学のレトリックを語るマシーセンの文体そのものが極度にレトリカルにならざるをえなかったことについては、いまひとつ探究されていない。

もちろん、作品テクストだけを読み込めば、アメリカン・ルネッサンスの文学が禁断の愛にみちみちたアメリカン・ソドムの言説空間にほかならないことは、一目瞭然である。ホーソーンの『七破風の屋敷』が相対立する家族間のロミオとジュリエット的な恋愛を扱っていたのをはじめ、ハーマン・メルヴィルの『ピエール』は母と息子、姉と弟の間の疑似近親相姦的な恋愛を、ウォルト・ホイットマンの『草の葉』は全体的人間像なるヴィジョンのもとに同性愛的にして両性具有的な恋愛を物語っており、さらにリディア・マリア・チャイルドは異民族間の雑婚的恋愛を、エドガー・アラン・ポーは作家と母親、さらに従姉妹の間の近親相姦的な恋愛を、ジョージ・リッパードに至っては牧師と一般信者の間の破戒的にして不倫的な恋愛を、それぞれに語ってやむことがない。

こうした構図が、まさしく十九世紀中葉におけるピューリタニズムへの懐疑心によってもたらされたものと見るのは難しくないだろう。だが、それならば具体的に『アメリカン・ルネッサンス』にはいかなる性的意識が表れているのかと読み直してみれば、少なくともハーヴァード大学に「マシーセン教授」なる資格が誕生した経緯ほどには、著者は歯切れがよくはないのだ。著者マシーセンは、本書で一種の言説的防護壁を張りめぐらしており、結論から言うなら、ありうべき言論検閲に対して自主検閲、転じては自主規制している。たとえば、同書は、一九二三年に初めて読んだ時以来あれほど傾倒し、上述のラッセル・チェイニー宛の手紙には明らかにその影響が見られるほどのホイットマン作品について、その未熟さを堂々と批判している部分をもつ。「僕自身のための歌」を引きながら、彼はこう断定する。「受動的な詩人の肉体からおぼろげに浮かび上がってくるのは、精神病理的にして同性愛的な指向である。（中略）そしてホイットマンは病理学的徴候を開示したのみならず、詩を創作したのだ」（535–34頁）。この文脈における同性愛の指摘は、明らかに精神病理と関連づけたネガティヴなものであり、むしろこうした内面的な病を抱えるからこそ、ホイットマンは詩人として傑作を創作したのだと言いたげに響くだろう。ここでのマシーセンが、あたかも自身にはこうした精神病理学的問題はないかのように語っているのに注目しなくてはならない。今日では同性愛者の市民権にも世間は寛大となり、性同一障害の問題や性転換の問題なども公に認知され、同性愛が必ずしも病ではありえないことが広く容認されるに至っているけれども、この時代、一九三〇年代から四〇年代、それこそ富国強兵イデオロギーが華々しい時代に、性的変態は文字どおり変態すなわち病気でしかなく、ゲイとしてカミングアウトすることの危険は、誰よりもマシーセン本人が熟知していた。すなわち、ここでマシーセンは、ケインによれば自己否定の方向へ踏み出したのであり、わたしなりに言い換えれば、同時代の言説空間にかんがみて自主規制を図ったということになる。

たしかに、一見したところ『アメリカン・ルネッサンス』という書物は、前述のとおり並入る名作群のうちにロマン主義と民主主義という共通条件を見出しながらも、著者であるマシーセンそのものはゲイとしてカミングアウトも独立もできず、時代の空気すなわちコンセンサスに合わせて言論的な自主規制するしかないという皮肉な運命をたどっている。

以上の文脈をふまえるならば、マシーセンの歩みはほかならぬアメリカン・ルネッサンスの作家たち自身が同時代の言説空間における空気を読み取り、政治的主張については自主規制しつつも独自の言語的表現手段を編み出すべく模索し苦闘していった歩みに重なる。この問題は、九・一一同時多発テロ以降の今日、ガヤトリ・スピヴァクが二〇〇三年の『ある学問の死』で提唱した惑星思考(planetarity)のように、旧来の比較文学を超えて人文学の危機を克服すべき多民族的にしてポストコロニアリズム以降の比較文学をめざす方向とともに、マイケル・ギルモアが二〇一〇年に出したばかりの新著『言葉をめぐる戦争』が強調する言葉の力(speech act)と言論の自由(free speech)、すなわちテクストとコンテクストの闘ぎ合いを探る方向もまた新しい次元を開いたことを、如実に物語るだろう。惑星思考は人種や国家の境界線を横断可能とする前提に立つが、フリースピーチ理論は人種問題をめぐる言論統制がいまなお効力を発揮し、民主主義を危機に陥れているという前提を見失うことはない。

2　アメリカン・ルネッサンス研究史——ファイデルスンからムカージーまで

ここで、先を急ぐ前に、さてアメリカン・ルネッサンス研究というのはマシーセン以降、はたしてどんなふうに発展してきたのか、いまいちど確認してみるのも無駄ではあるまい。それは、アメリカ文学研究全般の批評研究史をまとめなおすことと同義であるからだ。

とはいっても、ここでつくづく思うのは、ひとむかしまえであれば、アメリカン・ルネッサンスの理論的発展史をまとめるのは、さほど難しい作業ではなかったということに尽きる。新批評の影響さめやらぬ時代、すなわち一九五〇年代から七〇年代にかけては、そもそもマシーセンへの反論として書かれたチャールズ・ファイデルスン・ジュニアの『象徴主義とアメリカ文学』(一九五三)を皮切りに、R・W・B・ルイスの『アメリカのアダム』(一九五五)やリチャード・チェイスの『アメリカ文学とその伝統』(一九五七)、ハリー・レヴィンの『闇の力』(一九五八)、レズリー・フィードラーの『アメリカ文学における愛と死』(一九六〇)、ダニエル・ホフマンの『アメリカ文学の形式とロマンス』(一九六一)、ジョエル・ポルティの『アメリカのロマンス』(一九六九)、酒本雅之の『アメリカ・ルネッサンス序説』(一九六九)、それにロレンス・ビュエルの『文学における超絶主義』(一九七三)、ジョン・アーウィン『アメリカ的象形文字――アメリカ・ルネッサンスにみるエジプト象形文字の象徴』(一九八〇)といった、アメリカ文学研究上の必須文献を、おおよそリストアップしておけばよかったからである。ただしこの期間に、マシーセンの限定した「アメリカ・ルネッサンス」の窓枠は、むろん相当にゆるんだ。まずこの単語が示す時代は、論者によっては一八三〇年前後から南北戦争直前までのおよそ三〇年間を指すようになった。これは具体的には一八三二年に超越主義者ラルフ・ウォルドー・エマソンがユニテリアンの牧師を辞任した時期から、一八五九年にイギリスの生物学者チャールズ・ダーウィンが人種論的にも画期的な『種の起原』を発表するまでの約三〇年間に相当する。

しかし、一九八〇年代に入ると、脱構築批評から新歴史主義批評、さらにはニュー・アメリカニズムへ至るめまぐるしい流れにおいて、アメリカン・ルネッサンスの準拠枠も根本的変革を迫られた。八〇年代初頭にバーバラ・ジョンソンの『批評的差異』(一九八〇)やジョン・カーロス・ロウの『税関を通って』(一九八二)という二冊の脱構築的アメリカ文学研究がポーやメルヴィルに関する斬新な解釈を提出したのちに、一九八五年には新歴史主義批評の立場に立ったウォルター・ベン・マイケルズとドナルド・ピーズの編纂になる『アメリカ・ルネッサンス再考』とマイケル・ギルモアの『アメリカ・ロマン派の文学と市場経済』がまったく同時に刊行され、以後、この流れはドナルド・ピーズ自身の単著である『幻影の契約――文化的コンテクストにおけるアメリカ・ルネッサンス文学』（一九八七）やデイヴィッド・レナルズのマシーセン的な閉じた新批評的方法論を完璧に開いてみせる『アメリカン・ルネッサンスの地層』（一九八九）、ピューリタン研究の御大サクヴァン・バーコヴィッチが新歴史主義批評の方法論から緋文字Aの曖昧さについて画期的解釈を施した『緋文字の役割』（一九九一）などによって、強力に推進されていくからである。それは、これまでマシーセン・キャノンからはこぼれ落ちていた同時代の文筆家のうちでも、たとえばポーの盟友であったジョージ・リッパードに光を当てるとともに、黒人奴隷から身を起こしたフレデリック・ダグラスやハリエット・ジェイコブズのテクストをも並列して考える動きである。

　我が国においても、アメリカン・ルネッサンス全般をめぐる研究は酒本雅之や八木敏雄、伊藤詔子らのテクスト精読に根ざす連綿たる学統があるが、マシーセン的新批評からレナルズ的新歴史主義へ至る批評理論的転回を最も鋭敏に反映し、北米本国とも互角に戦えるヴィジョンを提示したものとしては、入子文子の『ホーソーン・〈緋文字〉・タペストリー』（南雲堂、二〇〇四）をもって嚆矢とする。マシーセンの原点たるイギリス・ルネッサンスから再びアメリカン・ルネッサンスを読み直し、十七世紀ピューリタン植民地時代の法制史が構築していた言説空間に着目することで、ホーソーンの『緋文字』という小説で自明のものとなっていたヘスターとディムズデールとチリングワースの三角関係が一筋縄ではいかないのではないか、当時の歴史的制度を尊重する限りチリングワースの積極的かつ建設的な役割を再評価しないわけにはいかないのではないか、という驚くべきどんでん返しを用意しながらも、すべてが実証研究として首尾一貫しているという奇跡的な離れ業が提供する二重の読みの可能性は、事実と物語が幾重にも錯綜し入り組むマニエリスム的研究と呼ぶこともできる。

　そして二十一世紀に入ると、前述ガヤトリ・スピヴァクの惑星思考に準じるかたちで、それを文学テクスト各論において反映させる動きが目立つ。テキサス大学オースティン校で教鞭を執るグレッチェン・マーフィは、一八二〇年代以降のモンロー・ドクトリンの導入による半球思考がいかに十九世紀アメリカ文学、それもリディア・マリア・チャイルドやジェイムズ・フェニモア・クーパー、ホーソーンからヘンリー・ジェイムズにおよぶ政治的無意識に影を落としているかを探った『半球的想像力——モンロー・ドクトリンとアメリカ帝国のナラティヴ群』（二〇〇五）を刊行した。その翌年二〇〇六年にはイエール大学教授ワイ・チー・ディモクが『環大陸の文学』において、十三世紀のモンゴル人によるバグダッドの古文書破壊とまったく同じことが、二十一世紀のアメリカ軍によるイラク国立図書館の破壊というかたちで起こっていることに注目し、八世紀もの時の隔たりにもかかわらず一定の因果律を結ぶ「深い時間」（"Deep Time"）が、たんに九・一一同時多発テロとのあいだのみならず、ソローがインドの聖典『バガバッド・ギータ』を読んだことが二十世紀インドの指導者ガンジーに逆影響を与えたことや、エマソンが十四世紀のペルシャ詩人ハーフィズの詩集をドイツ語訳で読んでおり、キリスト教を相対化するイスラームやゾロアスターにもなじんでいたことを分析し、超越主義思想の成り立ちに新たなメスを入れる。それに続くように、カリフォルニア大学サンタバーバラ校教授ユンテ・ホアンは、二〇〇八年に『環太平洋的想像力』の三部構成から成る第二部を全五章から成るメルヴィル論によって構成し、そこでは『白鯨』をエイハブ船長の内部における反資本主義的にして反民主主義的な偏執狂的蒐集癖に貫かれた長編小説と読み直す視点が斬新だった。

この間、おおよそ四半世紀ほどの文学史も、米ソ冷戦終結と九・一一同時多発テロをはさんで変質を余儀なくされている。一九八七年に刊行されたエモリー・エリオット編の『コロンビア大学版アメリカ文学史』や一九九四年から二〇〇四年におよぶ過程でようやく全八巻が完結したバーコヴィッチ編の『ケンブリッジ大学版アメリカ文学史』も、北部白人男性異性愛者中心のコンセンサス中心だった風潮を転覆し、新歴史主義、ポストコロニアリズム以降の多文化主義的な趨勢を反映したディーセンサス中心の編集方針へと切り替わっていった。二十一世紀の最初の一〇年間の終わり、つまり二〇〇九年には、黒人文学を中心に非白人系民族文学を専門とするワーナー・ソラーズがグレイル・マーカスとともに二十一世紀初のアメリカ文学史である『ハーヴァード大学版新アメリカ文学史』一巻本を共同編纂し、一四九二年のコロンブスによるアメリカ到達ではなく一五〇七年に「アメリカ」なる地名が初登場した時点から二〇〇八年のオバマ大統領誕生までを画期的な編年体方式で一貫させるばかりか、文学作品のみならず大衆芸術に至るまで、いわゆるアメリカン・ナラティヴの勢力範囲を多角的に網羅してみせたことは、アメリカ文学研究上でも新しい方向を示唆してやまない。そこでは、従来のコンセンサスが保証した白人男性異性愛者中心の和音の中に多文化的な不協和音が混入する。たとえば、インド系アメリカ女性作家にして現在ではカリフォルニア大学バークレー校で教鞭を執るバラーティ・ムカージーが執筆したホーソーンの『緋文字』をめぐる項目では、彼女の多文化的主体を活用して、ストウ夫人が『アンクル・トムの小屋』で個人的な黒人奴隷所有者の問題を超えてこの奴隷制という奇妙な制度そのものを批判する境地にまで達しているのに、そのほんの数年前に刊行された『緋文字』では、アン・ハッチンスンやヘスター・プリンなど個々の政治的異端者への共感は示しても、ピューリタンの植民地体制自体を批判するには及び腰であること、ホーソーンがアメリカ成立におけるアジアの役割を軽視していることが、鋭利にえぐりとられている。

この文学史が先行する文学史に例を見ないユニークな点は、ほんらいならば論じられる対象になるべきネイティヴ・アメリカンの血を引くマジック・リアリズム作家スティーヴ・エリクソンがアメリカの作曲家スティーヴン・フォスターの章を担当し、黒人作家ジョン・エドガー・ワイドマンが黒人文学の先駆者チャールズ・チェスナットの章を担当するなど、異色の項目執筆者として寄稿していることだが、英米文学の現在に通じたインド系女性作家バーラティ・ムカージーに北部白人男性作家の代表格を割り振った編集上の戦略はまさに国際的ならぬ多国籍的、さらにいえば惑星思考的であり、深く感嘆せざるをえない。

3　ナラティヴ・ハイジャック——記号的亡霊リンカーン

このように二十一世紀を迎えて変貌したアメリカン・ルネッサンス研究の準拠枠をふまえて、さいごに強調しておきたいのは、スピヴァク以降の惑星思考が欧米中心の比較文学史を批判し、来るべき惑星規模の比較文学的方法論のうちに人文学 Humanities と人類 Humanity、の未来を見出す遠心力を発揮したいっぽう、ひとつの言語の文化圏内部に限ってすら、必ずしも言葉と意味、記号表現と記号内容が一致しにくい政治的抑圧の歴史が連綿と紡がれてきたことのうちに、多民族国家アメリカ合衆国における人文学の未来を見出す求心力が頭をもたげてきたことである。今後のアメリカン・ルネッサンス研究の動きを占う重要な書物として、ここに北米の新歴史主義批評の一翼を担い、二〇〇八年には日本英文学会で来日講演も行ったブランダイス大学教授マイケル・ギルモアがシカゴ大学出版局から出した最新刊『言葉をめぐる戦争』(*The War on Words: Slavery, Race, and Free Speech in American Literature*) の概要にふれておきたい。

彼はイエール大学にてマシーセンの好敵手だったチャールズ・ファイデルスン・ジュニアに師事するも、のちにハーヴァード大学に進み、博士号請求論文をもとにした第一著書『中道——アメリカのロマン主義小説におけるピューリタニズムとイデオロギー』(*The Middle Way: Puritanism and Ideology in American Romantic Fiction*)〔ラトガーズ大学出版局、一九七七、未訳〕を世に問い、その後第二著書である『アメリカ・ロマン派と市場経済』が松柏社から邦訳も出て我が国でも人気を呼んだ。さら一九九四年にスタートしたサクヴァン・バーコヴィッチ編になる巨大文学史『ケンブリッジ大学版アメリカ文学史』全八巻の記念すべき第一巻にギルモアは「アメリカ独立革命期および初期国家形成期の文学」の章を寄稿。同年には、元同僚にして現在イエール大学教授のワイ・チー・ディモクとの共編著『階級を再考する——社会編成と文学批評の横断』をコロンビア大学出版局より上梓し、同誌もほどなくして宮下雅年他による邦訳が松柏社から刊行。さらに『闇の中の差異——アメリカ映画とイギリス演劇』(*Differences in the Dark:American Movies and English Theater*)〔コロンビア大学出版局、一九九八、未訳〕と『表層と深層——アメリカ文化における読解可能性の探求』(*Surface & Depth: The Quest for Legibility in American Culture*)〔オックスフォード大学出版局、二〇〇三、未訳〕を出版して、文学作品から視覚芸術にまで射程を拡張し、二十一世紀に入ってもなお新たな領域へ挑戦している。

したがって、ギルモアからラトガーズ大学が発行する高級学術雑誌『ラリタン』(*RARITAN*) 二〇〇六年秋季号が届き、そこに収められた最新論文がリンカーン大統領を中心にアメリカン・ルネッサンスにおける奴隷制問題と言論の自由を再検討する内容だったのを見て、彼が再び新たな展開をもくろんでいることを実感した。さらにギルモアは二〇〇八年十一月五日、アメリカ初の黒人大統領バラク・オバマが誕生することに決まった日、こんな一行のメールを送ってくれた。「アメリカ人でありアメリカ研究者であってよかったと実感した一日だった」。

そこに込められた気持ちは本物だろう。南北戦争前後すなわち奴隷制解体前後の言論の自由をめぐる問題は決して遠い昔のことではなく、湾岸戦争やイラク戦争を経由してブッシュ政権を中心に言論弾圧を強めていた二十一世紀アメリカ自体の問題であるからだ。

この視点よりギルモアは、本論文を表題作とする最新単著『言葉をめぐる戦争』において、南北戦争以前以後すなわちアンテベラムとポストベラムで区分する従来のアメリカ文学史の物語学そのものを問い直し、こと黒人奴隷制の問題をめぐる言論統制すなわち gag rule が言論の自由すなわち free speech を弾圧してきたことについては、奴隷制南部においても再建期においても一貫していることを、アメリカン・ルネッサンスの作家たちのみならずマーク・トウェインやヘンリー・ジェイムズら古典アメリカ文学の正典を読み直して例証し、特に『ハック・フィン』においてはトウェイン自身の同時代言説空間を睨んだ作家的自己規制を明らかにしてみせた。その豊富なアイデアを列挙すれば枚挙にいとまがないが、ひとつ注目されるのは、彼がメルヴィルの小説断筆の理由をもそうした言論弾圧の文脈に求め、晩年の未完作品『ビリー・バッド』には、むしろ南北戦争以後の再建期における黒人への人種差別的リンチが反映しているのではないか、と洞察している部分である。言いたいことがあるのに、断じて口にすることができない言説空間。「ベニト・セレノ」では黒人奴隷の反逆者バボがだんまりを決め込み、「ビリー・バッド」ではビリーがどもりという言語障害を負っているうえに、かの『白鯨』においてすら、エイハブ船長が雄弁をもって鳴る奴隷制廃止論者にたとえられ、その彼が銛のロープが首にからまり喉を窒息させられてしまうことでボートから落ち、白鯨との一騎打ちを迎えぬまま死んでいく場面が象徴的に引用されている。メルヴィルの登場人物には決定的瞬間に発話が阻害され正常なコミュニケーションが図れなくなる者が少なくないが、ギルモアはそのゆえんを誰よりも明快に奴隷制下、ないし人種差別下のアメリカ的言論空間に求めてみせるのだ。

　しかも本書でギルモアは、第十六代アメリカ合衆国大統領エイブラハム・リンカーンが建国の父祖たるワシントンやジェファソンに敬意を払いつつ、「独立宣言」の精神に盲従するのではなく決定的に更新する叙事詩的英雄、つまりもうひとりのアメリカン・ヒーローだったと断じる。

Lincoln was simultaneously the epic poet and the epic hero of the narrative of liberty. Author of emancipation, he was also, as Emerson said in his eulogy for the slain president, "a heroic figure in the centre of a heroic epoch." . . . Always true to his word, he vowed to abolish slavery and "lived long enough to keep the greatest promise that ever man made to his fellow men". In all this, of course, he resembled the leaders of 1776 who initiated the Revolution with their discourse and carried it to success with their deeds. This was not, or not principally a reversion to the retrospective mood of Nature's first sentences. Lincoln's achievement did not slavishly imitate the fathers but updated them, and he redeemed their textual edifice, the Constitution, by infusing it with the Declaration's egalitarianism. (Michael T.

Gilmore, *The War on Words: Slavery, Race, and Free Speech in American Literature* [Chicago: U of Chicago P, 2010], 59)

ところが同書『言葉をめぐる戦争』とまったく同じ二〇一〇年、新鋭作家セス・グレアム＝スミスが、ジェイン・オースティンを小馬鹿にしたとしか思われないデビュー作『高慢と偏見とゾンビ』（原著二〇〇九、邦訳・二見書房）に優るとも劣らぬ奇妙奇天烈なタイトルの第二長編『吸血鬼殺しエイブラハム・リンカーン』（ニューヨーク　グランドセントラル社、二〇一〇、赤尾秀子訳『ヴァンパイアハンター・リンカーン』［新書館文庫、二〇一二］、のちにティム・バートン製作／ティムール・ベクマンベトフ監督の『リンカーン／秘密の書』［二〇一二］として映画化）を刊行したのだから、これはとてつもない奇遇だろう。どう考えても『吸血鬼ドラキュラ』の著者「ブラム・ストーカー」(Bram Stoker、本名 Abraham Stoker) の駄洒落から着想したとしか思われないタイトルなので前作同様のハチャメチャだろうと推測したものだが、にもかかわらずフタを開けてみると、これは至って真面目な南北戦争の歴史改変小説である。しかも、アメリカ人がいったいどうしてこれほどに幽霊やゾンビや吸血鬼といった妖怪全般が好きなのかをも、たっぷり実感させてくれたのだ。

本書はまず、リンカーン大統領と同い年の天才作家エドガー・アラン・ポーが「生死の境は曖昧」とする「早すぎた埋葬」からの言葉をエピグラフに掲げ、それに続くページに「三つの事実」として、アメリカ合衆国が一六〇七年から一八六五年までのあいだ吸血鬼がアメリカの闇の部分に蠢いていたにもかかわらず、それを信じようとする者がほとんどいなかったこと、リンカーン大統領は優れた吸血鬼殺しであり生涯にわたるその闘争を秘密の日記に書き付けていたこと、そしてまさにその秘密の日記の実在は歴史家や伝記作家たちのあいだで囁かれてきたのに眉唾物と片付ける者が多かったことを掲げている。そして「序文」のエピグラフはリンカーン自身の公にされた日記の一八六三年十二月三日の項目より「わたしは自分の見てしまったものについて語ることはできないし、自らの痛みを癒すこともできない。そんなことをすれば、アメリカ合衆国は狂気の深みへ陥ってしまうか、その大統領を狂人扱いするかのどちらかだろう」なる、まさしく言論統制下における自主規制を反映した一節を引いてみせる。

I cannot speak of the things I have seen, nor seek comfort for the pain I feel. If I did, this nation would descend into a deeper kind of madness, or think its president mad. The truth, I am afraid, must live as paper and ink. Hidden and forgotten until every man named here has passed to dust. (Abraham Lincoln, in a journal entry December 3rd, 1863)

そして以下、当の秘密の日記が発見されたことが本書執筆のきっかけになったと明かすのだから、今回の作者がギルモア的な新歴史主義批評と絶妙に連動する位置に立ちつつ、並々ならぬ「本気」でこの驚くべき歴史改変小説に取り組んでいるのがわかる。それは前作のおバカさ加減をエスカレートさせるよりも、むしろ吸血鬼史観に立った本格的なアメリカ史改変小説を書こうという正攻法の「本気」といえるだろう。

本書は三部構成。第一部「少年時代」、第二部「吸血鬼殺し時代」、第三部「大統領時代」から成っている。リンカーンが公式に発表した演説や日記とともに、最近発見されたとする秘密の日記と虚実取り混ぜた写真群がぎっしり散りばめられ、南北戦争史とリンカーン伝に予備知識がないと、はたしてどこからどこまでが真実であるのか判然とせず、むしろすべてがこのおバカ大好きな作家の作り事ではないのかと思いこむ読者もいるかもしれないが、どうしてどうして今回のグレアム＝スミスはなかなかよく調べ、痒いところに手が届いているのだ。わたしはかれこれ一〇年近く前に『リンカーンの世紀』という本を上梓しているので、そのとき膨大な資料と文献に当たってているが、この若い作家もほぼ同じどころか、それ以降の最新文献にまで目を通しているのがよくわかるのである。

何しろ、本書の前提はアメリカを危機に陥れ真の奴隷制を敷いていたのは白人どころか植民地時代より潜伏する吸血鬼の種族であり、リンカーン大統領の真の敵は南部人ならぬ吸血鬼軍団であった、真に解放しなければならなかったのは黒人奴隷というよりも人類全体であり、リンカーンが真に偉大なのは史上最大の吸血鬼殺しとしてであった、というものなのだから、この歴史観には誰しもびっくりするだろう。

しかも、吸血鬼種族のうちにも人類との共存を望む一派と人類を奴隷化しようとする一派が相争っているというのだから、これなどピューリタンの分離派と非分離派を連想させて面白い。リンカーンは南北戦争が一件落着した一八六五年四月十四日、フォード劇場で観劇中に撃たれ翌十五日未明に絶命するが、まさにそのときの暗殺犯にしてアメリカで最も美形と謳われたシェイクスピア俳優ジョン・ウィルクス・ブースこそは吸血鬼だったというのが、本書の仮説なのだ。しかも、リンカーンはたえず良き吸血鬼ヘンリーの庇護を受けているから、暗殺後も生き延び、ヘンリーとともに悪しき吸血鬼たちを狩り続けて連邦再建期に密かに貢献し、だからこそほぼ百年後の一九六三年八月二十八日には黒人解放運動家マーティン・ルサー・キング牧師がリンカーン記念堂を背後に黒人公民権運動のクライマックスとも言える有名な演説を行うことが可能となったのだという因果の糸を、著者は絶妙な手さばきで織り上げてみせる。かつてマシーセンはホーソーンからジェイムズ、T・S・エリオットへと連なる文学史的系譜を喝破してみせたが、アメリカ史そのものを辿るならば、トマス・ジェファソンの独立宣言を克服しようとしたリンカーンの意義が、さらにキング牧師によって更新されるという展開が、ここでは生き生きと描写されている。もともとアメリカン・ルネッサンス作品には、十七世紀のピューリタン植民地時代からの因縁をこだわらざるをえなかったホーソーンや、文字どおり吸血鬼的なファム・ファタールを少なからず登場させたポー、そして人間以上の存在に対し偏執狂的な挑戦をし続ける登場人物を描くメルヴィルなど、魅惑的なゴシック・ロマンスのモチーフがぎっしり詰まっているが、それらおいしいところをまんまとさらってパッチワークし巧みにリメイクしてみせたグレアム＝スミスは、昨今ではクリストファー・ビグズビーやマシュー・パールといった現代作家と並ぶナラティヴ・ハイジャックの名手と言っていいだろう。そのパッチワークの奥底では、奴隷解放小説の内部に人類奴隷化小説の隠し味を秘めてみせるところなど、まさに主流文学と大衆小説の境界領域を突く芸当として感心するほかない。

とりわけわたしが気に入っているのは第一部第二章で、リンカーンが深南部《ディープサウス》はニュー・オーリンズに赴き、街路の群衆のうちにひとりの吸血鬼めいた男を見つけ声をかけたところ、それは吸血鬼ならぬエドガー・アラン・ポーであり、彼こそは吸血鬼種族の秘密を握っていた、というくだりである。

二〇〇九年で生誕二百周年を迎えたポーとリンカーン双方に対するオマージュなのか、ポー自身の不条理都市小説「群衆の人」のパスティーシュ文体を駆使して、一八四九年秋、ボルティモアにおけるポーの謎の死を、とりわけそのときポーが叫んだ「レナルズ」なる人物の正体をめぐって新説が展開される部分も、本書のもうひとつの読みどころである。

もちろん、歴史改変小説には、フィリップ・K・ディックの『高い城の男』やスティーヴ・エリクソンの『黒い時計の旅』のように、現代の歴史とまったく異なる、時に対立さえするもうひとつの歴史を表現するものが少なくないが、本書のケースはいささか異なる。本書『吸血鬼殺しリンカーン』が面白いのは、われわれのなじんできた歴史のほうがじつは真実を隠蔽した結果のインチキであって、その真実とは黒人奴隷を含む人類すべてが吸血鬼種族によって奴隷化されようとしていたという真の歴史なのだと実感させてくれる点なのである。

終章　光と影のエクソシズム

『吸血鬼殺しリンカーン』が興味深いのは、アメリカン・ルネッサンスの時代というのが、マシーセンも指摘するように正統的キリスト教に対する懐疑心が頭をもたげる時代であり、じっさいにいまではオカルトにすぎない心霊主義（スピリチュアリズム）、つまり死者と生者とが霊媒を通して対話することができると考える思想がその他多くの疑似科学とともに、広く人気を呼んでいたからだ。心霊主義自体は太古より存在するが、アメリカにおいて一気に大衆化したのは、一八四八年にニューヨーク州北部に暮らすフォックス姉妹が、どこからともなくコツコツという音、いわゆるラップ音が聞こえる、しかもそれに質問するとイエスなら一回、ノーなら無音というふうに反応を示すと言い始め、これこそは異界より交信しようとしている騒霊のものと考えた事件によっている。のちにこの騒霊の音自体が彼女たち自身が関節で音を鳴らす演出の効果、つまりインチキだったと判明するのだが、にもかかわらずこの事件は国際的な話題となり、十九世紀後半の心霊主義ブームに火をつける。降霊会参加経験をもつアメリカ作家のリストは、ジェイムズ・フェニモア・クーパーからワシントン・アーヴィング、ヘンリー・ワズワース・ロングフェロー、ハリエット・ビーチャー・ストウにまで及ぶ。

ここで注目したいのは一八四八年、すなわち心霊主義勃興の起源ともいえるフォックス姉妹の事件とまったく同じ年に、かのマルクス＝エンゲルス共著の『共産党宣言』（一八四八）が発表され、その冒頭が誰もが知るとおり、こう始まっていることである――「とある亡霊 (specter) がヨーロッパに取り憑いている――共産主義という名の亡霊が。旧ヨーロッパの諸国家はみなキリストの名のもとに力を合わせ、この亡霊を悪魔払いするべく乗り出した。ローマ教皇も、ロシア皇帝も、メッテルニッヒもギゾーも、フランス急進派もドイツの警察スパイたちも、ひとり残らず」。

この「亡霊」こそは、かつて十七世紀末、セイラムの魔女狩りの時代にコットン・マザーが「生霊」と呼び、同書旧訳が「妖怪」と訳して来た存在ならざる存在である。心霊主義と共産主義の同時発生、いわば超自然思想と唯物論思想の同時発生は、偶然ではない。南北戦争前夜の時代、アメリカ北部にとって南部の黒人奴隷制はそれ自体が妖怪のごとき呪いであったし、南部にとってはまた、そのころ勃興中の社会主義や共産主義やフーリエ主義などすべての言説を包含するアグレリアニズムという名の妖怪によって農地再分配が行われ、奴隷制という名の私的所有形態を震撼させる恐怖におののいていたのだ。

北部にとっては南部の制度が、南部にとっては北部の制度が、それぞれの亡霊であり生霊であり妖怪であり、そこでは形而上と形而下とが分断しがたく絡み合っていた。ジャック・デリダが『マルクスの亡霊たち』（一九九四）の中でシェイクスピアにおけるハムレットの父の亡霊を引き合いに出しつつ述べるように、マルクスにとってシェイクスピアとは心霊主義者である以上に、現代経済理論の先駆者のひとりであった。マルクスの『資本論』（一八六八）は商品の使用価値のみならず神秘的性質を洞察したが、そこに斬新なる亡霊哲学「憑在論」を適用していくデリダの手つきは、そもそも『共産党宣言』や『資本論』自体が資本家と労働者の搾取関係にもとづくゴシック・ロマンス連作だったことを実感させる。その論理を応用するなら、アメリカン・ルネッサンス時代の北部と南部は、互いが互いにとっての光と影を成す亡霊ないし吸血鬼として、悪魔払いする対象だったと言えるだろう。こうしたパースペクティヴを得てこそ、アメリカン・ルネッサンスの光と影は可視化されるはずである。

＊本稿は日本英文学会九州支部特別講演（二〇一〇年十月三十一日、於・九州大学、司会・小谷耕二教授）で読んだ草稿に大幅に手を入れたものであるのをお断りする。

参考文献

Bercovitch, Sacvan. *The Office of the Scarlet Letter*. Baltimore: Johns Hopkins UP, 1991.

Bryant, John. "Rewriting *Moby-Dick*: Politics, Textual Identity, and the Revision Narrative." *PMLA* 125.4 (October 2010): 1043–60

Cain, William. *F. O. Matthiessen and the Politics of Criticism*. Madison: U of Wisconsin P, 1988.

Cvetkovich, Ann. *Mixed Feelings: Feminism, Mass Culture, and Victorian Sensationalism*. New Brunswick: Rutgers UP, 1992.

Derrida, Jacques. *Specters of Marx: The State of the Debt, the Work of Mourning, and the New International*. 1993. Tr. Peggy Kamuf. Introd. Bernd Magnus and Stephen Cullenberg. New York: Routledge, 1994.

Dimock, Wai Chee. *Through Other Continents: American Literature across Deep Time*. Princeton: Princeton UP, 2006.

Gilmore, Michael T. *The War on Words: Slavery, Race, and Free Speech in American Literature*. Chicago: U of Chicago P, 2010.

Graham-Smith, Seth. *Abraham Lincoln: Vampire Hunter*. New York: Grand Central, 2010.

Huang, Yunte. *Transpacific Imaginations: History, Literature, Counterpoetics*. Cambridge: Harvard UP, 2008.

Marchus, Greil and Werner Sollors, eds. *A New Literary History of America*. Cambridge: Harvard UP, 2009.

Matthiessen, F. O. *American Renaissance*. New York: Oxford UP, 1941.

Merlis, Mark. *American Studies*. New York: Penguin,1994.

Murphy, Gretchen. *Hemispheric Imaginings: The Monroe Doctrine and Narratives of U.S. Empire*. Durham: Duke UP, 2005.

Stern, Frederick. *F. O. Matthiessen: Christian Socialist as Critic*. Chapel Hill: U of North Carolina P, 1981.

Sword, Helen. *Ghostwriting Modernism*. Ithaca: Cornell UP, 2002.

Tatsumi, Tatsumi. "Literary History on the Road: Transatlantic Crossings and Transpacific Crossovers," *PMLA* 119.1 [January 2004]: 92–102.

第4章

ポーの水とダーク・キャノン

――「丘の上の都市」から「海中の都市」へ――

伊藤　詔子

今から我々は、ポーを一種の永遠の自殺、すなわち死の周期的暴飲とでもいうべきものにみちびいている、いわば間断のない誘惑に注目しなければいけない。彼において瞑想された各時間は悔恨の水と合致するであろう生きた涙に似ており、時間は一滴ずつ自然の大時計から落ち、時間が生きている世界とは涙を流す憂愁《メランコリー》のことなのである。

（ガストン・バシュラール『水と夢――物質の想像力についての試論』八七）

沼地に傾倒する多くの人々を魅了した光景は、センチメンタルな自然の典型であった。ワイルドネスとメランコリーに満ちた光景は、文明に対する不満の象徴的な解毒剤となった。（中略）感傷主義者たちは、子供時代の喪失や死という避けがたい運命の恐ろしい思いに繰り返し襲われた。彼らは、母なるもの、家庭を賛美し、インディアンの滅亡や北米の偉大なマウンド文明について思いを巡らせた。彼らは、感情の高ぶりゆえにそれを楽しんだのだ。

(David Miller, Dark Eden: *The Swapm in Nineteenth-Century American Culture.* 30)

はじめに――水と死の文学

ポー (Edgar Allan Poe) の文学は水の文学であり、常にそれは一貫して死と結びついている。最初期の詩集 *Tamerlane and Other Poems* (1827) の一篇、「湖に」("The Lake," 1827) に、すでにポーの短い生涯の中期と晩年の水を決定づける弔いの重い水、毒の水が描かれていることに驚かされる。バシュラールは『水と夢――物質の想像力についての詩論――』第二章「深い水――眠っている水――死んだ水――ポーの夢想における「重い水」」において、ポーにとっては水がほかのどの元素よりも特権的物質としてその芸術に統一性を与えており、エピグラフに掲げたように、ポーの作品に遍在する水の特性を随想的に記述している。しかもバシュラールは、ポーの水が「死への招待であり、原初的な物質の隠れ家の一つへ我々が復帰することを可能にする、特殊な死への招待なのだ」（八七）とも述べて、ポーの芸術に浸透する水と死との結合を説いている。

もちろんジェラルド・ケネディ（J. Gerald Kennedy）の『死と書くことについて』(*Death and the Life of Writing*) が具体的に論じるように、「ポーは死の様々な局面、その物理的身体的兆候、死にゆくことの現象学、（中略）死者の復活、墓石と墓場の魅力、悼みと喪失」(3) と取り組んだ作家であるが、そうしたテーマが展開するローケール (locale 場所の設定) は、具体的なトポスとしては湖 (lake)、沼地 (tarn, swamp)、川 (river, current, brook) そして海と多様な自然表象として展開した。中でも *OED* によると〈陰鬱〉の同義語であった〈沼地〉に、ポーは最も深い共感を示した。エピグラフに示したデーヴィッド・ミラー (David Miller) の『ダーク・エデン――十九世紀アメリカ文化のなかの沼地』では、ディズマル・スワンプを代表とするアメリカ南部特有の沼地をめぐる想像力は、十九世紀アメリカ文化の暗流を形成してきたことが詳細に跡付けられている。ポーの文学は、主流文化の下に潜むダーク・キャノンとゴシックの水脈の基底を形成したが、その特異な水の本質は短い生涯の最後まで変容しつつ保たれて、最初期の詩より未完となった海辺での遺稿「灯台」("The Lighthouse") へと連続していった。

さらに水と死のテーマの結合ということは、ポーの水は時間のテーマとも絡みついていることを意味する。母や妻との別れから編み出されたポエティックスを、ジャクソニアン・デモクラシーの下、都市化と工業化の中で変化し続けるアメリカに対するポーの批評精神や懐疑、切迫感や断絶感、また生の終焉や社会からの超脱の試みなどとの動きとも結合して、新しい文学ジャンルの開発とともに水にかかわる複雑な風景表象がうみだされていった。それは同時代の絵画とも幅広く共振する時代精神の一部ともいえよう。

小論ではそのうち、ポーの水の原型的特質が窺える初期の詩をまずみて、中期の傑作「海中の都市」で水が果たす決定的役割を論じたい。また拙著『アルンハイムへの道』で、川を遡行して到達する「アルンハイムの領地」では、自然の時空を超えた第二の自然としての幻想庭園が構築され、ポーが黒い重い水の呪縛から逃れ光の領域に達していることを考察した。その結果、アルンハイムにおけるポーの特異な水は、ポストモダンの芸術において、ジャンルを超えた強い光源となって前衛的芸術家に影響を与えていることにも触れたい。

1　宇宙的ナルシズム

⑴「湖に」と水中の墓

おそらく同時代のどの詩人、作家よりもメランコリーの人であったポーにとっては、幼い時に体験した死にゆく母への追慕の念から、水の持つ物質的特性を帯びた想像力でその詩的宇宙を黒胆汁で満たし、ポーの描く川、海、湖は、自然全体から滴り落ちる黒い涙で養われることにもなった。初期の詩「湖に」にすでにポー的水と死の一体化が読み取れる。また現実にも死せる女性の墓を訪れることがポーの日常となっていたが、「湖に」では水底に墓を見出している。[1]

若い青春の日、運命の導きで／私がいつも彷徨いながら訪れたあの湖は、

地上のどこよりも愛した場所だった。／どんなにか愛したことだろう、
あの荒れ果てた湖の孤独を。
切り立った黒い岩と、岸辺には／丈高い松の木々が生えていた。
夜がその帳を棺衣の黒布のように広げ／みなれた場所のものみなすべての上を覆い
風が物悲しい調べを奏ですぎていくとき／私ははっと幼な心にきづいたのだ、
このさみしい湖の恐ろしさに。（中略）
湖の毒の水には死がただよい／その深い水底には墓があった。
そこに淋しい思いの慰めを汲みだし、／この暗い湖を楽園とする孤独の心に、
余りにもふさわしい墓を見出したのだ。（マボット　I: 85–86）[2]

T・O・マボットの説明が示すように (83)、この湖はディズマル・スワンプの中の伝説的湖、ドラモンド湖であり、ポーと同郷アイルランドのトマス・ムーア (Thomas Moor) がここを訪れ、先に発表した地元の伝承に基づくバラッド、「ディズマル・スワンプの湖」("The Lake of Dismal Swamp," 1803) に基づいている。そこはこの水に身投げして亡くなった恋人を嘆き探すうち行方不明になった男性の、二人の物の怪が出ることで知られていた。ストウ (Harriet Beecher Stowe) の小説『ドレッド――ディズマル・スワンプの物語』(*Dred: A Tale of the Great Dismal Swamp*) をはじめ、逃亡奴隷と結びつくディズマル・スワンプをめぐる豊かな絵画や詩や物語の伝統は、ミラーの上掲本が詳しく辿っている。ポーは、作品によく使ってきた版画家チャップマン (J. G. Chapman) の "Magnolia" (1837) の絵をとおしても、この沼地のエキゾチックかつ危険な風景が、非日常的で不可思議な幻想的変容を惹き起こすことを熟知していた（図1参照）。ポーの想像力が絵画と高い親和力をもつことも、バートン・ポーリン (Burton R. Pollin) の研究によって明らかにされている。

図1
Chapman, "Magnolia"
Miller, Dark Eden p. 31.

この沼地が逃亡奴隷にとって持つ救済的特質と、ポーのような作家にとって意味した超現実的な過剰な表象性は相反するものであったが、怖れの中に幻出された水中の墓は、ポーにとって死者と会えるある種の救いをもたらし、そこに〈死のエデン〉という逆説を生み出した。ポーは湖のみならず谷間や海辺にも墓を探し求めたので、おおむねポーの詩群は〈墓場詩〉と呼んでも差し支えないであろう。それはポーの個人的情緒からはじまり、沼地的地形に身をさらす人々のうちにかなり浸透した情緒となっていった。たとえばポーのこの詩の影響力について、ローズマリー・フランクリン (Rosemary Franklin) の研究によると、かつてロバート・フロスト (Robert Frost) は、ポーの「湖に」を読んで自殺を考えてディズマル・スワンプに出かけたという。この詩一行目にある "lot" にはすでに、その場所に惹かれていく運命感覚が表明されているし、その毒の水には死が眠っているとし、その深い淵こそ墓場であり、そこから詩人は慰めを引き出そうとする。[3]

ガストン・バシュラールがいうように、ポーは「たえず死にゆく母に再び会うという根源的夢と夢想によって決定されている」（七五）のである。この詩行には、幼児の時に母と死にわかれたポーの、決定論的な暗い苦悩を吸い込む水、ディズマル・スワンプのように、死者を堆積させる暗い水への夢想が描かれている。また鬱蒼とスゲとヌマスギのはえる暗い水路は、無意識の領域へと誘い、そこで死者と再会するというポー独自の〈墓場詩〉の幻想が確認できる。

(2)「眠れる人」の朧な霧

こうした湖が山間にひっそりと水を溜めた形が沼 (tarn) である。その水は上でみたように単に暗くひっそりと澱んでいるだけではない。一八三一年詩集に収録される「妖精の国」("The Fairy-Land")、「アイリーン」(何ども書き直され一八四一年「眠れる人」("The Sleeper") のタイトルでテキストは確定した)「不安の谷間」("The Valley of Unrest") の諸篇では、次第に水が谷間を充たし、悲しい不安な領域へと、風景を変える破壊力をもつ粘液質の「露めいた、眠気を誘う、おぼろな」("dewy, drowsy, dim")「流体」("influence") となって天から死せる女性の上に滴りおちる水に変質しているのである。典型的な詩行を「眠れる人」冒頭から引こう。

> 真夜中、時は水無月／神秘の月を見上げれば
> その金色の縁からは／眠たげなかすみがおぼろに滲み出し
> 露のようにしたたり／静かな山の頂からおちていく。
> ゆるやかに流れるように／深い谷間へ あまねく落ちていく　(III: 183)

やがてこれが死のエンブレムでもあるユリと霧に包まれた墓場のシーンとなり、永遠の眠りにつくアイリーンがレテの川のような湖の傍で眠る。つまりポーの水はもっとも重要な詩材と宣言された〈美女の死〉を決定づける湿った墓場の露を生み出しているのみならず、そこで死んだ母と邂逅できる場として、イリュージョンの魔境をも浮かび上がらせているのである。

> 墓にはローズマリーがうなだれ／水辺ではユリが首を垂れ

深い霧に包まれながら／廃墟が静かに横たわる
そして湖は忘却の川のように／ひと時の眠りにまどろみ（中略）
そして開け放った窓の内側では／アイリーンが永久の眠りについている　(III: 184)

緩慢な宇宙からの霊気ともいえるこの水は、やがてポーの夢想全体に浸透し、沼地や海の暗い破壊の水となって、ポー作品を支配していくことになる。ミラーはこうした感覚を宇宙的ナルシズム (cosmic narcissism) と呼び、沼地の想像力には、父権的文化の底辺を構成する「身体、物質性、不合理性、腐敗、感染、性的特質」等「産業主義や資本主義的秩序といった主流の価値観への、自然の側からの抵抗」があるとし、何よりも母なるものと結縁するという (23)。

ここでその生涯の出発点に位置した母の死の事実を少し見ておきたい。なぜポーは、ヴァージニアやサラ・ヘレン・ホイットマンら、その後出会うすべての女性に死せる母をみいだすことになり、死後の霊界での母を追慕し続けたのであろうか。母エリザベス・アーノルド・ホプキンズ・ポーは、優れた女優の才能に恵まれ評判をとっていたが、一八一一年十月リッチモンド・シアターの舞台のあと、喀血をみて倒れた。ダニエル・ホフマン (Daniel Hoffman) によると、「親子四人は、オズボーン夫人の下宿屋でたった一間に暮らしていたが、地元の篤志家の婦人たちの世話になりながら悲惨さのうちに十二月八日命を閉じた。幼いエドガーは、死の床から遂に起き上がれなかった母親をそばでじっと見つめた」(25)。以後出現する母的女性、ジェイン・スタナードの一八二五年の四月三十一歳での死、さらに常にエドガーを庇護してくれたフランシス・アランの一八二九年二月の四十四歳での死が重なった。こうした度重なる母的存在の死は、マリ・ボナパルトのいう「眠る死せる母」(“sleeping dead mother”) への合一願望を強く育み、女性を墓へと結合させたと想像できる。[4]

エリザベスは聖ヨハネ協会の墓地に埋葬され、ジェインとフランシスは、ショコー・ヒル・セメトリーのそれぞれの場所に埋葬された。ポーは実にしばしば墓を訪れていたことを、ケネス・シルバーマン、ホフマン等伝記作家たちは述べているが、墓こそ〈眠れる母〉と会える場所であった。

2　超現実の死のトポス「夢の国」(“Dream-Land”)

ミラーは十九世紀半ばに生まれた沼地への強い関心には「異教的で無政府主義的な源泉ともいえる、女性的なるものを抑圧していた父権的文化の衰退を見ることができる」とし、「自然と自我が相互に浸透し合うようになり一方では自己再生へと道が開かれるのだが、同時に精神分裂《サイキックディスインテグリティ》も招く結果となり、「アッシャー館の崩壊」の〈暗い沼〉は、油断のならない影響、不合理なものの危険を象徴している」(11)とする。沼の破壊力をマデラインの潜在的再生への力を吸収する形で、館は崩壊していく。

かくしてポーの想像力は、運命的にすべてを解体し輪郭がくずれる沼地の水の物質的特性に惹かれ、墓場を絶えず彷徨うようになった。それが自らのサイキを連れて墓場を彷徨う詩「ユラリュウム」であり、海辺の墓場で恋人の亡骸をうたう「アナベルリー」であった。そこには「おぼろな影の徘徊する墓地風景の静寂と別世界の微芒が」あり、ポーの〈墓場詩〉は「無意識の沼沢地方」(伊藤　一九八六、八八)で、夢と目覚めの交錯する瞬間を類まれな韻律構成で制御し捉えたものであった。

そうした沼地的トポスの総決算とも呼ぶべき旅路の果てに到達した詩が、「夢の国」(“Dream-Land”)である。エディングス(Dennis W. Eddings)の論考「ポーの『夢の国』――悪夢か崇高なヴィジョンか」が示すように、この詩はその非現実の風景の質をめぐって多くの批評を誘ってきたが、半ばは現実的にポーが見知っていたディズマル・スワンプのドラモンド湖で、鬱蒼とスゲとヌマスギの生える独特の、世界で唯一ともいえる水ジャングルのような稀なる生態系が、ポーの内面を映し出すことに触発されて書かれたものとも言えるだろう。以下の引用では下に英語を記してその特異な言語を示す。

朦朧と淋しい道を過《よ》ぎり、
ただ悪しき天使らのみ徘徊するなか
夜という妖怪が、漆黒の王座について
悠々とあたりを覆うところ、
遂に私はこの国にやって来た。
遠く仄暗いチューレの崖から――
荘厳にひろがる荒涼たるところ、そこは
空間のそと時間のそと。

By a route obscure and lonely,
Haunted by ill angels only,
Where an Eidolon, named NIGHT,
On a black throne reigns upright,
I have reached these lands but newly
From an ultimate dim Thule—
From a wild clime that lieth, sublime,
Out of SPACE- out of TIME.　(III: 343-344)

この土地が文字通り空間と時間を超えている様は、続く第二スタンザで詳述される、時間と空間の境界が崩壊しつつある津波か山崩れの自然表象により明らかとなる。底のない谷間／果てしのない洪水／裂け目、洞穴、巨人なす森が、流れ落ちる涙のために見分けもつかぬ／物の怪めいたかたちとなって／山の頂は永遠に崩れ落ち、岸辺のない海へと崩れ落ちる (Bottomless vales and boundless floods,/And chasms, and caves, and Titan woods,/With forms that no man can discover/For the tears that drip all over:/Mountains toppling evermore/Into seas without a shore; Seas that restlessly aspire,/Surging, unto skies of fire;/Lakes that endlessly outspread)。

このように驚くべき超現実の表象が水の膜の向こうに幻出されて、緩慢な崩壊の、しかも静謐さと不安で満ちたダイナミックな風景は、念入りに頭韻や踏韻が最後の行まで still ... still ... chilly ... loll ... lily ... と折りたたまれた音楽を伴って、死の領域を超えて小舟が進むディズマル・スワンプの、根源への退行の旅を描いているのである。すでに「湖へ」がもっていた個人的ストーリーの語りから、この詩はより普遍的な夢境への旅を描くポー的世界の〈墓場詩〉へと成熟しているといえるだろう。このようにシュールな、しかもマボットのいう「精緻な音韻構造」("elaborate metrical scheme" III: 342) を持ち様式化された感覚は、実は後で述べるように、現代の超現実派の画家に継承されていくのである。

3　メランコリーの海と「海中の都市《The City in the Sea》」

(1)「海中の都市」改作過程

同じような静謐さと緩慢な動きを伴う海中の都を描いた詩が「海中の都市」("The City in the Sea," 1845) である。すでにこの詩材は「アル・アーラーフ」の中で、「麗しきゴモラの深淵の上に／波が迫り／ああ救われるには遅すぎる……」とうたわれていたものを拡充したものであった。水中に没した、かつての華麗な都では死が神の座につき、「陰鬱《メランコリー》の海がどこまでも広がる」("The melancholy waters lie.") のである。

　だが見よ。動きがあり
死の神が今王座についた。

一人佇む異様な都
朧なる西方の国の下方に
善も悪も、最善も最悪も
ものみなすべて永遠の眠りにつく。
あまたの社も宮殿も塔という塔も
年古りた塔も微動だにせず
われらの都のようにはあらず。
見渡せども風には見捨てられ
陰鬱《メランコリー》の海が広がる。(III: 201)

ポーにとって海は、一貫したローケールであり、最初の賞金獲得作品が「壜の中の手記」次に『アーサー・ゴードン・ピムの冒険』が書かれ、「大渦への降下」のスペクタクルのあと、「灯台」を遺す。つまり北極や南極、ノルウエー沖、チリ沖に展開するようにポーの海はアメリカの外に散文作品として展開した。〈墓〉がこの詩では、死海に沈む悪徳の都へと舞台を移動させ、都市全体の死を詠む。

当初一八三一年詩集に「運命の都」("The Doomed City")、次に一八三六年には「罪の都」("The City of Sin")、最終版一八四五年詩集で現在のタイトル・形となり、その間テキストの大きな異動は、一一五行目に melancholy が加わり、五二行目の Hades が Hell に書き換えられたりする点である。Hell への書き換えには「イザヤ書」一四章九節 "Hell from beneath is moved for thee to meet thee at thy coming" が響き、「黙示録」四章六節 "before the throne there was a sea of glass like unto crystal" や、「アッシャー館の崩壊」でも繰り返す「黙示録」一六節 "And there were voices, and thunders and lightenings" などが配置されたことからも、黙示の時におこる天変地異へ、ポーがいかに長年こだわってきたかがわかる。したがってポーの水への関心もこの詩では、世界観に拡大した様相を呈し、死は都市全体、あるいはゴモラに表象される文明全体に拡大し、「アル・アーラーフ」『ユリイカ』のテーマと共振する、ポストアポカリプスの預言詩へと発展したのである。

(2)「丘の上の都市《City on the Hill》」の崩壊

以上のようなこの詩の書き換えには、当初シェリー (P. B. Shelley) の "Ozymandias, (1817)" がモデルとされてきたヨーロッパ的な素材が、アメリカ的なものへと改変されたふしもあり、次第にアメリカ文明批評的色彩を強めていったと考えられる。というのもロペス (Robert Oscar Lopez) の秀逸な論考「『海中の都市』におけるウィンスロップのオリエンタライゼーション」("The Orientalization of John Winthrop in 'the City in the Sea'") によると、ここには二〇〇年前のウィンスロップの「丘の上の都市」のアメリカ的ヴィジョンを意識的に崩壊させたディストピアのヴィジョンが読みこめるという。「ウィンスロップの描くアメリカの像はアメリカ例外主義を具現する究極の都市のメタファーとして機能するとすれば、ポーのオリエンタルな都市のイメージは、ウィンスロップの文明化されたユートピアを否定した、キリスト教の逆の負の形を示し、都市全体から人間の影を一掃している」(70) というのは卓見である。

ポーのオリエンタリズムについては本稿では扱えないが、こうしたロペスの議論を補強する論点として、排除されているのは人間の影のみならず人間的営みのすべてであり、それは贅を凝らした建築、音楽、芸術の美しさを表す詩句、「あまたのあまたの壮麗なる寺院の、花輪なす石の装飾帯には、ヴィォル、菫、蔦のからまりて」のすべてが水泡に帰し、長い眠りにつくことを予言する。特に賞賛されてきた微妙な音韻効果の "the viol, violet, vine" では、芸術と自然の見事な融合を不気味な光が照らし出す、カメラワーク的詩句全体が、惜しげもなく死滅の運命に打ち捨てられている。

　ポーと同時代人で同じく新世界の行く末に対し悲観的で、光輝くナイアガラやアメリカの荒野のピクチャレスクな構図と技法を決定的なものにしながら、ヨーロッパの廃墟に新世界の未来像を重ねて、アメリカの荒野の精神の喪失を嘆いた画家が、トマス・コール (Thomas Cole) であった。ポーとの関係については拙論「ポーと新たなサブライムの意匠」で述べたが（伊藤　二〇〇六、二〇一一）、コールの『帝国の進路』第五部「廃墟」（一八三六）と「海中の都市」の驚くべき類似性は、両者の創作・改訂過程が同時期に当たっていることからも、一八三〇年代半ばが、アメリカの芸術のダーク・キャノン形成に重要な意味を持っていると考えられる。

　コールの画業全体に流れているアメリカ文明の暗い側面への着目については、サラ・バーンズ (Sarah Burns) の皓括な研究、『暗い側面を描く――十九世紀アメリカの芸術とゴシック・イマジネーション』が詳しい。バーンズは「ポーの廃墟の都と年古りた塔の崩落は、力の崩壊を象徴する保守派の怖れを象徴的に表現するものであった。（中略）同時にコールの『廃墟』も、ジャクソニアン・デモクラシーの終末的結末に対する、高度に政治的、道徳的警鐘として読めるものである」(24) とする。

　またこの詩が他の〈墓場詩〉には見られない、地下からの不気味な光に照らし出されている点も特異な点である。これまでの〈墓場詩〉の光源は、霧や涙の膜に覆われてはいたが、月の光や金星など天からの星の光であった。地獄の光と思える陰鬱な鈍光が、海中の水と融合して、他の作品でも精神性の象徴でもある宮殿、塔、尖塔すべてを、不気味な下からの光源が流れとともに文明の廃墟の細部を照らし出す。

　天からのいかなる光も
かのまちの長い夜の時には差し込まず

暗鬱な海からの鈍光が
小塔に沿って音もなく流れ込み
遥かなる遠い尖塔も照らし上げ、
円塔を、槍塔を、王者の館を
聖堂を、バビロン風の壁という壁を
蔦や花の彫刻の贅を凝らした
影めいた打ち捨てられた四阿を
照らしあげる。(III: 201)

この地下からの光は死海の水の色と融合して赤黒く、マボットはドラモンド湖の色も「血のように赤いことを、ポーはここで思い出したのかもしれない」(204) としている。やがて「地獄がその千の王座から立ち上がり、この都に敬意を払う」という最終版の最終行は、詩人ポーの、世界への judgement として堂々と響き渡る。

4　ルネ・マグリットによる「アルンハイムの領地」

ポーの描く水は、散文作品では美女再生譚の谷間の風景や、『アーサー・ゴードン・ピムの冒険』の変転極まりない魔術的海や、「大渦への降下」の驚異的スペクタクルなどへと活性をおびて変化するポーの四大の基本的元素であり、ジャンルの多様な展開から最後は庭園譚の川へと発展していく。ポーが確立した二大ジャンル、海洋譚と庭園譚に通底している超現実的な空間と時間感覚はその水風景に一貫して遺憾なく発揮されているが、「アルンハイムの領地」の川が、以上でみてきた〈墓場詩〉の黒く重たい水と一線を画するものであることは、拙本第六章第二節「庭園譚再考」等で詳しくのべたとおりである（一五七―七五）。〈墓場詩〉の魅力はポーの特異な詩想の音韻的構築にあることは強調してきたが、アルンハイムの庭構築においても、「実在の風景は芸術が生み出す風景ほど優れたものでは」なく、「風景庭園の創造は正当なる詩神に与えられた見事な機会」であるというポーの第二の自然概念が実現していて、かかる決意が「夢の国」とともに「アルンハイムの領地」を、独自の芸術の国と領地として、後代の芸術の大いなる源泉とさせてきたのであった。

　ポー作品のイラストについては、アイルランド出身、ハリー・クラークの『挿絵付き物語集』(*Tales of Mystery and Imagination by Edgar Allan Poe with Illustrations*) やラックマン (Rackham) 他による『イラスト集』(Dover, 2007) など依然として更新され続けている。しかしイラストの域をはるかに超えて独自の絵画作品となっている、マチスの「大鴉」やビアズリーの「黒猫」「ライジーア」など名画も多い。その中でベルギーのシュルレアリスムの画家ルネ・フランソワ・ギスラン・マグリット (René François Ghislain Magritte, 1898–1967) の、「アルンハイムの領地」("The Domain Of Arnheim," 1949)〔図2〕は注目すべき絵画である。[5]

　マグリットはこのタイトルで数枚のヴァリエーション画を残しており、手前に窓枠とカーテンのある版もある。バートン・セント・アーマンド (Barton St. Armand) によると、アルンハイムはドイツ語で「鷲の棲家」を意味し、「Domain が意味するものはまさに、上から見下ろす厳格な視線」(144) である。またポーの死後の旅の設計士エリソンの名前は「旧約聖書列王記二章一一節に登場する

図2　マグリット「アルンハイムの領地」

エリヤの息子」を意味し、エリヤは「燃え盛る馬車に乗って天に運ばれていく」が、「エリソンも不死者の一人であると」(145) とセント・アーマンドは主張する。ポーが描いた美的楽園を、マグリットはさらにシュールに〈鷲の氷山〉という驚くべき構図と鷲の山頂からの視線、麓の海へと変容した。そしてそれを眺める窓を手前に設定することで、ポーのアルンハイムに内包されていた劇場性、つまり庭を視る視点の設定を構図として可視化したといえる。

氷山の崇高な眺望を至近距離で観るこの窓は、異次元の到達不可能な領域を覗く空間の裂け目であるポー作品に頻出する、独自のゴシックの窓を思わせる。しかし、カーテンも付き、極めて様式化されたマグリット特有の窓は、そのガラスが壊れ破片が彼岸の部屋に飛び散るバリエーションをも描くことで、鷲の飛び立った後の、とり遺された窓のこちら側の空間をも生み出している。ただしポーの原作同様人間不在が特質でもある。

マグリットの絵では、アルンハイムというトポスは、此岸の地上の窓から眺める、彼岸の向こう側にあるあの世という劇場として捉えなおされたといえよう。[5] 山そのものに変身拡大した鷲の翼は、他界性を獲得し、氷山そのものとなった鷲のサブライムな睥睨する視線と、しかも自然の意匠そのものに融合した視線の無化ともいえる構図は、窓からそれを見つめるこの世の有限の視線と対照させられている。その対照性は、別ヴァージョンの絵にある卵が置かれている編まれた小枝の巣のリアリティと、絵の構図そのものにある非現実性の対照性に反復されている。此岸の窓辺の卵は、イーグルのこの世での再生を表象しながら、「アルンハイムの領地」が元来もっている〈支配〉(domain) するイーグルの海の領域の到達不可能性を、窓からの視線が確認し映し出す仕組みになっている。川の遡行による迷宮の旅によって到達する、幻想喚起による美的楽園の構築であるポーの「アルンハイムの領地」は、マグリットの絵により、ポーの死後の旅の暗号をさらに超現実的に発展させたという意味で、ポー芸術の、ジャンルを越えたポストモダン的継承の究極のかたちの一つといえるだろう。

註

1　ポーが典型的なメランコリーの人であったことは、ロデリック・アッシャーの人物像とそのテキストに明確に具現されている。メランコリーについては入子文子『メランコリーの垂線』を参照した。

2　テキストの引用はすべて以下により、引用の後に巻数とページのみ記す。Mabbott, Thomas Ollive. *Collected Works of Edgar Allan Poe*, Volume I: *Poems* (1969); Volumes II & III: *Tales and Sketches* (1978), Cambridge: Belknap of Harvard UP.

3　ポーと墓の関係については以下の拙論で考察した。伊藤詔子「花嫁の幽閉と逆襲――エリザベス、モレラ、ライジィーア」『亡霊のアメリカ文学――豊穣なる空間』（国文社、二〇一二）一五―三五。

4　ポーの母の死についての伝記的考察については、伊藤詔子（二〇一二）の拙論（二二―二三）で詳細に検討した。本論のエリザベスについての記述はその一部を要約したものである。

5　画像は、画集『ルネ・マグリット』（河出書房新社、一九七三）一六―一七より。

引用文献

Bachelard, Gaston. *L'Eau et les Rêves: essai sur l'imagination de la matiére*. 1942.　引用は以下によった。小浜俊郎訳、ガストン・バシュラール『水と夢――物質の想像力についての試論』国土社、一九六九。

Burns, Sarah. *Painting the Dark Side: Art and Gothic Imagination in Nineteenth-Century America*. Berkeley, CA: U of California P, 2004.

Eddings, Dennis W. "Poe's 'Dream-Land': Nightmare or Sublime Vision?," *Poe Studies*, June 1975, 8:1, 5–8.

Franklin, Rosemary "A Literary Model for Frost's Suicide Attempt in the Dismal Swamp," *American Literature*, 50. 1979. 645–646.

Hoffman, Daniel. *Poe Poe Poe Poe Poe Poe Poe*. 1972. Reprinted. Baton Rouge: Louisiana UP, 1998

Kennedy, J. Gerald. *Death and the Life of Writing*. New Haven: Yale UP, 1987.

Lopez, Robert Oscar. "The Orientalization of John Winthrop in 'the City in the Sea'" *Gothic Studies*. 12: 2. 2010. 70–83.

Miller, David. *Dark Eden: The Swamp in Nineteenth- Century American Culture*. New York: Cambridge UP, 1989.　引用は原書によ

り以下を参照した。黒岩真理子訳、デイヴィッド・ミラー『暗きエデン――19世紀アメリカ文化のなかの沼地』彩流社、二〇〇九。
St. Armand, Barton Levi. "An American Book of the Dead: Poe's 'The Domain of Arnheim' as Posthumous Journey."『ポー研究』二〇一一、No. 2 & 3 135–156.
Pollin, Burton R. "Poe and G. K. Chapman." *Studies in the American Renaissance* 1984. U of Virginia P, 1985.
伊藤詔子『アルンハイムへの道――エドガー・アラン・ポーの文学』桐原書店、一九八六。
――「花嫁の幽閉と逆襲――エリザベス、モレラ、ライジィーア」『豊穣なる空間――亡霊とアメリカ文学』国文社、二〇一二、一五―三四。
入子文子『メランコリーの垂線――ホーソーンとメルヴィル』関西大学出版部、二〇一二。

第5章

孤独のなかの光
——ホーソーンの『七破風の館』にみる〈洞窟《グロッタ》〉の美学——

妹尾 智美

はじめに

ナサニエル・ホーソーン (Nathaniel Hawthorne) の長編ロマンス『七破風の館』(*The House of the Seven Gables,* 1851) のヘプジバー (Hepzibah) の経験した「長きにわたる孤独 (long solitude)」(76)[1] は、従来の批評において、あまり好意的に捉えられてはこなかった。例えばローレンス・サージェント・ホールは、ピンチョン家特有の「貴族的な気質」から生じたその〈孤独〉な生活様式を、民主主義の社会的倫理に背く「孤立」の「罪」と見做し、「没落」を招いた原因と考えている (Hall 163–64)。ウィリアム・ディリンガムも、彼女が貴族としての「誇り」から世間的に「孤立した」とし、その生活様式を、「危険で愚かな (unwise) 隠棲」と非難している (Dillingham 61–63)。一方、ブルース・マイケルスンは、「外の世界と交わることを恐れる」ヘプジバーとその兄クリフォード (Clifford) の在り方が、「自己の喪失の問題」や「館にとり憑く生ける亡霊」の主題に結びつくと捉えている (Michelson 79–80)。

これらの見解は、作品理解を深めてくれる。しかし、「四半世紀以上に渡る」「徹底した隠遁生活 (strict seclusion)」(31) には、果たして全くの負の要素しか見られないのだろうか。『七破風の館』の語り手は、「人の生は大理石と泥からできている (Life is made up of marble and mud)」(41) とも述べ、物事には常に両極の、相反する価値が混在する可能性を仄めかす。それに何よりも、ホーソーンの日記には次のような興味深い記述が見られる――「もし、絶えず社会の鬱陶しい熱気の中で (in sultry heat of society) 生きることを強いられ、ひんやりした孤独 (in cool solitude) に全く浸れなくなるとすれば、人は一体どうなってしまうのだろう」(8: 26)。ここには〈孤独〉に対する批判的な眼差しは全く見られない。とすれば、マイナスの要素ばかりが指摘される『七破風の館』のヘプジバーの〈孤独〉な生活様式にも、価値ある何かが付随していた可能性があるのではないか。

ところで、ホーソーンは人間とその人間が身を置く場所との間には、緊密な関係が生じると考える。『緋文字』(*The Scarlet Letter*, 1850) の序文「税関」において、語り手の背後にいるホーソーンはこう記している。「わが税関勤務の全期間を通じて、月光も日光も、暖炉の火の輝きも、私の目にはみんな同じであった……わが感性のすべて、感性に関わる天賦の才能は……私のもとから去っていたのだ」(1: 36) と。つねづねロマンスの創作には「月光」に対する「感性」が必要だと考えているホーソーンは、[2]「税関」という実務的な世界に身を置いた結果、その「感性」がだめになってしまったと感じているのである。この場合は、身を置いた空間によるマイナスの影響が示唆されているが、にもかかわらず、ホーソーンが基本的に、人は空間に影響あるいは支配されると考えていることは明らかである。

彼のこうした考え方は、『七破風の館』のヘプジバーの在り方を捉え直すためのヒントとなる。すなわち、〈孤独〉な「隠遁生活」の〈場〉となった「七破風の館」そのものがいかなる特性のある空間であり、またいかなる影響を彼女に与えたのかを分析するとき、これまで見過ごされてきた価値あるものが見えてくると考えられる。

そこで、本論では、「館」の特性を詳細に分析し、その上で、ヘプジバーの〈孤独〉に対する再評価を試みる。その際、特に「館」にまつわる奇妙な事柄、すなわち(1)「館」の内外の装飾が〈グロテスク〉の意匠で満たされていることと、(2)「館」が〈洞窟〉の隠喩を用いて表現されていることとに着目したい。〈グロテスク〉と〈洞窟〉は、共にルネサンス後期のヨーロッパ、及び十七・十八世紀イギリスにおいて大流行した洞窟建築〈グロッタ〉に結びつく概念である。〈グロッタ〉なる人工洞窟は、後に触れる英国詩人アレクサンダー・ポープ (Alexander Pope) のそれのように、暗闇のうちに〈光〉を幻想的に煌めかせ、かつ、独特の精神性を内在させるものもあった。ジュディス・カウフマン・バズや入子文子氏の先行研究に見るように、ホーソーンがルネサンスのヨーロッパとそれ以後のイギリスの建築や絵画、彫刻に対して多大な関心を寄せていたからには (Budz 7–10、入子　一六—二三、七四頁)、〈グロッタ〉の伝統を『七破風の館』に反映させているとしても不思議ではない。

　このような見解から、以下では、ルネサンス以来の伝統的な〈グロッタ〉の考え方、及びそれに関わる〈グロテスク〉と〈洞窟〉の概念を背景に置いて「館」とヘプジバーを分析し、〈孤独〉な「隠遁生活」に潜む〈光〉の部分を明らかにしたい。

1　館とグロテスク

はじめに、「館」が〈グロテスク〉の装飾意匠で満たされている点について考察しよう。そのために、まず、〈グロテスク〉とはいかなるものであるのか確認したい。ホーソーンが図書館から借り出した (Kesselring 49)『百科事典アメリカーナ』(*Encyclopaedia Americana*, 1831) 第六巻における "grotesques" の定義によれば、それは「人間、獣、花、植物などが綺想に満ちた様態で混ぜ合わされたすべての装飾模様 (All ornaments compounded in a fantastical manner, of men, beasts, flowers, plants, &c.)」を意味する (Lieber 72)。「花々、魔神たち (genii)、人々や

図2

獣たち、建物などが、芸術家の空想によってごちゃまぜに混ぜられている」(Lieber 73) とも説明されているように、この種の模様――グロテスク模様――においては、芸術家の〈綺想〉によって異種のものたちが幻想的に混ざり合い、結合し、〈異形〉のものが生まれるのである（図1参照）。[3]

「七破風の館」は、従来ほとんど指摘されたことはないが、こうした〈グロテスク〉の意匠に満ちた特異な空間である。[4] まず、「館」の外観を見てみよう。語り手によれば、「その眼に映る外観すべてに、ゴシック的綺想に見るグロテスク性 (the grotesqueness of a Gothic fancy) を象

図1

った風変わりな模様 (quaint figures) が施され、壁の木部に塗り込んだ石灰と小石とガラスの破片を混ぜた漆喰の上に、描くか、あるいは嵌め込むかしてあった」(11)。「ゴシック的綺想に見るグロテスク性を象った風変わりな模様」は、ゴシック聖堂に見られるガーゴイルのような怪物や、グリーン・マンなどの植物文様に混ぜ込まれた異様な生き物たちの彫刻を想起させよう（図2参照）。実際、ゴシック建築に見るそうした〈異種混淆〉の奇妙な装飾意匠は〈グロテスク〉の図像として捉えられてきた。例えば、ホーソーンが愛読したホレス・ウォルポール (Horace Walpole) は (Kesselring 64, 入子　九九頁)、*OED* の "grotesque" の項の例文にも見られるように、「昔の建築物の……樋《ひ》

嘴《はし》に装飾として施してある……あのグロテスクな怪物たち (Those Grotesque monsters . . . with which the spouts . . . of ancient buildings are decorated)」という言葉を残している (Clayborough 10–11)。また、十九世紀英国の美術史家ジョン・ラスキン (John Ruskin) も、[5]「グロテスク (the Grotesque)」な表現であるところの「捩じれた［歪んだ］、怪物的な彫刻」が、「ゴシック期の最も高貴な建物 (the most noble work of the Gothic periods)」のうちにも見出せると指摘している (Ruskin 123–24)。このように伝統的な〈グロテスク〉の意匠が「七破風の館」の「外観」を埋め尽くすさまは、極めて印象的である。

また、語り手によれば、「鋭く先の尖った七つの破風」(5) それぞれの「頂」(12) には「螺旋形の (spiral) 小さな鉄の棒」(12) が取り付けられている。このことも示唆的である。〈螺旋〉や〈渦巻き〉といった〈捩じれ〉を伴う形態は、〈グロテスク〉につきものの形態であるからだ。シャステルによれば、「グロテスクについての定義」を行った十六世紀の画家ヴァザーリは、「文章自体がグロテスクの特徴を模倣」するよう、その「独自性をさまざまな術語を駆使して渦巻くように提示」している（シャステル　五一頁）。ホーソーン自身、『旧牧師館の苔』(*The Mosses from the Old Manse*, 1846) の序文の中で、「果樹園」(10: 12) の「林檎の木々」について触れる際、それらが「自分たちの身体をひねり曲げる (contort themselves) ことによって」「多種多様なグロテスクな形 (grotesque shapes)」(10: 12) に変形していると述べている。それゆえ、『七破風の館』のタイトルを飾る「七つの破風」は、「螺旋形の小さな鉄の棒」という〈捩じれた〉ものを頂点に据えながら、それ自体〈グロテスク〉に結びついているといえる。[6]

次に「館」の内部に目を移そう。「居間」の調度品の一つである「ピンチョン領地」(33) が示された「古地図」には、「インディアン」や「一頭のライオンを交えた」「野獣たち」の絵が「金銀を用いてグロテスク風に彩飾され (grotesquely illuminated)」、その「地形は、最も綺想に満ちてうねり曲がっていた (most fantastically awry)」(33)。この「古地図」は、人間や動物などの〈異種〉のものが〈混合〉している点や、地形が〈綺想に満ちて〉〈うねり〉

を見せている点で、典型的なグロテスク模様と見倣しうる。

また、ヘプジバーが大事にしている「中国磁器のティーセット」(76) にもグロテスク模様が施されている。「人間や鳥や獣のグロテスクな模様 (grotesque figures of man, bird, and beast) が、同じくグロテスクな風景 (grotesque a landscape) の中に描かれて」(77) いるからである。また、その「描かれた者たち」は「自分たち自身の世界、即ち燦然たる輝きを放つ世界」に住む「奇妙なおどけ者たち (odd humorists)」とも語られる。ここでは、「古地図」の時と同様、〈うねり〉曲がった風景のなかで、〈異種〉のものが、奇妙にかつ陽気に〈混淆〉する様子がうかがえる。

2　館とグロッタ

このように、「館」は〈綺想〉に満ちた数々の〈グロテスク〉によって奇妙に満たされている。しかし、「館」にはもう一つの特異な点がある。この建物は、既に触れたように、〈洞窟〉の隠喩を用いて語られるのだ。例えば、ヘプジバーの長い「隠遁生活」について触れる語り手は、「日一日と隠遁の日々が重なるごとに、彼女の隠れ家である洞窟の戸口 (the cavern-door of her hermitage) には、ひとつ、またひとつと石が転がってくるのだった」(39) と述べ、「隠れ家」たる「館」をはっきりと〈洞窟〉に重ねている。また、ピンチョン判事 (Judge Pyncheon) が「突然死」(309) を遂げた翌朝、「館」は、ウェルギリウスの「アイネイアス」(285) が「黄金の枝」を携えて「冥界」に降りるときに通る、「シビル」(285) の〈洞窟〉になぞらえられてもいる。こうした〈洞窟〉のイメージは、「館」そのものに施された数々のグロテスク模様を考慮に入れたとき、「館」に新たな様相を付与する。「館」は、人工洞窟〈グロッタ〉と重なってくるのである。

　ここでひとまず立ち止まり、〈グロッタ〉とはいかなるものかを確認しよう。先程の『アメリカーナ』の“Grotto”の項によれば、それは「庭園に造られる、自然の洞窟を模した、人工的な小型の殿堂」(Lieber 74)を意味する。その「外観」は、「田園風の建築で美観が添えられ、内部は貝殻細工や珊瑚などで装飾される」という(Lieber 74)。とはいえ、この定義はやや一面的にすぎるため、〈グロッタ〉を詳細に研究したナオミ・ミラーや原研二氏の指摘に則って若干の説明を加えると、〈グロッタ〉の装飾には上記の「貝殻細工」や「珊瑚」に限らず、「丸石」、「鏡」、「ガラス」、「真珠母」、「鍾乳石」、「大理石」や「石灰石」の彫像、「フレスコ画」、「寄木の嵌め絵」など、実に様々なものが用いられる。また、〈グロッタ〉の規模は、「小型」のものばかりでなく、フィレンツェのボボリ公園内に一五九三年に完成した「グロッタ・グランデ」のように、大洞窟ともいうべき非常に大きなものも多い(図3参照)。さらに、ルネサンス以来の伝統として、庭園内の殿堂のみならず、例えば「フィレンツェのヴェッキオ宮殿」に造られたフランチェスコ一世の「ストゥディオーロ」(書斎)のように、洞窟の形をなぞったヴォールト状の(半円筒天井を持った)「小部屋」や「個室」などの囲われた私的空間もまた、〈グロッタ〉の一種として位置づけられた。[7]

　このように〈グロッタ〉には様々な種類が存在するものの、〈グロッタ〉内部は、しばしばグロテスク模様あるいはそれを彷彿とさせる意匠で満たされる(Miller 51, 111、原 二三八頁)。これは、一つには、“grotesque”という言葉の語源が〈グロッタ〉にあることに関係している。グロテスク模様とは、もともと十五世紀末、ネロ帝のドムス・アウレア(黄金宮殿)に代表される、

図3

古代ローマの遺跡の地下の部屋部屋で見つかった装飾模様を意味していた。当時、地下に埋まっていたローマの遺跡はイタリア人たちから「洞窟《グロッタ》」(grotta) と呼ばれていたので、そこで見つかった装飾模様も場所に因んで「洞窟風」、すなわち“grottesca”(洞窟風) と呼ばれたのである。この模様は当時の芸術家や貴族たちを驚嘆させ、次々に模倣され、発展し、十六世紀を通じて爆発的に流行することになったのだが、[8] 原氏によれば、このように「グロッタ」と呼ばれた、ローマの地下の遺跡のヴォールト状の部屋部屋ならびに天井に繁茂していたグロテスク模様は、同時代に多く造られることになる人工洞窟の〈グロッタ〉を造成する際の、建築上の指針となったのだという(原 二三八―四〇頁)。

〈グロッタ〉と〈グロテスク〉のこうした密接な関わりについては、ホーソーン自身、熟知していたはずだ。彼が目を通した『アメリカーナ』や、自身の短編「ラパチーニの娘」('Rappaccini's Daughter,' 1844) においてその名を言及する、十六世紀の名彫金家ベンヴェヌート・チェッリーニ (Benvenuto Cellini) の手になる記述には、「グロテスク」の語源についての詳しい説明が見られる。[9] また、〈グロテスク〉の意匠が〈グロッタ〉に施されてきたことは、彼が「少年のころから」「賞賛してきた」(Woodson 896) 英国の随筆家ジョセフ・アディソン (Joseph Addison) の記述にもうかがえる。雑誌『スペクテイター』(*Spectator*) 一七一一年四月十二日付の随筆において、ある「貴婦人の図書室」の一空間を回想するアディソンは、次のように述べている。

図書室のその部分は……閉じられた、一種の四角い空間となっていた。そこは、私がこれまで目にしたうちで最も美しいグロテスクの作品 (the prettiest grotesque works) の一つから成るもので、中国磁器の中の、スカラムッチア[イタリア喜劇の道化役] (scaramouches)、ライオン、サル、中国清朝の官吏 (mandarines)、樹木、貝、その他、多数の奇妙な形象 (a thousand other odd figures) で構成されていた……私はそうした異種混淆の性質を持つ調度品

(such a mixed kind of furniture) に対して驚異の念を持って楽しみ……最初、自分がグロッタ (grotto) の中にいると想像すべきなのか、図書室のなかにいると想像すべきなのか、わからなかったものだ。(Addison 164)［筆者試訳］

ここでアディソンは、奇妙に異種混淆された「中国磁器」の模様を、グロテスク模様と捉えている。見逃せないのは、〈グロテスク〉で溢れる囲われた空間を、〈グロッタ〉と見紛うアディソンの視点である。「自分がグロッタの中にいると想像すべきなのか、図書室のなかにいると想像すべきなのか、わからなかった」という彼の感想は、ルネサンスのヨーロッパから十八世紀のイギリスに渡った〈グロッタ〉もまた、〈綺想〉溢れる〈グロテスク〉の意匠で満ちた空間であったことを物語る。アディソンを好んでいたホーソーンは「七破風の館」を描くにあたり、この記述を大いに参考にした可能性はある。〈洞窟〉の隠喩で表現され、かつ、グロテスク模様が鏤められたヘプジバーの「館」は、〈グロッタ〉の系譜に位置づけられよう。

3　グロッタと綺想

「館」がこのように〈グロッタ〉に重なるとすれば、それはヘプジバーの在り方にいかに関わっているのか。ここからは、〈グロッタ〉に内在する精神性に目を向けてみよう。

互いに相容れないものたちが「綺想に満ちた (fantastical) 様態で」混じり合い、結合するグロテスク模様には、本質的に、〈夢〉に通じる〈非合理〉性が備わっている。十六世紀の建築家ピッロ・リゴリオは、グロテスク模様を、「グロテスク、夢、奇抜である以上に怪奇な絵画」と名付け、歴史家ダニエル・バルバロも「夢幻的な絵画」

と呼んだのだった（シャステル 二〇、八四頁）。そうしたグロテスク模様で彩られた〈グロッタ〉もまた、必然的に、〈非合理〉性が支配する〈夢〉や〈綺想〉の領域となる。そこは「イリュージョンの王国」であり「綺想の世界」(Miller 11) なのだ。

こうした〈夢〉と〈綺想〉に満ちる特異な空間に、「六〇年間」(38, 41) も身を置き、そのうち「二五年以上」(31) はただ一人きりで隠遁生活を送ったヘプジバーの様子には、その影響と思しき点がいくつも見られる。語り手によれば、ヘプジバーはもはや「一種の狂人になり果て」(174)、慣れないセント・ショップで店番をしている間も「夢の中を歩いている人のよう」(66) である。また、「貴族的な追憶という幻の滋養によって自らを育んできた」(37) 彼女は、没落してもなお、「生まれながらの貴婦人」(37) という意識が消えず、「自分の体のまわりには何か後光のようなものが射しているのだろう」(54) と思い込んでいた。

このような妄想的な貴族意識は、事実、「館」の中の、〈綺想〉溢れる〈グロテスク〉の意匠によって、直接高められていた可能性が極めて高い。順を追って説明すると、語り手によれば、ピンチョン家は、二〇〇年前、「ヨーロッパにおける数々の公爵領、いや現君主の領地などより、はるかに広大でさえあった」(18)「東のほうにある」(33)「未開の領土」(18) をあと一歩で手に入れるところであった。が、初代ピンチョンの「突然死」(309) によって、「羊皮紙」(19) の「証文」(316) が行方不明になり、「ピンチョン家の所有権」(19) は「実体のない」(19) ものとなる。しかし、この「実体のない権利主張」(19) は、「ピンチョン家の人間すべての特徴となってきた、家柄の誇りという荒唐無稽な幻覚 (absurd delusion)」(19) を育み、「まるである種の高貴性を受け継いでおり、今にもそれにふさわしい王侯のような富を手にすることができるかもしれない」(19) と考える者も出てくる。重要なのは、代々そうしたピンチョン家の人々が、「東の方の、広大な領地」(316) 所有の〈夢〉を、「ピンチョン領地の地図」(33) を眺めながら持ち続けたことである。彼らは「新しい開拓地の位置に印をつけ、村や町の印をつけては、まるでその土地が最終的に自分たち自身の王国になる見込みがあるかのように、次第に増大していく領地の値打ちを計算してみるのだった」(19)。その「地図」とは、先ほど見た、グロテスク模様で装飾され、「綺想に満ちてうねり曲がっていた」「古地図」である。〈綺想〉に満ちた〈夢〉の絵が、非現実的で「実体のない権利主張」と自らの「家柄の誇り」を夢見させ続けたのである。

とはいえ、一層興味深いことは、ヘプジバーの幻想ないし途方もない空想が、しばしば「綺想の数々(fantasies)」と表現されることである。語り手は、「五〇年前にインドへ出帆して以来消息を絶っている伯父」(64)が突然帰ってきて彼女を「養子」にし、「東洋の」財宝を贈ってくれるとともに「計り知れないほどの富の女相続人」(64)にしてくれるかもしれないとか、「東のほうのピンチョン領地」(33)が手に入り、「宮殿」(65)を建て広大な領土を得られるかもしれない(65)などといった彼女の途方もない考えを、「こうしたものは、長い間、夢想してきた綺想の数々(fantasies)の一部」(65)と、ひとまとめに表現する。このことは、ヘプジバーとグロテスク模様の広がる〈グロッタ〉との密接なつながりを直接的に暗示しよう。「綺想」という言葉は、これまで述べてきたように、〈グロテスク〉のキーワードであるからだ。ヘプジバーは〈綺想〉に満ちた〈グロッタ〉空間に長年身を置いたことにより、常にその精神が〈綺想〉の支配を受ける、現実世界とは相容れない人間になってしまったと考えられるのである。

しかしながら、ヘプジバーの〈綺想〉には驚くべき一面がある。彼女の〈綺想〉は、世間が捉え損なった〈真実〉をも捉えているのである。例えば、「一族の誉れ」(24)と名高い、「彼女の裕福な従兄弟」(24)ピンチョン判事の「とても感じの良い微笑」(63)に隠された、彼の本性である。物語の序盤において、通りを歩くピンチョン判事の姿を「館」の中から見かけたあとの、ヘプジバーの言動を見てみよう。

語り手によれば、ピンチョン判事の姿を見たあと、居間に戻ったヘプジバーは、壁に掛っている「いかめしい老清教徒」(58) である初代ピンチョンの「肖像画」(58) を眺めながら、こうつぶやいている。「まさにあの人だわ！……ジャフレー・ピンチョンがどんなに微笑を浮かべても、その下にはあの表情が潜んでいる！　あの人［ピンチョン判事］に頭巾をかぶせ、帯をしめさせ、黒いひきまわしを着せて、片手に聖書、片手に剣を持たせたら――そしたら、ジャフレーがいくら微笑を浮かべたにしても――昔のピンチョンが戻ってきたんだってことを、誰も疑いやしないわ！」(59)。

ヘプジバーは、十七世紀の初代ピンチョンとその子孫である十九世紀のピンチョン判事という異なる二人を同一視しているのである。語り手は、「過去の時代に関わる」(59) この一見途方もない考えを「綺想 (fantasies)」(59) と表現し、「彼女はあまりにも長い間、一人ぼっちで館にいたせいで、脳髄そのものに館の木材のむれ腐れが染み付いてしまったのだ。正気を保つためには、昼間の通りを散歩する必要があった」(59) と述べて、狂気によるものと切り捨てている。にもかかわらず、ヘプジバーによる類比は的を射たものなのである。なぜなら語り手は、この時点ではいわば理性的な常識人を装いながらも、たびたび初代ピンチョンとピンチョン判事との間の外面的及び内面的相似を指摘し、両者の奇妙な同一性を読者に強く印象づけているからだ。

例えば語り手は、物語の中盤で、ピンチョン大佐とピンチョン判事とが共に、世間的にははなばなしい名声を得ていたことに言及する一方で、「言い伝えによれば、かの清教徒は富に対して貪欲であったと主張されているが、判事もまた、一見まことに金離れのいい様子を見せていたにもかかわらず、物をつかめば、まるで鉄の指で握りしめたように、てこでも離すことのない男だと言われていた」(122) とも述べ、両者に潜む〈強欲さ〉を指摘している。物語の中盤の終わり頃においては、彼女の兄クリフォードとの面会を、ヘプジバーに拒絶された瞬間のピンチョン判事について、「この危機的な瞬間に、ピンチョン判事ほど、奥の部屋にかかっているあの肖像画との、紛れもない類似を表し、自分の属する血筋の確固たる証拠を示した者は、一人もいなかった」(232) と言い、両者の重なり合いをはっきり主張している。このときのピンチョン判事は、二〇〇年前のピンチョン大佐の死後から行方不明となっている、「東の方の、広大な領土」(316)の「羊皮紙」の「証文」(316)のありかをクリフォードが知っているに違いないと推断し、その「秘密を彼からもぎ取ろう」(238)と、ヘプジバーにクリフォードへの面会を強要していた。クリフォード自身は、物語の結末で判明するように、ピンチョン判事自身の策略によって無実の罪で三〇年も投獄された結果、既に「なかば狂気、なかば痴愚になり果てて」(97)おり、「証文」のありかは憶えていない。そのうえ、生来「弱々しく、繊細で、脅威に対して敏感な」(172)クリフォードは、「強い意志を持った血縁者」(172)であるピンチョン判事の声を聞いただけで、「全身がしびれるような恐怖にとらわれる」(172)ほど、弱く哀れな人間である。そんなクリフォードとの面会を、「なだめる術もないほど冷酷かつ決然たる」(238)態度で強要し、返答いかんでは、彼を「公立の瘋癲病院に、恐らく死ぬまで閉じ込める」(236)とまで言うピンチョン判事は、まさにヘプジバーの〈綺想〉が捉えていたように、二世紀前の初代ピンチョンの再来といえる。ピンチョン大佐は、魔女裁判を利用して弱者マシュー・モールを絞首刑にして土地を奪い取っていた。大佐の「性格の特徴をしばしば驚くほど忠実に保存する言い伝え」(123)によれば、「大胆、傲慢、無慈悲、かつ悪賢い人物で、自分の目的を深く心に秘めて、休息も良心の呵責も知らぬ執拗さを持って徹底的にそれを追求し、弱者を踏みつけ、自分の目的に欠くことのできぬときには、全力を尽くして強者を打倒そうとしたのだった」(123)。ピンチョン判事のうちに、目的を達成するためには弱い者を破滅させることも厭わない初代ピンチョンの姿を、ヘプジバーの〈綺想〉は鋭く察知していたのである。

4　綺想・〈光〉・逆説

このようにヘプジバーは、〈夢〉や〈非合理〉性に満ちた〈綺想〉を通して、逆に世間が見落としがちな〈真実〉を捉えている。こうした〈逆説〉は、〈グロッタ〉の伝統といかにして結びつくものなのだろうか。

ミラーによれば、〈グロッタ〉の中には「啓蒙と詩的霊感の宿る場」(7)として機能したものもあった。言い方を変えれば、〈グロッタ〉には、人間を「真の叡智」(Miller 98)に導く、「叡智の殿堂」（原 一二九頁）としての伝統があったのである（図４参照）。ペトラルカや十六世紀の建築家ベルナルド・ブォンタレンティ、フィレンツェのフランチェスコ一世など、思想家や芸術家、貴族たちは、煩雑な現実世界あるいは世間から逃れ、その静寂に包まれた

図４

〈グロッタ〉の中で、高邁な〈真実〉を求めた。[10] 十八世紀の英国詩人アレクサンダー・ポープもその一人であり、彼は英国のトゥイクナム (Twicken-ham) に「庭園とグロッタ」(Hunt 200) を造っている。その「グロッタ」は、「質素な美徳、哲学と、真の叡智の棲家」(Mack 47) として知られるだけでなく、「創造的な想像力の源泉」である「ムーサエウム」（詩神の殿堂）(Miller 84) としても機能していた。また、地下に造られたその「暗い」(Mack 47) 空間は、「貝や、鏤められた鏡のかけらで仕上げられ」、「（薄い雪花石膏の球状の）ランプを中央に吊るすと、一千もの鋭い光線がきらめき、部屋中を反射する」幻想的な空間に計画されたという (Mack 44)。ポープは、「彼の詩神の棲家」(Mack 47) たる〈綺想〉に満ちた「グロッタの中で、夢やヴィジョンを楽しみ」(Hunt 200) ながら、〈詩的霊感〉を高めたのである。

〈グロッタ〉に籠り、暗闇に「ランプ」を灯し、〈光〉輝く〈綺想〉の数々を眺めた詩人や芸術家たちの姿は、「七破風の館」で頻繁に夢想に耽るヘプジバーのそれと不思議に重なってくる。ヘプジバーもまた、「永遠の霧のなかに埋もれてしまっているも同然」(49) とさえ語られる、「薄暗い (dusky)」(49)「陰鬱な［暗い］(gloomy) 古館」(68) の内部で、〈綺想〉に満ちた、まばゆく輝く〈グロテスク〉の装飾意匠を眺めていたと推測できるからだ。改めて指摘すれば、「居間」にある、「綺想に満ちてうねり曲がった」地形の「古地図」は、「金銀を用いてグロテスク風に彩飾されていた」のである。つまり、それは金銀の彩りによって、煌めいていたのである。また、「中国磁器のティーセット」の「グロテスク模様」も、「色に関する限り、未だ色褪せない、燦然たる輝き (vivid brilliancy) を放つ世界であった」(77)。さらに、ヘプジバーの〈綺想〉そのものも光を放ち、彼女の「内的世界」(65) を美しく輝かせている。例えば、町の古老ヴェナーおじさん (Uncle Venner) が「彼女を勇気づけようと何気なく言った言葉」(65) は、「綺想の数々」あるいは「数々の空中楼閣」を突如として彼女の頭の中に呼び起こし、「まるで彼女の内的世界が突然ガス燈で照らされたかのように、その脳の中の、哀れな、うつろな、もの悲しい部屋部屋に、祝祭の奇妙な華々しい輝き (strange festal glory) を点灯させたのである」(65)。

ヘプジバーは、もちろん職業的には詩人でも芸術家でもない。しかし、〈霊感〉を宿らせる〈場〉でもあった〈グロッタ〉の特殊な環境が、彼女の想像力を刺激し、結果的に世間が見落とす〈真実〉を捉えさせる働きをも担ったことは十分に考えられる。そういえば、ホーソーンは、このようにひたすら人を夢想に耽らせる危険性を孕みながらも、同時に〈真実〉へも導く働きをする、〈綺想〉の〈光〉に満ちた両義的な空間の話をすでに描いている。短編「綺想の殿堂」('The Hall of Fantasy', 1843) である。ヘプジバー理解の手助けとして、ここで「綺想の殿堂」に目をやっておこう。

物語の舞台となる「綺想の殿堂」(10: 172) は、語り手によれば、「夢という万人に通じる通行証によって」(173)、あるいは「知性がくだらない物語 (an idle tale) に忙しくしている間に」「気づかぬうちに」(173) 入場できる、「夢想家たち (dreamers)」(177) のための空間である。〈夢〉との結びつきの強さが感じられるこの「殿堂」はまた一方で、〈グロテスク〉の意匠が輝き渡る空間である。そこでは、「天の光がステンドグラスを通してのみ入ることを許され、それゆえ多種多様な色の輝き (many-colored radiance) で殿堂内を満たしながら、大理石の床を美しい、或いはグロテスクな意匠 (beautiful or grotesque designs) で彩色する」(172) からだ。しかもその建物自体、そうした〈グロテスク〉な意匠に似つかわしく、「ギリシア様式」、「ゴシック様式」、「ムーア式」など、異なる種類の建築様式が「混合 (mixture)」されている。語り手が言うには、それは「アメリカの建築家ならふつうは一人だって許容できないと考えるくらいの、様式上の狂気じみた混合 (a wilder mixture of styles)」である。色とりどりに輝く〈グロテスク〉の意匠、及び、〈異種混淆〉や〈夢〉といった〈グロテスク〉に纏わる概念で満たされる「綺想の殿堂」は、これまで述べてきた「七破風の館」の特質と同様の特質を持つと言える点で、〈グロッタ〉の領域と見做せよう。そうした〈グロッタ〉の「住人たち」、すなわち「いわば、そのヴィジョンに満ちた空気 (visionary atmosphere) を吸い込み、詩的な心の綺想の数々の上を歩く」(172)「夢想家たち」(177) への影響は、こう説明されるのである。「何人かの不幸な者たちは、自分たちの住まいと仕事を一切合財ここに移してしまい、あらゆる現実的な生活の務めに対して、自らを不向きな人間にしてしまう悪い癖を身につけてしまう。他の者たちは——しかし、そうした人々はわずかなのだが——ここへ時々訪れたときに、実世界が分け与えられる以上の純粋な真実 (a purer truth) を、これらの色のついた窓の光と影のなかで (among the light and shadows of these pictured windows) 発見する能力を備えている」(178)。「綺想の殿堂」という〈グロッタ〉は、従って、そこに長居をする人間を現実世界とは相容れない人間に変える「危険な影響力」(10: 178) を持つ一方で、基本的には、煩雑な現実世界では見通しにくい〈真実〉へと人間を導く力を明白に備えた空間であるのだ。ホーソーンの「綺想の殿堂」には、「叡智の殿堂」としての〈グロッタ〉の伝統が下敷きとしてあることは、ほぼ間違いないだろう。〈綺想〉によって現実世界と相容れない人間になってしまった「七破風の館」のヘプジバーが、一方でまた〈真実〉をも捉えることがあるのは、〈グロッタ〉の伝統が背景に置かれているからといえよう。〈孤独〉な隠遁生活によってヘプジバーが得た価値あるものとは、「館」の外の、合理的で常識的な世間が捉え損ねる〈真実〉を、暗闇の中で輝く〈綺想〉の〈光〉を通して見出す力なのである。

おわりに

このように『七破風の館』では、ヘプジバーの在り方を通して、〈孤独〉な隠遁生活による〈真実〉の把握への可能性が提示されている。ここで思い出すのは、ホーソーン自身が経験した隠遁生活である。ホーソーンは、作家になるための修養時代、すなわち一八二五年から一八三七年まで、社会から身を引き、〈孤独〉でいることを選択した (Stewart 27)。息子のジュリアン・ホーソーン (Julian Hawthorne) の手になる伝記によれば、後年その時期を振り返ったホーソーンは、そのときの自分を「梟 (owl)」(Julian Hawthorne 1: 98) と呼んでいる。『七破風の館』第一七章のタイトルの中で、ヘプジバーとクリフォードを "two owls" (253) と呼ぶホーソーンは、自分の〈孤独〉な隠遁生活での経験をヘプジバーとクリフォード、特にヘプジバーのそれに重ねたのではないか。「ロマンス作家」(1: 35) の描く「ロマンス」(1) が「人間の心の真実」(1) を表現することが目的ならば、作家修養時代は、それを捉える深い〈洞察力〉を養うための期間といえる。常識的で、合理的な世間から身を離すことによって、逆に、深い

〈真実〉に到達することができたからこそ、ホーソーンは、隠遁生活を終えるきっかけとなった、エドガー・アラン・ポー（Edgar Allan Poe）も高く評価する（Poe 644）短編集『二度語りの物語』（*Twice-Told Tales*, 1837）という傑作を出版できたものと考えられる。ホーソーンはそうした〈孤独〉な隠遁生活にみる逆説的な効能を、さりげなく〈綺想〉の〈光〉に輝く〈グロッタ〉の伝統にのせて、この作品で提示したのである。

＊本稿は、二〇一一年十一月に関西大学大学院文学研究科に提出した博士学位論文「Nathaniel Hawthorne とグロテスク美学——*The House of the Seven* 研究」の第Ⅱ部第三章「館とグロテスク」に加筆・訂正を施したものである。なお、この博士論文のこの箇所は、日本ナサニエル・ホーソーン協会第二九回全国大会ワークショップ「*The House of the Seven Gables* を読む」（二〇一〇年五月二十八日　於関西学院大学）における口頭発表「Hawthorne の〈洞窟〉の美学——*The House of the Seven Gables* にみる孤独の効能」の原稿に基づいている。

註

1　Nathaniel Hawthorne, *The House of the Seven Gables*, vol. 2 of *The Centenary Edition of the Works of Nathaniel Hawthorne*, eds. William Charvat, et al. (Columbus: Ohio State UP, 1965), 76. 以後、ホーソーンのテキストの引用は、原則としてこの Centenary 版による。引用末尾の括弧の中に、巻数と頁数を記すものとする。ただし、Centenary 版 vol. 2 の *The House of the Seven Gables* からの引用には巻数をつけず、頁数のみを記す。

2　語り手の背後にいるホーソーンは、「税関」の中で、「月光」には「ロマンス作家」（1: 35）が身を置くべき領域、あるいは「現実世界とおとぎの国との中間地帯」（1: 36）とも表現される領域を幻出する力があると述べている。その上で、そうした領域の中で、「もし、一人座りながら、不思議なことを夢み、それに真実らしい姿を与えることができないのだったら、そんな人物はロマンスを書こうとする必要など全くない」（1: 36）と述べている。

3　なお、『アメリカーナ』のこの定義は、〈グロテスク〉に対するホーソーン自身の基本的な考え方を把握する上で極めて有益といえる。というのも、後にホーソーンは、自身が編集する雑誌 *American Magazine of Useful and Entertaining Knowledge* (1836) 第二巻に設けた "grotesques" の項に (422)、句読点や人名表記を除いてほとんどそのまま再録するからである。

4　『七破風の館』が〈グロテスク〉の概念を用いて詳細に分析された例はほとんど見られない。とはいえ、ホーソーン自身と〈グロテスク〉との関連はごくわずかに指摘されている。例えばジュディス・カウフマン・バズは、ホーソーンが「オランダ絵画」やクロード・ロラン (Claude Lorrain) の「風景画」にだけでなく、「グロテスク芸術」にも惹きつけられ、その特徴を取り入れていると指摘している (Budz 10, 19, 22)。バズは、ホーソーンが「グロテスク芸術」の特徴のいくつか――例えば、人物や風景に「捩じれ」が見られることや、相容れない要素を画面に「並置」させる傾向――を作品に取り入れていると述べている (22–24)。しかし彼女は、『七破風の館』分析の際には「グロテスク芸術」の特質を十分にふまえた論考は行っていない。この物語に登場する、「グロテスク」に装飾された「ピンチョン領地の地図」と「中国磁器のティーセット」の二つを、ピンチョン家族の〈寓意画〉と指摘しながらも、前者については、「ピンチョン家族の誇りと、裕福で大土地所有の貴族階級になるというその反民主主義的な夢の寓意画」(Budz 120) と呼ぶに留まり、後者、すなわち「色褪せていない」「ティーセット」については、「ピンチョン家族の貴族的気取りは同じように色褪せていないのだ。また、それは民主的なアメリカではいくぶんグロテスクだ (somewhat grotesque)」と簡単にコメントするのみである (Budz 119–20)。

　また、バズの視点はピーテル・ブリューゲルやヒエロニムス・ボッシュなどの、アルプス以北の画家による「グロテスク芸術」に限られている。一方、筆者の調査したところでは、本論の本文中でも触れているように、ホーソーンは古代ローマに端を発するグロテスク模様の特質にも精通している。それゆえ、『七破風の館』はホーソーンの他の作品とともに、〈グロテスク〉の長い伝統の中で論じられるべき余地が大いに残されているということになろう。

　なお、こうした状況のもと、二〇一一年十一月に関西大学大学院文学研究科に提出した博士論文「Nathaniel Hawthorne とグロテスク美学―― *The House of the Seven* 研究」において、筆者は『七破風の館』に焦点を絞り、古代ローマに端を発する〈グロテスク〉の概念を用いて分析を試みている。ただし、特にヘプジバーと〈グロテスク〉との関連については、口頭発表「"China tea-set" の図像学―― *The House of the Seven Gables* に見る〈グロテスク〉の諸相」日本英文学会関西支部第三回大会（二〇〇八年十二月 於 関西学院大学）においてすでに言及している。また、短編については、口頭発表「〈グロテスク〉の饗宴―― Rappaccini の庭を読む」日本英文学会関西支部第一回大会（二〇〇六年十二月十六日　於大阪大学）、及びこの発表原稿を加筆・修正した論文「〈グロテスク〉の饗宴――ラパチーニの庭を読む」『フォーラム』第一三号（日本ナサニエル・ホーソーン協会二〇〇八年）において分析している。

5　ホーソーンはラスキンの『近代芸術家論』(*Modern Painters*, 1847–48) を図書館から借り出しており (Kesselring 60)、ラスキンの美学理論に対して興味を抱いていた可能性は高い。

6　さらに言えば、七つの破風は、それぞれが「あちこち異なった方向へ顔を向けている」(5) という構造上の奇妙な特徴からも〈グロテスク〉に結びつく。〈グロテスク〉とは秩序や均整の欠如を伴うものであるからだ。例えば、『エセー』(*Essais*, 1580) の中で自分の著作を「寄せ集めの書物」(Montaigne 51) と呼ぶフランスの随筆家モンテーニュ (Montaigne) は、自分の著作をグロテスク模様にも重ねている――「私の著作も実を言うと、雑多な部分を継ぎ当てした (rappiecez de divers membres)、決まった形 (certaine figure) も、秩序も、脈絡［一貫性］もない、均整［釣り合い］もでたらめな［偶然の、偶発的な］(n'ayants ordre, suitte, ny proportion que fortuite)、グロテスク模様であり怪物じみた身体 (crotesques et corps monstrueux) でなくて何であろうか」(Montaigne 205)。『エセー』を読んでいたホーソーンは (Kesselring 57)、〈グロテスク〉にみる秩序や均整の欠如という特質を認識していたはずである。従って、「あちこち異なった方向へ顔を向けている」破風を持つ、七つの独立した「それぞれの建物」(11) が結合した「七破風の館」は、秩序や均整を欠きながらも一つに〈寄せ集め〉られ、まとめあげられた、〈グロテスク〉な建物という印象を読者に抱かせる。

7　Miller 36–37, 74, 82、原　一四―二二、一五七―六二、一九四、二〇五―六、二〇八、二三八頁。

8　シャステル　一一―一六、二六―二八頁、原　二三九頁。

9　『アメリカーナ』では、「グロテスク」という名の由来について次のように説明されている。「古代ローマ人は、彼らの部屋部屋をある絵で装飾した。その絵には、花々、魔神たち (genii)、人々や獣たち、建物などが、芸術家の空想によってごちゃまぜに混ぜられている。こうした装飾が、まさしく適切にグロテスク模様と呼ばれるのである。というのも、それらは、古代ローマの遺跡となった建物や、イタリア人たちが「グロッタ」と呼ぶ地下の部屋部屋で見つかったからである」(Lieber 73)。

　また、キャロル・ベンシックによれば、ホーソーンは「ラパチーニの娘」執筆の際、一八二九年に出版されたトマス・ニュージェント編のチェッリーニ作『チェッリーニ自伝――フィレンツェ彫金師一代記 (*Vita di Benvenuto Cellini: Orefice e Scultore Fiorentino*)』(1728) を参照していた可能性が高い (Bensick 143)。ベンシックは指摘していないが、その著作にはグロテスク模様の起源や特徴が詳細に説明されている（シャステル　一六、六二―六三頁）。「グロテスク」という語の由来について、チェッリーニは以下のように述べている。「こうした葉模様［鳥や動物が織り込まれた葉模様］は、その名「グロテスク」を現代の人々に与えられたのである。なぜならそれらはローマの洞窟、すなわち、古代には居室、浴場、書斎、ホール、他の似たような場所であったものの中で見つかったからである……こうした場所は、長年に渡る土地の隆起によって低い位置にあったのだ……ローマにおけるそうした洞窟は一般にグロッタと呼ばれていたため、そこから見つかった模様も、グロテスクと名付けられたのである」(Cellini 69-70)。

10　ペトラルカは、「洞窟ほど勉学にいざなう場所はない」と言い、〈グロッタ〉の中に引きこもることを勧めた。ペトラルカのこの発言によって、ルネサンス、特に十六世紀初頭のローマで、〈グロッタ〉造成がさかんになったという (Miller 41)。フィレンツェのフランチェスコ一世とブォンタレインティは、ヴェッキオ宮殿に設えた、洞窟をなぞったストゥディオーロ（書斎）に籠った（原　二〇九頁）。そこにはこの世の原理、すなわち四大元素による万物の変容の可能性の主題が象徴的に表現されていたのである（若桑　三六八―九〇頁）。また、ピタゴラスもグロッタを「真の哲学の住まいである」とし、人工グロッタをサモス島の自宅の庭園に所有していた（原　二一八頁）。

引用文献

Addison, Joseph, ed. *The Spectator*. Boston: Hastings, Etheredge, and Bliss, 1809.
Bensick, Carol Marie. "*La Nouvelle Beatrice: Renaissance and Romance in* "*Rappaccini's Daughter.*" New Brunswick: Rutgers UP, 1985.
Budz, Judith Kaufman. *Nathaniel Hawthorne and the Visual Arts*. Diss. Northwestern University, 1973.
Cellini, Benvenuto, *The Life of Benvenuto Cellini, a Florentine Artist, Written by Himself*. Trans. Thomas Nugent. Vol. 1. London: Hunt and Clarke, 1828.（邦訳 古賀弘人訳『チェッリーニ自伝――フィレンツェ彫金師一代記』上 岩波書店、一九九三年）
Clayborough, Arthur. *The Grotesque in English Literature*. Oxford: Clarendon, 1965.（邦訳 河野徹、上島建吉、佐野雅彦訳『グロテスクの系譜――英文学的考察』法政大学出版局、一九七一）
Dillingham, William B. "Structure and Theme in *The House of the Seven Gables*." *Nineteenth-Century Fiction*. 14 (June, 1959): 59-70.
Hall, Lawrence Sargent. *Hawthorne: Critic of Society*. Gloucester: Peter Smith, 1966.
Hawthorne, Julian. *Nathaniel Hawthorne and His Wife: a Biography*. 2 vols. Boston: Ticknor and Company, 1884.

Hawthorne, Nathaniel. *American Magazine of Useful and Entertaining Knowledge*. Vol. 2. Boston: Boston Bewick, 1836.

——. *The Scarlet Letter*. Vol.1 of *The Centenary Edition of the Works*. Eds. William Charvat et al. 23 vols. Columbus: Ohio State UP, 1962.（邦訳八木敏雄訳『緋文字』岩波書店、一九九二）

——. *The House of the Seven Gables*. Vol. 2 of *The Centenary Edition of the Works of Nathaniel Hawthorne*. Eds. William Charvat et al. 1965.（邦訳 大橋健三郎訳『七破風の屋敷』【筑摩世界文学体系81】筑摩書房、一九六六）

——. *The American Notebooks*. Vol. 8 of *The Centenary Edition*. Eds. William Charvat et al. 1972.

——. *Mosses from the Old Manse*. Vol. 10 of *The Centenary Edition of the Works of Nathaniel Hawthorne*. Eds. William Charvat et al. 1974.（邦訳 大橋健三郎訳「ラパチーニの娘」、「天国行き鉄道」『アッシャー館の崩壊／美の芸術家他』【世界文学全集30】富士川義之、大橋健三郎訳 集英社、一九八〇）

Hunt, John Dixon. *Garden and Grove: The Italian Renaissance Garden in the English Imagination 1600–1750*. Philadelphia: U of Pennsylvania P, 1986.

Kesselring, Marion L. *Hawthorne's Reading, 1828–1850: A Transcription and Identification of Titles Recorded in the Charge-Books of the Salem Athenaeum*. New York: New York Public Library, 1949.

Lieber, Francis, ed. *Encyclopaedia Americana*. Philadelphia: Cary and Lea, 1831.

Mack, Maynard. *The Garden and the City: Retirement and Politics in the Later Poetry of Pope 1731–1743*. Toronto: U of Toronto P, 1969.

Michelson, Bruce."Hawthorne's House of Three Stories." *Critical Essays on Hawthorne's* The House of the Seven Gables. Ed. Bernard Rosenthal. New York: G. K. Hall, 1995. 76–90.

Miller, Naomi. *Heavenly Caves: Reflections on the Garden Grotto*. New York: George Braziller, 1982.

Montaigne, Michel de. *Essais*. Vol. 1. Paris: Firmin Didot, 1802.

Poe, Edger Allan. *The Selected Writings of Edgar Allan Poe*. By Edgar Allan Poe. Ed. G. R. Thompson. New York: Norton Critical Edition. New York: W. W. Norton, 2004.

Ruskin, John. *The Stones of Venice*. Vol. 3. New York: John Wiley, 1860.（邦訳 福田晴虔訳『ヴェネツィアの石［第三巻］——「凋落」篇——』中央公論美術出版、一九九六）

Stewart, Randall. *Nathaniel Hawthorne: Biography*. New Haven: Yale UP, 1948.

Woodson, Thomas. Notes. *The French and Italian Notebooks*. Vol. 14 of *The Centenary Edition of the Works of Nathaniel Hawthorne*. Eds. William Charvat et al. 23 vols. Columbus: Ohio State UP, 1980.

入子文子『ホーソーン・《緋文字》・タペストリー』南雲堂、二〇〇四。

酒井健『ゴシックとは何か——大聖堂の精神史』筑摩書房、二〇〇六。

シャステル、アンドレ『グロテスクの系譜』永澤峻訳　筑摩書房、二〇〇四。

妹尾智美「〈グロテスク〉の饗宴——ラパチーニの庭を読む」『フォーラム』一三　日本ナサニエル・ホーソーン協会（二〇〇八）一—二三。

原研二『グロテスクの部屋——人工洞窟と書斎のアナロギア』作品社、一九九六。

若桑みどり『マニエリスム芸術論』筑摩書房、一九九四年。

装甲艦の海戦詩
――メルヴィル『戦争詩集』における愛と死――

舌津　智之

1　南北戦争と装甲艦

ハンプトン・ローズ海戦

アニメーション映画監督の宮崎駿は、一九八四年、月刊模型雑誌『モデルグラフィックス』に、様々な近代戦争をテーマにしたイラスト漫画シリーズの連載を始めた。「宮崎駿の雑想ノート」と題されたこの連載は、史実にもとづく軍事エピソードの語り直しであり、技術的細部を丹念に調べ上げた宮崎が、そこに独自の想像を交え、直筆の絵と解説文を提供するノンフィクション・ストーリーとなっている。本稿の導入として注目したいのは、「甲鉄の意気地」と題された連載の第二話である。

一八六二年三月七日　アメリカ合州国メリーランド沖を荒天にもみくちゃにされつつ　一隻の奇妙な鉄の艦《フネ》がヨタヨタと南下していた。潜水艦ではない。世界初の装甲砲塔艦「モニター」である。乾舷のほとんどない同艦の通気口からは、もろに波がうち込み　乗員はヘトヘトになりながら　バケツリレーをつづけていた。目指すは　ハンプ

トン・ローズ　時あたかも南北戦争の真最中のことである。（宮崎　一三頁）

こうして始まる海戦のエピソードとはいかなるものだったのか、まずは宮崎版のストーリーを追って、その概要を確認しておきたい。[1] 舞台は、ワシントンにほど近いチェサピーク湾の入り口にあるハンプトン・ローズ(Hampton Roads)と呼ばれる水域である。南北戦争当時、それまで木造だった軍艦は、鉄製の装甲艦へと移行しつつあり、南北両軍は、どちらが先に甲鉄の軍艦を完成させるか競い合っていた。南軍は、一足早く装甲艦メリマック号の準備に着手していたが、一方の北軍は、「鉄板を張り巡らした船体に回転式の砲塔を備えた近代の軍艦の元祖」である装甲艦モニター号で敵を迎え撃つ計画を進めていた。そして、変わり者だが天才肌の設計者、ジョン・エリクソンの指揮のもと、モニター号は設計から四ヶ月というスピードで完成に至る。

通常の木造軍艦に鉄板を張っただけのメリマック号に対し、モニター号の外観は斬新にして前例のないものであり、筏のごとく平らな甲板の上に、蒸気の力で三六〇度回る砲塔が円筒形に突き出している。ただ、水面から甲板まで、一フィートほどの高さしかないモニター号は、半ば潜水艦のごとく、船体の大半が常時水中にあり、甲板に波が来れば、砲塔のすき間から浸水するという弱点があった。波の静かな入り江や港の中を想定して作られたため、海上の移動には向かなかったのである。そのモニター号が、ニューヨークを出たのちに、決戦の場となるハンプトン・ローズへ到着したのは、一八六二年三月八日の夜遅くであった。しかし、同日の昼間、すでに同地へと北上していた南軍のメリマック号は、そこで海上封鎖にあたっていた北軍の木造艦隊にほぼ独力で立ち向かい、大打撃を与えていた。とりわけ、メリマック号に横腹を突かれた木造戦艦カンバーランド号は、撃沈されて百人を超す犠牲者を出した。

やがて夜が明け、三月九日の朝になると、とうとうモニター号とメリマック号との一騎打ちが始まる。両者は、

図1
"Engagement Between the Monitor and Merrimack" (1891)
by J. G. Tanner

至近距離から鉄の砲弾を飛ばし、それが装甲艦の鉄板に当たる轟音があたりに響き渡った（図1）。この接近戦の最中、モニター号のワーデン艦長は、操舵室に被弾した際、片目を失明するという事故にあっている。けれども結局、数時間に渡って撃ち合っても、両者は互いに相手の砲弾を撥ね返し、いずれも決定的な貫通には至らなかった。こうして、「世界で最初の分厚い装甲を張った軍艦同士の決闘」は、どちらにも死者を出すことなく引き分けとなり、メリマック号は南へと引き返す。二日間に渡る戦いは、一日目の犠牲者数で言うなら北軍側の被害が甚大だったものの、海上封鎖が守られたという意味では南軍の敗退を意味していた。ともあれ、このハンプトン・ローズ海戦の知らせはただちに地球上を駆け巡り、「そのあとに世界中が軍艦づくりを競い合った」結果、もはや時代遅れの木造戦艦はすっかり姿を消すことになる。

メルヴィルとモニター号

上記の要約は、南軍ではなく北軍の目線に寄り添ってはいるものの、あくまで脚色を排した歴史的事実の紹介であり、本稿の本題であるハーマン・メルヴィルの海戦詩群を読み解くうえで、過不足なき背景解説となっている。『ハーマン・メルヴィルの南北戦争世界』の著者、スタントン・ガーナーが言う通り、南北の装甲艦が衝突したハンプトン・ローズ海戦は、メルヴィルの関心を強く引いたため、「他のいかなる出来事よりも詳しく『戦争詩集』

のなかに描かれている」(Garner 134)。すなわち、この海戦をめぐってメルヴィルは、「カンバーランド号（一九六二年三月）」、「砲塔にて（一九六二年三月）」、「テメレール号（モニター号とメリマック号の戦いにより、とある老イギリス軍人の心に浮かんだであろうもの）」、そして「モニター号の戦いに関する功利主義的見解」という、連続する四編の詩を自らの南北戦争詩集（一八六六年出版）のうちに収めたのである。

メルヴィルはしばしば、詩作の前提となる史実の情報源として、当時の新聞記事を参照した。その多くは、戦時中の各種新聞報道等を時系列に沿って再録した『反乱の記録』(*The Rebellion Record*) を通しての遡及的な確認であったが、ハンプトン・ローズ海戦のごとく大きなニュースであれば、彼がリアルタイムで地元ニューヨークの主要紙に目を通していた可能性も高い。実際、この海戦に先立つ別のとある戦闘については、『反乱の記録』を経由せず、彼が直接目にしたであろう『ニューヨーク・タイムズ』の社説が創作に利用された可能性も指摘されている。[2] そこで以下、メルヴィルの海戦詩にひとつのサブテクストを提供しているように思われる（けれどもこれまで批評的言及がない）海戦直後のとある新聞紙面に注目してみたい。一八六二年三月十日の『ニューヨーク・タイムズ』に掲載された、「ハンプトン・ローズの戦い」と題された社説である。この半年ほど前、同紙は、とある新刊本を『白鯨』と比較する記事も載せており、[3] 当時のメルヴィルがこの新聞に個人的な興味を持っていたとしても不思議はない。

「海景画 (Sea-piece)」として、現実の出来事が演劇のあらゆる条件をほぼ完璧に満たした実例といえば、ハンプトン・ローズ海戦の物語をおいてほかにない」——前日の決戦をそう振り返るこの社説記事は、「あのアリストテレスでさえ、この海戦が示す以上に見事な三統一の原理を目の当たりすることはないだろう」と、審美的なレトリックで現実の戦闘を受け止める。アリストテレスの詩学によれば、演劇とは、筋・場所・時間の三統一（一つのプロットを中心に、一つの場所で、一日以内に起こる出来事を描くという美学）に従うべきものであり、まさにこの海戦は、劇的芸術作品のごとく展開したというわけである。まずここで注意すべきは、文章の冒頭に用いられる「海景画」(Sea-piece) という言葉が、メルヴィルの『戦争詩集』(*Battle-Pieces*) の原題に響きあっていることである。この題名は、ヘニッグ・コーエンによると、十九世紀当時、戦争を扱う絵画のジャンル名として流通していたものであり、メルヴィルにとっては詩集の「視覚的意味合いが重要」であり、言葉によっていわば「一連の絵が提示されていることを読者に伝える」(Cohen, "Introduction" 15) ためのタイトル・フレーズでもあった。[4]

『ニューヨーク・タイムズ』の社説はさらに、アリストテレスの詩学から、今度は中世の騎士物語を引き合いに出す。南軍のメリマック号に北軍の艦隊が大打撃を受けるなか、救世主として現れたモニター号は、その絶妙な登場のタイミングゆえ、あたかも「おとぎ話」から飛び出してきたかのごとく、「メリマック卿と相まみえる甲冑の騎士」として、「物語《ロマンス》」を織り成すようだと社説は記述する。けれども、最初のそうした審美的考察から、その後は現実の軍事的考察へと話の力点は移動する。

ただし、ハンプトン・ローズ海戦の審美的な側面ばかりに思いを馳せ、この輝かしい戦闘の現実的な意味合いを見失ってはならない。メリマック号は疑いなく、きわめて恐るべき戦争兵器であり、エリクソンの装甲砲塔艦が作られる以前、我らが海軍には到底これに太刀打ちできるものがなかった。リッチモンドの新聞がしばしば書いていたメリマック号の悪性能や欠陥の話は、おそらく大部分が仮面の情報であった。この戦艦を作ったのは北軍の機械工であり、その仕事は間違いなく見事なものだった。("The Battle of Hampton Roads" [March 10, 1862])。

もともと北軍の木造軍艦であったメリマック号は、南軍によって鉄の板を張られ、(改造後はヴァージニア号と名前も改め) 新たに生まれ変わったのだが、上記の社説は、その事実を踏まえ、北軍の洗練と優越を強調する形で、戦闘の審美的な伝説化を行うとともに、軍事的な現実認識の重要性も訴えている。

一方、この社説のテーマと呼応するように思われるのが、同じ海戦についてメルヴィルの書いた詩作品、「モニター号の戦いに関する功利主義的見解」である。この詩も、冒頭では審美的考察を行い、その後、現実的ないしは「功利主義的」考察へと議論の焦点を移すものである。だが、北軍の大義をヒロイックに賛美する上記の社説とは対照的に、メルヴィルは、「詩文による戦争の英雄的な美化を否定する」（高尾　九〇頁）。コーエンの分析を引くならば、この詩はそもそも「文体が反・詩的」であり、「詩行が重い機械のように摩擦してガチャガチャ音を立て、リズムは容赦なくドタドタと強打する」(Cohen, "Notes" 227)。詩の各スタンザは、六行のうち二行しか韻を踏んでいないが、そのことを自己説明するかのように、詩人は最初のスタンザで、「うす汚れた戦争」に「脚韻のけたたましいシンバル」は似合わない、と宣言する。皮肉にも音の重なる「うす汚れた」(grimed) と「脚韻」(rhyme) の二語は、つまり、近代戦争がもはや美学の問題になりえないことを告げている。第二スタンザで語られる通り、「ひたすら機械の力」が勝負の装甲艦を動かすのは、英雄としての軍人ではなく、「商売人らと職工たち」(Melville, *Poems* 80) である。かといって詩人は、現実的・功利主義的見解を肯定するわけでもなく、「『戦争詩集』の各詩は、いつも一貫して、機械的なものが詩歌を支配しようとすることを挫くのである」(Marrs 112)。「熱情はない／すべてを動かすのはクランク、／旋回支軸にスクリューと／熱量の計算」(*Poems* 81) だと言う第三スタンザに、プラグマティズムや功利主義への信頼はない。

すなわち、詩人メルヴィルが信を置いたのは、審美的陶酔ではなく、軍事的計算でもなく、（『戦争詩集』の「補遺」を結ぶ言葉を借りるなら）「進歩と人間性」にほかならない。メルヴィルは詩集の「補遺」の最後でこう述べている――「我々の時代に起きた恐ろしい歴史的悲劇が、恐れとあわれみを通し、この愛しき国の皆に学びをもたらしたであろうことを祈りたい」(Melville, "Supplement" 188)。ここで、「恐れとあわれみ」とはむろん、アリストテレスが悲劇の核心にみた「カタルシス」の必要条件であり、人間の共感にもとづく悲劇の浄化作用を指し示している。つまり、「南北戦争は――歴史的惨劇が人間的賢明さとそれに伴う社会的進歩をもたらすという意味において――アリストテレス的悲劇に通じている、と信じようとするメルヴィルの願望」(McWilliams 183) をここに見ることができる。この意味においても、先に見た『ニューヨーク・タイムズ』の社説は、メルヴィルの信条と皮肉な対を成している。三統一の原理という、形式的な枠組み論でアリストテレスを片付けてしまうジャーナリズムの言説に対し、メルヴィルは、人間の悲劇性と悲劇の人間性とを見据えようとしていたのである。

2　戦場のエロスとタナトス

ホーソーンの呼びかけとメルヴィルの応答

モニター号の戦いをめぐる同時代の言説を考える際、新聞紙上の戦争報道とともに、もうひとつ忘れてはならないテクストがある。「ホーソーン、メルヴィルとモニター号」と題した論文の中で、レオ・レヴィが精緻に分析した通り、一八六二年七月の『アトランティック・マンスリー』に掲載されたホーソーンのエッセイ、「主として戦争問題について」は、メルヴィルのハンプトン・ローズ詩群に対し、本質的かつ間テクスト的な影響を与えている。何よりもまず、ホーソーンの文章とメルヴィルの詩は等しく、「装甲艦の戦いがもたらしたテクノロジーの変化」(Levy 34) に意識的であり、「モニター号が、参戦者の人間性を脅かす戦争の機械化を一身に象徴する」という認識や、「木造船の消滅に対する嘆き」(Levy 35) を共有していることも見逃せない。加えて、カンバーランド号の「水中に沈んだ旗」(Levy 39) が最後まで揺れている情景や、「ネルソンの自己犠牲的ヒロイズム」(Levy 40) によって記憶されるトラファルガーの海戦への言及など、さまざまな細部においても上記二作品は響きあうテクストとなっている。

「主として戦争問題について」を論じる入子文子は、ホーソーンの戦争観がきわめて人間中心的であったことを説き、「公のために自己を捧げる真の勇気と誠実」を体現すべき英雄の時代から、「近代兵器の発達により、要塞が鉄で覆われた鍋になり、軍人の勇気のありようが目に見えなくなる」ことで、「ホーソーンにとってもはや戦争の存在意義は失われた」のだと述べている（入子　一〇四頁）。機械化された近代戦争を、いかに人間的営為として理解することができるのか。おそらく、自らはこの問題に解答を見出せなかったホーソーンは、これに答えうる想力の持ち主を求め、次のように呼びかけた――カンバーランド号の艦長である「モリスとその乗組員」に加え、モニター号の艦長である「勇敢なるワーデン」に敬意を払うべく、「この主題を詩人たちに熟考してもらい」、「その精神が稲妻のような歌となって閃くことを！」(qtd. in Levy 34–35)。そして、この呼びかけにいわば名乗りをあげたのが、詩人としての新たな一歩を踏み出そうとするメルヴィルであった。

まず、ホーソーンの要望に対する最も明快な応答となるのが、ワーデン艦長の偉業を称える「砲塔にて」である。この詩は、モニター号の鉄壁の内側にいたのが、揺るがぬ決意で職務に身を捧げる生身の人間であったことを記録する（図２）。だが、海戦を扱う四編中、他の三編は、いずれも船の名前を題名に冠し、あえて

図２
モニター号の砲塔を背にした乗組員たち
The Civil War: Photographs from the Special Collections of the Library Congress (San Francisco: Pomegranate Art-books, [c. 1997])

船そのものを主人公に据えた作品である。となると、モノに過ぎない船をいかに人間的に表象しうるのか、という課題が浮上することになるが、そこでメルヴィルの選んだ戦略は、（とりわけ木造船に託される）身体性の前景化であったように思われる。彼の海戦詩は、戦いの中で、傷つき、あるいは躍動する船体が、五感の磁場として象徴的に機能するような詩的空間を想像／創造しているのではないか。戦場とは愛と死の空間であり、そこでは身体の呼び覚ます苦痛や脈動こそが、切実な生の証となるからである。このあと次節で詳述するように、詩人メルヴィルは、有機体の痛みと官能を捉え、言語と身体性とを空しく遊離させないことに腐心した。

同じことは、ホイットマンの南北戦争表象において顕著な形を取る。彼は、戦争という非日常が、痛みと同居する官能性、死と裏腹の生命感・身体感覚を研ぎ澄ますことに意識的だった。たとえば、『軍鼓の響き』に収められた「傷の手当てをする者」で彼は、「砕けた太もも、膝、腹の傷／そしてその他の諸々を私は冷静な手で手当てする（けれども私の胸深くには火を、燃える炎を秘めながら）」と書いている。この「炎」とは、むろん多義的であり、第一義的には愛国の情熱を象るとしても、そこにはきわめて個人的な愛（エロス）と死（タナトス）の夢想が溶けあっている。

かくして黙した夢の走馬灯のなかで
振り返り、もう一度、私は野戦病院のあいだを縫うように歩き、
傷つき怪我を負った者を慰めの手で癒し、
夜の闇のなかで私はずっと、落ち着きのない者たちのそばにいるが、なかにはとても若い者がいるし、
とても苦しんでいる者もいるし、甘く哀しい経験をいま思い出す
（多くの兵士のやさしい腕がこの首に絡みついて安らぎ、
多くの兵士の接吻がこの髭に覆われた唇になお残っている。）(Whitman 261)

なるほど、メルヴィルとホイットマンを比較すれば、前者の「距離を置いた傍観者」としての立ち位置に対し、「遍在して常に中心で関与する」後者の態度は一見対照的である (McWilliams 182)。しかし、メルヴィルもまた、とある陸上の戦闘詩においては、傷ついた兵士の交流、それも南軍兵士に看病される北軍兵士の姿を描き、極限状況下の身体接触が育む兄弟愛を幻視した。[5] ただ、実際に戦場で兵士の看護にあたったホイットマンとは違い、メルヴィルは、他者との濃密な接触体験を持たず、未体験ゆえにいや増す内なる望みと痛みの疼きを知っていた。ここで、戦争詩人のメルヴィルにとって究極の触れえぬ他者となるのが、ほかでもないホーソーンである。『戦争詩集』が応答を試みた、詩人のかけがえなき先輩作家は、詩集が世に出る二年前の一八六四年、南北戦争の終結を待たずに他界したからである。メルヴィルは、自らの最良の読者として、応答を受け止めてくれるはずだった人物を失った。かくして、愛と死の身体感覚を探る詩集は、永遠に成就しえない欲望の痕跡となる。

戦艦のジェンダー／セクシュアリティ

ハンプトン・ローズ海戦の北軍艦を描くメルヴィルが、言語と身体性の不可分な連動を見据えることで、近代戦争表象のいわば再人間化を試みたのだとすれば、そのことを最も分かりやすく示すのは、海戦詩群の筆頭に置かれた「カンバーランド号」であろう。この詩は、『戦争詩集』の出版に先立って、雑誌『ハーパーズ』(一八六六年三月) でそれじたい独立して活字になった作品であり、メルヴィルの側にも特別な思い入れがあったに違いない。詩の冒頭で強調されるのは、船の名に宿る「印象的な／おのずと語る響き」(telling Sound) である (*Poems* 76)。つまりこれは、音の響きが象徴的に呼び覚ます身体感覚についての詩であると言ってよい。フェイス・バレットは、カンバーランドという音のうちに、「苦悩を背負った」(encumbered)「国家」(land) のイメージを読み込んでいるが (Barrett 39–40)、名前の響きが「舌の上に流れる」(*Poems* 76) というリフレインは、「船の名の由来となった川の流れる水」(Garner 134) を想起させるのみならず、より個人的な身体性の位相において、口内感覚の官能性をも喚起する。たとえば、ナボコフの『ロリータ』の語り手が小説の冒頭、ヒロインの名を単なる音ではなく、舌の動きのエロスとして捉えたことを、ここにおいて思い出すのもあながち不毛ではないだろう。「カンバーランド」(Cumberland) の最初のアルファベット三文字は、その響きから、欲望のオルガスムを示唆する単語を連想させもする。こうした文脈の中、船そのものはどのように描かれるのか。

船は戦って沈んだ。間違いなく
　船は終わりを告げた——沈黙させられた
けれどもその旗は、自らの運命をこえていまもはためくのだ、
　ちょうどそれが
すべてを飲み込む海にも飲み込まれず膨らんだときのように。かくも偉大なる——
　カンバーランド。(*Poems* 76)

この第二スタンザで語られる「沈黙」のイメージは、冒頭の「おのずと語る響き」と共鳴し、語ろうとして語りえぬ何かの残響をほのめかす。また、「飲み込む」という口唇的イメージの畳み掛けがあることにも注意しておきたい。続く第三スタンザでは、カンバーランド号の砲兵隊員が、「沈みつつ火を放つ大砲」の抵抗も空しく、「波に押し流され、やられる」と描写されることで、「大砲」(gun) と「やられる」(undone) の二語が脚韻を踏むことになる。ここで、男根的な大砲のイメージと対にされた過去分詞は、その古い用法における性的なコノテーション（純潔の喪失）にも結びつくだろう。さらに、最終スタンザでは、「お前の旗 (flag) と旗竿 (flag-staff) は、伝説のなかに立ち続ける」(*Poems* 77) と記されているのも意味深い。「旗」と言った直後にあえて「旗竿」を主語に加えるの

は、「旗」よりも「竿」のほうが雄々しき屹立のイメージに馴染むからであろうが、ここに、第二スタンザの「膨らんだ」旗のヴィジョンを重ねあわせるなら、沈みゆく船の「旗竿」は、海の男のエロスとタナトスを凝縮する図像として立ちあらわれる。

実のところ、この旗竿は、「カンバーランド号」とそれに続く「砲塔にて」の二編の詩をつなぐ核心的イメージともなっている。夜になってようやく決戦の場に到着したモニター号の艦長、ワーデンの視点から、「砲塔にて」は、以下の通りカンバーランド号の破片に再びスポットを当てる。

貴殿は沈んだ船の細い旗竿を認めた
　燃え盛る女きょうだい (sister) の心に照らされたそれを
貴殿は認め、沈思した――「明日は試練が待っている
　そして私にも出番のあることを証明してみせよう
断じて有無を言わせぬ男らしさにあふれた男たちとともに」(*Poems 78*)

興味深いことに、カンバーランド号とモニター号は、ここで姉妹として想像されている。それはむろん、女性代名詞で言及される船の関係を示す表現としてごく自然ではありながら、そこへ明確にジェンダー化された男たちの連帯というモチーフを重ねる詩人のしぐさには、ある種の両性具有的想像力、あるいはセクシュアリティの意識的な攪乱を認めることができる。そもそも、「男らしさ」は「証明」を要するものであるし、艦長の見つめる「旗竿」は「細い」。また、上記引用部の直前には、「絶え間なく波に洗われる丸太のような／狭い船のうちに閉じ込められた」ワーデンの状況が語られていることも想起されてよい (*Poems 77*)。「閉じ込められた」(Cribbed) 艦長は、ベビーベッド (crib) に守られた赤子の連想を誘う。とすれば、波に洗われる戦艦はいわば揺りかごとなり、海の水は子

宮の暗喩に変容する。けれども一方、モニター号はワーデンの「鉄の墓」(78) ともなりうる空間であり、装甲艦はまさしく生と死の逆説を具現する。

3　水と愛と死——メルヴィルからハート・クレインへ

詩人としてのメルヴィルは、生前に多くの読者を得たわけではないし、『戦争詩集』も当初は決して高い評価を受けなかった。しかし、詩集の出版から半世紀ほどの時を経て、メルヴィルのハンプトン・ローズ海戦詩に心酔するひとりの詩人が現れた。以下、本稿のエピローグとして、メルヴィルの『戦争詩集』を逆照射すべく、ハート・クレインの作品を一瞥することにしたい。

『橋』(一九三〇年) の詩人として知られるクレインは、帆船／酒の名を題名に掲げた「カティ・サーク」のエピグラフに、メルヴィルの『戦争詩集』から、モニター号とメリマック号の近代戦を皮肉にあぶり出す「テメレール号」の結びの言葉——「おお、懐かしき樫の木の海軍よ／おお、今はなきテメレール号よ！」——を引用した。ラングドン・ハマーによると、クレインは、友人であった同性愛者の死を悼むとある私信 (一九二七年一月) の中で、この「テメレール号」の結びの二行を引用しており、少なくともクレインの想像力の中で、「メルヴィルの船」と「ゲイの友人や恋人の喪失」とが連想づけられていたことは間違いない (Hammer 186)。ヨーロッパの歴史的海戦から南北戦争を透かし出す「テメレール号」が、「カンバーランド号」と同じく、「銃／やられる」(gun/undone) の脚韻を詩中に使用しているのもおそらく偶然ではない。かつては雄々しく「そびえ立つ」(Melville, *Poems* 79) 艦隊を率いていたテメレール号も、「大砲と帆柱と／風に膨らんだ戦いの翼を取り外される」(80) ことで、先に見たカンバーランド号と同様に、いわば去勢される形でその最期を迎えることになる。

この文脈において再考されるべきは、難解なイメジャリーで名高いクレインの詩作品、「メルヴィルの墓にて」である。詩人は、「溺れた男たちの骨から成る賽」を波の下に透視して、「伝説の影はただ海だけが知っている」と作品を結び、海こそがメルヴィルの墓であり、そこに彼の秘密が宿る、との理解を暗示する (Crane 33)。従来、この詩は、批評家により、『白鯨』への応答として書かれたものだと解釈されてきた。すなわち、「溺れた男たち」とは「ピークォッド号の船乗りたち」であり、「彼らの創造者／船長としてあるメルヴィル」の「霜に覆われた両目」(とクレインが描写するイメージ) は、「エイハブのそれと二重写しになる」(Zeck 679)、との解釈である。この読みは、クレインが言及する「難破」のヴィジョン――「恵み深き死の花弁が返してくれる／散逸した章、鉛色の象形文字」(Crane 33) ――に依拠するものであり、海に飲み込まれていくピークォッド号が、その悲劇と引き換えに、後世へのヴィジョンを「返してくれる」のだ、とこれまでこの詩は理解されてきた。しかし、ここで沈みゆく船が、ピークォッド号であると特定すべき根拠はない。それが、『戦争詩集』のカンバーランド号であってもクレインの詩は十分意味を成す。実際、この二つの船の「死」は、大変似通っている。沈みつつ、最後まで不屈の旗を揺らしているからである (Cohen, "Notes" 222)。メルヴィル自身、詩集『ジョン・マー』に収められた「花婿ディック」では、メリマック号の舳先に貫かれたカンバーランド号を、「メカジキの剣が刺さった鯨」に喩えており (Melville, *Poems* 273)、海戦詩のレトリックに白鯨のイメージが重なるとしても、何ら驚くにはあたらない。

さらに、クレインは、ハンプトン・ローズの海戦詩以外にも、『戦争詩集』から影響を受けていた可能性がある。R・W・B・ルイスは、「メルヴィルの墓にて」を書いたクレインが、死のもたらす明察、というモチーフにおいて、メルヴィルの『戦争詩集』に収録された「ヴァージニアへの進軍」の最終スタンザを意識した可能性があると言う (Lewis 206)。だとすれば、「メルヴィルの墓にて」と『戦争詩集』をつなぐもうひとつのポイントとして、両者に等しく使用される「予兆」(portent) という語も注目に値する (Crane 33; Melville, *Poems* 53)。これは、言うまでもなく、『戦争詩集』の最初に置かれた詩のタイトルだが、ジョン・ブラウンを流星に喩えたソローの演説をふまえつつ、「絞首刑台に揺れるブラウンの姿を、そのまま流星に見立てようとするメルヴィルの意図」(高尾　八六頁) を、クレインは鋭利に読み取っていたのかもしれない。「メルヴィルの墓にて」は、死人の「霜に覆われた両目」に応えるものとして、「星々のあいだを横切った」「無言の答え」に言及しているが (Crane 33)、これは、まさしく夜空を横切る流星の光の謂いではあるまいか。

ヘレン・ヴェンドラーは、『戦争詩集』の個々の詩作品が、「まず個人性を排した哲学的結論、次にそれを生み出した物語、そして最後にそれが呼び覚ます抒情的感慨」を提示することで、「叙事詩的な戦争がもたらす複雑な感情にふさわしい抒情詩のジャンル」を発明したのだと評価する (Vendler 584, 588)。言い換えるなら、そうした混淆ジャンルを成立させるには、「公と私の『綱引き』」(Spengemann 585) に身を投じる必要がある。メルヴィルがクレインの先達でありえたのは、おそらくそのような公私のバランス感覚においてであったに違いない。海の水に魅せられた詩人たちは、歴史の荒波にその身を委ねつつ、愛と死の力学を、国家から個人の領分へと引き寄せたのである。

註

1　宮崎の連載は、後に、「人間と兵器が織り成し、歴史の狭間に消えていった狂気の情熱を描く旅」としてラジオドラマ化されたので、以下の要約と引用はそのＣＤ版である『宮崎駿の雑想ノート』に拠る。

2　デヴィッド・マコーレーは、「ヴァージニアへの進軍」における旧約聖書のモロクへの言及が、一八六一年七月二十二日の『ニューヨーク・タイムズ』に載った南軍批判の社説（"Slaughter of the Innocents"）を反復するものであると指摘し、メルヴィルは当時、「ニューヨークの病院でリューマチの療養中」、「地元の新聞を読む時間と機会があった」と述べている (McAuley 13)。

3　一八六一年九月九日の新刊紹介記事は、『南太平洋の冒険』という書物における鯨をめぐる記述が、メルヴィルの『白鯨』からの剽窃であることを指摘しつつ、どちらもハーパー社から出版された書物なので、それは出版社も承知の上であろう、と述べている ("NEW PUBLICATIONS" [September 9, 1861])。

4　後にふれる海戦詩のひとつ、「テメレール号」は、そのタイトルに名指されたイギリス軍艦の末路を描くJ・M・W・ターナーの絵に着想を得たことが、メルヴィル自身によって注記されており、視覚表象に対する彼の関心を軽んじることはできない。

5　「ドネルソン」に描かれたこの南北の交流は、一八六二年二月十七日の『ニューヨーク・タイムズ』に載った記事が情報源であるとされる (Cohen, "Introduction" 18)。

引用文献

Barrett, Faith. "'They Answered Him Aloud': Popular Voice and Nationalist Discourse in Melville's *Battle-Pieces*." *Leviathan: A Journal of Melville Studies* 9.3 (2007): 35–49.

"The Battle of Hampton Roads" (March 10, 1862). *The New York Times Complete Civil War, 1861–1865*. New York: Black Dog & Leventhal, 2010. DVD.

The Civil War: Photographs from the Special Collections of the Library of Congress. San Francisco: Pomegranate Artbooks, [c.1997].

Cohen, Hennig. "Introduction." *The Battle-Pieces of Herman Melville*. Ed. Hennig Cohen. New York: Thomas Yoseloff, 1963. 11–28.

——. "Notes." *The Battle-Pieces of Herman Melville*. Ed. Hennig Cohen. New York: Thomas Yoseloff, 1963. 203–295.

Crane, Hart. *The Poems of Hart Crane*. Ed. Marc Simon. New York: Liveright, 1986.

Garner, Stanton. *The Civil War World of Herman Melville*. Lawrence: UP of Kansas, 1993.

Hammer, Langdon. *Hart Crane and Allen Tate: Janus-faced Modernism*. Princeton: Princeton UP, 1993.

Lewis, R. W. B. *The Poetry of Hart Crane: A Critical Study.* Princeton: Princeton UP, 1967.
Levy, Leo B. "Hawthorne, Melville, and the Monitor." *American Literature* 37.1 (1965): 33–40.
Marrs, Cody. "A Wayward Art: *Battle-Pieces* and Melville's Poetic Turn." *American Literature* 82.1 (2010): 91–119.
McAuley, David. "A Source for Melville's 'The March into Virginia.'" *Melville Society Extracts* 55 (1983): 12–13.
McWilliams, John P., Jr. "'Drum-Taps' and *Battle-Pieces*: The Blossom of War." *American Quarterly* 23.2 (1971): 181–201.
Melville, Herman. *The Poems of Herman Melville.* Ed. Douglas Robillard. Kent: Kent State UP, 2000.
――. "Supplement" to *Battle-Pieces. Pubished Poems: Battle-Pieces; John Marr; Timoleon.* Ed. Robert C. Ryan, Harrison Hayford, Alma MacDougall Reising, and G. Thomas Tanselle. Evanston: Northwestern UP and the Newberry Library, 2009. 181–188.
"NEW PUBLICATIONS" (September 9, 1861). *The New York Times Complete Civil War, 1861–1865.* New York: Black Dog & Leventhal, 2010. DVD.
Spengemann, William C. "Melville the Poet." *American Literary History* 11.4 (1999): 569–609.
Vendler, Helen. "Melville and the Lyric of History." *Southern Review* 35.3 (1999): 579–594.
Whitman, Walt. *Leaves of Grass and Other Writings.* Ed. Michael Moon. New York: W. W. Norton, 2002.
Zeck, Gregory R. "The Logic of Metaphor: 'Ar Melville's Tomb.'" *Texas Studies in Literature and Language* 17.3 (1975): 673–686.

入子文子「ホーソーンと追憶のなかのウルフ――『英国ノート』を通して」『英米文学と戦争の断層』入子文子編著、関西大学出版部、二〇一一、七三―一一一頁。

高尾直知「『自然のめぐみを疑いながら』――『戦闘詩歌』におけるメルヴィルの自然再構築」『メルヴィル後期を読む』中央大学人文科学研究所編、中央大学出版部、二〇〇八、七九―九八頁。

宮崎駿『宮崎駿の雑想ノート　増補改訂版』大日本絵画、二〇一一。

『宮崎駿の雑想ノートVII　甲鉄の意気地』（CD）徳間ジャパンコミュニケーションズ、二〇〇七。

第7章

アメリカを照らす光
——舞台照明、エジソン、スペクタクル『エクセルシオール』（一八八三）——

常山　菜穂子

光のない演劇はない。パントマイムや舞踊のように言葉のない舞台はある。いっさいの音楽を排した台詞劇や、化粧・衣装、道具、背景画といった周辺装置を省いた演出もある。しかし、照明がなければ舞台は成り立たない。演劇という芸術形態には演じる者だけではなく演技を観る側もいなければならず、ひとが見るためには、特殊な暗視機器でも使わない限りは光源が不可欠だからである。言うなれば光は演劇の根元的要素である。よって、古来、洋の東西を問わず、さまざまな光が舞台を照らしてきた。太陽光と月光の利用から始まって松明や蝋燭が夜間と室内での上演を実現し、やがてオイル、ガス、ライムライト（石灰灯）[1]も導入されていった。その日の天候によって変わる自然光は不便極まりなかったが、人工的な工夫が加わるにつれて、照射の時間と範囲を調整したり明度と色を変えたりできるようになり、花火や影絵、日の出や星空の表現など光を使った演出も考案された。

演劇史と照明史はぴたりと重なり合う。照明は舞台の形状と劇場の規模に影響する。十分な明るさがなければ、劇場は小さく舞台は客席の方へと張り出した形にならざるを得なかっただろう。さらには、役者の演技様式や化粧法、演出から物語の内容までもが光の有無に左右される。このような演劇と照明の関係に大きな転機をもたらしたのが白熱電球の発明である。一八七九年にトマス・エジソン（一八四七—一九三一）が作った電球はアメリカ人の日常生活を煌々と照らすのみならず、演劇にもすぐに導入された。舞台にはかつてないほどの光が満ちるようになり、電球の力を最大限に利用することによって「スペクタクル spectacle」という演劇形態が完成をみたのだった。

本論では、一八八三年にボロッシー (Bolossy Kiralfy, 1847–1932) とイムレ・キラルフィ (Imre Kiralfy, 1845–1919) の兄弟興行師が、エジソンの全面的協力を得てニューヨークで上演したスペクタクル『エクセルシオール *Excelsior*』[2]（全十一場）を採り上げながら、技術発展と舞台芸術の交差点を探る。十九世紀末のアメリカ社会は電球に象徴される機械文明にいかなる光明を見いだしていたのか。スペクタクルはいかに技術を駆使し、また、なぜかくもアメリカ人観客の心を捉えたのだろうか。

1　照明技術の発展

1　蝋燭からガスまで

はじめに、アメリカにおける舞台照明の歴史をさらっておこう。照明の役割には、舞台を明るくして演技を見やすくする、光を使った演出（太陽や星空、稲妻などの表現、花火・火花の効果、影絵など）を行うこと、客席を照らすことの三点が考えられ、これらの役割のどれにおいても、十八世紀に入ってから演劇文化が芽生えたアメリカでは当初から蝋燭とオイルランプが用いられた。どちらも改良に改良が重ねられ、たとえばオイルランプの原料には豚脂、魚油、石炭、カンフィン油を試すなど試行錯誤が続いた。光を使った演出には、早くも一七四八年に電気を用いた見世物の記録がある (Odell 28)。加えて、一八一六年、フィラデルフィアのチェストナット劇場は恐らく世界で初めてガス照明を導入した。[3] ガスは蝋燭やオイルに比べて明度が高く調整も効く。さらに、蝋燭やオイルランプのようにガーゼやキャリコ、絹の布を被せて色付きの光を作るだけでなく、ガス成分の組み合わせによって炎自体に白、青、赤、緑の色をつけることもできた。

劇場内部を描いた当時の絵画や挿絵からは照明器具の配置が分かる。一八五〇年九月の、スウェーデン人歌姫ジェニー・リンドのアメリカ・デビューを伝える報道記事に付されたイラスト（図1）によれば、会場となったニューヨークのキャッスル・ガーデン劇場の舞台前方には多数のガス・ランプを取り付けたシャンデリアが二つ吊り下がり、客席上部にも同様の機材があった。さらに、客席の壁際とバルコニー席の縁に沿っても照明装置がいくつも並んでいる。また、この図版では明らかでないが、通常、舞台の床の前縁に沿ってフットライトがあった。

図1
"Interior of Castle Garden, New York, during one of Jenny Lind's concerts." *Gleason's Pictorial Drawingroom Companion* 1 (Boston, 1851): 25.

2　暗くて、危なくて、暑くて、臭い

自然光を利用するよりははるかに便利といえども、これら蝋燭やオイルランプ、ガスを使った照明はあまりに不都合が多かった。まず危険だった。裸火はたとえ笠や覆いを被せても容易に火事を起こした上に、ガスの導入は爆発事故の危険性を増した。以下のような統計が一八八一年の記述に残っている。

一七九九年～一八七四年の間にフィラデルフィアでは十七軒の劇場が焼失した。

一八二〇年～一八七三年の間にニューヨークでは二十六件の劇場が焼失した。

一八五一年～一八七七年の間にシカゴでは十二軒の劇場が焼失した。

一八八〇年までに合衆国では一七六軒の劇場が焼失した。（Held 214 に引用）

有名なところでは、ニューヨークのパーク劇場は一八四八年に焼失、ニブロス・ガーデン劇場は四六年に焼失し四八年に再開した。劇場の焼失と再建が繰り返され、客も危険を承知の上で舞台に足を運んだのは、このような火事の脅威がごく日常的だったためと考えられよう。ほかにも、裸火を使った照明器具は熱気を放ち、場内はすさまじい暑さだった。蝋燭からは蝋が垂れて服を汚し、オイルランプは煙を吐き、ガスは臭くて中毒性があった。そして一番の難点は、これらの照明が作り出す光がいまだ暗かったことである。前出のキャッスル・ガーデン劇場の図版にも窺えるように、当時の多くの劇場の舞台は、客席方向へ大きく突き出たエプロン・ステージと呼ばれる形状をしていた。役者が演技を披露する際には、わざわざこのエプロン・ステージへ進み出ていた。それというのも、舞台に据えられた照明だけでは明度が足りないため、客席の照明を少しでも利用したかったからだ。

このような暗い舞台では何も見えないのだから、背景画や大道具・小道具、俳優の表情にリアリティはいらない。[4] 同時代の作家ブランダー・マシューズは「背景画の進化」と題する論文において、照明の進歩につれて舞台背景が精密になっていった点を指摘した（89-90）。暗ければ、役者は日常ではあり得ないほどの大声で台詞を述べ、派手な化粧を施し、滑稽なまでに大袈裟な身振りを採用しなければならない。ましてや、フットライトを使うと足元から上向きに照らす光によって顔に濃い影ができるため、それを補う不自然な演技と化粧が必要だった。一方で、客席はとても明るかった。蝋燭、オイルランプ、ガスによる照明手段はひとたび点灯すると明度の調整が困難で、上演中も客席の照明を十分に落とせなかったからである。暗い客席から明るい舞台を鑑賞するというこんにちの状況とは正反対だったのだ。明るい座席でいつまでも落ち着かない観客の関心を惹きつけようと、支配人や劇作家は単純な物語と大がかりな演出に頼るようになった。このように、演劇のあり方は暗い照明が決めてきた。

一八七九年七月、既存の照明に代わる新技術を切望し、電気を利用する可能性を探る意見が演劇関係誌に掲載された。

> 舞台照明に関するあらゆる意見を考え合わせると、汚くて爆発しやすく毒性のある例の物質――つまりガスを使っている限りは大した進歩は望めそうもない。電気かほかの安全な照明方法を導入すれば、劇場で火事が起きる危険は最小限に減らせるだろうに（後略）。(Fox 59)

エジソンが白熱電球の長時間点灯に成功するのは直後の同年十月二十一日のことだった。電気と演劇の密な関係はここから始まる。

2　電気と演劇

1　演劇的エジソン

エジソンと演劇のつながりを考えるには、この発明家が有能な商売人であった事実を思い起こさねばならない。白熱電球の発明が一人の成果でないことは指摘されて久しく、エジソンの功績は電球の改良者にとどまる。しかし、その名声は一八七七年末に蓄音機を発明すると一気に高まり、一八七九年頃から神話めいた言説が世に出回るようになったという。「メンロー・パーク（研究所の所在地）の魔術師」、「教授」、「当代一の偉大な発明家」「ニュー・ジャージーのコロンブス」などと称され、研究所は「礼拝堂」となった。（Josephson 165–66, Kasson 184）元々、アメリカには科学者や技術者を崇拝する素地があった。しかし、たとえば電信機を発明したサミュエル・モールルス（一七九一—一八七二）がボストンの知識人だったのに比して、エジソンは下層階級に生まれ、正規教育から見放されながらも才覚ひとつで新発明を繰り出す「セルフ・メイド・マン」を体現する人物であり、その理想像に当てはめるような伝説がさらに流布した。

加えて、エジソン本人もこうした噂を否定しないどころか、自分と発明品を売り込むための演出に勤しんだ。一八七八年の雑誌記事は、蓄音機を披露するエジソンは発明品を「劇化する」術を熟知しており、機械は彼の「登場人物」のようだったと述べる。（Josephson 168 に引用）伝記作家マシュー・ジョセフスンは「エジソンは確かに役者やショーマンの心意気を有しており、バーナムのように己の製品を宣伝することを厭わなかった」（171）と評する。P・T・バーナム（一八一〇—九一）は、イカサマ見世物を得意とした有名興行師である。まるで、エジソンはアメリカン・ヒーローに扮する役者であり、商品を巧みに売り込む演出家であった。したがって、このような演劇的エジソンが『エクセルシオール』への協力を求められた際に、白熱電球を宣伝する絶好の機会と捉えたとしても不思議はない。

2　「王様」キラルフィ兄弟

一方のキラルフィ兄弟の側も電気と演劇の接点を求めていた。ボロッシーとイムレは一八六九年にオーストリア＝ハンガリーから移住し、舞台製作を手がけるようになる。ボロッシーの自伝によれば、兄弟は中産階級や労働者、移民ら「大衆のミュージカル演劇好き」（B. Kiralfy 88）に狙いを定めた。そして「真のミュージカル演劇」は

「破綻のない形式で演劇の全要素——音楽、歌詞、ダンス、ドラマ——を持ち合わせた上に、それらの要素を合計したものよりもより壮大な舞台でなければいけない」（前掲書 89）と考えて、そうした「より壮大な舞台」を実現すべくスペクタクルの分野に乗り出したのだった。

「スペクタクル」とは、広くは視覚に訴える演目全般を意味するが、特に十九世紀以降のヨーロッパで盛んになった、寓話的な物語と人海戦術、華麗な音楽や衣装と大がかりな装置を特徴とするショーをさす。アメリカでは一八六六年の大ヒット作品『黒い悪魔 *The Black Crook*』を機に興隆し、十九世紀後半から末の時期には最も人気のある演劇形態のひとつとなった。多くの場合、物語はマイムで伝えられたが、これはあまりに出演者数が多かったり会場の規模が大きかったりしたため、通常の台詞では客席まで届かなかったからだ。キラルフィ兄弟はヨーロッパ、特にフランスのショーの上演権を買い付けては英訳して上演した。一八七三年八月の『黒い悪魔』再演を手始めにアメリカで『失楽園』（一八七四年上演）やジュール・ヴェルヌの『月世界旅行』（一八四五年上演）、『皇帝の密使ミハイル・ストロゴフ』（一八八一年上演）をつぎつぎに成功させ、やがて兄弟は、ボロッシー自身の自信溢れる言葉を借りれば、「スペクタクルの王様」（前掲書 119）となる。[5]

しかし、兄弟には一点だけ不満があった。照明である。ボロッシーはごく初期から、光の効果を把握していた。一八六五年にはベルリンの眼鏡屋で小型バッテリーを見つけ、数年後の『黒い悪魔』公演で妖精の女王の杓と王冠に取り付けて豆電球を光らせた。("When Electric Light" xxii) また、同種の装置を使って『八十日間世界一周』（一八七五年上演）でも王冠を点灯したという。(B. Kiralfy 266) それでもなおボロッシーは、大成功を収めた『八十日間世界一周』について「ただひとつ心残りだったのは使える舞台照明に限界があったことだ」（前掲書 98）と悔やんだ。蝋燭やオイル、ガスではあまりに暗かった。そこで『エクセルシオール』の買い付けに成功するや、すぐにエジソンに助けを乞うた。

3 『エクセルシオール』

1 電球の力

一八八三年八月二十一日にニブロス・ガーデン劇場で開幕した『エクセルシオール』は、元は一八八一年にミラノ・スカラ座で初演ののちパリのエデン劇場でもすでに人気を博していた、演出家兼振付師ルイジ・マンゾッティ（一八三五―一九〇五）の手によるイタリア作品である。作品に明確なプロットはなく、人類の科学的進歩を賛美する寓話的な場面の羅列で構成される。台本には台詞が記されているが、実際には全てをマイムと踊りで表現した。物語は、「闇 Darkness」の精が人類の未熟ぶりを見せつけて進歩を妨害しようとするたびに、「光 Light」の精が蒸気船、電気、スエズ運河、モンスニ・トンネル（伊仏国境にある世界最古の鉄道トンネル、一八七一年開通）といった新技術による成功を披露して勝利を収めるという流れである。

キラルフィ兄弟は、原作を単に翻訳上演するだけでは終えなかった。初日の九日前に行われたインタビューで「我々はかの地［パリ］で行われたものよりもはるかに優れた公演にするつもりだ！」（"Theatrical World" 5）と豪語したように、確かに実際の公演は「はるかに優れた公演」となった。それはひとえに、エジソンと作り上げた電球を使う演出によって実現したと言えよう。兄弟はこの舞台で「電気の発展にまつわる場面で本物の電光を使う」（B. Kiralfy 115）という独自の試みに着手し、「電球をつけた旗を持つ一〇〇人のアマゾネス」と「何らかの方法で電球を身につけた数百人の脇役たち」（"When Electric Light" xxii）を登場させた。またフィナーレ（第十一場）では、五〇〇ものガラス電球が吊り下がり、世界各国の国旗をまとった無数のバレリーナが豆電球のついた杖を手にして登場し（B. Kiralfy 117）、クライマックスにはそれら天井と杖の電球が一斉に光り輝いた。その光景は、『ニューヨーク・タイムズ』紙によれば、「いまだかつてニューヨークで上演された中で最も偉大なスペクタクル」（"*Excelsior* at

Niblo's Garden" 5）の瞬間となった。十分な電源を確保するためには、劇場中に電線を張り巡らせ、建物の壁を壊して発電機を運び込まなければならないほどだった。（"When Electric Light" xxii）

電球の使用は興行の目玉であったと同時に、エジソンにとっても有益だった。プログラムには「トマス・エジソン氏監修・エジソン電灯会社による新しい電気効果」（前掲書 xxii）との惹句が踊った。いまだ電気と電球に対する懐疑と不安が強かった時期（Schlereth 115–16）にあって、か弱い女性ダンサーが電球を身につけて踊る姿は家庭内での電気実用化を促進する格好の宣伝材料となった。（Gooday 105–9）

2　スペクタクルの完成

ただし、演劇史において、『エクセルシオール』は電気や電球を使った初の舞台というわけではない。十九世紀初頭にはアーク電球が発明され、劇場でも一八六〇年代から使われていた。一八八一年に、ロンドンのサヴォイ劇場で初めて全照明に白熱電球が使われた。（Edison Swan Electric Company 24）アメリカでは翌年にボストンのビジュー劇場で白熱電球が導入され（"Theater Lights of the Past" 338）、この時、エジソンはシルクハットと燕尾服姿で初日に駆け付けている。（Josephson 271）ニューヨークではピープルズ劇場が一八八三年六月に使い（Odell 128）、一八八四年秋までにはニブロス・ガーデンを含む六つの劇場が利用を開始した。[6]

エジソンは白熱電球を発明しておらず、電球を初めて使った作品も『エクセルシオール』ではない。そうであるにもかかわらず、演劇史の中で『エクセルシオール』が特筆に値するのは、この作品によってスペクタクルという演劇形態が完成したと考えられるからだ。電気と電球は、単純な寓話を大量の人と物で伝えるというスペクタクルの目的を最も容易かつ効果的にかなえた。舞台を電気で照らし、電飾を施した巨大なセットを組み、豆電球のついた衣装をまとった踊り子たちが光る小物を手にして登場する様式が『エクセルシオール』で初披露され、以降、これら電気を用いた演出はスペクタクルの定番となる。そもそも、スペクタクルが十九世紀末にかつてない人気を得たのは、その規模が当時の技術進歩によって飛躍的に大型化し得たからである。たとえば大きなセットを作って動かす手法や、複雑なせり上がりや宙乗りの設備は一時代前までは望むべくもなかった。また、大勢の出演者が登場できるほどの舞台と投資額に見合うだけの観客数を収容できる座席を有する劇場も、建築技術の進展があってこそ実現した。スペクタクルはまさに技術進歩時代の演劇であった。加えて、ボロッシーがのちに「この作品は舞台に電球を取り入れた点で歴史を作った。アメリカ演劇は二度と昔と同じに戻ることはなかった」(B. Kralfy 119) と述懐するように、『エクセルシオール』における電気技術の導入はスペクタクルを完成に導く総仕上げとなった。

4　新しい物語へ

1　アメリカの夢

『エクセルシオール』はニューヨークで一二五回上演され、その後も一〇〇人超の出演者を引き連れてボストン、フィラデルフィア、セントルイス、シカゴから西海岸のサンフランシスコまで大都市を巡業した（前掲書 119）。初日翌日の劇評はおしなべて観客の熱狂を伝える。当日は開演が四十五分も遅れたものの、「それに続く目のくらむような光景を前にすぐに忘れ去られ」（"Music and the Drama" 4）、終演後は「興奮した群衆」の中から「ただの一言も悪評は聞こえてこなかった」。（"A Kiralfy Surprise" 1）

しかし、技術的効果だけがヒットの要因ではなかっただろう。キラルフィ兄弟はイタリアの原作をアメリカ人観客のためにアメリカの物語に仕立て直した。たとえば、原作の第五場では、「闇」がイタリア人科学者アレッサンドロ・ボルタ（一七四五―一八二七）を襲って、ボルタの作った電池を壊そうとするも「電池の持つ不思議な力を理解できずに」電気ショックと火花に感電してしまう。アメリカではここにエジソンが登場する。「闇」がエジソンを威嚇すると「電気火花をそれぞれ手にした六十五人もの妖艶な美女たち」に撃退される。続いて、「闇」は電報局に現れるが、またしても「電報配達人に扮した女性バレリーナたち」に追われる。（前掲書 1）

とりわけ、アメリカで上演された際の宣伝ポスター（図2）は多くを語る。ポスター上部にはブルックリン橋と、外輪式蒸気船の上で万歳するロバート・フルトン（一七六五―一八一五）が描かれている。原作では、蒸気船を開発したこのアメリカ人を称えて、大きな橋の下を通過する船のパノラマ・シーン（第四場）があるが、アメリカでは、橋のセットを三ヶ月前に開通したばかりのブルックリン橋とはっきり分かるように作り直して、その下を電飾に彩られた蒸気船がくぐり抜ける演出を追加した。（前掲書 1）

図2
"Excelsior: Kiralfy Brother's Spectacular Triumph." Boston & New York: Forbes Co., c.1883 [i.e., c1884]. Color lithograph poster. Library of Congress.

ポスター中央には舞台の最終場面（第十―十一場）が再現された。戦いが終わり「光」が「闇」に向かって「お前はおしまいだが、文明の天才にはまだすべきことが残っています。お前には何もないが、人類の天才にはエクセルシオール（さらなる高見）がもたらされるでしょう」と決め台詞をマイムで語ると、「文明」の精が舞い降りる。巨大な地球儀がせり上がって「エクセルシオール」の精がその上に立った瞬間、前述したように、エジソン肝煎りの電球がまばゆく光り輝く。「文明」「進歩」「調和」の精と各国の国旗を模した衣装のダンサーたちが踊り、「全ての民族が友愛の内に統一する」ところで大団円となる。ポスター下部の左端に「文明」の姿が窺えるが、衣装のチュチュはイタリア国旗ではなく星条旗に変わっている。[7] 何より目を惹くのは、ポスターでは「エクセルシオール」の精が自由の女神に替わっている点だ。[8] イタリアの原作には自由の女神は登場せず、アメリカ公演について書かれた複数の劇評を精査しても、実際の舞台に自由の女神が登場したという指摘もない。しかし、この絵柄をもって、キラルフィ兄弟は明確なアメリカの夢を提示する。原作は人類全体の「現在の栄光、そして未来のより偉大なる栄光――科学、進歩、友愛、愛情」を言祝ぐものであったが、キラルフィ兄弟の舞台はアメリカの技術進歩を称え、「全ての民族」ではなくアメリカ人が「友愛の内に統一する」社会の到来を予言する作品となった。像の正式名称は「世界を照らす自由の女神」だが、ポスターの女神が照らすのはアメリカであった。

2　光の陰で

もちろん、光があれば影ができるように、「友愛の内に統一する」主張が偏っていたことは明白だ。『エクセルシオール』が賛美する技術発展は平和目的にとどまらず軍事利用へとつながり、当時のヨーロッパ諸国の帝国主義的な拡大路線を後押しするものでもあった。たとえば、原作（第七―八場）は、中東の砂漠で砂嵐に遭遇したキャラバンの絶望的な様子を伝える。この場面を使ったアメリカ公演のポスター（図3）

図3
“Excelsior.” Boston & New York: Forbes Co., c1883[i.e., c1884]. Color lithograph poster. Library of Congress.

には、砂漠でピラミッドとスフィンクスを背に殺し合うアラブ系の人びとが、赤や黒といった強烈な色合いで大きく描かれた。そののち、スエズ運河の華々しい開通を祝い（ポスター円内）、「まばゆい光の装飾がふんだんに施された」「あらゆる国家の船舶」が運河を通り過ぎていくパノラマ・シーンが続くのである。「かつては見渡す限りの砂漠だった運河の地に、ヨーロッパの全ての文明が集まって」「厳粛な勝利」を祝う場面には、死の砂漠に運河建設をもって文明をもたらす西洋への賞賛が明らかだ。

のちに、弟イムレはシカゴ万博で『アメリカ *America*』（一八九三）というオリジナルのスペクタクルを初演した。これはまさしくアメリカ版『エクセルシオール』であった。「アメリカにおける発明のグランド・バレエ」（第三幕）では避雷針、綿繰り機、電報、ミシン、タイプライター、電話などのアメリカを代表する技術に扮した踊り子たちが行進した。言うまでもなく、先頭はエジソンの電球である。フィナーレでは、象に乗ったアジアの女王やラクダに乗ったアフリカの女王と共に、アメリカの各州を表現するバレリーナが登場し、そこへ「進歩」「平等」「発明」「天才」「アンクル・サム」「シカゴ」の精たちが加わって発明家に対して揃って敬意を表する。シカゴ万博がアメリカ大陸発見四百年を記念する場であったことを思い起こせば、この作品は、コロンブスから始まる国家の発展が技術力によってさらなる明るい未来へとつながることを暗示していた。『アメリカ』がシカゴ万博で開催された他のどの出し物よりも利益を上げた事実 (Barker 173) は、このようなメッセージが万博の目的と万博に集まった人びとの要請を十分に満たしたことの証左となるだろう。

スペクタクルが発する夢は非常に限定的である。そもそも、万博は国威発揚のための政治装置であり、会場で上演される演劇は技術発展と帝国主義の関係を補強する手段であった。たとえば、イムレは『アメリカ』と同時期にシカゴ万博で、バーナム＆ベイリー・サーカス団と共に『コロンブス、あるいはアメリカの発見 *Columbus, or the Discovery of America*』（一八九二―九三）と題するスペクタクルを上演したが、先住インディアンの苦境などには微塵も触れなかった。『エクセルシオール』には西洋中心思想が明白であり、『アメリカ』においても、進歩がもたらすであろう国内の格差拡大や国外における技術の軍事利用と帝国主義的膨張の是非が問われることはない。

5　アメリカを照らす希望の光

1　技術進歩主義の時代

しかしながら、あえてここで注目したいのは、こうした影をも覆い隠してしまうスペクタクルの演劇的特性である。人海戦術とスケールの大きさをもって物語を納得させる手法は同時代に進行中の技術革新が可能にしたのであり、その高い人気もまた時代の気運が後押ししたものだったと言える。アメリカの飛躍的な工業発展の底流には、技術進歩を独自の文化として定義付けようとする気運が流れていた。かつて新大陸にやって来た人びとは眼前に広がる壮大な風景に心を揺さぶられ、激しい精神的高揚感を感じた。この「崇高《サブライム》」と呼ばれる美的感覚は自然への畏怖から発し、やがて新たな展開をみせた。歴史家デイヴィッド・ナイは、鉄道網が広がり始めた一八二〇年代頃から自然風景が変わったのだと指摘する。若い国家の成長を促した西漸運動の熱狂は、自然の開拓が進むにつれ畏怖の対象を失っていく。すると、熱気は技術開発欲へと注がれるようになり、機械文明社会の到来を夢見るようになったというのだ。ナイはこのような新技術に対するアメリカ人の高揚感を「テクノロジカル・サブライム」[9]と名付ける。アメリカ人は巨大な自然を体験した時に抱く感覚を、新奇な発明とそれによって実現した長大な鉄道や橋梁、ダム、摩天楼といった巨大建築物にも読み取って崇高の対象と見なした。これと同じ感覚を、十九世紀末の観客はより大きく、より多く、より明るい舞台を目指したスペクタクルにも見いだしたのではないか。

2　演劇版テクノロジカル・サブライム

テクノロジカル・サブライムの感覚は自然発生すると同時に、それを国民の共通理解にする細工が繰り返されてきた。立派な建築物が完成するたびに、あるいはそうした建築物が造られてから節目の年を迎えるたびに、演説と音楽、花火で彩られた盛大な記念行事を開き、そこに何万人もの見物人が集まって高度技術を崇拝する。このような「儀式」の場では演説も行われるが、そこにいる全員がそれを理解する必要はない。スケール感で人びとを圧倒するため、言葉はいらないのだ。「共有意識としてのサブライムの大きな長所は、それが言葉を超越する点」(Nye *American Technological Sublime* xiv) にある。その結果、建国当初から、テクノロジカル・サブライムは多民族国家をまとめ上げる宗教の代わりとして機能してきた。

同じ傾向がスペクタクルの舞台にも窺えるだろう。ボロッシーは、『エクセルシオール』の「一番の特徴は全編を通して一行の台詞も発せられず、一小節の歌詞も歌われないところ」(B. Kiralfy 115) だったと述べる。『ヘラルド・トリビューン』紙の初日評 ("Music and the Drama" 4) は、この作品は数多い利点を持つが、そのひとつは「驚くべき桁外れの価値がある利点であり、それは言葉がないということだ」と高く評価する。スペクタクルは、「色や形、肉体的な愛らしさで目を楽しませ、音楽で耳を魅了し、喜びの幸福感をもって感情を満たすことを目的とした」、「感覚に直接に、そしてほぼ感覚だけに訴えかけるパフォーマンス」だというのである。仮に歌が歌われても大規模な舞台からは観客の耳に届かない場合が多く、たとえば『アメリカ』公演では歌詞カードが配られた。物語を伝える手段として言葉が重視されていなかった証拠だろう。同紙が「感覚を楽しませることだけを目的とするものは考察の対象にならない」と断じるように、スペクタクルに戯曲文学が内包し得る審美的価値を望むことはできまい。実際、当時のどの劇評も、舞台に溢れる光と色彩、そして踊り子の脚線美ばかりを褒めている。

しかしながら、こうしたスペクタクルの特性は十九世紀末の社会要請にうまく合致した。[10]『ニューヨーク・タイムズ』紙は、初日の開演が遅れたため、「天井桟敷を占める客がシャツ一枚になって奇妙な姿をさらしながら、手を叩き足を踏みならした」様子を揶揄する（"*Excelsior* at Niblo's Garden" 5）が、この記述からは劇場に労働者や移民なども集っていたことが推察できる。上流・中産階級のみならず英語のできないような下層階級も一体となって舞台に熱中したのだ。『エクセルシオール』は言葉ではなく技術力によって、不安定な社会の秩序回復を求める旧来の住人と新しく国家に参入してきた人びと双方に、工業大国アメリカにおいて全員が「友愛のもとに統一」できるのだという夢を見せた。

スペクタクルは、テクノロジカル・サブライムを社会の共有意識に仕立てることで国民の統一を図ろうとする「儀式」の演劇ヴァージョンであった。もちろん、この統一が意味するところには留保すべき問題が多々あったが、スペクタクルは圧倒的な量と大きさと明るさによって観客の目をくらませてしまう。「発明王」エジソンと「スペクタクルの王様」キラルフィ兄弟が作った『エクセルシオール』は技術進歩がもたらす未来像を、電球の導入によって完成をみたスペクタクルの形式を使って描き出した。この演劇形態はその後、第一次世界大戦下で派手な演出ができなくなると映画にお株を奪われ、こんにちではすっかり忘れ去られてしまった。しかし、十九世紀末のアメリカにおいては確かに、スペクタクルの舞台から放たれる電球の光は工業国アメリカで国民が一致団結した理想を照らし出す希望の光だった。まるで、丘の上の町に掲げられた蝋燭の光がピューリタンの父祖たちの行く手を照らしたように。

註

1　ガス照明の一種で、石灰に酸水素炎を吹き付けた時に生じる白光をレンズで集光して使う。明度が高く操作しやすいため、十九世紀のスター・システムを支えるスポットライトとして活用され、今でも英語で「注目の的」を表す単語として残る。

2　以後、引用は全て一八八六年に出版されたイタリア語の台本を英訳した *"Excelsior:* The Libretto" (Pappacena 235–48) からとし、本文中の括弧内に場数を記す。

3　ただし、高価なガスは普及が遅く、ボストンでは一八四五年、シカゴでは一八五〇年に使用を開始した。(Held 105)

4　ゆえに、電気照明が導入されると、「電気設備やさまざまな種類の器具」が「舞台装置にリアリズムと美と配備する際の迅速さをもたらした」("A Striking Use of Electric Lights on the Stage" 182) と評価された。

5　一九三二年にボロッシーが死去した際に『ニューヨーク・タイムズ』紙は、故人を「この地［アメリカ］にスペクタクルをもたらしたパイオニア」と評している。("Bolossy Kiralfy, Producer Dead" 21)

6　十九世紀末には電気照明の設備が本格化する。一八九八年の記述によると、間口四〇フィートの舞台を持つ劇場では長さ三十フィートのフットライトに白色電球を六〇個、赤色と緑または青色を三〇個ずつ、また舞台幅に合わせた天井のボーダーライトには各色三〇個ずつ必要で、それらの操作には配電制御盤を用いた。("The Switchboard for Stage Lighting" 246)

7　原作の改変は他国で上演する際にも見られた。たとえば、一八八五年のウィーン公演では、オーストリアとイタリアの政治的緊張を考慮した演出となった。また、初演から三〇年にわたって続演したため、時代が進むにつれて電話や無線、航空機といった新発明のエピソードが段階的に加わった。(Pappacena 250–52)

8　ニューヨークの自由の女神はアメリカ独立一〇〇年を記念して一八七〇年代から建立のための設計や資金集めが始まり、一八八六年に完成した。

9　ナイは、アメリカにおけるテクノロジカル・サブライムとJ・F・リオタールが唱えるポストモダン・サブライムを区別する。ナイにとって、崇高とは「直接的経験」に基づき、直接的経験は「バークの崇高哲学の中核に位置し、のちにカントの大胆な崇高理論の本質的要素となった恐怖」を惹起するものであり、リオタールが扱う絵画や文学といった芸術作品はひとが「グランド・キャニオンやロケットの発射」などに接した際に得る「五感の全てを使った」経験に欠くという。(Nye *American Technological Sublime* xx)

10　『エクセルシオール』が初演された一八八一年当時のイタリアも、アメリカと似た状態にあった。新国家はできたものの、方言が主流で識字率はほぼ五割以下にとどまり、また国民の二パーセント強しか参政権を持っていなかった。(Pappacena 204, 217) この数字からは国家国民意識がいかに低かったかが推察できる。

参考文献

Barker, Barbara "Imre Kiralfy's Patriotic Spectacles: *Columbus and the Discovery of America* (1892–1893) and *America* (1893)." *Dance Chronicle* 17:2 (1992): 149–78.
"Bolossy Kiralfy, Producer Dead." *New York Times* 9 March, 1932: 21.
Booth, Michael R. *Victorian Spectacular Theatre 1850–1910*. Boston: Routledge & Kegan Paul, 1981.
Edison Swan Electric Company. *The Pageant of the Lamp: The Story of the Electric Lamp*. London, n.d.
"*Excelsior* at Niblo's Garden." *New York Times* 22 August, 1883: 5.
Fox, John. "American Dramatic Theatres." *American Architect and Building News* VI (July, 1879): 59.
Fuchs, Theodore. *Stage Lighting*. Boston: Little, Brown, 1929.
Gooday, Graeme. *Domesticating Electricity: Technology, Uncertainty and Gender, 1880–1914*. London: Pickering & Chatto, 2008.
Held, McDonald Watkins. "A History of Stage Lighting in the United States in the Nineteenth Century." Diss. Northwestern U, 1955.
Josephson, Mathew. *Edison: A Biography*. New York: Mcgraw-Hill, 1959.（矢野徹他訳『エジソンの生涯』新潮社、一九六二）
Kasson, John E. *Civilizing the Machine: Technology and Republican Values in America, 1776–1900*. New York: Penguin, 1977.
Kiralfy, Bolossy. *Bolossy Kiralfy: Creator of Great Musical Spectacles: An Autobiography*. Ed. Barbara M. Barker. Ann Arbor: UMI, 1988.
Kiralfy, Imre. *Columbus, and the Discovery of America*. Buffalo, NY: Courier, n.d.
"A Kiralfy Surprise. What the Magician Coppini Did at Niblo's Garden Last Evening." *Truth* 22 August, 1883: 1.
Mathews, Brander. "The Evolution of Scene-Painting." *Scribner's Magazine* 58:1 (1915): 82–94.
Marx, Leo. *The Machine in the Garden: Technology and the Pastoral Ideal in America*. London : Oxford UP, 1964.（榊原胖夫・明石

紀雄訳『楽園と機械文明』研究社出版、一九七二）
"Music and the Drama: *Excelsior*." *New York Herald Tribune* 22 August, 1883: 4.
New York Edison Company ed. *Forty Years of Edison Service: 1882–1922*. New York: Press of the New York Edison Company, 1922.
Nye, David E. *American Technological Sublime*. Cambridge, MA.: MIT, 1994.
——. *Electrifying America: Social Meaning of a New Technology*. Cambridge, MA.: MIT, 1990.
Odell, George C. D. *Annals of the New York Stage*. vol. 1. 1927. New York: AMS, 1970.
Pappacena, Flavia, ed. *Excelsior: Documenti e Saggi*. Rome: Di Giacomo, 1998.
Rees, Terence. *Theatre Lighting in the Age of Gas*. London: Society for Theatre Research, 1978.
Schlereth, Thomas J. *Victorian America: Transformation in Everyday Life, 1876–1915*. New York: Harper, 1991.
"A Striking Use of Electric Lights on the Stage." *Electrical World* 19(12 March, 1892): 182.
"The Switchboard for Stage Lighting." *Electrical World* 31 (9 Feb., 1898): 246–47.
"Theater Lights of the Past." *The Edison Monthly* 9 (17 Feb., 1917): 338.
"Theatrical World." *Truth* 12 August, 1883. 5.
"When Electric Light Made its Bow on New York Stage." *New York Times* 12 October, 1924: xxii.
桑島秀樹『崇高の美学』講談社、二〇〇八。

第8章

メディア論者としてのジェイムズ
——光と電気のイメジャリーを読み解く——

中村　善雄

1　ジェイムズと電気の表象

ヘンリー・ジェイムズ (Henry James) が一種の文化史家的側面を有していることは、ジャン・クリストファー・アグニューを初め、ジェニファー・ウィキーやリチャード・サルモンといった多くの研究者たちによって浮き彫りにされてきている。彼らの試みは、〈象牙の塔〉の作家ヘンリー・ジェイムズを十九世紀末の時代の渦の中へと落とし込み、同時代人と同じ目線で時代を切り取るジェイムズ像に焦点を当てることで、高踏的イメージとは異なる文化史家としての価値を生み出すものと言える。著名なジェイムズ研究家ジョン・カーロス・ロウの著書名『異貌のヘンリー・ジェイムズ』(*The Other Henry James*) が雄弁に物語るように、文化的視座からの考察は従来のジェイムズ研究に新たな一面を加え、ルビンの壷よろしく、ジェイムズ像に異なる相貌を加えつつある。本稿においてもこの潮流を踏襲し、作品のなかに織り込まれたジェイムズの文化史観を紡ぎだし、「懐かしの街角」("The Jolly Corner") のスペンサー・ブライドン (Spencer Brydon) が「もう一人の自己」(449) 探しに躍起になったごとく、ジェイムズ自身の〈もう一つの顔〉、いわば当時の文化的状況を物語る証人としての側面に光を照射してみたい。

文化史家であるジェイムズ像を浮き彫りにするため、特にジェイムズと同時代に産声を上げ、同時に成長していったメディアである電信と電灯との関係に焦点を定めてみたい。電信の歴史は生みの親サミュエル・モールス(Samuel Morse)が発信機を発明した一八三七年に始まり、モールス符号が発表されたのが一八四四年のことである。国際電信事業の嚆矢といえるドーヴァー海峡電信の実用化は一八五一年に成功し、一八六六年にはヨーロッパとアメリカを繋ぐ大西洋横断ケーブルが完成した。電信、特に有線電信はジェイムズと共に成長し、また欧米を跨ぐジェイムズの行動範囲の拡がりと時を同じくして、そのネットワーク網を拡張していったのである。

一方、電灯も電気照明の最初の形であるアーク灯が一般の照明文化の一翼として普及し始めたのが一八七〇年頃である。アーク灯の後継となる白熱電球をトーマス・エジソン(Thomas Edison)が発案したのが一八七九年のことで、二年後のパリ国際電気博覧会にて広く公開された。また、ヴァネッサ・R・シュワルツは一八八〇年代の電気使用の増加に着目し、パリがガス灯から電気の都市へと変貌したことを指摘している(21)。電灯と電信は共に十九世紀中葉から後半にかけて実用化され発展していったのである。

本稿では、この十九世紀の文化的産物である電灯と電信に対して、その変遷をリアルタイムで眼にしたジェイムズがいかに自らの作品のなかに取り込んだのか、それを通じて彼の文化論者としての様相を炙り出してみたい。

2　眩惑する光と光の都市としてのパリ

まずは、作品における電灯の役割について論じるために『使者たち』(*The Ambassadors*)に焦点を当ててみる。エドウィン・S・フュセル(Edwin S. Fussel)が、『使者たち』では当時の状況が巧妙に隠蔽され、電気の存在も例外ではないと指摘するように (183)、この作品では電灯が極めて曖昧かつ修辞的な表現でもって表象されている。それは「涼しくて明るいスタジオのようなパリの強い光」(22: 76)、あるいは「輝かしい都市の偉大な光」(22: 210) といった、〈強烈な光〉として記されている。一方で、電灯登場以前の小さな光である「ガス灯」は電灯以上に作品の至る所で明記されている。例えば、主人公ランバード・ストレザー (Lambert Strether) と友人ウェイマーシュ (Waymarsh) の再会を「ガス灯の光」(21: 25) が彩り、パリ在住のチャド・ニューサム (Chad Newsome) の帰りを待つストレザーを「この上なく柔らかなランプの光」(22: 209) と称されるガス灯が包み込み、「ガス灯に照らされた寝室」(21: 26) にストレザーは身を委ねるといった具合である。ガス灯から電気の光へ転換した世紀末において、幾度もガス灯の光でストレザーの周囲を照らすことは、彼に前時代的なアウラを纏わせる効果があると言えよう。[1] レオン・エデルもジェイムズにとって、「電気の新たな時代のなかで、過去は記憶にとどめられるランプの光や蝋燭の光の魅力を有している」(*The Treacherous Years* 312–13) と述べている。「ガス灯」や「ランプの光」と、それを包括的に取り巻く「新しい時代」の電気の光は対置され、同時にこの新旧の光源は、ストレザーの前時代性と彼を取り巻く都市空間の現代性の相違を如実に物語っている。

しかしながら、電灯は十九世紀末の都市の現代性を象徴するだけに留まらない。この時期、電灯はスペクタクルの拡張だけでなく、電灯それ自体がスペクタクルであった (Marvin 328–29)。その電灯によるスペクタクルの極限といえるのが万国博覧会である。リチャード・サルモンは『使者たち』のパリを彩る象徴的な光と一九〇〇年の万博とを関連付けている (*Henry James* 159–66)。ジェイムズ自身、一八九八年二月二十五日にエドワード・ウォレン (Edward Warren) に宛てた手紙のなかでパリと光の結びつきを以下のように述べている。

この特異なパリ、そこには途方もなく贅沢な広がり、威風、全般にわたる慢性的な博覧主義を体現する新しい――

つまりますます増加していく――様相が備わっている。（中略）パリは風変わりで広大な現象であり、外へと対象形を描いて世界を広げながら美を――そして何ともすごい光の美を――有している。

(Edel, *The Treacherous Years* 262)

ジェイムズはパリを「慢性的な博覧主義」に満ちていると表し、その担い手としての「光の美」に注目している。実際、「博覧主義」の象徴的イヴェントである万国博覧会は同時に「光の美」の展示場でもあった。ロザリンド・H・ウィリアムズ (Rosalind H. Williams) はパリが電気の光の都市へ変貌する縮図を十九世紀の歴代のパリ万博にみている。特に、一八八九年のパリ万博ではこの万博のモニュメントであったエッフェル塔のスポットライトがパリの夜空を照らした。『使者たち』執筆期間中に相当する一九〇〇年のパリ万博では電気照明が大規模に使用され、電気は「光の美」の最大の表現として、大いなる注目を集めた (85)。ミシェル・コーデイ (Michel Corday) はこれを「巨大な光輝く宝石」に例え、〈図1〉にみるように万博パビリオンの一つであった「電気宮」の正面を光のステンドグラスと表している (438-39)。

電気の光と結びついたパリ万博はあくまで暫時的なスペクタクル空間といえるが、「慢性的な博覧主義」に満ちたパリという都市自体と光の密接な結びつきも『使者たち』のなかのバラス嬢 (Miss Barrace) によって語られている。

図1
正面からみた電気宮のイラスト

> 広大華麗なバビロンの都であり、巨大な虹色の物体、まばゆく輝く固い宝石にも似て、その細部を見とどけたり、見分けたりするのは容易ではなかった。それはきらめき、震え、溶け合って、一瞬表層とばかり思えたものが、次の瞬間には全く深層と思われた。(21: 89)

「広大華麗なバビロンの都」、「虹色の物体」、「まばゆく輝く宝石」、これらの語句は幾重にもパリと光を結びつけ、パリが恒常的に光の都市たらんことを強調している。同時にこの引用文で注目すべき点は、光に照射されたパリの様相が光の流動性と相俟って、「表層」と「深層」が不断に入れ替わることである。バラス嬢は別の場面でも、「パリの光のなかでは、物の外観だけが見えるのです。パリの光がいつも示すのは、それなのです」(21: 207) とパリの光が照らす「表層」について語っている。この二つの引用を重ね合わせると、光による「表層」と「深層」の絶え間ない交換は、光によるパリのスペクタクル性を物語ると共に、光のカモフラージュによって「外観」のみを観察者に見せ、逆に内実を隠蔽する可能性を示唆している。

この光の入れ替わりは、『使者たち』のなかで「表層」と「深層」の巧みな操作をするもうひとつの文化装置と結びついている。それは電気の光と同様に、十九世紀後半の消費社会のなかで急激に重要度を増した〈広告〉である。リチャード・サルモンは広告にも光と同様、「表層」と「深層」があり、その開示と隠蔽の巧妙なる操作が『使者たち』に重要な影響を与えていることを指摘している ("The Secret of the Spectacle" 45–46)。その広告と深い関わりのある人物が、〈大使〉ストレザーがアメリカに連れて帰ろうとするチャド・ニューサムである。彼は「広告の技術についての情報を手に入れつつあり」(22: 315)、アメリカ帰国後ニューサム一家が生産している「小さな、つまらない、どちらかと言えば、馬鹿らしいような、ごく普通の家庭用品」(21: 60) の宣伝広告を担うことが示唆されている。チャドの最初の登場の仕方も、広告人らしく、劇場という演劇空間のなかで「この上ない変貌の実例」(21: 137) を見せつけ、ストレザーに「一生を左右するような驚き」(21: 135) を与える。チャドはまた、「どこでどのように手に入れたのか分からぬ謎のような新しい顔」(21: 138) を見せる一方で、彼の変貌には「人の眼に見える以上のものが隠されている」(21: 167)。ヴィオネ夫人との関係においても、夫人の魅力や彼女とのプラトニックな関係を強調し、それらを際立たせるパリの魅力を存分に語る一方で、愛人としての夫人との関係を隠蔽しており、チャドは広告人よろしく、ストレザーの前で「表層」と「深層」の操作による開示と隠蔽を巧みに展開する。ジェニファー・ウィキーは広告を「言葉の幻燈ショー」(72) であり、「目に訴える幻燈ショー」(72) と称したが、広告人チャドが行う「表層」と「深層」による開示と隠蔽は、光から影へ、影から光へと転じるファンタズマゴリックな世界と相通じるといえる。そしてそれは、電気の光によって「表層」と「深層」の不断の交換を繰り返すパリのファンタズマゴリックな空間と相俟って、二重にストレザーを包囲し、彼を翻弄するのである。

　こうした光と影の織りなすパリのなかで、ジェイムズはストレザーを次の引用文のごとく位置づけている。

> 彼［ストレザー］の魅力的な役割は、作家の広範囲の視野――それは子供が幻燈（マジック・ランターン）遊びをするために吊り下げられた白い布のように、いつも適切なところに広げられているのだが――の上に、幻燈の影よりもなお幻想的で、さらによく動く影を投じることに過ぎなかった。(21: ix)

ジェイムズは作家のヴィジョンを白いスクリーンに喩え、ストレザーをマジック・ランターンによって写し出される対象と表している。他方で、ストレザーは一八六〇年代の最初の訪問から数十年を経たパリでの出来事を「すべては幻影（ファンタズマゴリック）だったのです」(22: 301) と回顧している。これらを重ね合わせると、ストレザーは自らの前に展開されるファンタズマゴリックな世界を目にする一方、彼自身がファンタズマゴリックに翻弄されるという二重構図が浮かび上がってくる。加えて、ストレザーは「パリへ来て、僕は新しい事実を知ったのです——ぼくたちの古い考え方ではますます応じることのできなくなるような事実を知ったのです」(22: 43) という感想を漏らす。ストレザーにとっての新しい事実の正体は明らかではないが、一連の彼の言葉を結びつけると、ファンタズマゴリック的な新しい世界がストレザーの前に展開され、その世界に翻弄される彼の姿が想起される。一八六〇年代に初めてパリを訪問したストレザーが、以前のパリには存在しなかった電気の光と光によって生み出されるパリの様相を新たな事実として捉えても何ら不思議はない。しかし、その光は「表層」と「深層」の絶えざる交換を繰り返し、外観のみを見せつけ、真実を隠蔽する詐欺性を有しているのであり、そこから光の織りなすファンタズマゴリックな光景に翻弄され、内実の見えなくなっているストレザーの姿が浮上してくるのである。

ストレザーがガス灯の光に取り巻かれる前時代的人間として、ヴィオネ夫人とチャドの関係をプラトニックな関係と見誤り、パリをあまりにロマンティックな想像力で捉えすぎ、結局〈大使〉失格の烙印を押されるのも、内実を隠蔽し、外観のみを露わにする強い光の世界のなかで真実を見出すことができなかったことに一因があるのではないだろうか。ジェイムズは電気の光を単なる十九世紀末のパリを彩る背景的装置として登場させたのでなく、ストレザーの眼を撹乱し、彼を幻惑させる一つの光学装置として捉え、ストレザーの前に展開するファンタズマゴリア世界を象徴するものとして位置づけたのである。

3　檻の意味と電気的イメジャリー

次に電信に焦点を当てると、ジェイムズの執筆時期を概ね網羅する一八七七年出版の『アメリカ人』(*The Americans*) から一九〇三年出版の『使者たち』に至る作品群のなかで、電信はプロットの形成と作品内の通信手段の点から重要な媒体となっている (Menke 195)。特に「国際テーマ」を主題とした作品では大西洋横断ケーブルを介した電信が頻繁に登場するが、[2] 当然電信そのものを生業とする電報技手を主人公とした中編小説「檻の中」("In the Cage") を無視することはできない。

この中編は過度の想像力を働かせて他愛もない空想をする名もなき労働者階級の女電報技手の話である。ゆえに他のジェイムズ作品に比して、その文学的価値は軽視され、従来ジェイムズ研究者から「無視された作品」(Geismer 463) であった。しかし、メディア・テクノロジーを巡る急進的な発展のなかで、この作品は評価され始めている。特に、一九八八年の商用インターネットサービスの開始以後その傾向は顕著になり、「二十世紀の情報をめぐる物語の前編」(Hayes 71) と位置づけられるようになってきた。

「檻の中」は貧困にあえぐ匿名の女電報技手が「檻」と称される電信局の狭隘な仕事場のなかで、上流階級の顧客たち、特にエベラード大尉 (Captain Everard) とレディ・ブラディーン (Lady Bradeen) が交わす電信の断片的な言葉を「読み」(389)、それを基に彼らの関係性や彼らの間に起こった出来事や秘密を、過剰な想像力でもって勝手に「物語」(389) に仕立てていく作品である。このように概略すると、「檻の中」は閉鎖的空間で視的快楽嗜好《スコポフィリア》に囚われた女性を描き出していると言える。しかしこの作品の語句が孕む多義性を糸口にオルタナティブな読みを実践すると、そこには作品の新たな相貌が現れてくる。

まず電報技手の周囲を取り囲む「檻」の描写に目を転じると、この檻は「柵と金網による幽閉」("framed and wired confinement" 367）状態であり、まさに「檻」に相応しい形容である。しかし、この語句は同時に、送信データの単位を表す "frame" と電線を表す "wire" という意味を内包しており、この「檻」が電報技手を幽閉する「檻」だけではなく、電信ネットワークの「檻」でもある事実が表面化してくる。また、郵便電報局と電報技手の婚約者マッジ氏（Mr. Mudge）が働いている食料品店が "wire"（368）で区切られているのも偶然ではない。この "wire" による境界は物質を交換する食料品店と、電気的信号の交換を図る電信局の境界と考えられ、食料品店が誘発する卑俗な現実感覚から電報技手が切り離されていることを示唆している。電報技手はいわば〈電信の檻〉の住人と化しているのである。

彼女の思考に電気的イメジャリーが纏わりついているのも奇異ではない。電報技手が「檻」の外の上流階級の「物語」を構築する上で重要なのは "flashes"（373）であると語られているが、"flashes" は「ひらめき」と共に「電気的信号」という意味を有している。あるいは、「檻」の外を見て、電報技手が感じる「時には優しく時には厳しい多種多様な衝動（"impulse"）」（388）は「多種多様な電流」とも解せられる。さらにその "impulse" が "accessible"（388）と結びついており、電気信号ネットワークへのアクセスを想起させる。その他にも電報技手の抱く「反感と共感のひらめき」（"flickers of antipathy and sympathy" 371）という相反する感情が、光の明滅を意味する "flickers" と結びついており、電報技手の職場からの帰り道は「電気的回路」という意味を孕む "circuit" と形容されている。このように電報技手が抱く感情や行動に電気テクノロジーのイメージが纏わりついており、彼女はネットワーク世界の「檻」の虜になっているのである。

電信技手の意識に宿る電気的イメージは、小説家ジェイムズの感受性に不可欠なものを同時に体現している。彼は有名な文学論「小説の技法」（"The Art of Fiction"）において、その特質を次のように述べている。

経験には限りがなく、決して完全なものとはならない。それはある計り知れない感性であり、いわば意識という部屋に張り巡らされた纖細な絹のような糸から成る、一種の巨大なクモの巣（"a kind of huge spider-web"）のようなものであり、その網の目に空中に浮かぶもの全てを捕えるのである。精神が想像力に富んでいれば――偶然にもそれが天才のものである場合はなおさら――人生のいかなる微妙なものもとらえるし、空気の息づかい（"the very pulses of the air"）さえ露わにするのである。（388）

ジェイムズは小説家の意識を「檻」のイメージに連なる一つの「部屋」に喩え、その意識の「部屋」の中に「巨大なクモの巣」と称せられる感受性が宿っていると修辞的に述べているが、この文に電気的イメージを読み取ることは容易であろう。「クモの巣」は網の目状の電信ネットワーク体系を想起させ、「空気の息づかい」は「大気中のパルス」を連想させ、それは電気信号の特性を殊更に強調している。このイメージは奇しくも「檻の中」にも反映されている。「エベラード大尉とレディ・ブラディーンが店の中にいた間、私たちの若い女性［電報技手］はその美しい、音のない衝動が辺りに感じられるのだった（[T]he fine soundless pulse of this game was in the air）」（381）という引用文である。「ゲーム」と称される二人のやりとりが、電報技手にとっては「音の発しないパルス」という電気信号による交信を想起させるイメージが付与されている。当時の電信の典型的イメージとして、「地球の果てまで我々の考えを思考のスピードで運んでいくエアリエルのような存在」（Wynter 119）という比喩表現が挙げられるが、シェイクスピア作『テンペスト』（*The Tempest*）のエアリエルのごとく電信メッセージが飛翔するイメージは、「大気中のパルス」と見事なまでに一致する。ジェイムズが「序文」にて、この作品の主題を「少女［電報技手］の〈想像上の〉冒険――全くのところ飛翔する知覚の冒険」（xxi）と称したのも、女電報技手の思考に大気のなかを行き交う電信的イメージが深く根差していることの証左となろう。感情と電気とを結びつけるイメジャリーにはジェイムズ自身の認識が反映されており、さらには十九世紀前半から本格的な研究が始まった生体の電気的活動を研究する電気生理学の影響を見て取ることができるかもしれない。[3]

4　電信による意識の変容と虚構の現実化

電信をメディア論から考えると、それは文字的情報をトランスナショナルな空間のなかで即時的に共有することを可能にし、時間の感覚と空間的距離に決定的な変容を齎し、世界の矮小化に貢献した。[4] スティーヴン・カーン (Stephen Kern) は技術決定論の立場から、この時間感覚と空間感覚の喪失がメディアの利用者自身にも転移されると指摘している (40)。常時メディア・テクノロジーに接する電報技手にとっても例外ではない。電報技手が抱く「意識の確かな拡張」(373) という想いはこの転移的現象と無関係ではないだろう。マクルーハンが電信の拡張と人間の神経組織の拡張の類似性を指摘したように (252)、電報技手の「意識の拡張」は電信によって拡張された世界と連動しているのである。「エベラード大尉を相手にしていると、宇宙そのものが彼女の行動範囲であった」(413–14) という言葉が物語るように、エベラード大尉をめぐる電信の世界で彼女の意識が宇宙的規模をもった広大な世界へと拡大されている。電報技手は一方で「檻」の中の電信機を前に幽閉され、他方で広大なネットワークの世界へとアクセスできる、いわば自閉と解放という矛盾する状況に位置付けられているのである。実際、檻の中で相反する生活を送っている電報技手の感覚は、「彼女の経験の奇妙な拡張、檻の中でついに営むようになった二重生活」(386) と表されている。電報技手は自らの貧困や食料品店の店員マッジ氏との婚約といった夢のない現実世界と、上流階級の恋愛や秘密が織りなすスペクタクルな電信の世界という、二つの対照的な世界を同時体験しているのである。

こうした電信が生み出す電報技師の意識の拡大は、「国中のあらゆる電報が、生活のために彼女が働く小さな穴倉の片隅から発せられているように感じ」(386) させ、檻を起点に全ての電報が発信されるという一種の錯覚を彼女に抱かせる。キャロリン・マーヴィンは電信による世界＝空間の縮小化によって、周縁的立場の人間が心理的に中心的場所へ接近すると指摘し (200)、ジョシュア・メロウィッツは彼の著書名『場所の感覚／意味喪失』(*No Sense of Place*) が雄弁に物語るように、電子メディアによって物理的場所と社会的場所の繋がりが無効化され、物理的場所は自らの社会的位置やアイデンティティを決定しなくなると述べている (8)。彼らの主張を踏まえれば、電信による電報技手の意識の拡大は、自らを心理的に中心的立場へと接近させると同時に、彼女の社会的地位を曖昧化し、社会的階級という境界を超越していく可能性を物語っている。ジェイ・クレイトン (Jay Clayton) はこの境界逸脱性を根拠に、電報技手をダナ・ハラウェイ (Donna Haraway) の言うサイボーグの初期版と指摘している (226)。クレイトンがあくまでも初期版と付言するように、「檻の中」の女電報技手は境界脱構築の象徴であるサイボーグ的な主体とまでは言い難いが、拡大する彼女の意識のなかで自／他、内／外、中心／周縁、上流／下級といった二元的世界が曖昧化し、電信テクノロジーと絶えずアクセスする女性の身体は境界攪乱を内発するのである。電信は時間感覚、空間感覚の喪失を惹起するだけでなく、これらの感覚の欠如が利用者の意識へと転移し、さらに連動して自己の境界感覚自体の喪失を促すと言えよう。逆に言えば、電信はジェンダーや階級の壁に遮られ、アクセスできない対象に対して、その担い手がアクセスできるという越境的な幻想を生み出すのであり、「檻の中」の電報技手はこの幻想の虜となっているのである。

しかしながら、女電報技手のこの越境的幻想は幻想に留まらない。むしろその虚構は増大し、現実そのものへの介入という行為にまでエスカレートする。

「クーパーではありませんか?」

まるで電報技手が身体ごと飛び上がったような、檻の上を越えて、話し手であるレディ・ブラディーンのもとへと降りたようだった。「クーパー?」――レディ・ブラディーンの凝視は顔を赤らめたことで一層強まった。（中略）その後、素早く、大胆に、電報技手が干渉したのを目撃したかもしれない大勢の目の前で、コッカー郵便局の驚くべき小娘［電報技手］はしかるべき変更をした。(426)

この引用文は、電報の内容を思案するレディ・ブラディーンに対して、これまでの彼女の電報から推測して、女電報技手が勝手にその内容を書き換える場面である。電報技手は断片的な電報から生み出した虚構こそ〈現実〉と考え、それに即して現実それ自体のテクストを書き換える。彼女の意識のなかで〈現実〉と〈虚構〉の位階秩序が逆転し、〈虚構の現実化〉、逆に〈現実の虚構化〉が惹き起こされているのである。先の引用文でさらに注目すべきは、書き換え行為と連動して、意識レベルであるが電報技手の身体が檻を〈越える〉イメージが提示されている点である。

実際、その欲望は限りを知らず、現実レベルで彼女の身体は越境する。つまり、電報技手は現実に「檻」から抜け出て、自らが想像／創造する仮想世界の主役エベラード大尉との対面を試みる。しかし、電報技手にとって、大尉との現実の接触は電信という記号化された世界とは異なる生身の現実と直面することであり、彼女は「エベラード大尉に対する普段とは違う恐怖といつもの好奇心」(482) に引き裂かれる。電信を通じてエベラード大尉と間接的関係を結んでいた電報技手にとって、現実としての大尉との対面は電報のごとき断片的な情報ではなく、膨大な情報量となって彼女を圧倒し恐怖せしめるのである。電報技手が、エベラード大尉を「外で待っているかもしれないもう一人の自己」(469) として恐怖するのも、彼女にとっての大尉とは電信をもとに自らの願望が生み出した投影であり、それゆえにその投影物と異なる現実としての大尉に恐怖を覚えたのである。その恐怖ゆえに、「檻の中にいることが急に彼女には安全と思われ」(469)、「檻」を一つの避難所と見做し、そこへ逃げ込んだのも偶然ではない。ケビン・ロビンズ (Kevin Robins) がテクノロジーとは恐怖をもたらす世界から自らが距離を取るための有効な手段である (12) と主張するように、電信というメディア・テクノロジーの「檻」は現実という恐怖の対象から自己を守る心理的かつ物理的防壁としての役目を担うのである。つまり、檻は現実世界から遮断され、自己に都合のよい世界を生み出すことが可能な場だけでなく、自己を心理的に防御する役割を担う場でもある。

このように電報技手は、「檻」のなかで安全で自己完結的な世界を構築しようとするが、最終的にはエベラード大尉とレディ・ブラディーンの実態も友人のジョーダン夫人 (Mrs. Jordan) から教えられる有様で、檻の中の断片的な電信だけで世界を築くことの限界を知ることとなる。加えて、彼女は当初の予定通り、食料品店の店員マッジ氏との結婚を余儀なくされ、自らが貧困に喘ぐ労働者階級という事実をいやが上にも認識させられる。電信を通じて夢見て、越境的に構築した世界はいわばテクノロジー的想像力によって生み出された一種の仮想空間であり、電報技手を取り巻く状況、すなわち階級という、〈もう一つの檻〉を越境できないという厳然たる現実を突きつけられるのである。結局、電報技手は電信を扱う主体というより、むしろ電信が生み出す世界に翻弄された名もなき客体であり、「モルモット」(367) と称されるように、ひとつの実験台に位置づけられるのである (Smith 119)。

5　幻惑するメディアを語るジェイムズ

十九世紀後半の電気的テクノロジーである電信と電灯を切り口に二つのジェイムズ作品を考察すると、彼が同時代の文化的所産に対して実に敏感に反応している姿が明白となろう。「檻の中」では電信と常時接触することで、空間感覚の喪失やそれに伴う自己意識の拡張、または仮想的世界の構築が生み出されることが女電報技手の心理を通じて描写されている。一方、『使者たち』では、電灯が生み出す「表層」と「深層」の絶えざる交換によって生じるスペクタクル性や虚偽性が、広告が有するそれらの特質と相俟って、ファンタズマゴリックな世界をストレザーの前に展開し、最終的には彼自身がファンタズマゴリアの一部と化すという皮肉な結果を導きだしている。いずれの主人公も、電気的テクノロジーに触れることで眩惑翻弄される姿が描き出されているのである。しかし両者の共通性はそれだけに留まらない。「檻の中」の電報技手の意識のなかに "flashes"、"impulse" や "flickers" といった電気的イメージを喚起する語が織り込まれているのと同様に、エレン・ウエイランド - スミスは、ストレザーが受容する印象のなかに "tact"、"contact"、"touch" という語が頻出し、それが振動によって言葉を伝達する手段、つまりモールス信号の打電を想起させ、ストレザー自身が電信のごとき機能を有していると論じている (123–4)。実際、「途方もない地球の曲面」(174) である大西洋を隔てたニューサム夫人とストレザーの情報のやり取りは、作品前半では「長い手紙」(21: 80) に依っていたが、後半では「手紙ではなく、海底電報」(22: 38) が頻繁に使用され、評論雑誌の編集者であり、文学通であるストレザーの領域に、徐々に電信のイメージが入り込んでいる。

このように電気テクノロジーのイメージを幾重にも帯びたストレザーと女電報技手を生み出したジェイムズは、電信や電灯といった文化的所産を作品のガジェットあるいは背景的装置としてだけでなく、それらが登場人物たちに及ぼす心理的影響をも問題にしているのである。彼は鋭敏に文化的産物の有する意味を察知し、それを作品のなかへ落とし込み、時代をリアルに物語る作家と言える。ゆえに、「檻の中」が今日のメディア社会の諸問題を内包する先駆的作品と再評価されるように、ジェイムズ自身も当時の〈新しい〉メディアの問題を小説化する作家としての相貌が浮かび上がってくる。タイプライターや写真、電話、映画といった他の〈新しい〉テクノロジーも当然ジェイムズとメディアの親和性を物語る研究の射程範囲にあるが、電信と電灯に焦点を絞ってみても、従来の芸術偏重的なジェイムズ像とは異なる「もうひとつの自己」像の片鱗を照らし出すことができよう。

＊本稿は、日本アメリカ文学会第五〇回全国大会シンポジウム「ヘンリー・ジェイムズとその時代――経済、メディア、テクノロジー」(二〇一一年十月九日、関西大学）にて行った発表に大幅な加筆・修正を加えたものである。また、本稿は日本学術振興会科学研究費補助金基盤研究（C）「大衆文化と19世紀アメリカ文学にみる視覚の変容に関する学際的研究」（課題番号20520350）による研究成果の一部である。

註

1　短編「懐かしの街角」のなかでも『使者たち』同様、ジェイムズは電灯を比喩的に表象している。電灯は「現実の、人間の、世間の灯り」（458）と称され、『使者たち』にみるパリの光と同様に、ニューヨークの電灯もこの都市空間の現代性を物語っている。加えて、その電気の光はカーテンで遮断する必要があるほど強い光として描写され、なつかしの家の内部を支配する暗闇と好対照を成している。主人公スペンサー・ブライドンが暗闇のなかに潜む「もうひとつの自己」の正体を暴きだすという、自らの過去を探る探索を行ない、暗闇が過去と結びつくのと対照的に、その暗闇を照らそうとする電灯は現代性の象徴となっている。また、中篇小説「新聞」（"The Papers"）の冒頭部分では、ロンドンの冬の陰鬱たる表情に対して、「恐ろしい電気の、すさまじい〈白熱の〉揺らめく眩しい光」（542）が対置されている。

2　例えば、『使者たち』においては、パリに到着した主人公ストレザーへ送られたウェインマシュの電報から作品は始まる。『ある婦人の肖像』(*The Portrait of a Lady*) においては冒頭部で、イザベル・アーチャー (Isabel Archer) のイギリス到来を知らせるタチェット夫人 (Mrs. Touchett) の電報に記された "independent" の意味を巡って、ラルフ・タチェット (Ralph Touchette) とウォーバトン卿 (Lord Warburton) が議論をしている場面に出くわす。

3　電気生理学は生体に対する電気の作用と、生体における電気発生現象を主に研究する生物学の一分野である。一七八六年にカエルの摘出した筋肉が電気刺激で収縮することを発見したルイジ・ガルヴァーニの研究に端を発し、十九世紀になるとエミール・デュ・ボア＝レイモンやヘルマン・フォン・ヘルムホルツを中心に電気を用いる生理学研究が盛んとなり、神経活動が電気的活動であることが確立された。

4　ジェイムズは世界の縮小化／均一化を次のように物語っている。彼は当時の欧米の関係を曖昧な表現ながら、「実際のところアメリカから抜け出すことはできない。西は東にあり、同様に東はますます西にあり、人や物が全て本来あった場所から離れ、どこにでもあるのだから」(*William Wetmore Story* 27-8) と述べている。彼はまた、ヘンリー・ハーランドの『喜劇とあやまち』に関する書評のなかで、特に「国のない作家」(*Literary criticism* 282) にとっては、「想像の上で、世界はもてあそぶことのできるオレンジほどのサイズに急速に収縮している」(Literary criticism 283) と語っている。この世界の均一化／縮小化を語るジェイムズの意識のなかに電信の存在があったことは確かであろう。

引用文献

Corday, Michel, "À l'Exposition.—La Force à l'Exposition," *Revue de Paris* 1 (1900).

Clayton, Jay. "The Voice in the Machine: Hazlitt, Hardy, James." *Language Machines: Technologies of Literary and Cultural Production.* New York: Routledge, 1997.

Edel, Leon. *Henry James: The Treacherous Years, 1895–1900.* London: Rupert Hart-Davis, 1969.

——. and Lyall H. Powers, eds. *The Complete Notebooks of Henry James.* New York: Oxford UP, 1987.

Fussell, Edwin S. *The French Side of Henry James.* New York: Columbia UP, 1990.

Geismar, Maxwell. *Henry James and the Jacobites.* Boston: Houghton Mifflin, 1963.

Hayles, N. Katherine. *My Mother Was a Computer : Digital Subjects and Literary Texts.* Chicago: U of Chicago P, 2005.

James, Henry. *The Ambassadors. The New York Editions of Henry James.* Vol. 21. New York: Augustus M. Kelly, 1971.

——. *The Ambassadors. The New York Editions of Henry James.* Vol. 22. New York: Augustus M. Kelly, 1971.

——. "The Art of Fiction." *Partial Portraits.* Ann Arbor: U of Michigan P, 1970.

——. "In the Cage." *The Novels and Tales of Henry James*. Vol. 11. New York: Augustus M. Kelley, 1970.

——. "The Jolly Corner." *The Novels and Tales of Henry James*. Vol. 17. New York: Charles Scribner's Sons, 1937.

——. *Literary Criticism*. New York: The Library of America, 1984.

——. "The Papers." *Henry James: Complete Stories 1898–1910*. New York: The Library of America, 1996.

——. *The Portrait of a Lady. The Novels and Tales of Henry James*. Vol. 3. Fairfield, N.J.: Augustus M. Kelley, 1976.

——. *William Wetmore Story and His Friends: From Letters, Diaries, and Recollections*. New York: Kennedy Galleries, 1969.

Kern, Stephen. *The Culture of Time and Space 1880–1918*. Cambridge: Harvard UP, 1983.

Marvin, Carolyn. *When Old Technologies Were New: Thinking About Electric Communication in the Late Nineteenth Century*. New York: Oxford UP, 1988.

McCormack, Jerusha. "Dispatches from the Cage: Henry James and Information Technology." *Irish Journal of American Studies* 7 (1998): 79–99.

McLuhan, Marshall. *Understanding Media: The Extensions of Man*. Cambridge: MIT Press, 1994.

Menke, Richard. *Telegraphic Realism: Victorian Fiction and Other Information Systems*. Stanford: Stanford UP, 2008.

Meyrowitz, Joshua. *No Sense of Place: The Impact of Electronic Media on Social Behavior*. New York: Oxford UP, 1986.

Robins, Kevin. *Into the Image: Culture and Politics in the Field of Vision*. New York: Routledge, 1996.

Rowe, John Carlos. *The Other Henry James*. Durham: Duke UP, 1998.

Salmon, Richard. *Henry James and the Culture of Publicity*. Cambridge: Cambridge UP, 1997.

——. "The Secret of the Spectacle: Epistemology and Commodity Display in *The Ambassadors*." *The Henry James Review* 14 (1993): 43–54.

Schwartz, Vanessa R. *Spectacular Realities: Early Mass Culture in Fin-de-Siècle Paris*. Berkeley: U of California P, 1998.

Smith, Caleb. "Bodies Electric: Gender, Technology, and the Limits of the Human, circa 1900." *Mosaic* 41.2 (2008): 111–26.

Thurschwell, Pamela. *Literature, Technology and Magical Thinking, 1880–1920*. Cambridge: Cambridge UP, 2001.

Wayland-Smith, Ellen. "Conductors and Revealers: Henry James's Electric Messengers in *The Ambassadors*." *The Henry James Review* 32 (2011): 118–39.

Wicke, Jennifer. *Advertising Fictions: Literature, Advertisement, and Social Reading*. New York: Columbia UP, 1988.

Williams, Rosalind H. *Dream Worlds: Mass Consumption in Late Nineteenth-Century France*. Berkeley: U of California P, 1982.

Wynter, Andrew. "The Electric Telegraph." *Quarterly Review* 95 (1854): 119–64.

中村善雄「ファンタズマゴリア世界の諸相——ヘンリー・ジェイムズの『使者たち』にみるスペクタクル装置の変遷」『フォーラム』第8号 (2002): 27–43.

第Ⅲ部　現代の水と光

第9章

光を得るヘレン・ケラー
――『私の人生の物語』における自己形成と社会意識――

里内　克巳

1　序――沈黙する名作

東部の名門ラドクリフ大学（現在のハーバード大学の女子部）に入学したばかりの若きヘレン・ケラー（Helen Adams Keller）が、ほぼ二十年にわたる歩みを語った自伝『私の人生の物語』*The Story of My Life*（一九〇三年）は、出版から百年以上が経過した今日に至るまで全世界で読み継がれ、名作としての評価を保ち続けてきた。十九―二十世紀転換期におけるアメリカ合衆国での出版物の中で、最も愛読されてきた本のひとつと言ってもいいだろう。それにも拘らずこの著作は、史的パースペクティヴの中に位置づけられる機会を持つことはほとんどなく、文学批評の対象となることもない。現在のところ、そもそも文学作品として読もうとする発想自体が皆無と言っていい。

この特異な欠落には何重もの要因が作用しているだろうが、盛り込まれた表面的な事実には興味を向けても、読み取るべき深みを求めることは最初から放棄する、といった自伝ジャンルに接する際によくある先入観も大いに与っていると思われる。そもそもヘレンは作家というよりも、聾唖者の教育・福祉向上のために尽力した後年の社会活動家としてのキャリアで知られる。八十年を超えるその長い人生において上梓した著作の多くは自身の体験を振り返ったものであるが、それらは虚構の世界を言葉で構築することを旨とした小説などとは本質的に異なっている、という理解がある。それに加えて、近年の〈政治的適正さ〉への配慮が、目が見えず耳も聴こえないという障碍を背負った人物によるこの著作を、更に語りづらいものにしている。俗世離れした偉人・聖女としてのイメージの向こう側にある、血の通った人間としての姿を読み込ませまいとする力が、『私の人生の物語』を扱う際には多少なりとも働くのだろう。

しかし最初の点に関して言うならば、自伝＝ライフ・ナラティヴ研究への関心が大きな高まりを見せ、文学研究を拡張させる一つの原動力となっている現在において、小説をはじめとする文学作品と自伝テクストをことさらに切り分け、両者の間に序列をつける態度はもはや時代遅れのものと言わざるを得ない。自伝といえども、書き手の生の〈事実〉が提示される際には何らかの物語化が図られ、フィクションが注入されていると考えた方が良い。依拠される物語の範型も一つとは限らない。その意味では、〈自伝〉はあくまでも仮想のジャンルであって、複数の文学ジャンルと重なり合い、書かれ読まれる状況に応じてその姿を変幻させていくものなのである。

ひとつの作品として捉えると、ヘレン・ケラーの自伝はどのような史的位置づけができるのか。書き手は過去の出来事をどう配置し、どんなレトリックを駆使し、どんなメッセージを発信しているのか。そのような点に注意を払って『私の人生の物語』を解読してみようというのが本稿の趣旨である。とりわけ、クロノロジカルに自己の歩みを語るという自伝の基本的なスタイルを崩していく最後の四つの章は、書き手としてのヘレンの独自性が最もよく表れていると思われるので、その部分に力点を置いて検討を進めていく。そのような試みから浮かび上がってくるのは、文学を主題とした文学という自意識的な作品の性質である。そしてその自意識から、自分を取り巻く社会環境を批判的に感受する書き手の姿勢が生じてくることも併せ論じてみたい。[1]

2　闇から光へ――奴隷物語としての自伝――

まず『私の人生の物語』という作品を理解する手掛かりとして、十九世紀前半に隆盛を極めた奴隷物語（slave narrative）というジャンルと並べてみるのがよい出発点となるだろう。元奴隷の政治家フレデリック・ダグラス（Frederick Douglass）の自伝（一八四五年）に代表される奴隷物語は、自伝ジャンルの最も古い範型の一つである回心体験記に依拠しつつ、精神的なレベルで〈闇〉に幽閉された状況から〈光〉ある状態へと黒人奴隷の語り手が解放される瞬間を、物語の転回点とする。ダグラスの自伝では、奴隷制からの解放に先立って、読み書き能力の獲得によって自らの人間性に「私」が覚醒するというストーリーが劇的に語られる。『私の人生の物語』においてもまた、アニー・サリヴァン（Anne Sullivan）の導きによって六歳のヘレンが、流れる水を手に感じながら言語の存在に、ひいては他者への共感に目覚めるという一八八七年四月五日の出来事が、作品における最初の山場を形成する（四章）。闇から光へ――精神的・知的な意味で盲目な自己から、覚醒した自己へ。奴隷物語では比喩として表出されるこの過程を、字義的なレベルに近づけて語るのが『私の人生の物語』である。

ライフ・ストーリーをヘレンが書く際に、ダグラスらの奴隷物語を直接の参考にしたかどうかは定かではない。とはいえ自らの来歴を語る第一章から、彼女は自分の身の上を密かに奴隷と重ね合わせている。

> 父方の家系を辿っていくと、スイス生まれでメリーランドに移住したキャスパー・ケラーという人がいる。スイスにいた先祖たちの一人は教師で、チューリヒで初めて耳の聴こえない生徒を教え、その子たちの教育を主題として本を書いた。これはとても不思議な偶然だ。しかし、先祖の中に奴隷を持たない王はいないし、先祖の中に王を持たない奴隷はいない、というのは本当である（12–13）。

聴力に障碍を負った自分には、耳の聴こえない生徒を専門に指導する教師がかつて先祖にいた、とヘレンは明かす。次に、この反転した偶然性とも言うべきものを説明するうえで、王と奴隷の関係を引合いに出し、王族の家系には常に奴隷が含まれていること、そして逆に、奴隷の家系にも常に王が含まれていると語る。現在と過去、教師と生徒、王と奴隷――これらの対立軸は、相互にポジションが入れ替わる可能性が示唆されることで解体されている。

この引用部においては、聴力を失った人間、すなわちヘレン自身に奴隷のイメージが被せられている。また王と奴隷という対立軸は、南北戦争後のアラバマというヘレンの生育環境に引き寄せて考えてみるならば、旧南部における白人主人と黒人奴隷という関係を容易に連想させるものである。はたして続く二章には、人種的には明らかに白人であるヘレンに、黒人としてのイメージが密かに刷り込まれる場面がある。住み込みの料理人の娘である遊び友達マーサ・ワシントン (Martha Washington) との交遊の描写を以下に見てみよう。

マーサ・ワシントンは、私と同じくらい悪戯好きだった。ある暑い七月の午後、ヴェランダのステップに二人の小さな子供が座っていた。一人は黒檀のように肌が黒く、縮れた髪を幾つもの小さな房に束ねて靴ひもで結んでいた。それはまるでコルク抜きのように彼女の頭から突き出ているように見えた。もう一人は白人で、長い金髪の巻き毛をしていた。一方の子供は六歳で、もう一方は二、三歳年上だった。年少のほうの子供は目が見えず――つまり私のことだ――もう一方はマーサ・ワシントンだった。私たちは紙の人形を切り抜くことに忙しかった。だがやがて、この楽しみ事にも飽きてきた。靴ひもを切り刻み、手近にあったスイカズラの葉っぱをすべて切り落としてしまうと、私は関心をマーサのコルク抜きに向けた。最初、彼女は反対したが、とうとう屈服した。代わる代わる交代で行うのがフェアプレイだと考えた彼女は、ハサミを取り上げて私の巻き毛をひとつちょん切った。母が折よく割って入らなかったら、私の巻き毛を全部切り落としてしまったことだろう (19)。

引用の前半部において、ヴェランダに並んで座るマーサとヘレンの姿は、最初は名前を出されずに描写される。そのため、特定の個人を描くというよりも、肌・髪の色や質感が異なる二つの人種の代表を並べた、一種のイコンを見ているかのような印象がもたらされている。しかしその関係性には捻りが加えられている。最初はマーサ（黒人）、そしてヘレン（白人）という順番で説明されるのが、「一方の子供は六歳で」("One child was six years old . . .") から後は順番が逆転し、ヘレンが先でマーサが後になる。更に、「マーサ・ワシントン」という名前はアメリカ合衆国の初代大統領の妻の名と同じであり、それがフルネームで繰り返し示されるため、読み手は少なからず混乱をきたすはずである。

マーサは、単なるヘレンの遊び仲間ではない。人種的にも階級的にも上下関係が二人の間には厳然としてあるから、彼女は荒れ狂うヘレンの憤懣のはけ口になることもある (18)。だが引用の後半部でほのめかされるのは、お互いが相手の人種の徴である髪の毛にハサミを入れ合うことで、両者の差異がなくなってしまうという可能性である。子供たちがお互いの髪の毛にハサミを入れる悪戯は、直前にしていた紙の人形を切り抜く遊びと繋がっているので、引用部は、奴隷制の影がなお濃く落ちた南部家庭に生きる個人が、その自我をどのように形成するかの寓意となる。すなわち、白人主人と黒人奴隷の間には、ただ一方的な力関係だけがあるのではなく、互いに自我を転写し形成するような関係もある、ということである。黒人奴隷と白人主人という切り分けを攪乱し、二人の子供が相互に立場を乗り入れる可能性を提示することで、書き手ヘレンは人種の本質的な平等性を伝えると同時に、サリヴァンに出会う前の自分が、白人主人でありながら黒人奴隷でもありうる、という矛盾を孕んだ存在であったことも密かに示している。

ヘレンが黒人奴隷と重なり合うもう一つの場面は、自伝の終章となる二十三章にある。ここで彼女は、かつての奴隷制廃止運動のシンボル的存在であった詩人ジョン・G・ホイッティア (John Greenleaf Whittier) との出会いを以下のように語っている。

私はまた「神を褒め称えよ」を暗誦した。そして私が最後の詩節を言い終えると、彼は私の両手に一人の奴隷の彫像を載せた。ひざまずいたその奴隷の姿からは、足鎖が今まさに落ちようとしていた。天使がペテロを監獄から導き出した時、彼の体から足かせがはずれたのとちょうど同じように。その後、私たちは彼の書斎に入った。彼は私の先生［＝サリヴァン］のために自筆のサインをし、彼女が成した仕事に讃嘆の意を表した。そして私にはこう言った、「彼女はあなたの精神の解放者ですよ」(112–14)。

ここでヘレンが暗誦する「神を誉め称えよ」(“Laus Deo”) という作品は、奴隷制を廃止する憲法修正条項の可決を告げる鐘の音を聴きつつホイッティアがものした短詩（一八六五年作）である。この作品を暗唱することで彼女は老詩人に敬意を捧げ、その返礼として解放奴隷の彫像を手渡される。儀式のようなこの場面で、ホイッティアはヘレンを黒人奴隷に見立てているし、ヘレン自身もそのような自己を演出しているかのようだ。（その点でこの場面は、舞台や映画で自らを演じるという後年のヘレンの自己劇化の原点であるとも言える。）ホイッティアがサリヴァンに贈った自署については、『私の人生の物語』では次のような原註が添えられ内容が明かされている——「愛する生徒の心を縛めより解き放った、汝の気高き仕事に大いなる讃辞を捧げる。真の意味で汝の友である、ジョン・G・ホイッティアより」(112)。ホイッティアは、奴隷の縛め (bondage) を断ち切った解放者としてのイメージをサリヴァンに与えている。サリヴァンとヘレンには、それぞれ北部（白人）と南部（黒人）の代表者としての役柄が振り当てられていると考えてよい。このような自伝内の記述はヘレン＝サリヴァンのコンビが、奴隷制をめぐる国家分裂と戦争という過去の重い記憶を引きずった存在であることを、当時の読み手に強く印象づけたことだろう (Mizruchi 90–92)。[2]

ホイッティアは一八九二年に死去しており、ここに描かれたヘレンとの出会いは、その直前のことである。自伝は彼女がラドクリフ大学に入学する二十章までは、人生の時間軸に沿って書き進められているので、十歳代初めでのこの詩人との出会いを、自伝のもっと遡った地点に置くことも可能であったかもしれない。しかしそれが終章にまで持ち越されたのは、ひとつには、ホイッティアとの出会いの場面が『私の人生の物語』の効果的な締めくくりになりうる、という書き手ヘレンの計算が働いていたからではないだろうか。（終章の役割については、後で詳しく検討したい。）すなわち、自らの肉体に幽閉された〈奴隷〉としての彼女の精神の目覚めは、まず流れる水を媒介にした言葉の発見によってもたらされたが、本当の意味での〈解放〉に到るには更に時間がかかり、彼女が学習を積み重ねて、ラドクリフ大学という当時の女性が入りうる最高の学府に入る時点まで持ち越されなければならなかった。そんな含みがあるからこそ、老詩人との出会いと大学入学との時間的順序が入れ替えられたのではないか、という推測ができる。

『私の人生の物語』が〈奴隷〉としての自己の解放という物語上の枠組みを持つことに注目するならば、十九世紀アメリカ文学の重要なジャンルとしての奴隷物語を継承する作品としての側面が、この自伝にはあると言ってもよい。奇しくもヘレンの自伝が出版された一九〇三年は、アフリカ系アメリカ人思想家のW・E・B・デュボイス(W. E. B. Du Bois)が『黒人のたましい』(*The Souls of Black Folk*)を上梓した年でもある。奴隷制の撤廃によって、黒人たちは奴隷としての身分から解放された。だが真の意味での〈解放〉がもたらされるのは、社会の主流派である白人と並び立つ時であり、そのためには高等教育によるアフリカ系アメリカ人エリートの知的錬成が何としても必要である――そのようなデュボイスの主張と、『私の人生の物語』に認められるヘレンの考えとは接触する部分がある。教養教育に期待をし、やがて大学制度に幻滅するところまで両者は似ている。そこで大学入学後のヘレンを語る二十章に次節では注意を向けてみよう。

3　大学批判のレトリック

教育による自己の解放という主題から読んだとき、二十章は『私の人生の物語』のクライマックスであると同時に、アンチクライマックスを構成してもいる。長年の苦労が実を結び、一九〇〇年の秋にラドクリフ大学に入学を果たしたヘレンだが、最高学府での学びを語るこの章には、大学に入った歓びよりも、期待を裏切られた失望や懐疑の色が濃く滲んでいるのだから。『私の人生の物語』は本として出版される前、まず一九〇二年に『レディーズ・ホーム・ジャーナル』誌 (*Ladies' Home Journal*) に数回にわたって掲載された。その連載時に読み手が批判を向けたのが、大学に対するヘレンの否定的な姿勢であった。例えば、「だが大学は、私が想像していたようなアテネのような場所ではなかった」"But college is not the universal Athens I thought it was." (84) などとヘレンが述べるのは誠に不謹慎で遺憾である――そんな意見がボストンのある新聞の社説に掲載された。そのため一九〇三年にダブルデー社から書物として出版された際、ヘレンとサリヴァンの助手の役割を引き受けていたジョン・メイシー (John Albert Macy) は、巻頭に添えた序文のなかで問題の箇所に触れ、まだ若く無邪気なヘレンがふざけて書いた文章なので真剣に受け取らないでほしい、と弁解に努めなければならなかった (9–10)。しかし二十章を丹念に検討するならば、メイシーの主張とは反対にヘレンの大学教育批判は真剣な意図を持った果敢なものであることが分かる。その試みは、作品としての『私の人生の物語』の根幹に関わってもいる。ここでのヘレンの文章は決して無造作なものではないのだ。

自身が抱えるハンディキャップを十分に考慮してくれない大学当局の無思慮にも、ヘレンの不満は向けられている。だが、より根本的なレベルにおいては、生きたものとして対象に触れることをしない大学の学問全般に対する不信の念が、彼女を苦しめていたと言える。中でもヘレンが批判の矛先を向けた科目は、得意であるはずの文学であった。「文学の偉大な著作を私たちが楽しめるかどうかは、作品理解よりも私たちがどれほど深く共感できるかにかかっている。そんなことを多くの学者たちは忘れていると私には思える」(85)。文学批評の役割は、何よりも作品や作家を現在に生き生きと甦らせることだ。それなのに、いま大学で行われている文学教育は知識や理解のみに重きを置き、共感を軽んじる類のものばかりではないか――そんな憤りが二十章からは読み取れる。大学では、せきたてられるように本を読まなければならない。その害について、ヘレンは次のように説明する。

筆記テストや試験のことが気がかりなまま、慌ただしく苛立ちながら本を読むと、ほとんど何の役にも立ちそうにない高級な骨董品で頭の中がいっぱいになったような気がしてくる。いま現在、私の頭は種々さまざまな物に満ちているので、きちんと整理できるかどうか、ほとんど絶望的な気持ちになってくる。自分の精神の王国であった地に足を踏み入れるといつも、私は、諺に言う〈骨董店に入り込んだ雄牛〉のような不器用者である気がしてくる。数知れないガラクタのような知識が、雨あられと私の頭に落ちてくる。それから逃れようとすると、あらゆる種類の〈課題作文〉の子鬼や〈大学の妖精〉が追いかけてくる。そのうちに私は――ああ、こんな悪いことを望んでごめんなさい！――崇拝しに来た偶像たちを叩き壊してやりたい、などと考えてしまうのだ(85–86)。

ここでは「私」と「私の頭＝精神」("my mind")が切り離され、乱雑にガラクタが並ぶ骨董店に見立てられた自分の頭の中を、「私」がうろたえながら進んでいく様子がコミックに描かれる。だが別の見方をすれば、このガラクタだらけの骨董店は、「私」が学ぶ大学の比喩でもある。この引用でヘレンは、自分を不器用な人間として対象化し滑稽な筆づかいで描くと同時に、大学という最高学府を大胆に批判するという二重の試みを行っている。

謙譲と自己戯画の姿勢を盾にして、大学の在り様をからかいの対象にするというヘレンの巧みで茶目っ気のあるレトリックは、試験を受ける苦労を語る以下のユーモア溢れる文章にも表れてくる。

「フスと彼の成した仕事について簡潔に説明せよ」——フスだって？　何者だろう、何をしたのだろう？　この名前には奇妙に馴染みがあるように思えるけれど。袋に入った絹の切れ端を探すように、あなたは憶え込んだ歴史的事実の蓄えをひっかきまわす。自分の頭の上のあたりにあるに違いないのだが——先日、宗教改革の始まりについて調べていた時に、この名前を見たのだ。だが、今それはどこにあるのか？　あなたはあらゆる種類の知識の切れ端を取り出す——革命、分派、虐殺、政治の制度。だがフスは——彼はどこにいるのだろう？　試験の問題用紙に書かれていないことなら自分が何でも知っていることに、あなたは驚く。やけを起こしてあなたは袋をひっつかみ、中身を全部空けてしまう。すると隅のあたりに、探していた男がいる。沈思黙考して、自分があなたに引き起こした大きな災いには気がついていない。

ちょうどその時、試験はこれで終了です、と監督官が告げる。むしゃくしゃした気分になって、あなたはゴミくずの山を隅っこに蹴っ飛ばして帰宅する。試験を受ける者の同意なくして質問することのできる、教授たちの神聖なる権利を廃止してやろうと、頭の中は革命的な計画でいっぱいになっている (86–87)。

ここでヘレンは、苦労をして試験を受ける自分のことを「あなた」(“you”) と二人称で表現している。この人称の使用は、自分を客体視して笑う余裕あるユーモアを醸し出すと同時に、描かれる受験者の境遇が、特殊な身体的ハンディを抱えた自分のような者だけに当てはまるものではないと示唆することに寄与している。大学で試験を受ける者なら誰であれ味わう悶々とした心境が、巧みに表現されている。更に、ここで出題の対象となっている「フス」という人物は、言うまでもなくヨーロッパの宗教改革者であるジョン・フス (John Huss, 1369?–1415) のことであるが、第二段落に至ると、試験終了後の「あなた」の頭は大学当局に対する「革命的な考え」(“revolutionary schemes”) でいっぱいになるのだから、ここで改革者であったフスと、大学教育に対して不満を抱くヘレンとはぴたりと重なってくることになる。ここにも自分を敢えてからかいの対象にすると同時に、大学の在り方に鋭い矛先を向け、〈改革〉を提案する書き手の企みが透ける。

総じて二十章は、優れた文筆家としてのヘレンの力量が全開になる、読み応えのある章である。そして、このような自己戯画と権威への批判を同時に表出させるようなレトリックを検討するならば、ジョン・メイシーの擁護の言葉とは裏腹に、ヘレンの大学教育批判がいかに意図的かつ慎重な試みだったかが了解される。もっともヘレンが大学での教育、とりわけ文学教育から全く何も学び取らなかったと考えるのは早計だろう。大学教育を批判する際に彼女を支えてくれたのは、当の大学が差し出した課題図書であるかもしれないのだから。ヘレンが大学の英文学の授業で読んだ作品の一つとして、言論・出版の自由を擁護するためにジョン・ミルトン（John Milton）が一六四四年に著したパンフレット『アレオパジティカ』（*Areopagitica*）がさりげなく挙げられている（82）ことは意味深長である。障碍の有無に関係なく学生一般の教育に害を及ぼすであろう、大学の制度的在り方に苦言を呈することは――おそらくいつの時代であろうとも――世間の容赦ない批判を招く可能性を持つ。自身がまだ学生にすぎないヘレンにとって、それはなおさらに勇気を要することであったろう。だがダブルデー社から本の形で出版する際には、批判を受けた雑誌掲載の文章を削り取ることをせず、そのまま残すという選択がなされた。その意味で『私の人生の物語』は、迂遠な物言いになりながらも、自分として表明したい意見を言う自由を確保した書であり、ヘレンにとっての『アレオパジティカ』なのである。

4　本から始まる社会批判

前節で扱った二十章は、ヘレンの歩みを時間軸に沿って辿っていく『私の人生の物語』の終着点であると同時に、各章を特定の主題の下にまとめるスタイルをとった残り三章への切り替え点としての役割も担っている。後続する二十一章は、自分がどのような本を読んできたかを振り返ることを趣旨とし、バーネット作『小公子』から始まって、ホーソーンの『緋文字』『ワンダーブック』、キプリングやシートンの動物物語、『イリアッド』などのギリシア古典、そしてシェイクスピアへと幼少時に読んだ本が紹介されていき、「文学は私のユートピア」(97) だという信念を表明することで終わる。自発的な読書による自己成形を肯定するこの章は、「孤独、書物、想像力」(82) を捨て去ることをむしろ促すような大学教育への幻滅を表明した前章とセットになっている。そのことは、愛情をもって文学作品に触れ味わうよりも、ばらばらに分解して分析したり、解釈の数を競い合ったりする傾向のある「批評家やコメンテーターたち」(95) への懐疑が、この章でも随所に表明されることから明らかだ。

ヘレンが大学という制度の在り方に対して挑戦的な態度を示していることは、既に前節で見た通りである。既存の権威にとらわれず自分の意見を表明しようとする姿勢は、部分的には、批判の当の対象である大学での教育が育んだものかもしれないが、それ以上に、自発的に本を読むという営みが、自己の内面に耽溺する逃避的な営みに終わらず、彼女を取り巻く社会への批判的な態度を養ってくれたことに由来するのではないだろうか。その点を考えるうえで、聖書を読むことに関して書かれた以下のくだりは参考になる。

だが聖書に見出し続けた輝かしい歓びについて、どのように語ったらいいものだろう。長年聖書を読んできたが、読むたびに楽しくなり啓発されるのだ。ほかのどの書物よりも聖書を愛読している。それでも聖書には、私の全存在の本能が反発するような要素がたくさんある。だから、最初から終りまで読み切らなければならない必要が生じると困ってしまう。聖書の背景となる歴史や成り立ちについて知識を得たからといって、否応なしに目に留まる細部の不快さが軽減されるわけでもない。私はハウエルズ氏と同様に、過去の文学から醜いもの、野蛮なものを取り去ってしまいたいという願望を持っている。ただし、それによってこれらの偉大な作品の力が弱められたり歪曲されたりすることには、私も含めてどんな人でも反対すべきなのだが (93–94)。

聖書には読書の対象として馴染めないところがあると、この引用部でヘレンは打ち明けている。明確に書かれていないものの、残虐行為、不正、裏切りなど、聖書のなかで人間や世の中の醜悪な面を描いた部分を指していることは容易に想像がつく。できるならば、そのような醜く野蛮な箇所は抜きにして読みたいものだが、そんな処理をすれば、偉大な作品としての聖書の力強さが弱まってしまうだろう――そんなジレンマが示される。

ここでヘレンが「ハウエルズ氏」と呼んでいる人物は、当時のアメリカ文壇の大御所的存在であった小説家ウィリアム・ディーン・ハウエルズ (William Dean Howells) のことである。ラドクリフ大への入試準備のためケンブリッジに滞在していた時期に、ハウエルズがかつて自宅としていた家にヘレンが住まっていたこともあり (74)、二人は既に旧知の仲だった。そのハウエルズがここで引き合いに出されるのは、〈人生の微笑ましい側面を描く〉という広く知られたこの文学者の信条を念頭に置いてのことであろう。[3] ハウエルズの書く作品は、例えば代表長編『サイラス・ラパムの向上』*The Rise of Silas Lapham*（一八八五年）が、経済格差の深まる当時のアメリカ社会に生きる中産階級の人々が直面する倫理的ジレンマを扱っているように、人生の明るい側面だけを描くものでは必ずしもない。しかし、社会の醜い部分から目をそらせる文学者という評価が、二十世紀に入ってから次第に定着していったことは紛れもない事実であり、そのような否定的な理解をヘレンも念頭に置いているのではないか。とすれば、この引用で彼女は、聖書という過去の〈文学〉と重ね合わせて、同時代の文学者の信条に対する共感を表明しつつ、同時にその問題点にもさりげなく触れているとも読める。[4]

ハウエルズへのさりげない言及が、この文学者の人間や社会の描き方をめぐっての密かな論評にもなっていると読むならば、後年の社会活動家としてのヘレンのキャリアの萌芽となる社会批判的な要素が、若書きの『私の人生の物語』においても思いの外に盛り込まれている可能性がある。例えば自伝の前半部である十一章に立ち戻ってみよう。これは、北部に足繁く通うようになった時期に南部に戻り、故郷タスカンビア (Tuscumbia) から十四マイルばかり離れたコテージで、家族と共に夏を過ごした思い出を綴った短い章である。ここでクローズアップされるのは、父親の趣味でもあった狩猟である。男たちが勇み立って銃を肩にかけ、馬を激しく鞭打ち猟犬を駆り立てて昂揚とした気分で出かける様が、ひとしきり生き生きと描写される。だが結局は一匹も獲物が取れず、一行は意気消沈して戻ってくる――「もう少しでウサギを見るところだったよ、だって足跡を見つけたんだから。そんな風に言う小さな男の子と同じくらい彼らは幸運だった」(48)。狩猟という大人の男たちの勇ましい営みは、男の子の稚気満々の負け惜しみへと矮小化されてしまう。そんなからかいを帯びた筆づかいでヘレンは狩猟を描く。そこには、動物を手荒に扱い時に殺すことを肯定する、多分に男性中心主義的な色を帯びた慣習への批判が認められる。

更にこの十一章は、森の中で迷子になってしまったヘレン、妹ミルドレッド (Mildred Keller)、サリヴァンの三人が、向こうから来た列車に危うくはねられそうになったエピソードで締めくくられる。レールの敷かれた一本道で、三人の女性たちは列車にいわば追いかけられる。幸いに三人は、どっぷりと日が落ちてから、彼女らを捜索していた家族に発見される (49)。全体の形を捉えると、十一章は単純に出来事を思い浮かぶままに羅列しているのではなく、〈ハンティング〉という共通モチーフの下に複数の挿話をまとめており、その意味で書き手の巧みな構成力が発揮された章である。その点に着目すると、狩りをする男たちは鉄道に象徴された機械文明と重なり合い、平和な女性原理に基づく暮らしを脅かす脅威として提示されているとも読める。

だが自伝の中でヘレンの社会に対する意識が最も濃厚に表れているのは、作品も終盤近くになった二十二章である。この章で彼女は、マサチューセッツ州レンサム (Wrentham) でボート遊びに興じるのどかな田舎暮らしを紹介しつつ、国内外の社会的な問題にも思いを馳せている。彼女が主として思い浮かべるのは、同時代人のジェイコブ・リイス (Jacob A. Riis) らが改革に取り組んだ都市における貧困問題である。ここには十一章でちらりと顔を覗かせた機械文明に対する批判意識が、より明確な形で表れている。「都会の喧騒が顔の神経を打ち据える。見えない群衆が果てしなくとぼとぼ歩き続けているのを感じとる。暴動の不協和音が心をかき乱す。硬い歩道を重い荷馬車が行くときあげる軋みや、機械が単調に打ち鳴らす金属音は、目の見える人たちならば、喧しい街路では常に存在しているパノラマのような光景で注意をそらされるだろう。だが私にとっては、なおさらに神経に応えるものなのだ」(101–102)。

更にヘレンの注意は、国内問題だけではなく国外での出来事にも向けられている。表向きは興味がないという姿勢を取り、またさりげない書き方ではあるが、彼女の並々ならない関心を読み取ることができるのである。

> レンサムで私たちは、戦争、同盟、労使対立といった世界で起きている出来事の残響を捉える。遠い太平洋で行われている残酷で不毛な戦いのことを聞き、資本家と労働者との間で起きている闘争のことを知る。今いるエデンのような地の境界の向こう側では、男たちが休暇を取っていればいいのに額に汗して歴史を作っている、ということを私たちは知る。だが私たちはほとんど、そんなことを気にかけなかった (101)。

ここでヘレンが言及している「遠い太平洋で行われている残酷で不毛な戦い」という箇所にノートン版は注釈をつけ、日本とロシアとの戦争を指していると説明しているが (416)、日露戦争の勃発（一九〇四年）は自伝出版より時間的に後になるのだから、その注解は明らかに誤りである。ヘレンが念頭に置いているのが、キューバとフィリピンの領有権をめぐるアメリカとスペインとの戦争であることはほぼ確実である。伝記的事実を参照すると、自伝出版前の一九〇二年に、既に有名人であったヘレンはホワイトハウスに赴き、当時の大統領セオドア・ルーズヴェルト（Theodore Roosevelt）に会って、ひとまず良い印象を持った。だが数日後には、ルーズヴェルト嫌いの文学者マーク・トウェインことサミュエル・クレメンズ（Samuel L. Clemens）から、フィリピンでのアメリカの愚行・蛮行について散々話を聞かされたのだから（Lash 304–305）、遅くともその時点で、アメリカ合衆国の対外的な動きを批判的に把握していたはずだ。

米西戦争は、十九世紀末に帝国主義的な政策へと路線転換したアメリカ合衆国が行った、最初の本格的な戦争であり、勃発当初からヘレンは関心を寄せていた。自伝と共に公開出版された手紙を読むと、キューバにおける戦争の進展を案じ（一八九九年一月十七日付書簡）、その指揮官であったルーズヴェルト大佐をフットボール場で見た、といった記述が見つかる（同年十一月二十六日）。そのような文章は、戦争を表だって批判する類のものではないが、自伝執筆の頃には、はっきりした自分の見解を確立していたに違いない。なぜならヘレンは、米西戦争の愚かさと指導者層への批判を、自伝出版と同じ一九〇三年に目立たない形で出版したエッセイ「オプティミズム」（"Optimism"）の中のなかでは、相当に明確な形で表明しているのだから。[5] しかしより人々の注目の集まる『私の人生の物語』の中で、あからさまな形で自国への批判を行えば、一般読者からの激しい反発を招いたはずである。そのような配慮が働いて、彼女はこの点について更に筆を進めることができなかったのだろう。それを斟酌して読むならば、この二十二章は内容的にやや焦点がぼやけるきらいがあるものの、少なくとも前半部においては、ヘレンが「田舎」（= "country"）に寄せる愛を語る一方、それと重ね合わせる形で「国」（= "country"）に対する愛の意味合いについても問いかける章だ、と理解することができる。

5　水の中のオウム貝──ヘレンの自我形成──

ノートン版『私の人生の物語』の後書きで、編者でもあるロジャー・シャタック (Roger Shattuck) は最終章に触れ、「最後に置かれた二十三章は、だいたいのところは、彼女と親しくなり援助を与えた人々を列挙する長い謝辞の頁であるので、二十二章で事実上この本は終わっている」(450) と述べている。作品の最初ないしは最後で、書き手がこれまで自分を支えてきた人たちに謝辞を捧げるのは、自伝ジャンルでは常套であるから、二十二章が作品としての実質的な結部であり、終章である二十三章はさほど意味のない付け足しにすぎないとする、シャタックのような見方が出てくるのも無理はない。だがそれは、文学を主題にした文学という『私の人生の物語』の特異な性格を捉えそこねた見解である。

終章で語られる詩人ホイッティアとの出会いの場面が、奴隷物語としての作品の重要な締めくくりとなることは既に第二節で述べた。だがその直前に描かれている、文学者オリヴァー・ウェンデル・ホームズ (Oliver Wendell Holmes) との出会いも、それに劣らず重要だ。書棚に本がずらりと並んだホームズの書斎に招じ入れられたヘレンは、テニソンの詩を諳んじてみせた後、目の前にいる老作家自身の詩「オウム貝」(“The Chambered Nautilus”) を暗誦する (112)。実はこの詩は既に、自伝の前半部に当たる七章において紹介されていたものであった。作品を縁取る枠組みの役割を、この詩も果たしているのである。

いったん七章に立ち返ってみよう。そこでは、ヘレンが贈り物としてもらう巻貝をめぐる挿話二つが、連結したセットとして語られていた。まずヘレンはある男性から、化石となった太古の巻貝 (mollusk shells) や羊歯類を受け取る。それに触れた彼女は、様々な恐ろしい動物が徘徊していた原始の世界を想像して悪夢にうなされてしまう (37)。次の挿話では、導き手であるサリヴァンが美しい貝殻をヘレンに与え、くだんの「オウム貝」の詩を朗読してあげる。

［……］先生は私のために「オウム貝」を読んでくれた。そして、巻貝が殻を作り上げる過程は、心の成長を象徴しているのだと教えてくれた。奇跡を執り行うオウム貝の覆いが、水中から吸収する物質を変化させるのとちょうど同じように、人が集める知識の断片も同様の変化を起こして、思考という真珠になるのだと(37–38)。

ここでサリヴァン（ひいては書き手のヘレン）は、海に棲むオウム貝が水中の成分を取り込み、貝殻を次第に大きくしていく過程と並べて、外界の知識を取り込むことによって人の独自の思考が形成されるプロセスを説明している。したがって貝殻にまつわる二つのエピソードは、混沌とした人間の無意識――そこには性的な要素も含まれるだろう――と、教育や学習によって強化されていく意識ないしは精神という、二層に分かれた自我の在り様を説明していると言える。

貝殻は、文学作品を受容することで成長してきたヘレン自身の自我の比喩であり、作品の序盤と終章で持ち出される詩「オウム貝」は、書物を主たる媒体とするヘレンの教育の進展を辿るこの自伝に、相応しい枠組みを提供している。それと同時に「オウム貝」は、『私の人生の物語』という作品自体の比喩でもある。ヘレンの中では、〈自分をつくる〉ことと〈文章をつくる〉ことは等号で強く結ばれているのだから。自分の書いた物語「霜の王様」("The Frost King")が、実は他人の作品を下敷きにしたものであったことが判明し、剽窃の嫌疑をかけられた苦い体験を語る十四章での、以下のような言葉からもそれは分かる。

「生まれついてのオリジナルである以外に、オリジナルになる方法はない」とスティーヴンソンは言っている。私はオリジナルではないかもしれないが、いつかは私の人工的な、鬘をかぶった作文("my artificial, periwigged compositions")から脱却したいと思っている。そうすれば、自分独自の思考や体験が表面に表れてくるかもしれないから。それまでは、心を強く持ち、希望し、耐え忍び、「霜の王様」の辛い記憶が私の努力を束縛しないよう気をつけるつもりだ(61–62)。

自伝の中でヘレンは、「作文」を意味する英語として「ライティング」ではなく、「コンポジション」という言葉を一貫して採用している。これは、文章を書くという行為が自分という人間を構成(compose)することに直結する、という彼女の発想を反映しているからではないだろうか。「私の人工的な、鬘をかぶった作文」という引用部の表現はいかにも奇妙だが、〈文〉と〈人〉との間に区別をつけないヘレンの独特の考えがよく表れている。ここでヘレンは、自分という存在の内実は、何もないのかもしれないという不安を表明すると同時に、他人の考えを借り受けることを通じてでも、最終的に自己確立は果たしうるという信念も伝えている。彼女が書き上げた『私の人生の物語』についても、まったく同じことが言える。この自伝には、聖書や文学作品からの引用が夥しく散りばめられている。それは、海中の成分を取り込んで成長していくオウム貝よろしく、この作品自体が借用や引用の産物であるという一面をよく物語っている。そうではあっても出来上がったこの自伝は、ヘレン以外の誰にも書けない独自の個性を湛えた文学作品なのである。

自伝全体を通してヘレンは、特異な形であれ文学を通じて自我形成を行った自分の在り様を強く印象づけようとしている。その自分が知的成長を遂げ、文学の創り手たちと対面し、今度は逆に作品を暗誦してあげることで老いた作家たちに感動を与える——そんな逆転した状況を、彼女は繰り返して終章に書き込んでいる。そのような強調によって、ヘレンは自伝それ自体の文学性もさりげなく開示している。(暗誦という行為は、他者の言葉を取り込み自己の言葉へと変換する点で、この自伝における引用に通じる。)ホイッティアやホームズなど、執筆時には既にこの世にいない旧世代の文学者たちが差し出したバトンを受け取り、始まったばかりの二十世紀を力強く駆け出そうとする新世代の書き手。そんな自らの位置を、ヘレンは読み手の心に刻もうとする。だから終章は付け足しであるどころか、作品としての『私の人生の物語』にとって欠かすことのできない役割を担う、見事な締めくくりなのである。

6　結語

サリヴァンに巡り会った頃、「知識は愛であり光でありヴィジョンである」と告げる啓示をヘレンは受けたという(25)。その彼女が知識という〈光〉を手掛かりに、自らを発見・確立していこうとした模索の過程そのものが、『私の人生の物語』という自伝であることを本論考では示した。同時に、ヘレンの自己確立・自己表現への模索が、世紀転換期の社会を冷静に見据える感性を育んだであろう可能性にも、考察を及ぼした。『私の人生の物語』をこのように丁寧に読むことで浮上してくるのは、〈ことば〉、とりわけ文学作品によって自己形成を果たし、大学や社会や国家といった自分を取り巻く外の世界に、しっかりと目を開き耳を澄ませる、溌剌とした批判精神と巧みな表現力を兼ね備えた、若い書き手の姿である。

聖女が書いた手記という捉え方が、文学作品としての『私の人生の物語』の理解を阻んではいないだろうか。過剰なアイデンティティ・ポリティックスによる規制が、この自伝を必要以上に近づき難いものにしてはいないだろうか。ヘレン・ケラーの身体的なハンディは動かしようのない事実であるが、〈見えない〉〈聞こえない〉という負性が、自伝では肉体と共に精神の次元で持ち出されていることは、忘れられてはならない。なるほど私は目が見えないし、耳も聴こえない。だがあなたは、本当の意味で世界に対して目を開いているのですか、耳を傾けているのですか——読み手がこの作品から受け取らなければならないのは、ヘレンが投げかけるそんな問いである。

註

1 本論における *The Story of My Life* のテクストとして、自伝出版百年を記念して出版されたノートン版を用いる。本文の括弧内の数字はすべてこの版に拠るものである。ヘレン・ケラーの著作は初版では、自伝、書簡集、そしてアン・サリヴァンの手記という三部で構成されていた。ノートン版は初版の第三部を分割し、順序も入れ替えて四部構成にしている。初版との違いはあるものの、現時点で容易に入手しうる「完全版」であること、解説・注釈・参考資料が豊富なこと、厳密なテクスト校訂がなされていることを考慮し、本論ではノートン版を底本として、随時 James Berger 編によるモダン・ライブラリー版 *The Story of My Life* (New York: Random House, 2003) との照合も行うという方針を立てた。

2 スーザン・ミズルーチは、国家分断の傷から癒され融和した、世紀転換期のアメリカ合衆国を体現するシンボルとしての役割をヘレンとサリヴァンに見出している。ヘレン＝サリヴァンのコンビを南部＝北部の融和を体現する存在として捉える見方は、二十世紀後半においても、アメリカ人の集団的な記憶の中に生き続けてきたと考えられる。William Gibson の脚本を映画化した Arthur Penn 監督の *The Miracle Worker* (1962) においては、南軍大尉として出征した体験を持つ父親の存在が、一九〇三年の自伝以上に前面に押し出されている。その一方、アニー・サリヴァンも北部人としてのアイデンティティがより強調されており、ヘレンの教育方針をめぐる両者の対立が『奇跡の人』の重要なサブプロットを構成する。映画作品に濃厚に盛り込まれた南北の対立（とその和解）の主題は、テクストのレベルでは明確に表現されえなかった一九〇三年自伝の歴史的意味合いを、的確にすくい上げた脚色であると言える。

3 「人生の微笑ましい側面」という表現は、ハウエルズの評論 "Dostoyevsky and the More Smiling Aspects of Life"（*Harper's Monthly*, 一八八六年九月号）より。ヘレンがハウエルズの実作に親しんでいただろうことは、評論 *My Literary Passion* (1895) からの次の一節が自伝のなかで引用されていることからも推測できる——"there is nothing more capricious than the memory of a child: what it will hold, and what it will lose" (95)。

4　ヘレンの協力者であったジョン・メイシーが後年、左翼的な文芸批評家となり、自著 *The Spirit of American Literature* (1913) において痛烈なハウエルズ批判を行うことにも注意 (Herrmann 150–51)。

5　エッセイ “Optimism” は、Helen Keller, *The World I Live In* (New York: New York Review Books Classics, 2003) に収録されているテクストを参照した (146–47)。

引用文献

Herrmann, Dorothy. *Helen Keller: A Life*. Chicago: University of Chicago Press, 1999.

Keller, Helen, with supplementary accounts by Anne Sullivan, her teacher, and John Albert Macy; edited with a new foreword and afterword by Roger Shattuck with Dorothy Hermann. *The Story of My Life*. New York: W.W. Norton, 2003.

Keller, Hellen. *The World I Live In*. New York: New York Review Books Classics, 2003.

Lash, Joseph P. *Helen and Teacher: The Story of Helen Keller and Anne Sullivan Macy*. New York: Delacorte Press; Seymour Lawrence, 1980.

Mizruchi, Susan L. *The Rise of Multicultural America: Economy and Print Culture 1865–1915*. Chapel Hill: The University of North Carolina Press, 2008.

コーパスと文学的想像力で見るジグに訪れた光
——"Hills Like White Elephants" 論——

疋田 知美

はじめに

アーネスト・ヘミングウェイ (Ernest Hemingway, 1899–1961) の短編「白い象たちのような山々」("Hills Like White Elephants," 1927［以後「白い象」と略記］) の大部分は会話で構成される。「長く白く連なっているエブロ渓谷の向こう側に山並み」[1] が見える、マドリードへ向かう駅にあるバーを舞台に、男 (the American) と女 (the girl) は短い時間の中で何を語るのか。時折現れる地の文は、物語の背景や男女の行動を第三者的な視点で描くのだが、その語りの内容は極めて曖昧である。登場人物も極めて少なく、男とその女のジグ (Jig)、バーの女性店員 (a woman) にバーの客 (people) だけで、いずれも人物に関する詳しい情報は与えられていない。

従来の批評において、この物語のテーマは一貫して「堕胎」だとみなされている。もちろんそのことに異論はない。J・F・コブラーは、「未婚女性が妊娠した際に、堕胎が行われるのはごく普通のことである」(Kobler 7) としている。しかし、物語を緻密に読み解くことによって、この作品が単に堕胎をめぐる物語ではないことが明らかになる。この作品には、堕胎を一方的に迫られたジグが目には見えない聖母マリアの救いによって生まれ変わり、自らの人生を切り開くと言う壮大なテーマが隠されている。本論では、物語に何気なく配置された「モノ」や「言葉」に着目し、物語に隠されたヘミングウェイの真意と、巧みな小説技法を紐解くことを目的とする。その際、コーパス言語学の分析方法を用いて、文学的想像力を交えながら論を進める。

1　批評の現状

既に述べたように、この物語のテーマは、従来「堕胎」とみなされてきた。カーロス・ベーカーは「ある男が相手の女に堕胎させようと説得する、微妙な話」(Baker 270) と分析し、スコット・ドナルドソンは、「歓迎されない子ども」を宿した女に、相手のアメリカ人の男が「堕胎させようと説得することを企んでいる（堕胎という言葉は決して使われていないけれども）」(Donaldson 277) 話と読む。また、ハロルド・ブルームにとっては「若い男が相手の女の意に反して無理やり彼女に堕胎させようとしている」(Bloom 20) 話である。リンダ・ワグナー・マーティンにおいても「アメリカ人の男が恋人である彼女を強いて彼らの子どもを堕胎させる話」(Wagner-Martin 5) だし、木村においては「内縁関係にある二人の男女の、堕胎をめぐる心の葛藤を写したもの」（木村　五三）である。いずれにせよ、どの批評においてもテーマは「堕胎」とされている。しかし、注目すべきことはドナルドソンが指摘しているように、この物語の中に「堕胎」という言葉が使われていないということだ (Donaldson 277)。この点に関してはキャサリン・リーフも、男女は「『堕胎』("abortion") という言葉を決して使わないけれども、明らかに手術について話し合われている」(Reef 84) と述べている。

堕胎を迫られているジグが、目には見えない聖母マリアの恵みによってどのように救われ、自らの人生を切り開いていくのか。物語の中に何気なく配置された「モノ」や「言葉」に着目し、読み解いていこう。

2　中間地帯

ある一組の男女のごくありふれた情景を描いているかのような物語であるが、この描写によってヘミングウェイはどのような思いを込めたのか。マイケル・レノルズによると、ここに示される「白い山並み」は、ヘミングウェイが実際に「他の旅人たちと一緒にマドリードへ向かう電車に乗った」時、一人目の妻であるハドリーと一緒に見た景色である (Reynolds 39)。つまり、実際に足を運んだことがあるスペインの場所を舞台としているのだ。作家自身の目に焼き付けた光景を物語の舞台に設定し、読者を物語の目撃者に仕立て上げる趣向だ。

そもそも物語の舞台はどこなのか。それを明らかにする手掛かりの一つとして、冒頭部を見てみよう。物語は、「エブロ渓谷の彼方の山並みは、長く白く連なっていた」(211) という文で始まる。物語の視点は景色から駅へと移行し、「山のこちら側には一本も木は生えておらず、日陰もなく、駅は二本の線路に挟まれて日光を浴びていた」と続く。さらに焦点は絞られ、駅舎の側面には「熱をはらんだ影」がぴたりと寄り添っており、バーの入り口には「蠅よけの、竹のビーズをつないだカーテン」がかかっていた。焦点は人物へと移行し、アメリカ人の男と連れの女のジグが「駅舎の外の日陰に置かれたテーブル」に座る。二人が待つ「バルセロナ発の急行は四〇分後に到着する予定」であり、この「接続駅」に二分停車してから「マドリードに向けて出発する」(211) ことになっている。

冒頭部のこの部分だけをとっても相対する二つの点が浮き彫りになっており、それらを結ぶ接点が重要であることが読み取れる。二本の線路に挟まれた駅舎、灼熱の太陽が照りつける日向と日陰、バーの店内と店外、主要な登場人物である男と女、その男女が待つ列車が結ぶバルセロナとマドリード、褐色に乾ききった大地と肥沃な大地など、そのどれもが対照的に布置されている。この物語においては相対する二つの点によって挟まれた中間地帯が重要なのだ。

では、それぞれの点と点が結ぶ中間地帯は何を意味しているのか。まず、「二本の線路」(211) について考えてみたい。*OED* によると、「線路」を意味する'line'という語には、「境界線」や「運命」といった意味もあり、物語の終盤で「線路」を意味する語として使用されている'track'には「人生の行路」という意味が含まれる。つまり、この物語の舞台が「接続駅」であることに加え、駅が正反対の方向へ進む「二本の線路」に挟まれた場所に位置していることから、この場所が男とジグの今後を運命づけることを暗示している。舞台となる「接続駅」(211) は、二人にとって人生の分岐点であり、それと同時にその運命を結ぶ臨界点の役割を担っているのである。

次に、日向と日陰についてはどうだろうか。物語の冒頭には、山並みのこちら側には「日陰もなく」(211)、駅は「日光を浴びていた」、とある。「駅の側面には、熱をはらんだ駅舎の影がぴたりと寄り添って」おり、男とジグはその「日陰に置かれたテーブル」に座った。*OED* によれば、「太陽」を意味する'sun'という語には「輝かしいもの」や「栄光」といった意味がある。さらに太陽は真実を照らし出すものとして作用する。一方、「影」を意味する'shadow'という言葉には *OED* によると、「幻影」や「腰ぎんちゃく」という意味が含まれる。駅にぴたりと寄り添い、熱をはらんだ「影」の存在は、これから始まる物語を予兆する。また、光と影が表裏一体であることから、男とジグはまさに光と影の境界に位置している。明暗を分けるこの日光と影の境界は、現実と虚構の境界でもあり、これはヘミングウェイ自身の経験に想像力を加えて作品が出来上がる好例である。

男とジグはなぜ「駅舎の外の日陰に置かれたテーブル」(211) に座ったのか。「ひどく暑い日だった」にもかかわらず、店内に入らなかったのだろう。考えられる理由は二つある。一つは、男がジグに堕胎を強要することを企んでいるため、なるべく人目を避けた場所で話をしたかったと推測される。バーの中には彼らと同じく「列車を待つ人々」(214) が酒を飲んでおり、バーの店員は女性であった。男は自分の体裁を守るため、あえて二人だけで話ができる店の外のテーブルを選んだのだ。もう一つの理由については、次の「3 ビーズカーテン」で詳しく述べる。

次に、物語の舞台が「接続駅」(211) であり、男とジグの人生の分岐点の役割を担い、臨界点となっていることから、この「接続駅」が現実にはどこなのかを考えてみたい。「接続駅」が「二本の線路」に挟まれた場所に位置し、光と影、バーの店内と店外という、相反する点と点の中間地帯が重要になっていることなどから、バルセロナとマドリードの中間地点と推測できる。考えられるその場所は、実在のサラゴサ (Zaragoza) という駅である（図1）。ヘミングウェイが、スペインのサラゴサという「接続駅」を物語の舞台として設定したのには、後述するように大きな意味が隠されている。

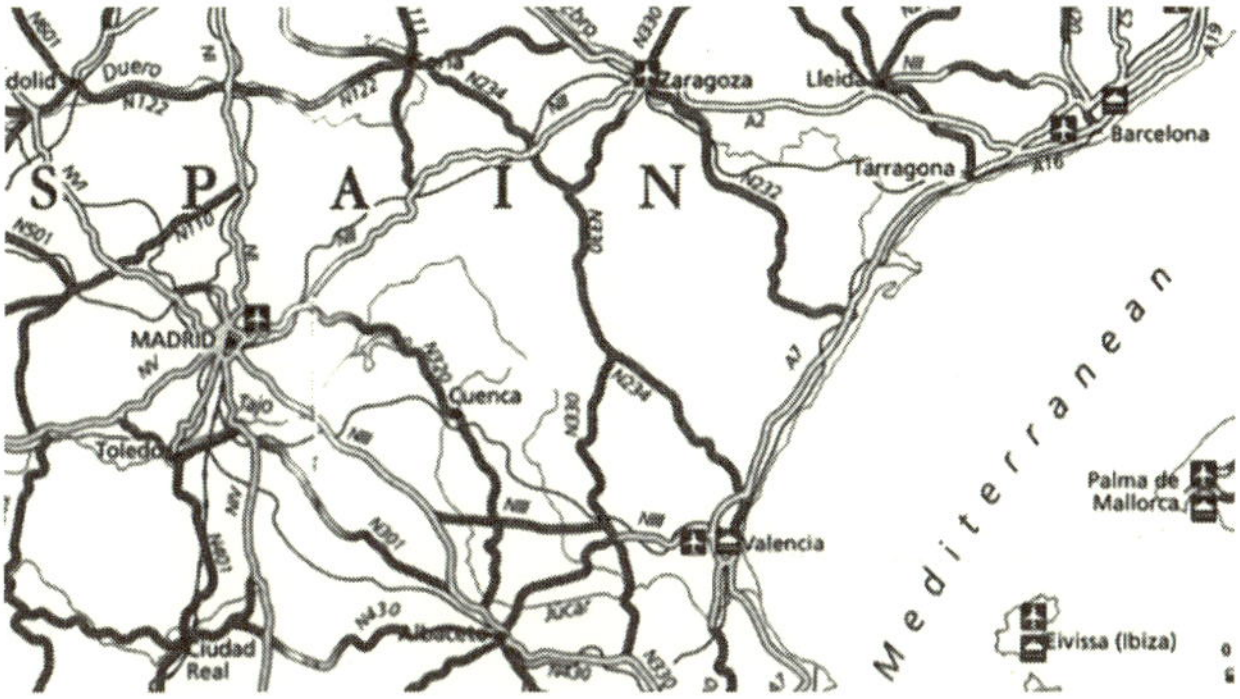

図 1
Putting Spain on the Map
Eyewitness Travel Guides: Madrid. 8–9.

　異なる二つの世界を結ぶ中間地帯は臨界点として作用し、ここから想起されるのは十九世紀中葉の作家ナサニエル・ホーソーン (Nathaniel Hawthorne, 1804–64) が唱えた〈ロマンスの中間理論〉である。ホーソーンによると、ロマンスとは「人間の心の真実 (the truth of the human heart)」(Hawthorne *SG*, 1) を描くことを目的とし、「中間領域 (neutral territory)」(Hawthorne *SL*, 36) が「現実的なものと想像的なものとが出会う場所である」と定義づけているからだ。ホーソーンは「現実と夢、事実と想像が混在する中間地帯」(Hawthorne *SL*, 36) を扱い、その中間地帯にこそ真実があると述べている。作品「白い象」はスペインを舞台とし、コブラーも指摘しているように未婚女性が妊娠することも現実に起こりうる問題を扱っている。しかし、ホーソーンの定義に従うならば、この一見どこにでもありふれているように見える一組の男女の物語は、リアリズム小説ではなく、ロマンスのカテゴリーで考えることができる。事実、実際の土地名や風景に想像を巧みに加えることで、ありふれた日常の物語に想像力による謎めいた雰囲気が醸し出され、その世界に真実がもたらされる。他のヘミングウェイ作品にもロマンスのカテゴリーがある。たとえば、「大きな二つの心臓のある川」("Big Two-Hearted River," 1925) では、ニック (Nick) の目に映る景色やニックの行動が緻密に描写されているが、突如としてニックの意識の中へと引き込まれる場面がある。また、「キリマンジャロの雪」("The Snows of Kilimanjaro," 1938) では、死と直面しているハリー (Harry) の意識と現実の世界が混在して描かれている。作家自身が曖昧さの中にも緻密に計算された道具を巧妙に仕掛けていることになろう。ヘミングウェイの作品「白い象」の中間領域は、ホーソーンのいうロマンスの「中間領域」に見事に重なり合うではないか。

3　ビーズカーテン

「白い象」において重要な中間地帯として作用しているのが、舞台となる駅舎のバーの入り口にかけられた竹のビーズカーテンだ。バーの店内と店外を自由に行き来することのできる中間地帯としてのこのビーズカーテンは、男とジグに異なる働きかけをする。

本来このビーズカーテンは、ハエよけのためにかけられているものだった。一般に、ハエは「不浄」や「欺き」

を象徴する。旧約聖書「コヘレトの言葉」において「死んだ蠅は香料作りの香油を腐らせ、臭くする」(「コヘレトの言葉」10: 1) と記されていることや、「ペリシテ人の都市エクロンの神ベエルゼブブ」がハエを意味し (『世界大百科事典』)、新約聖書において「マタイによる福音書」(12: 24) と「マルコによる福音書」(3: 22)、「ルカによる福音書」(11: 15) においても「悪霊の頭」と表現されていることからも、ハエがいかに不潔で嫌悪される存在であるかがうかがえる。

ヘミングウェイにもこの見解は持ち込まれる。かつて彼がアフリカの大地で仕留めたライオンの出血部分にはハエがたかり、それがライオンの品位をおとしめた (Burgess 66)。また、『午後の死』(*Death in the Afternoon*, 1932) において、蛆虫は「長い間保たれてきた腐敗を食い荒らす」(*DA* 139) ものとして、さらに「死者のかつて口があったあたりにうごめくもの」(*DA* 140) として描かれている。短編「最前線」("A Way You'll Never Be," 1933) では、ハエは死体の上を飛び回っている (306)。ヘミングウェイのハエは汚れた生き物であり、人間や動物の「死」を連想させる。ハエは死の象徴と言えよう。

したがって、ジグに赤ん坊の死を意味する堕胎を強要し、うわべだけの言葉で彼女を欺こうとしている男は、まさに汚れた心の持ち主としてハエと重なる。なぜなら、男は「堕胎」がいかに簡単なものであるかを繰り返し、言葉巧みにジグを説得するからである。

男は手術の内容を具体的に説明しようとはせず、いかに簡単か ('simple') を強調する。フランク・オコナーは、男女の会話の中で "simple" という語を「重要な語」(O'Connor 88) と定義する。ここで男が発話する "simple" という語を、コンコーダンスで示そう。

d. THE AMERICAN: It's really an awfully simple operation, Jig, the man said. THE AMERI

dn't want to. But I know it's perfectly simple. JIG: And you really want to? THE AMERI
worry about that because it's perfectly simple. JIG: Then I'll do it. Because I don't
anyone else. And I know it's perfectly simple. JIG: Yes, you know it's perfectly simp

男は手術の簡単さを強調するために、"awfully" や "perfectly" という語を用いながら、実に四回も "simple" を口にする。のみならず、男は偽善的な言葉で決定権をジグに委ねる。

次に、オコナーが「重要な語句」(O'Connor 88) と定義している "I don't want you to do it if you don't want to." という男の言葉に着目したい。あくまで男はジグに「提案」という姿勢をとるが、その実は「強要」に他ならない。男の言葉をコンコーダンスで示してみよう。

ICAN: Well, the man said, THE AMERICAN: if you don't want to you don't have to. I woul
on't have to. I wouldn't have you do it if you didn't want to. But I know it's perfect
ng to do. But I don't want you to do it if you don't really want to. JIG: And if I do
THE AMERICAN: I don't want you to do it if you feel that way. The girl stood up and wa
MERICAN: that I don't want you to do it if you don't want to. I'm perfectly willing to

言葉に多少の違いが見られるものの、主語をすべてジグにすることで結局男は「君がしたくないと言うのなら、僕はしてほしくない」という言葉を、短い時間の中で五度も口にするのだ。男の態度は卑怯そのものである。明らかに男は言葉の裏側に含む真意をジグに汲み取らせようとしている。男の本意は、ジグに手術をさせたいという思いに他ならない。汚れた心を持ち、「不浄」で「欺き」に満ちたこのような男はビーズカーテンに近づくことができず、また見ようともしない。心が汚れて自己意識のない男は無意識のうちにビーズカーテンに跳ね返され、店内に入ることができないのだ。

一方、ジグにとってのビーズカーテンには重要な役割が担わされている。男が「それが僕たちを悩ませているただ一つのこと（‘the only thing’）」、「そのただ一つのことが僕たちを不幸にしている」(212) とジグに告げた時、彼女はビーズカーテンを掴むという行動に出る。

ここで、ビーズに着目したい。カーテンの素材であるビーズという言葉は作品中に単数形（‘bead’）と複数形（‘beads’）、合わせて六回登場する。

nd a curtain, made of strings of bamboo beads, hung across the open door into the bar
prove anything. The girl looked at the bead curtain. JIG: They’ve painted something
JIG: All right. The warm wind blew the bead curtain against the table. THE AMERICAN
made us unhappy. The girl looked at the bead curtain, put her hand out and took hold
and took hold of two of the strings of beads. JIG: And you think then we’ll be all r
for the train. He went out through the bead curtain. She was sitting at the table a

なぜ単数形と複数形の使い分けがなされているのか。‘beads’ と複数形になっているのは、冒頭部分とジグが掴んだ時の二回だけである。文法的な形容詞としての ‘beads’ と名詞としての ‘beads’ という語形の使用を強調するための工夫ではないだろうか。この時ジグが掴んだのは、単にビーズカーテンのビーズという意味にとどまらない。

OED によると複数形の 'beads' はキリスト教のロザリオを意味し、それは聖母マリアを連想させる。ジグにとってのビーズカーテンに、物理的な存在以上にロザリオとして作用し、聖母マリアや祈りといった精神的な働きを担わせているのだ。

　カーテンという語はこの短い物語の中で次のように七回使用されている。

s the warm shadow of the building and a curtain, made of strings of bamboo beads, hung
AN: Dos cervezas, the man said into the curtain. A WOMAN: Big ones? a woman asked from
e anything. The girl looked at the bead curtain. JIG: They've painted something on it,
alled THE AMERICAN: Listen, through the curtain. The woman came out from the bar. A WOM
All right. The warm wind blew the bead curtain against the table. THE AMERICAN: The be
us unhappy. The girl looked at the bead curtain, put her hand out and took hold of two
the train. He went out through the bead curtain. She was sitting at the table and smile

このビーズカーテンに動きがあった時に必ずジグに転機が訪れる。「ロザリオの祈り」のロザリオは、復活の意味を持つと同時に「祈りによる霊的なバラの冠」(『新カトリック大事典』)にも関連することから、バラはマリアの復活の栄光のシンボルとされている(中丸　一九五)。本来バラの花はユリの花と同じく「聖母マリアを象徴する」(ジンマーマン　五四七、六七二)。この「復活」という言葉は、物語の終盤においてジグに深く関係する。

　このビーズの働きについては、ゲーリー・D・エリオット (Elliott 23) やデニス・オーガン (Organ 11) も言及している。エリオットは、竹でできたビーズが「彼女(ジグ)の恋人が強く迫っている堕胎に対する女性(ジグ)の意気込みの欠如」(Elliott 23) の鍵となることを指摘するとともに、「カトリック教徒に違いないと思われる、この若い女性（ジグ）のためのロザリオとして機能し、その象徴」だと分析する。ジグがカトリック教徒ゆえに、堕胎に抵抗する理由は「宗教的な境遇」(Elliott 23) にあるというのだ。しかし、ジグがカトリック教徒であるという示唆は、物語の中には存在しない。

さらにエリオットは、バーの入り口にかけられたビーズカーテンが、男とジグとの間に「物理的にかかっている」と述べ、ビーズによって象徴されたジグの宗教が男とジグを「引き離し」、二人の「意思疎通を不可能にしている」(Elliott 23) と結論づける。

ビーズカーテンが「物理的にかかっている」(Elliott 23) ことが、二人を引き離しているというエリオットの論は興味深い。男は手術が「すごく簡単」(212) だからと言って一方的にジグに堕胎を強要する。男はジグの思いを尊重するふりをするが、手術をすることが「一番良い」(212) と促す。つまり、男はあくまでジグ本人に堕胎を決意させようとしているのだ。もはや、ジグに対する愛情など男には感じられない。

その一方、ビーズを掴んだ瞬間ジグに変化が訪れる。男が手術を話題に持ち出してから、視線を地面に落として何も言えなかったジグが主導権を握るのである。ジグは男の思惑に気づき、男が自分を愛していないことや、男が堕胎をさせるためだけに必死になっている現実を受け止めたのだ。愛している男に堕胎を迫られるジグの心境は痛ましい。二人の気持ちは、この先二度と交わることはない。

エリオットの意見を受けて発展させたオーガンは、ビーズカーテンが男とジグの「相反する願望を象徴している」(Organ 11) と述べる。すなわち、ジグの望みは「子どもを産むこと」であり、男の願望はジグに堕胎させることで「共に生活様式を続けていくこと」だと分析する。また、オーガンはビーズが「幼児のおもちゃ」であることから、ビーズカーテンをジグにとって「生まれてこない子どもの象徴」とみなす。さらに、二人の相反する心理についても言及する。親になることでジグが「男と新しい方向へ向かう」ことを望んでいるのに対し、男は「利己的で、自分にとって都合のよい状態にしがみつく」(Organ 11) ことを望んでいると読む。

オーガンの見解には説得力はあるのだが、いささか疑問が残る。確かに男とジグの望みが交わることはない。しかし、ジグの望みは「子どもを産むこと」(Organ 11) なのか。ジグが男に手術の話題を切り出された時、視線を地面に落としたり、何も言えなかったり、二人の今後を案ずることしかできなかったことから、ジグの男への愛情を読み取ることができる。しかし、男の説得が続き、ジグが手術をすれば「僕は悩まないさ。だってすごく簡単なことなんだから」(213) と言う男に、彼女は「私なんかどうなってもいい」と自暴自棄の言葉を口にする。さらに彼女は「私はどうなったっていいの。だから、やるわ。そしたら何もかもうまくいくんでしょう」と続ける。愛する男に堕胎を執拗に迫られ、精神的に追い詰められ捨て鉢になったジグの言葉には、絶望感にも似た悲鳴が込められている。このジグの言葉から、彼女の望みが「子どもを産むこと」(Organ 11) だと断定するのは難しい。オーガンの言うように、ビーズカーテンが「生まれてこない子ども」(Organ 11) を象徴しているなら、ビーズカーテンを掴んだジグは堕胎を決意することになる。

また、男の望みはどうだろうか。確かに男はジグが手術を受ければ「以前のように」素敵な関係に戻れると言っていた。しかし、ジグに堕胎を迫る男は、「不潔」で「欺瞞」的で、「傲慢」の塊である。そんな男の言葉に真実味など到底感じられない。オーガンが述べているように、男は「利己的で、自分にとって都合のよい状態にしがみつく」ことを望んでいることは確かだが、その相手がジグでなければならないとは一言も述べられていない。

これらとは違った角度からビーズカーテンを分析するコブラーは、物語の主題として決して表に現れることのない「堕胎」(Kobler 7) を比喩的に反映するがゆえに、ビーズカーテンがジグにとって「非常に重要なもの」とみなす。さらに「カーテンが蠅よけのために入り口にかけられることがごく当たり前のこと」であるように、「未婚女性が妊娠した際には、堕胎もごく普通に行われること」と述べる。また、堕胎がある点で男とジグを引き離してはいるが、ビーズカーテンは「決してバーと駅を引き離すことはできない」(Kobler 7) というのだ。

エリオットもオーガンも、ビーズカーテンが男とジグを引き離すところから、二人の願望が相反するものだと分析した。しかし、コブラーは心理的なことには言及していないものの、ビーズカーテンが、物理的に「バーと駅を引き離すことはできない」(Kobler 7) と述べる。「二本の線路」(211) に挟まれたこの「接続駅」が二人の人生の分岐点に設定されていることから、ビーズカーテンもバーの店内と店外をつなぐ境界線の役割を果たしているといえる。コブラーの言葉を言い換えると、ビーズカーテンはバーの店内と店外を引き離すと同時に、つなぐ役割も果たしている。ビーズカーテンは、暑い風に吹かれてテーブルのほうに「舞う」ほど、軽やかで、自由に境界線を揺るがすことのできる存在である。バーの店内と店外をビーズカーテンは自由に行き来することができるため、確固たる境界線を張っておきながら、その境界線を変動させる役割を担っていると考えられる。

4　スペインとカトリック

次に、この物語の舞台である土地に注目しよう。既に述べたように、男とジグはバルセロナ発マドリード行きの急行を待っている。バルセロナとマドリードの中間地帯には、地図上にサラゴサという土地が存在する。このサラゴサという土地を舞台として示唆することも、ジグと聖母マリアとの関係を連想させる要素となる。なぜなら、サラゴサはキリスト教初期に聖母マリアが現れ、「聖母崇拝のための教会を建てるように人々に求めた」(ジンマーマン 二五七) 土地だからだ。以後、サラゴサはスペインのマリア信仰の中心地になっている。

この物語がスペインを舞台にしており、ビーズカーテンのビーズがジグにとってロザリオとして作用していることから、明らかに聖母マリアが浮上する。なぜなら、スペインは「『癒しの聖母』、『慈愛の聖母』たるマリアへの崇敬の念」（立石　一七九）が高く、「マリア信仰の固まりのような国」（中丸　一七四）だからだ。聖母マリアなくしてこの物語を読むことはできない。さらに、ヘミングウェイとカトリックには深い関係がある。これまで「ヘミングウェイのカトリック信仰自体が軽視されてきたために、ヘミングウェイ作品に現れるさまざまなキリスト教への言及にはほとんど注意が払われて」（高野　一九七―九八）こなかった。事実、ヘミングウェイは一九二七年二度目の結婚の際にカトリックに改宗している。妻が熱心なカトリック教徒であっただけでなく、ヘミングウェイ自身もカトリックに心惹かれていたことは否めまい。

ところで、聖母マリアとは一体どんな人物なのか。新約聖書「ルカによる福音」によれば、マリアは天使ガブリエルによって受胎告知される（「ルカによる福音書」1: 26–38）。マリア自身が神の創造物の人間でありながら、神の子を授かったという事実は、聖母マリアが神と人間をつなぐ神聖な存在であることを意味している。さらに言えば、聖母マリアは人間世界と神聖な世界との中間に介在してとりなし、人々に囚われからの解放、すなわち安らぎを与える存在である。

利己的で無慈悲な男によって苦しめられたジグに、聖母マリアはビーズカーテンを通して祈りと安らぎをもたらし、心の平安を与える。「聖母マリア」の存在が「キリストに由来する恵み」（『新カトリック大事典』）に包まれていることから、ジグは天から聖なる癒しを与えられたと解釈することができる。

では、物語の中でジグが口にする「白い象たち」との関係はどうだろうか。ビーズカーテンがロザリオとして作用し、聖母マリアと祈りを連想させることから、さらに「白い象たち」が意味を持つ。次のコンコーダンスが示すように、「白い象たち (white elephants)」という複数形の言葉は物語の中に四回登場し、すべてがジグによって発話される。

brown and dry. JIG: They look like white elephants, she said. THE AMERICAN: I've neve
. I said the mountains looked like white elephants. Wasn't that bright? THE AMERICAN:
. JIG: They don't really look like white elephants. I just meant the colouring of the
ice again if I say things are like white elephants, and you'll like it? THE AMERICAN:

ジグの目の前に広がる灼熱の太陽が照りつける大地には、生命の存在を感じさせるものはなかった。そんな褐色の大地から臨む彼方の山並みは、スペインとフランスの境界としてのピレネー山脈と思われる。しかもこの「象」は単数形ではなく複数形である。

　ピレネー山脈と「複数の象」への連想は、スペインを舞台にしたヘミングウェイの長編小説でも見られる。それは、『誰がために鐘は鳴る』(*For Whom the Bell Tolls*, 1940) に次のような言及があるからだ。兎をかける罠を作っていたジプシー (the gypsy) は、それを「狐をかけるため」(*FWBT* 21) だとロバート・ジョーダン (Robert Jordan) に説明する。するとアンセルモ (Anselmo) が「兎を捕ると狐を捕ったと言い、狐を捕ると象 (an elephant) を捕ったと言うだろう」と続ける。「じゃあ、象 (an elephant) を捕ったら何て言うんだ」というジプシーに対し、「そしたら戦車 (a tank) を捕ったとぬかすだろう」(*FWBT* 21) と答える。象と戦車という言葉から軍象が想起される。そして、ピレネー山脈を舞台にした複数の軍象といえば、まさに果敢にもピレネー山脈越えを果たしたカルタゴの将軍、ハンニバル・バルカ (Hannibal Barca) の存在が思い浮かぶ。かつてハンニバルは、「三七頭の象」(ビーア 四九) を率いてピレネー山脈を越え、当時のガリアを目指し、さらにアルプスを越えてイタリアのローマを目指していた

（ビーア　一九）（図2）。ピレネー山脈が境界、すなわちスペインとフランスを結ぶ中間に位置していることも重要である。なぜなら、ハンニバルが越えたピレネー山脈の向こう側の目指す先には、白い聖地であるキリスト教カトリックの総本山であるローマがあるからだ。「白い象」の着想には、勇壮な白い象の列と壮大なピレネー山脈の白い山並み、天へと向かう崇高なものを象徴する風景があったといえるだろう。

ジグの連想により、彼女の精神に生まれた崇高な気持ちと天へと向かう姿勢を見ることができる。ジグは生命のない褐色の大地からピレネー山脈を羨望し、その向こう側の肥沃な大地を心の目で見ていたのではないだろうか。誰もが不可能だと思ったことをたくさんの象を引き連れたハンニバルが果敢にも成し遂げたように、ジグは勇気ある一歩を踏み出そうとしている。「新しい命」をめぐる男との一種の戦いに、天に向かって恥じることのない勇気を持って立ち向かう決心をしたのである。ジグはかつてハンニバルが率いた「白い象たち」の姿を、無意識のうちにピレネー山脈に重ねて見た。それは、ジグが山を生命あるものとみなし、「山肌（their skin）」（212）と擬人化して表現したことからも読み取れる。「新しい命」の貴重な価値を直観した彼女が、「新しい命」であるキリストをこの世にもたらした聖母マリアの祈りでもって真の勇気を手に入れ、自らの道を切り開き再出発をしようとする。

図2
アルプス越え（19世紀初期の版画）
『ハンニバル――地中海世界の制覇をかけて』81.

5　示された数字

曖昧さが多く存在する中で、はっきりと示された数字について考えてみたい。まず、「バルセロナ発の急行は四〇分後に到着する予定だった」(211) という四〇という数字は、聖書において多用される。それらには試練や忍耐、待機といった意味が感じられる。そこでもっとも興味深いのが旧約聖書「出エジプト記」におけるモーセが山にいた「四〇日四〇夜」の話である（「出エジプト記」24: 15–18)。モーセがシナイ山にいる間、山のふもとにいた民はモーセの下山を待つことができず堕落する。この民の姿は男と重なる。なぜなら、男は「五分後に電車が来ますよ」(214) というバーの女性店員の言葉を聞いて鞄を運びに行く。電車が来るまでまだ五分もあるというのに、男はそれを待てないのだ。この男の堕落は、この物語が持つ「時間の流れ」（平石　三七四）と関係する。ジグに堕胎を強要している男にとって、「胎児は時間がたてば大きくなる」ので「中絶は急がねばならない」（平石　三七四）問題である。少しでも時間を急ぎたい男は電車さえも待ちきれない。平石が指摘するように、ここに男の「二人の将来を見とおすことを避けた、その場しのぎの、実情において刹那主義的な、身勝手な」（平石　三七五）態度を見ることができる。

一方ジグはどうだろうか。男に通訳を頼み、五分後に電車が来ることを知ったジグは、「バーの女性店員に明るく微笑みかけ、感謝の意」(214) を示す。バーの店員は四回お酒を運びに来ているのだが、ジグが自らバーの店員に働きかけ、「明るく微笑みかける」という具体的な表情を見せたのはこの場面が初めてである。自立した強い女性としてのジグの微笑みは、人々に癒しをもたらす聖母マリアの微笑みと通底する。

だが不思議なのは、肥沃な大地を目にしたのは、ジグが絶望的な状態に陥っている時であったことだ。これは何を意味するのだろうか。その謎を解くための手がかりとして、T・S・エリオット (T. S. Eliot) の「リトル・ギディング」("Little Gidding," 1942) の一節を引用したい。第五節において、「われらが始まり (the beginning) と呼ぶものはしばしば終わり (the end) であり、終わらせること (make an end) は始まること (make a beginning)。終わり (the end) とはわれわれが始める (start from) ところ」(Eliot 197) とある。ジグが男に堕胎を強要され拒否できないことや、堕胎をしても男とは元に戻れないという男との関係に終止符が打たれてしまうと気付いた瞬間、ジグの希望は打ち砕かれてしまった。ジグの思い描く男との人生が終わりを迎えたのだ。終わりを迎えたジグは、新たな再生へと導かれる。

絶望的な状態でジグが見た景色は、「穀物畑」や「エブロ川」、「山脈」や「木々」という肥沃的な大地だった。木は繁茂力のある生命や絶え間ない再生を象徴し、川は生命の水を象徴する。また、川を構成する水には、「洗礼」や「祝福」としての意味や、キリスト教の聖母マリア、精神的再生の意味もある。ジグの未来は無意識のうちに開かれていた。

ジグが見たこの景色について、メアリー・デル・フレッチャーは、「木々や穀物、川といった描写は、可能性のある未来を象徴している」(Fletcher 17) と分析する。今までジグが見ていた景色は木々も影もなく、褐色に乾ききっていて、生命の存在がまったく感じられないものだった。しかし、駅の「反対側」の景色には肥沃な大地が広がっていた。ジグがこの肥沃な景色を見ることができたのは、救いようのない絶望感に打ちのめされた彼女が、ひたすら救いを求めたからではないか。男の愛を失い、男に追い詰められ、自らの存在価値までもを含めてすべて失ってしまいそうになったジグに、「貧しき者は幸いなれ」を具現化するかの如く、聖母マリアは救いを与え、彼女の心に平安をもたらしたのだ。

では、バーの女性店員によって示された五という数字はどうだろうか。キリスト教で五という数字から連想されるのは「五旬節」である。これは、新約聖書の「使徒行伝」の二章一節以下に伝えられており、「五旬節」は「刈入れの祭り」とも呼ばれ、「大麦の収穫の終りと小麦の収穫の始まり」であると同時に「聖霊降臨」の日でもある(『世界百科事典』)。ここには実りや恵み、命のよみがえりといった喜びの意味が感じられる。

「あと五分で電車がきますよ」(214) というバーの女性店員の言葉を聞いて、ジグは微笑み、鞄を運びに行く男に「戻ってきたらこのビールを飲んじゃいましょう」と、余裕すら思わせる発言をする。聖母マリアによって祈りと心の平安をもたらされ、ハンニバルと共にピレネー山脈を越えた白い象たちのように、ジグは利己的な男を責めようとはせず、確固たる意志を胸に、強い女性、慈悲深い母親として生きていくことを決意した。

6　物語の結末と「氷山理論」

ジグと男は、最終的にお互いに同意のうえで、二人の関係に幕を下ろすだろう。初めのうちは男にすがりついていたものの、ビーズカーテンによって救われたジグは、男の存在価値が無益であると判断し、強い意志でもって自らの人生を切り開いていく。

しかしながら、二人がその後どうなるのかについては描かれておらず、物語は「どこも悪いところはないわ、良い気分よ」(214) というジグの言葉で幕を閉じる。二人がやがてこの「接続駅」(211) に到着する「バルセロナ発の急行」に乗って、マドリードへ向かったのかさえ知る由もない。だが、最後のジグの言葉には彼女の強い意志が込められている。ジグはこの短い時間の間に、男に頼り、黙ることしかできなかった自分を捨て去り、新しい自分へと生まれ変わった。結末におけるジグの微笑みには、強さとこれからを生きる希望、男を許す慈悲深い心の平安が表れている。物語の舞台である「接続駅」が、正反対の方向へと向かう「二本の線路」によって挟まれていることが暗示するように、おそらくジグは男と別れ、出産の決意をし、強い意志と喜びに満ちた人生を歩むのではないだろうか。

「白い象」について、ヘミングウェイは「実際に堕胎をした女性に会って話したことがあったから」（辰巳　一〇一）この物語を書いたと話している。この時に明らかにされたのが、「氷山理論」（iceberg theory）である。ヘミングウェイ自身、この「氷山理論」については様々な場所で語っている。『午後の死』では、「氷山の動きが持つ威厳は、水面に現れている八分の一によるものだ」（*DA* 192）と述べ、『移動祝祭日』（*A Moveable Feast*, 1964）では、「もし作品のある部分を意図的に省略した場合、それがかえって物語の印象を強くし、単純な理解を超えた何かを読者に感じさせることができるとわかっている時には、その部分を省略しても構わない」（*MF* 43）と説明している。「氷山理論」が理解されるために「必要なのは時間」（*MF* 44）と、「自信を失わないこと」（*MF* 44）だと信じており、以下のようにも話している。

> 私はいつも氷山の原則にのっとって物を書く。氷山は表面に現れている部分は八分の一で、残りの八分の七は水面下に隠されている。知っていることがあれば、それが何であろうと省いてしまうのだ。そして、そうすることだけが氷山を強めるのである。(Bruccoli 125)

隠された八分の七は読者の判断に委ねられているというのだ。しかし、だからといって読者が物語を読んで勝手に解釈して良いということではない。柴田も「現実の氷山同様、水面下に何がひそんでいるのか、常に自明であるとは限らない」（柴田　一九八）ことを踏まえたうえで、「文字として書きつけられていることは『氷山の一角』にすぎないのであって、われわれはその下の大きな氷の存在を読み取らねばならない」（柴田　一九八）ということを指摘する。「氷山の一角」という言葉が表わすように、目に見える八分の一を支える八分の七の重要な部分がヘミングウェイの意識の中に存在し、物語を構成している。読者は表に現れた八分の一の部分から隠された八分の七を、八分の一のテキストの熟読と洞察力によって把握し、作者が伝えようとしている揺るぎない真意を汲み取らなければならない。ヘミングウェイの言う「氷山を強める」ことは、彼自身の中に確固たるものが存在するということに他ならない。なぜなら、彼は「単純な理解を超えた何かを読者に感じさせることができるとわかっている時」(*MF* 43)にだけ「氷山理論」を使用するからだ。余計なものを省くことで、より一層「氷山を強める」のである。

わずか一五〇〇語にも満たない短い物語の中に多くの謎を含んでおきながら、その曖昧さはヘミングウェイの緻密で巧妙な計算から成り立っている。「白い象」は批評家たちが指摘するように堕胎がテーマである。しかし、新たな生命の「死」を巡る物語の裏側には、ジグの再生と新たな生命の「誕生」が隠されている。隠された八分の七に壮大なテーマを潜め、中間地帯に真実を見出すことのできる見事な作品として仕上がっているのが **"Hills Like White Elephants"** なのだ。

＊本稿は二〇一〇年十二月十一日に開催された日本ヘミングウェイ協会第二十一回全国大会（於関東学院大学関内メディアセンター）において口頭発表したものに加筆訂正を施したものである。

註

1 Ernest Hemingway, "Hills Like White Elephants," *The Complete Short Stories of Ernest Hemingway: The Finca Vigía Edition* (New York: Scribner, 2003), 211. 本文の引用はこの版からとし、引用末尾の括弧内にページ数を記す。なお、訳については高見浩『われらの時代・男だけの世界』(新潮社、二〇〇六) を参考にし、適宜文脈に応じて変更した。

引用文献

Baker, Carlos. *Hemingway: the Writer as Artist*. Princeton: Princeton UP, 1952.

Bloom, Harold. *Bloom's Modern Critical Views: Ernest Hemingway*. Philadelphia: Chelsea House, 2005.

Bruccoli, Matthew J. *Conversations with Ernest Hemingway*. Jackson: University Press of Mississippi, 1986.

Burgess, Anthony. *Ernest Hemingway and His World*. New York: Charles Scribner's Sons, 1985.

Donaldson, Scott. *Fitzgerald & Hemingway: Works and Days*. New York: Columbia UP, 2009.

Elliott, Gary D. "Hemingway's Hills Like White Elephants." *The Explicator* 35. Richmond: Virginia Commonwealth University, 1977.

Eliot, T. S. *The Complete Poems and Plays of T. S. Eliot*. London: Faber and Faber, 1969.

Fletcher, Mary Dell. "Hemingway's Hills Like White Elephants." *The Explicator* 38. Richmond: Virginia Commonwealth University, 1980.

Hawthorne, Nathaniel. *The House of the Seven Gables*. Ohio: Ohio State UP, 1971.

——. *The Scarlet Letter*. Ohio: Ohio State UP, 1971.

Hemingway, Ernest. "Big Two-Hearted River," *The Complete Short Stories of Ernest Hemingway: The Finca Vigía Edition*. New York: Scribner, 2003.

——. *Death in the Afternoon*. New York: Charles Scribner's Sons, 1960.

——. *For Whom the Bell Tolls*. London: Arrow Books, 2004.

——. "Hills Like White Elephants," *The Complete Short Stories of Ernest Hemingway: The Finca Vigía Edition*. New York: Scribner,

2003.

——. *A Moveable Feast*. London: Arrow Books, 2004.

——. "The Snows of Kilimanjaro," *The Complete Short Stories of Ernest Hemingway: The Finca Vigía Edition*. New York: Scribner, 2003.

——. "A Way You'll Never Be," *The Complete Short Stories of Ernest Hemingway: The Finca Vigía Edition*. New York: Scribner, 2003.

Hopkins, Adam. *Eyewitness Travel Guides: Madrid*. London: Dorling Kindersley, 1999.

Kobler, J. F. "Hemingway's Hills Like White Elephants." *The Explicator* 38. Richmond: Virginia Commonwealth University, 1980.

O'Connor, Frank. "A Clean Well-Lighted Place." *The Short Stories of Ernest Hemingway: Critical Essays*. Durham: Duke UP, 1975.

Organ, Dennis. "Hemingway's Hills Like White Elephants." *The Explicator* 37. Richmond: Virginia Commonwealth University, 1979.

Reef, Catherine. *Ernest Hemingway: A Writer's Life*. New York: Clarion Books, 2009.

Reynolds, Michael. *Literary Masters Volume 2: Ernest Hemingway*. Farmington: The Gale Group, 2000.

Smith, Paul. *A Reader's Guide to the Short Stories of Ernest Hemingway*. Boston: G. K. Hall, 1989.

Wagner-Martin, Linda. *A Historical Guide to Ernest Hemingway*. New York: Oxford UP, 2000.

木村達雄『ヘミングウェイ短篇手法』英宝社、一九九二。

共同訳聖書実行委員会『聖書　新共同訳』日本聖書協会、一九九七。

志賀勝『ヘミングウェイ研究』英宝社、一九八三。

柴田元幸「ヘミングウェイと現代アメリカ文学——反発と継承」『MINERVA　英米文学ライブラリー14　アーネスト・ヘミングウェイの文学』ミネルヴァ書房、二〇〇六。

下中直人編集『世界大百科事典』平凡社、二〇〇七。

新カトリック大事典編纂委員会『新カトリック大事典』第二巻　研究社、一九九八。

——『新カトリック大事典』第四巻　研究社、二〇〇九。

ジンマーマン、A『現代カトリック事典』浜寛五郎訳　エンデルレ書店、一九八二。

高野泰志「原罪から逃避するニック・アダムズ——『最後の素晴らしい場所』と楽園の悪夢」『悪夢への変貌——作家たちの見たアメリカ』松籟社、二〇一〇。

辰巳慧『ヘミングウェイと我らの時代——氷山理論の解明——』晃洋書房、一九八五。

立石博高編『新版世界各国史16　スペイン・ポルトガル史』山川出版社、二〇〇〇。

中丸明『聖母マリア伝承』文春新書、一九九九。

長谷川博隆『ハンニバル――地中海世界の制覇をかけて』講談社、二〇〇五。

ビーア、キャビン・デ『アルプスを越えた象――ハンニバルの進攻』時任生子訳　思索社、一九九一。

平石貴樹『アメリカ文学史』松柏社、二〇一〇。

ヘミングウェイ、アーネスト『移動祝祭日』高見浩訳　新潮社、二〇〇九。

――『午後の死』佐伯彰一、宮本陽吉訳　三笠書房、一九六四。

――『われらの時代・男だけの世界』高見浩訳　新潮社、二〇〇六。

ホーソーン、ナサニエル『完訳　緋文字』八木敏雄訳　岩波書店、二〇〇七。

――『七破風の屋敷』大橋健三郎訳　『筑摩世界文學大系』35　筑摩書房、一九七三。

第11章

月の光の下で
――「乾いた九月」のミニーとマクレンドン――

谷口　義朗

はじめに

フォークナー (William Faulkner) は短編作品を売り込むべく雑誌社へ送った際、その採否も含めて、送付の日付、送付先などをメモにして残しているが、それによれば、「乾いた九月」("Dry September", 1931) は最初一九三〇年八月に "Drouth" というタイトルでまず『アメリカン・マーキュリー』誌 (*The American Mercury*) に送られ不採用になった。それからそのすぐ後『フォーラム』誌 (*Forum*) に送られるが再び拒否され、今度は大幅な書き換えを施して『スクリブナー』誌 (*Scribner's*) に送られて、手違いにより読まれることなく返送されるなどの経緯はあったものの採用となり、『スクリブナー』誌の一九三一年一月号に掲載されることになった。その時にタイトルが "Drouth" から現行の "Dry September" にかわっている。おそらく『スクリブナー』誌からの提案によるものだと思われるが、この作品がのちに最初の短編集『これら13編』(*These 13*, 1931) に収録された時にも "Dry September" のままであることから、タイトル変更は最終的には作家自身の決定によるものだろうとジョーンズ (Diane Brown Jones) は推測している (Brown Jones 169–70)。いずれにしても作品の舞台の実際の天候のみならず、登場人物の内面や土地の精神風土にも言及したタイトルであると言えよう。

この作品は五つのセクションに分かれており、第一セクションはミニー・クーパー(Minnie Cooper)という中年に差しかかった白人の独身女性がウィル・メイズ(Will Mayes)という黒人の男に強姦されたという噂で持ちきりの理髪店の場面で幕を開ける。そこに第一次大戦で部隊を指揮し、その勇敢な働きによって勲章を受けたこともある元兵士のマクレンドン(McLendon)という男が現れ、居合わせた理髪店の客の男たちを――中には自ら進んで彼に従う者もいたが――半ば脅して連れ出し、ウィルに私的制裁(リンチ)を加えようと彼が夜警をしている製氷工場へと向かう。緊張感のみなぎる、強烈な「暴力的雰囲気」(Millgate 263)に満ちた第一セクションであるが、このセクションはもともと手書き原稿の段階では第二セクションであり、ミニーという人物を紹介する現行の第二セクションと順番が逆であった(ミニーのセクションが最初に来ていた)。黒人に対するリンチという激しい暴力を扱った作品として非常に効果的な幕開けだと評される(Millgate 263)ことになるこのセクションの入れ替えは、結果的に、作品の完成度という点から重要な意味を持つものであったと言えよう。

第一セクションに始まるマクレンドンを首謀者とするウィル殺害の話の筋は第三セクション、第五セクションへと受け継がれ、最後ウィルを殺して自宅へ帰ったマクレンドンが、彼の帰りをまだ起きて待っていた妻をなぜ早く寝ないのかと不機嫌に詰問し、叩きつけるようにして投げ飛ばしさえした後、ポーチで汗の噴き出る背中を網戸に押しつけてあえぐ姿で幕を閉じる。第二、第四セクションはミニーに焦点があてられ、冒頭のセクションにおける「暴力的雰囲気」を背景に(Millgate 263)、鬱屈した気持ちを抱きながら怠惰な生活を送るミニーの日常が第二セクションで描かれ、第四セクションは、ウィルが殺されるのと同じ日の夕方、友人たちと映画館に映画を見に出かけたミニーが、(黒人に襲われたという噂を流して)再び女性として注目を集めることができた勝利感から込み上げる笑いを抑えようとするが、それは抑えようもなく大きくなっていき、自宅に連れ帰られた後も友人たちの看病をうけながら叫ぶように笑い声をあげ続ける場面で締めくくられる。二人の主要人物のこのような姿は、彼らの行為が彼らに満足感をもたらさなかったばかりか、不安な苦しみ（マクレンドン）や自我の崩壊（ミニー）を招いてしまったことを示している。それは、彼ら二人がその内に潜む欲望に動かされて社会に浸透する偏見あるいはイデオロギーに進んで身を寄せ、それを利用しようとしながらその欲望を十分に満足させることができなかったということを意味しているだろう。

この作品には、偏見、あるいはイデオロギーが実際に機能する様が描かれているといえるが、小論では最後のミニーの笑いの意味を、そこに至る過程を少していねいにたどりながら――とくにアメリカ南部の田舎町社会が女性に課す役割というものを念頭に置きつつ――見ていくことにする。またそれに付随するかたちでマクレンドンの最後のあえぎに至る過程もたどっていきたい。これら二人の人物の行為はいわば静と動だが、ある意味において類似するものとして平行して描かれているように思える。

1　ミニー・クーパー

第二セクションの冒頭に「三十八、九歳」になる独身女性ミニー・クーパーの家庭環境と怠惰で空虚な暮らしぶりが描かれている。

彼女は三十八か三十九だった。彼女は小さな木造家屋にその病身の母親と、やせた血色の悪い、それでいて元気の衰えていない叔母といっしょに住んでいた。そして毎朝十時か十一時になると、レースで縁どりした室内帽をかぶってヴェランダに現われ、そこに据えつけられているブランコに腰を下ろして正午ごろまで時を過ごしていた。昼食がすむと、日が少し涼しくなるまでしばらく横になっていた。それから彼女は、毎夏こしらえる三つ四つの新しいボイル（木綿、羊毛、絹、人絹などの薄織物）の衣服のどれかを身に着けてほかの婦人たちといっしょに町の中心街に出かけ、そちこちの店で時を過ごすのだった。そういう時には、彼女たちは、買う気もないのに商品をいじりまわし、冷たいあけすけな声で値段のことをいろいろ言い合ったりしていた。[1]

右の文に続いて彼女の家が「金に困っていない」こと、また「ジェファソンで一番上流というわけではないが十分にいい家だった」('She was of comfortable people—not the best in Jefferson, but good people enough . . .') (173–74) ということが書かれている。木造家屋 (frame house) は、住む人の社会的地位の高さを表しているらしい (Towner and Carothers 67)。だから彼女は生活のためにとくに何もする必要はないし、また何もすることがないようである。このことに関しては、その事情、背景をミニーの住むアメリカ南部ミシシッピ州の小さな田舎町の歴史と地勢的な特質から説明した記述が――書き換えの際に作者によって削除されるのだが――この作品の手書き原稿の段階ではあった。

Above that lost village where an old strong simple economical patriarchate had been violently slain 60 odd years ago, two months of rainless and [---] days lay like a pall. It was a hill town, seat of a hill county that even in the old days had been but sparsely populated. Now the once proud plantations had been parceled out into small farms held by negro and white of [---] with a few exceptions [---] level, the few once august names represented now by 2 and 3 [---] lawyers and minor politicians and perhaps a banker and a doctor or two and a handful of old women in outmoded black silk and sparse thin old [---] who still believed the [---] of Appomattox to be a Yankee [---] and in the same stores black and white haggled over the same articles with between them the rivalry of [---] and the antipathy of one people without [- - -] and another without future.

Life in such places is terrible for women. Life in all places is terrible for women. But such towns as this, bound by the old traditions of genteel idleness, to which the old defeated cling, and by the genteel poverty, which that engenders, they must see the boys and youths grow into men and depart and return not at all or with foreign city-bred wives while they, bound by the traditions, have in their bone and flesh the hot sun of the land and the stubborn feminine counterpart of that which bred a tradition and which could outlast victory or a defeat and which behind the doomed monotony of their days and nights lay like gunpowder in a flimsy vault.

（*WFM* 9: 264.　ヴォルペーによる判読。[- - -] は判読できない語を表す。下線は筆者による。）

判読不能の語がかなりの数あり、そうでなくても読みにくい文だが、ヴォルペー (Edmund L. Volpe) はこの削除された一節に見える 'old traditions' は「社会が上流・中流階級の女性に割り当てる制限された役割に関わっている」(The "old traditions" to which this passage refers have to do with the restricted role society assigns to women of the middle and upper classes.) と言う。「その役割は女性の性的な機能に限定されており、女性の自我に対する意識もその課せられた役割における自分の能力に限定される。結婚前の若い女性は男性にとって魅力的でなくてはならず、夫を得るためには内気で、かよわく、女らしい女を演じなければならないのである」(Volpe 123–24)。そして引用文にあるように、中流以上の女性は 'genteel idleness' の生活を強いられる。ミニーが実際に無為な生活を送っていることは一つ前の引用文に見られるとおりである。

さて年齢を重ねるとともに男性から振り向かれることもなくなり、無為で空虚な生活を余儀なくされているミニーであるが、若いころには「ほっそりして神経質な体と、いわばきびしい活発さといったものをもっていて」('she had had a slender, nervous body and a sort of hard vivacity')、「町の社交界の頂点に立っていたこともあった。」(174)

だが同年代の女性の友人たちが結婚し、家庭や子供をもつようになる一方で、なぜか彼女は婚期を失っていく。作品の現在から一二年ほど前、銀行の支配人と関係をもって姦通の浮名を町に流したことがあったが、これが彼女の唯一の恋愛沙汰であった。その支配人がやがてメンフィス（Memphis）の銀行に去ると、以後ミニーの顔には「やつれた妙に明るい表情」（her haggard, bright face）（175）が浮かび、時には吐く息にウィスキーのにおいが漂うようになる。そして「彼女の母親がほとんど奥にこもりきりにな」り、「あの痩せた叔母が家のなかをきりまわ」すようになった今、「ミニーの明るい服、そのうつろな無為の日々は」こうした状況を背景に「何か激しい現実離れの色合い（a quality of furious unreality）を帯び」るようになっていた（175）。また夕方出かけるときには近所の女性たちとのみ連れ立って映画館へ映画を見に行き、「いつも午後には、新しい服のどれかを着て、たった一人で町に出かけていく」のだったが、「並んでいる店の前を通っていく彼女の姿を、その戸口に腰をおろしたりぶらぶらしている男たちは、もう目で追うことさえしなくなっていた」（175）のである。

以上が第二セクションに描かれたミニーという人物の概要である。それに続く第三セクションではマクレンドン一派がウィルを彼が夜警をしている製氷工場から連れ出し、それを止めようとする理髪師ホークショー（Hawkshaw）の抵抗にもかまうことなく殺害するところまでが書かれる。（ただしウィル殺害は暗示的に示されるだけで、その場面が直接に描かれることはない。）そしてそれを受けた第四セクションの冒頭、ウィルが殺されたのと同じ土曜日の夕方のこと、出かけるための身支度をしながら、ミニーの体は「熱のかたまりのように感じられ」、「手はホックとホック留めの穴のあいだで震え」る（180）。自分の流した黒人の男に襲われたという話が町中に広がり、町の人々の噂になっていることを知ったミニーは、これから出ていく街中《まちなか》で自分が再び女性として注目を浴びるであろうことを予期し、その期待に体を熱くしているのである。彼女を迎えにきた女性の友人たちが座って待っている間、ミニーは自分の持っている一番薄い下着とストッキング、新しいボイル地（木綿、羊毛、絹製の半透明の薄織物）のドレスを身に着ける。「出かけても大丈夫？……ショックから立ち直ったら今度のことを話してよ。あいつがどんなことを言い、どんなことをしたか、全部ね」とミニーを気遣う風を見せながら声をかける友人たちの目は、今回のことが実際に起こったのかどうか半信半疑ながら好奇心に満ちあふれ、「暗い光をたたえて、輝いてい」る（180）。

木陰の暗い道を町の広場のほうに向かって歩いていくときミニーは深呼吸をするが、そうすると体のふるえも止まった。しかし広場の近くに来ると、彼女は再び震え始める。きっと人々の注目を浴びるであろうというあまりに大きな期待感が体を震わせるのである。広場に入っていくと、案の定、ホテルの前の舗道にそっておかれた椅子に腰かけた地方巡回のセールスマン（traveling salesman）たちが彼女のほうを見ている。そして「あれだよ。あの真ん中のピンクの服を着た女だよ。」「あれがそうなのか。それで黒んぼの方はどうしたんだい？……」（180–81）などと言葉を交わしあっている。ドラッグストアの前に来ると、「その入り口でぶらぶらしていた若者たちも帽子にちょっとさわって会釈し、歩いていく彼女の尻と脚の動きを目で追い」（181）かける。彼女のたくらみどおり、ことはうまく運んでいるのだ。歩きながら「すれちがう紳士たちは帽子を上げ、急に話をやめて、うやうやしくかばうような態度をと」りさえする（181）。

やがて彼女たちは映画館に着く。それは「明るいロビーと、恐ろしくも美しい人生の浮き沈みをとらえた彩色の石版画を並べて、まるで小さいおとぎの国のようだった。」するとミニーの「唇がうずうず（tingle）し始め」る。「暗闇の中で映画が始まってしまえば大丈夫だ。この笑いを、それがそんなに早くなくなってしまわないように、抑えておくことができるだろう」と彼女は考える。そして彼女たちは「銀幕を背にして通路が見え、若い男女が二人ずつ並んではいってくるのがよく見える」いつもの席に着く（181）。

やがて電灯が消えて映画が始まる。しかし始まって間もなくミニーは笑い始める。

電灯が消えた。スクリーンが銀色に輝き、やがて美しく、情熱的で、悲しい人生が展開しはじめた。それからもまだ若い男女が、香水の匂いをさせ、薄暗いなか、ひそひそ声で話しながら入って来た。二人ずつ並んで影絵のように座る彼らの背中は優美でなめらかであり、ほっそりとして敏捷な体はどこかぎこちなく、神々しいほど若々しく見えた。そしてそのような彼らの向こうでは、銀色の夢が否応なく積みかさねられていった。彼女は笑い始めた。(181)

彼女は笑いを抑えようとするが、そうすることによってそれはかえって大きくなっていく。まわりの観客がふり向き始めたので、友人たちは笑い続ける彼女を映画館から連れ出し、タクシーで家まで連れて帰る。タクシーを待つ間にも彼女は「かん高い調子で笑い続け」、自宅について友人たちに看病されているときにも、その笑いはおさまったかと思うとまた湧き出てきて、「彼女の声は叫び声のように高ま」っていくのだった(181)。

男たちの視線を浴びながら町の広場を通り抜けて映画館に入ったとき、ミニーの唇がうずうずし始めたのは勝利の笑いがこみあげてきたからであろう。黒人の男に襲われたという噂を流し、白人社会の同情と共感を集めて女性として再び注目されることに成功したという勝利感である。白人男性たちをうまくたぶらかすことによって、自分に注目しない彼ら、さらには社会に復讐を果たした(Vickery 11)という満足感も最初の笑いにはあらわれているだろう。しかしこの笑いは分裂の笑いにかわっていく。ここに介入するのが映画が始まってからも次々に入ってくる若い男女のカップルであり、スクリーンに展開する人生なのであろう。後者は引用文にあるように「美しく、情熱的で、悲しい」けれどもやはり美しい。ミニーはそこに展開する人生と自分の人生との落差に打ちのめされねばならない。いたずらに男性の視線を集めたことが、かえって強烈にその落差を感じさせたのではないだろうか。ミニーは勝利感と自分の人生に対する絶望のあいだで分裂して狂ったような笑いをあげ続けねばならなかったと思われる。

人生の「乾いた九月」(Crane 412–13)にあった「ミニーに対する社会からの圧力は容赦のないもの」だったのだ

ろう。ミニーは「社会が彼女に割り当てる役割を果たしていない失敗者」(Volpe 124) だからである。ミニー自身もそのこと——自分は自分に与えられた女性としての役割を十分に果たしていないということを痛切に感じざるをえない。そういう役割概念から抜け出るということはミニーにはとてもできないことであり、彼女は最後までそれに束縛され続ける。そういうところに彼女の焦燥感、苦悩はあったと言えるだろう。以前には銀行の支配人と付き合ったこともあったにせよ未だに独身のままのミニーは、だから、まだ自分には性的に魅力があって男性の関心を引き付けることができるのだということを社会に向かって証明したい衝動に駆られる。一年前にミニーは「台所の屋根の上から男に自分の着替えを見られた」(171) というような噂を流したように、今回は黒人の男に襲われたというそれよりさらにスキャンダラスな噂を流したのであろう。たとえそれが嘘であっても、白人社会がまちがいなくこの話に反応するだろうことはミニーにはもちろんわかっていた。

2　ジョン・マクレンドン

ミニーが黒人のウィル・メイズという男に襲われたという話は「枯草に燃え広がる火のように、血のような色の九月の黄昏をとおして」ジェファソンの町に広がっていったのだが、その土曜日の夕方、理髪店に集まった男たちのうちで、実は「誰一人起きた事柄を正確に知っている者はいなかった」(169)。理髪師の一人ホークショーは「ウィル・メイズのことはよく知っている。あいつはいい黒んぼですよ」(169) と言って、ウィルがそんなことをする人間ではないと主張する。「ミニー・クーパーさんのことも知っている」(169) 彼は、店にいる連中に向かって「あんたがたはどうお考えになるかわかりませんが、結婚せずに年をとった女というものは男には理解できないいろんなことを考えたりするもんですよ」(170)と女性差別的なことを言って、今回のことはミニーの妄想か作り話にすぎないことをほのめかす。

実際彼だけでなく、よそ者の地方巡回のセールスマンとブッチ(Butch)と呼ばれる青年を除けば、理髪師も含め、理髪店にいる男たちの大部分がミニーとウィルの話には半信半疑であった。「事実を確かめてから動き始めたって十分間に合うよ」(170)と、さかんに彼らを挑発して行動へ駆り立てようとするブッチに向かってそこにいた男の一人が言うが、その言葉が彼らの気持ちを代表している。一方よそ者の巡回セールスマンとブッチはミニーの話が事実であることを前提に「あんたは黒んぼのことばよりも白人の女の言葉のほうが信じられないとでもいうのか。……とんでもねえ黒んぼびいきだ」(ブッチ)(169)とか「それじゃあんたは白人の女が嘘を言ってるとでも言うのか」(巡回セールスマン)(170)と、ホークショーらの言葉に反発する。上記の二人を除けば、理髪師のなかにも店の客たちのなかにも今回の強姦話をそのまま信じている者はいなかったように見える。また皆を笑わせようと「このろくでもない天気のせいなんだよ。こういう天気というのは、男にどういうことでもさせるもんだ。ミニーさんにでもね」(170)と言った男の言葉が示すように、実際ミニーはもう男の関心を引くことのできるような女性ではないのだ。おそらくそこにマクレンドンが闖入してきて、半ば脅すようにして男たちを連れ出すということがなければ、巡回セールスマンとブッチにもかかわらず、ウィル・メイズに対するリンチも行われることはなかったかもしれない。

マクレンドンはどこかでこの噂を聞きつけ、「男らしさの牙城(this stronghold of masculinity)」(Volpe 125)であるこの理髪店にやってくる。そして入ってくるなり「お前さんたちはこんなところに座り込んでいて、黒んぼがジェファソンの往来で白人の女を強姦するのを黙って見ているとでも言うのか」(171)と男たちをなじる。理髪店にいた男の一人がそれを受けて「そりゃ本当に起こったことなのか?　あの女が男からこわい目に合わされたっていうのはホークショーがいうように今度が初めてじゃないんだぜ。」(171) と言うと、マクレンドンは激しい口調で次のように言い返す。

> 「起こったかって？ そんなことはどっちだっていいんだ。いったいお前さんは黒んぼどもを放っておいて、本当にそんなことが起こるのを待とうというのか？」
>
> "Happen? What the hell difference does it make? Are you going to let the black sons get away with it until one really does it? (171–72)

アン・グッドウィン・ジョーンズ (Anne Goodwyn Jones) は、最後の文は「意味をなさない発言――それ自身の矛盾を無視した発言」(140) だと言っている。まだ起きていないこと ("it") を「黒んぼどもにするがままにさせておく (let the black sons get away with it)」ことはできないからである。以下、ジョーンズに依拠して解説すると――しかしマクレンドンは 'get away with' の次の 'it' で「具体的な事実＝レイプ」を指しているのではなく「レイプ話」を指しているのだと、そう考えれば矛盾はない。マクレンドン自身もこのことを認識していて、したがって「実際に起こったかどうかなんてことはどうでもよい」のであり、この話が広まっている以上、それはマクレンドンにとっても社会にとってもリアルなものにほかならない。そして黒んぼたちはこの「疑問の余地のない黒人の男の性的能力についての話 (the story of a black man's uncontested power)」をそのまますまされる (get away with) ことはできないのである。この話を「そのままですまさない」こと――つまり白人女性をレイプした（とされる）黒人の男にリンチを加えて、黒人の男による白人女性レイプ事件のストーリーを完結させること――がマクレンドンの役割となる。この役割を果たさないことはマクレンドンにとって実際のレイプを罰しようとしないことに等しい (Goodwyn Jones 140)。

白人女性が黒人の男に襲われるというのは一般的にはとくに白人男性社会に与える衝撃が大きく、そこから強い反応を呼び起こすストーリーなのであろう。（これには一つには「黒人男性がもたらす性的脅威の神話」[Volpe 125] がかかわっているだろう。）ミニーはそれを承知でこの噂を流した。ただ上で述べたように、よそ者の巡回セールスマンとブッチを除けばこの噂に半信半疑の理髪店の男たちはかなり冷やかな態度を示している。むしろ「事実に照らしてこの話の真偽を確かめること」を忠告する者さえ複数いた。それに対して「事実なんてどうでもよい」マクレンドンは自ら進んでこの話を引き受け、男たちを半ば脅して自警団を組みウィルの制裁に乗り出す。ミニーと同じくマクレンドもその「人生の乾いた九月」にあったのだ (Crane 413)。戦争から帰還して以後のジェファソンにおけるマクレンドンの生活についてテキストから得られる情報はほとんどないが、第五セクションに描かれる彼の住んでいる「まるで鳥かごのようにこぎれいで新しく、またそれぐらいの大きさしかない (trim and fresh as a birdcage and almost as small)」(182) 家がおそらく彼の送っているささやかな変化のない生活を象徴しているだろう。ミニーの人生の頂点が「高校のパーティや教会の親睦会のような町の社交界に君臨していた」(174) 若い頃にあったように、彼の人生の頂点はフランスの前線で部隊を指揮して勲章を受けた頃にあったのである。マクレンドンはそれ以後の生活においてその「昼と夜の宿命的な単調さの背後に、あまり頑丈でない金庫室に収納された火薬のように横たわるもの (that . . . which behind the doomed monotony of their days and nights lay like gunpowder in a flimsy vault)」(*WFM* 9: 264) をその内にかかえ込んでいたのであろう。

作者フォークナーはマクレンドンの男性的な力あるいは暴力性のイメージを強調して描いている。

網戸がばたんと音をたてて開いた。一人の男が両脚を開き、どっしりとした体をゆったりと構えて床の上に立っていた。彼は中折れ帽をかぶっていて、白いワイシャツは喉のところで開いていた。そして怒気をふくんだ大胆な目

つきで店のなかの者たちを見わたした。（171）

またマクレンドンが男たちを連れて理髪店を出て行き、その後を追いかけて出ていったホークショーたちの後を見送る理髪師の一人は「マクレンドンをあんなに怒らせてしまうなんて、ホークなんかより、いっそウィル・メイズになった方がましなくらいだ」（173）と低い声で言うが、この暴力的な力のはけ口をマクレンドンはミニーとウィルに関わる噂の中に見出したわけだ。

アメリカ南部の精神風土の一部をなしていた「騎士道精神の伝統」（'the Cavalier tradition'）は、男は「無力な女や子供の勇敢な守護者」（'the intrepid defender of defenseless women and children'）であり、「彼らの汚れなさと名誉の擁護者」（'the protector of their purity and honor'）（Volpe 125）であるべきことを教える。それはヴォルペーが続けて言うように南北戦争後には理髪店で巡回セールスマンやブッチと呼ばれる青年が口にする「精神を束縛する厳格な決まり文句」（'the rigid mind-locking clichés'）に変化してしまった（Volpe 125）のかもしれないが、そうした形骸化した形であるにせよ生き残っている。この精神の伝統に従うならマクレンドンがかよわい白人女性を辱めた黒人の男に制裁を加えることは男として当然のことでしかない。そしてそうすることによってマクレンドンは「勇敢な女性の守護者」という男として称えられるべき役を演じることができる。繰り返し述べたように理髪店にいた男たちの大半は今回の出来事には半信半疑であったし、自ら進んでウィルの制裁に加わろうとする者はマクレンドンのほかには巡回セールスマンとブッチと呼ばれる青年くらいしかいなかった。しかしマクレンドンから「白人の女のことばより黒んぼのことばを信じるのか」（172）とか「ジェファソンの往来で白人の女が黒んぼに襲われるのを黙って見ているのか」（171）といった「精神を束縛する……決まり文句」を面と向かって投げつけられると後ろめたさを感じて抵抗できなくなってしまうのである。そして一人二人と席を立ち、一行に加わることになる。

ミニーの場合は女性としての役割を果たすことを求める社会の圧力を肌に感じて、まだ男性からの注目を集めることのできる魅力をもった女性を演じようとしたように思える。一方マクレンドンは騎士道精神の伝統による圧力を感じたというよりは自ら形骸化したその伝統に入り込んでいった感がある。それにはフランスの戦線で部隊の指揮をとり勲章を授かって以来、自己について抱き続けた誇大な幻想がおそらくかかわっているのではないかと（テキストにそう書かれているわけではないけれども）思える。マクレンドンが「まるで鳥かごのようにこぎれいで新しく、またそれぐらいの大きさしかない」(182) 家に住んでいるというのはそぐわないが、彼の自己についての幻想と彼の住む家が象徴するささやかな生活の間にはさらに埋めがたいギャップが存在する。ミニーとウィルの話はマクレンドンにそのギャップを一挙に埋めて、幻想の自己を実現しようとする衝動を起こさせたのではないだろうか。

しかし第五セクションの最後の場面でマクレンドンは汗の噴き出る体をほこりまみれの網戸に押しつけてあえぐ。だがウィル・メイズを殺害し、「無力な女性の勇敢な守護者」たる役割を果たして自宅に戻ったはずのマクレンドンがなぜ苦しげにあえがなければならないのだろうか。ミニーはスクリーンに展開する美しい夢と自らの生の現実との落差に打ちのめされねばならなかった。同様にマクレンドンも「無力な女性の勇敢な守護者」という英雄的な幻想の自己像と自分が現実になしたことのギャップに大きな不安をおぼえずにはいられなかったのではないのだろうか。結局、マクレンドンがなしたことと言えば、ピストルで武装したうえに何人もの男たちを付き従えて、たった一人の無力な黒人青年を殺害しただけのことではないか。しかもウィルは本当はミニーを襲ってはいないかもしれない。「起こったかって？ そんなことはどうだっていいんだ」(171-72) と言った彼は、ホークショーが主張するように「事実に照らして事の真偽を確かめる」(Goodwyn Jones 140) ことをしなかった。そのことをマクレンドン自身が認識していたところに不安が生じる間隙が残されていたのだろう。もしウィルが無実なら、マクレンドンにはただ人を殺したという事実が残るだけである。すなわち「女性の守護者」などではまったくなく、抵抗するすべさえもたない一人の無実の黒人青年を殺した殺人者という汚名が残るのみである。

マクレンドンが自宅に戻ったとき妻は彼の帰りをまだ起きて待っているが、その妻に対して彼は「おれの帰りを待って、遅くまで起きていてはいけないと言ったじゃないか」と不機嫌に言い、彼女を「椅子の上に半分叩きつけるようにして投げ飛ば」す(182)。この場面には前にも言及したが、彼のこの不機嫌が不安から生じるものであるというふうに言うことはできるけれども、かよわい女性を守る立場にあるはずの彼が現実には女性に対してひどく乱暴にふるまっている。これをアイロニーと言うのは大げさかもしれないが、彼が受け継いだ騎士道精神の伝統には内容がまったく伴っていないということになる。

アイロニーということで言えば、マクレンドンが自宅に帰ってきたこの場面から、マクレンドンという「男らしさ(masculinity)」の象徴である人物が、実は性的には妻と疎遠なのではないかという推測がなされている(Volpe 126, Goodwyn Jones 143)。マクレンドンが「自分の帰りを起きて待っている必要はない」とかねて妻に言っているのはおそらく彼が夜はいつも男たちと外で過ごしているであろうことを示しており、もしそうであれば、「男らしさ」の象徴たる彼の自己像と彼が性的に妻と疎遠であるという事実はその悲しく大きなギャップによって内々彼を苦しめていたであろう(Volpe 126)と考えられるわけである。

さてマクレンドンが理髪店にいた男たちを強引に連れ出すことがなかったら、ウィルに対するリンチも行われることがなかったであろうと前に述べた。確かにテキストからそういう印象を受けるのだが、一方で、マクレンドンの一団を取り囲む社会の雰囲気は彼らの行為を容認しているように見える。彼がウィルが夜警を勤める製氷工場へ向かったのと同じ土曜日の夕、ミニーと友人たちが町の広場を通りかかると男たちはミニーに視線を送り、次のような言葉を交わしていた。

「あれがそうなのか？　真ん中のピンクの服を着たのが？」「あの女がそうなのか？　それで黒んぼの方はどうなったんだ？　連中はもう――？」「もちろん。あいつは大丈夫だよ」「大丈夫だっていうのか？」「そうとも。あいつはちょっと旅に出ただけだよ」(180–81)

ミニーとの噂になった「黒んぼ」の運命については暗黙のうちに了解がなされているということだ。ミニーを見るとドラッグストアの前にたむろする若者たちでさえ帽子に手をやって挨拶をし、紳士たちは帽子をもちあげて「うやうやしく、かばうような」態度をとる。こうして黒人の男に「襲われた」ミニーを中心に、ジェファソンの白人社会はおのずと結束していっているように思える。(Skei はこの作品の手書き原稿からタイプ原稿への段階で、文明社会の共犯性を強調する方向に書きかえがなされたことを指摘している [Skei 83–84])。

前に天気のことに言及してミニーを笑いものにしようとした理髪師のことばを引用したが、町の人々も彼女のことを陰では笑っており、おそらく今回の強姦騒ぎについても半信半疑だったかも知れない。しかし結局にもかかわらず理髪店に集まった男たちはウィルを殺害してまでミニーの名誉を守ろうとしたし、ジェファソンの町全体としてもそれを容認する雰囲気にあった。この点がやはり重要であろう。そしてその背景に徹底的な黒人蔑視の偏見があり、さらにそこに黒人男性の性能力についての神話、「黒人男性がもたらす性の脅威の神話」――この性の脅威は、とくに貧民層にある白人にとっては、黒人のもたらす経済的な脅威によっていっそう強く感じられていた[2]――がからんでいただろうことは、ヴォルペーが指摘する (Volpe 87) とおりであるように思われる。

3　土埃と月光

ミニー・クーパーがウィル・メイズという黒人の男に襲われたという噂が瞬く間に広がった暑い九月のジェファソンの町には一帯に土埃 (dust) が立ち込め、あらゆる表面に土埃が積もっていた。雨の降らない日が六二日も続いた結果である。ホークショーがウィルを殺させてはならないとマクレンドンたちの後を追いかけていった時の町の広場は土埃でおおわれていたし、またマクレンドンたちが車でウィルの勤める製氷工場に向かうときにも、目的を果たして帰ってくるときにも土埃が一帯に立ち込めていた。「乾いた九月」においてはすべてがこの埃の立ち込める中で行われる。土埃に包まれたジェファソンの町は、因習と偏見にしばられた閉鎖的な町を暗示し、さらにその町に閉じ込められた人々の精神状態を暗示していると言ってもよいだろう。フォード (Arthur L. Ford) が指摘するとおり 'dust' という語はウィルの拉致、殺害が行われる第三セクションで集中的に用いられ、このセクションにあてられた約四ページの中で一五回も使われている (Ford 219)。セクションの最後のパラグラフでは、ウィルを殺害して帰っていく二台の車に分乗したマクレンドンたちが以下のように描かれる。

> 彼らは走り続けていった。土埃がその姿をのみつくした。光も音も消えた。彼らの巻きあげた土埃がしばらく中空を漂っていた。しかしやがてそれも、もともとの埃といっしょになった。(180)

マクレンドンたちの車が巻きあげた土埃はしばらくそこに漂っているが、やがて「もともとの埃」(原文では 'the eternal dust') に吸収され、まるで何事も起らなかったかのようになる。フォードがこの一節を引用して言うように「マクレンドンたちの犯行も罪も彼らの社会が引き受け、許す」(Ford 219) のであろう。

今述べた土埃、そしてとくに取り上げることはしないがその土埃の原因となった日照り続きの天気と暑さのほかに効果的に用いられている自然は月であろう。しかし「乾いた九月」の月は伝統的な「豊穣と希望のシンボル」ではなく(Howard Faulkner 47)、「冷たい月(the cold moon)」(183)である。最終の第五セクションで自宅に戻ったマクレンドンは妻と一悶着の後いったん脱ぎ捨てたシャツをまた拾いあげて汗を拭き、網戸にもたれてあえぐが、その後に以下の文章が続いてこの短編は幕を閉じる。

動くものは何ひとつなく、物音ひとつ聞こえず、虫の声さえしなかった。暗い世界が、冷たい月とまばたきもしない星の下で、打ちのめされて横たわっているようだった。
There was no movement, no sound, not even an insect. The dark world seemed to lie stricken beneath the cold moon and the lidless stars. (183)

「冷たい月とまばたきしない星」の下でマクレンドンは苦しげにあえぎ、おそらくミニーは友人たちに看病されながら狂ったような笑い声をあげている。しかし月と星はそのような彼らと彼らをとりまく世界を冷たく照らしているのみで、何の「希望」も与えることはない。沈黙の支配するなか、マクレンドンとミニーを含む世界の悲しみと苦しみと孤独が一層際立って示されることになる。[3]

終わりに

ヴィカリー (John B. Vickery) はこの作品に古代におけるスケープゴートの儀式のパターンを見た。原始社会において、旱魃、凶作、疫病などその存続を脅かすような事態が生じたとき、そうした事態の原因となった罪や神々の不興をある人間に負わせ、スケープゴートとして生け贄に差し出すということが行われたのである。ヴィカリーはそうした古代の儀式と彼が 'an ironic rendering of the primitive scapegoat ritual' (Vickery 5) と呼ぶ「乾いた九月」における「スケープゴートの儀式」を比較対照して次のように述べる。

Originally the choice of the victim was based on all the religious, social, and scientific knowledge possessed by men; a catastrophe affecting existence itself—such as drought or blight—demanded immediate and drastic remedies. The contemporary crisis, on the other hand, involves only society's mores, not its struggle for physical survival. And not only is the occasion intrinsically less significant, but there is even the likelihood that it has not actually taken place. In short, unlike primitive man, who could actually see the disaster he was seeking to remove, "none of them gathered in the barbershop . . . knew exactly what had happened." (Vickery 7–8)

原始社会におけるスケープゴートの儀式は先ほども述べたが、引用文にあるように旱魃、胴枯れ病など一つの社会の存続にかかわるような自然災害が起きた場合に行われ、生け贄となる人間は「人間が有するすべての宗教的、社会的、科学的知識」にもとづいて選ばれた。一方「乾いた九月」における「スケープゴートの儀式」はそうした条件のもとで行われてはいない。ジェファソンの白人社会は実際にその存続を脅かされたというわけではなかった。引用文にあるようにそもそも「現実に災害を目の当たりにした原始社会の人間たちとはちがい、『理髪店に集まった男たちの誰も……何が起こったのか正確には知らなかった』(169)」のである。マクレンドンたちが（そして白人男性社会が）脅威を感じていたとしたら、それは「黒人男性の性の脅威」という幻想によるものだっただろう。そしてスケープゴートには事実にもとづいてではなく単なる噂によってウィル・メイズが選ばれた。ヴィカリーがフレイザー (Sir James Frazer) に拠って言うように、元来「マクレンドンやジェファソンの人々が盲目的に奉じる身代わりとしての犠牲という考え方は知的、社会的文化の下層に属する人々に最も一般的に見られる」(Vickery 14) ものでもあった。古代の儀式のルールにさえかなっていない「乾いた九月」における儀式が実を結ぶはずはもちろんなく、儀式が行われた後もジェファソンの町に雨は降らず、何の実りももたらされることはなかったのである。

註

1　William Faulkner, *The Collected Stories* (New York: Random House, 1950) 173. 以後テキストからの引用はこの版による。日本語訳はウィリアム・フォークナー『これら十三篇』林信行訳（冨山房、一九六八）を参考にした。

2　ヴォルペーは、作者フォークナーは後に削除することになるが、手書き原稿の段階ではウィルに私的制裁を加える理髪店に集まった男たちを 'mechanics, clerks, laborers, loafers' と特定していると述べている (Volpe 125)。

3　本論とは直接関係ないが、ハワード・フォークナーが指摘するように、第三セクションの初めに 'Below the east was a rumor of the twice-waxed moon.'（「東の空の端には二倍にもふくらんだ月がのぼりかけているようだった」）と表現される月は、マクレンドンとブッチが製氷工場にウィルを探しに入っていく場面では 'Below the east the wan hemorrhage of the moon increased.'（「東の空の下では青白い出血したような月の光がその輝きを増していた」）というふうに描かれる。この 'rumor'（「噂」）から 'hemorrhage'（「出血」）への変化は示唆的である (Howard Faulkner 47)。

引用文献

Crane, John K. "But the Days Grow Short: A Reinterpretation of Faulkner's 'Dry September.'" *Twentieth Century Literature* 31, no. 4 (winter 1985): 410–20.

Faulkner, Howard. "The Stricken World of 'Dry September.'" *Studies in Short Fiction* 10, no. 1 (winter 1973): 47–50.

Faulkner, William. *Collected Stories*. New York: Random House, 1950.

——. *William Faulkner Manuscripts 9: These Thirteen*. Ed. Noel Polk. New York: Garland, 1987.

Ford, Arthur L. "Dust and Dreams: A Study of Faulkner's 'Dry September.'" *College English* 24 (1962): 219–20.

Jones, Anne Goodwyn. "Desire and Dismemberment: Faulkner and the Ideology of Penetration." *Faulkner and Ideology*. Ed. Donald M. Kartiganer and Ann J. Abadie. Jackson: Univ. Press of Mississippi, 2004. 129–71.

Jones, Diane Brown. *A Reader's Guide to the Short Stories of William Faulkner*. New York: G.K. Hall, 1994.

Millgate, Michael. *The Achievement of William Faulkner*. New York: Random House, 1966.

Skei, Hans H. *Reading Faulkner's Best Short Stories*. Columbia: Univ. of South Carolina Press, 1999.

Towner, Theresa M. and James B. Carothers. *Reading Faulkner: Collected Stories*. Jackson: Univ. Press of Mississippi, 2006.

Vickery, John B. "Ritual and Theme in Faulkner's 'Dry September.'" *Arizona Quarterly* 18, no 1 (spring1962): 5–14

Volpe, Edmond L. *A Reader's Guide to William Faulkner: The Short Stories*. Syracuse: Syracuse Univ. Press, 2004

第12章

フォークナーとモリスンの奴隷制表象と愛の曙光
――『行け、モーセ』と『ビラヴィド』を中心に――

山下　昇

はじめに――フォークナーとモリスンを対にして読む意義

ウィリアム・フォークナー（William Faulkner, 1897–1962）とトニ・モリスン（Toni Morison 1931–　）の奴隷制表象と愛の可能性／不可能性を、それぞれの代表作を中心にして比較検討する。フォークナーは二十世紀前半に活躍した南部白人男性作家であり、モリスンは現在活躍中のアフリカ系アメリカ人女性作家である。二人の間には時代背景、人種、性、イデオロギー、語りの手法などにおいて違いがあり、当然のこととして作品にも異なる要素が見出される。その一方で、両作家の文学には共通するものもあり、その最たるものが人種と奴隷制へのこだわりである。それぞれの作家が奴隷制と愛の問題をどのように受け止めたのかを中心として、そこにどのような共通性と差異が見出されるのかを、フォークナーの『行け、モーセ』（*Go Down, Moses*, 1942）とモリスンの『ビラヴィド』（*Beloved*, 1987）を主題と技法の面から検討し、「人間復興の文学」を目指した二人のノーベル賞作家の文学の特質の一端を明らかにしたい。

トニ・モリスンが一九五五年コーネル大学大学院に提出した修士論文がフォークナーとヴァージニア・ウルフ

(Virginia Woolf) の小説における疎外された人々に関するものであったことは夙に知られた事実である。[1] また折に触れて彼女はフォークナー文学に多大な影響を受けたことを公言している。しかし一方で自分の文学はあくまでも独自のものであることを主張している。フォークナーとモリスンを併せて論じた書物は既に数冊出版されており、二〇一〇年秋にはサウスイースト・ミズーリ州立大学フォークナー研究所主催の「フォークナーとモリスン・カンファレンス」も開かれている。

それらの試みを通して言えることは、フォークナーとの比較においてモリスンを読む、あるいはその逆の場合においても、新たな発見があり、作品理解が一層深まるということである。それではフォークナーの『行け、モーセ』を読むことを通してモリスンの『ビラヴィド』の読みはどのように深まり、モリスンの『ビラヴィド』の読みを通してフォークナーの『行け、モーセ』の読みはどのように深まるのであろうか？[2]

1　『行け、モーセ』における奴隷制と愛の表象

近年のフォークナー批評の新傾向——二つのエコ・クリティシズム

『行け、モーセ』に関する批評は従来は白人と黒人の関係、いわゆる人種問題が主流であった。しかし近年、とりわけ今世紀に入って同作品の批評は大きく変化している。文学を環境（エコロジー）の視点から論じるエコクリティシズムの進展の中で、フォークナーの作品のなかでもとりわけ本作品が注目され、批評の対象となるのは故ないことではない。大自然と人のかかわり、狩猟と動物などのモチーフがどのような意味をもって展開されているのかが作品の重要な部分を占めていることは一目瞭然である。この方面での優れた研究は枚挙に暇がないが、本稿の

テーマに直接関係するものでないので、ここでは割愛する。

もう一つの、しかも本稿のテーマに直接かかわるのはエコノミーの視点からの批評の進展である。それは所有や資本、会計、経済という観点からこの作品を論じるものである。これは奴隷制の問題に、そして究極的には愛の問題に関連する。具体的には奴隷制の経済、奴隷という資本や女性の交換、それらの記述が記録される「台帳」などに着目して読むということである。本節はこうした観点から発表された諸論の示唆を基にして『行け、モーセ』を再考しようとする試みである。

台帳の読み直し、女性の再評価

『行け、モーセ』は一九四一年を現在として、始祖のルーシャス・クインタス・キャロザーズ・マッキャスリン (Lucius Quintas Carothers McCaslin) の生誕（一七七二）から数えれば一七〇年に渡るマッキャスリン家の物語を扱っている。そのうち南北戦争終結までの奴隷制時代に限って言えば、一七九九年バック (Buck McCaslin) とバディ (Buddy McCaslin) の誕生、一八〇七年奴隷女ユーニス (Eunice) の購入、一八三二年ユーニス死亡、三三年テレル (Terrel)（タール；Turl) を産んでトマシナ (Tomasina)（トーミー；Tommy）死亡、三七年キャロザーズ・マッキャスリン死亡、五六年ブラウンリー (Brownlee) の購入、五九年バック、ソフォンシバ・ビーチャム (Sophonsiba Beauchamp) と結婚、六四年テニー (Tennie Beauchamp) とタールの息子ジェームズ (James)（テニーのジム；Tennie's Jim) 産まれる、等が主要な出来事である。これらは主に「昔あった話」("Was") と「熊」("The Bear") 第四章の「台帳」に描き出される。

南北戦争後は主に一八七〇年代―九〇年代にかけて、アイザック・マッキャスリン (Isaac McCaslin)（アイク；Ike) の森での熊狩りと結婚・相続放棄の物語（主な出来事は一八六七年アイク誕生、一八七四年ルーカス・ビー

チャム (Lucas Beauchamp)、ザック・エドモンズ (Zack Edmonds) 誕生、一八七〇年代末アイク森での狩猟、一八八三年アイク台帳を読む、一八八八年アイク相続放棄、九八年ロス・エドモンズ (Roth Edmonds) 誕生）を経て、「火と暖炉」(“The Fire and the Hearth”)「黒衣の道化」(“Pantaloon in Black”)「昔の人々」(“The Old People”)「デルタの秋」(“Delta Autumn”)「行け、モーセ」(“Go Down, Moses”) など一九四一年の現在の物語に接続されている。だが現在の物語においても奴隷制時代や南北戦争後の出来事が重要な意味を持ち続けている。

従来『行け、モーセ』は白人男系マッキャスリン家、白人女系エドモンズ家、黒人系ビーチャム家の物語として読まれ、その中では始祖のキャロザーズ、バックとバディ、アイク・マッキャスリン、キャス (Cass) - ザック - ロス・エドモンズ、トーミーのタール、テニーのジム、ルーカス・ビーチャムらが主要人物として取り上げられてきた。とりわけ作品のなかで最重要人物と目されるアイクを中心にして、彼が荒野での体験と「台帳」の記載から発見した始祖たちの罪を認識し、相続放棄をする経緯が問題とされてきた。しかし今回はそのアイクの認識と父（バック）とおじ（バディ）についても、近年のホモエロティックな解釈を参照しながら再考する。

またこの作品にも数名の女性が登場するのだが、マイナーな役割しか果たしていないとして重要視されてこなかった。しかし近年に至ってこの小説における女性キャラクターの役割の重要性が注目されるようになり、とりわけモリー・ビーチャム (Mollie Beauchamp; Molly)、テニーのジムの孫娘（「デルタの秋」の混血女性）、フォンシバ (Fonsiba) ら黒人女性に着目して作品を再考する試みがなされている。本稿においても、今までどちらかと言えば等閑視されてきた人物たちに注目して読み直しを進める。

まず「昔あった話」について見てみよう。この物語も枠組みは一九四一年の現在（一八六七年生まれのアイクが七十歳過ぎ）である。だが話の中身は南北戦争以前（一八五九年）のことであり、アイクより十六歳年長で一八五〇年生まれのいとこのキャスが九歳の時に直接見聞きしたことを後に彼に語ったことの回想という設定である。話はキャロザーズ・マッキャスリンの双子の息子バックとバディが六十歳の頃、彼らの奴隷（で兄弟）のトーミーのタールがビーチャム家の奴隷テニーに求愛するために脱走したのを捕捉することに関する物語である。バディがヒューバート (Hubert Beachamp) にポーカー・ゲームで負けてテニーを引き取ることになり、バックはヒューバートの妹ソフォンシバ・ビーチャムと結婚することになる。奴隷と女性が狩りの対象となりゲームの勝敗によって運命を決せられるという非人間的な事柄を表面上コミカルに語っている。「奴隷と女性の売買・贈与」という一見けしからぬ物語であるが、その実、奴隷のタールはテニーとの結婚を達成するためビーチャム家に逃げ込むのであり、白人独身女性ソフォンシバはそれを口実として、バックが間違って彼女のベッドに入り込んでしまうように仕向けることによって「結婚」を勝ち取るという結末からすれば、これは奴隷と女性の勝利の物語である。（むろん現代的な観点から言えば奴隷と女性が無権利であったという事実が許容できるものではない。）

次にもう一つの奴隷制時代の物語、「熊」第四章の台帳に進もう。アイクは二十一歳の時（一八八八年）に農園の相続権を放棄するが、彼にそのような決意をさせたのは彼が十六歳（一八八三年）の頃から読み始めた台帳に記載されていた事柄である。台帳には「最初は祖父の筆跡　次には彼の父とおじの筆跡で　薄れたインキで走り書き」(250) がしてある。書かれた内容はマッキャスリン農園の成立、奴隷の購入と誕生、死亡などが中心であり、祖父キャロザーズの死亡（一八三七年）までの、奴隷女ユーニス、トマシナ、タールらの生死に関するものと、一八五六年ブラウンリーの購入など、六九年バディとバックの死去までの出来事である。

アイクがこの台帳に読み取ったものは、キャロザーズが奴隷女ユーニスに産ませた娘トマシナに対して人種混交と近親姦を行い、タールを産ませ、それを嘆いてユーニスは自殺したという、白人農園主たる祖父の非人間的行為であるとされる。それは次のように記述されている。

ユーニス　一八〇七年ニュー・オールリンズにて父に買いとらる　六五〇ドル。一八〇九年シューシダスと結婚
一八三二年クリスマスの日　川にて溺死

一八三三年六月二十一日　投身自殺をしたのだ

一八三三年六月二十三日　黒ンぼが投身自殺したなどいったいだれが聞いたことがあるのか（「熊」255）

トマシナ　通称トーミー　シューシダスとユーニスの娘　一八一〇年生　一八三三年六月産褥にて死去　埋葬。星大いに降る年　(257)

これらの記述に対して、アイクは「われとわが娘を　われとわが娘を。いや　いや　まさかあの人でも」(259) と反応し、祖父が自分の娘で奴隷のトーミーと人種混交・近親姦を行い、トーミーは出産直後に死亡し、トーミーの母ユーニスはその事実を知って入水自殺をしたというストーリー解釈を行う。しかしこの解釈の妥当性については、同じ「台帳」におけるユーニスの死に関する記述を巡ってさえ、先の引用にもあるように父とおじとの間に自殺か否かについての見解の相違が存在している。ともあれ、そのような行為に穢された土地を相続することは「始祖たちの罪」を引き継ぐことになるので、これを拒絶するためにアイクは相続放棄を宣言したというのが従来の解釈、定説であった。しかし近年に至ってこの解釈に異を唱える新たな解釈が現れている。その最たるものがリチャード・ゴドゥンとノエル・ポークによる「台帳を読む」である。この論文は元々『ミシシッピ・クォータリー』五五—三（二〇〇二年夏号）に発表され、後にゴドゥンの著書に収録されたものだが、従来の見解を覆す画期的な解釈を示している。

著者たちの主張を簡単に要約すれば次の通りである。アイクが帳簿を読んで発見したのは、父（バック）とおじ（バディ）と奴隷ブラウンリーをめぐる近親姦とホモセクシャル関係であり、その「発見」は言語化されずに抑圧され、代わりに読み込まれたのが祖父による奴隷およびその娘との間の人種混交・近親姦である。これはアイクが想像／創造した虚構であり、トマシナとの近親姦の証拠もなく、ユーニスがそれを苦にして自殺した証拠もないと言うものである。

すなわちアイクが相続を拒否した始祖たちの罪は奴隷制に呪われた土地ではなく、人種混交・近親姦・ホモセクシャルという性的逸脱である。バックとバディが結婚を忌避し、奴隷たちを自分たちの屋敷に住まわせ、自分たちが奴隷の小屋に住むという奇異なことをしたのは、ユーニスという女奴隷に子どもを産ませたり、奴隷たちを意のままにした彼らの父キャロザーズの遺産を受け継ぐことを拒否したからであるとアイクは考える。しかしその父たち自身が近親姦とホモセクシャルという禁忌を犯していたことにショックを受けて、アイクは農園を受け継ぐことと子孫を設けることを拒否する。これに関連してニール・ワトソンは「『行け、モーセ』の性的読解」において本作品におけるホモセクシャル的底流を示唆し、異性愛の不毛を指摘している。

このことはテクストにおいて次のように跡付けられる。バックとバディが既に十分な数の奴隷を所有しており、彼らが個人的な奴隷解放（マニュミッション）をしようとしていたことは、数か所にわたって以下のように繰り返し言及されている。

> バックおじさんが、自分とバディおじさんは、もうほとんど自分たちの土地を自由に歩きまわれないくらいどっさり黒ンぼを持っていると言うので（後略）（「昔あった話」5–6）

一八五〇年代も早い頃、老キャロザーズ・マッキャスリンの双子の息子であるアモーディアスとセオフィラスが、彼らの父親の奴隷たちを解放するという計画をはじめて実行に移したとき（後略）（「火と暖炉」102）

また別のもっと古い　大きさも形も不格好で古めかしい台帳、その台帳の黄色いページには　彼の父セオフィラスとおじアモーディアスの薄れた筆跡で、南北戦争前二十年間にわたる　キャロザーズ・マッキャスリンの奴隷の少なくとも名目だけの解放の記録が記されているのだ――（「熊」245）

また彼らのホモセクシャル関係を示唆する表現も次のように随所に見出される。「バディおじさんがエプロンをして朝食の用意をしていた」（「昔あった話」5）。「バディおじさんはネクタイを一本も持っていなくてバックおじさんのものを借用していた」（同、7）。「バディが家事と料理を担当していた」（「熊」250）。「そもそもその老人［バディおじさん］は女であるべきだったのだ」（同、260）。またこの関係はバックとバディに留まらず、アイクの母の兄ヒューバートにまで及んでいる。「彼のおじ［ヒューバート］とテニーの曾祖父は一つの部屋でいっしょに生活し、食べ、寝ていた」（同、291）。

バックとバディの同性愛の相手と目される奴隷のブラウンリーに関する記述は随所に散見される。「帳簿をつけることも、畑を耕すこともできない」（「熊」279）上に、これ以上奴隷が必要でなく、個人的解放さえしようとしていたのに、ベドフォード・フォレスト（Bedford Forest）から購入した（同、252）という不自然な動機が語られ、「甲高い甘いソプラノの声」の持ち主であり（同、279）、「女性の目つき」（同、280）と女性的特徴が数か所において強調されている。このような記述に注目して作品を読み直せば、ゴドゥンらの読解もあながち牽強付会とは言えないであろう。

さらにジョン・デュヴォールは、「土地、金、所有物をもたない白人は黒人と同じ」であり、アイクの相続放棄は白人としてのアイデンティティを抹殺することであると述べる。エリック・デュセアも「熊」は白人男性のセルフフッドの失敗の例え話であると述べる。サディアス・ディヴィスはこれに関連して「彼の遺産の主たる重荷は愛の不可能性である」(Davis 151) と述べ、アイクやギャヴィンら白人男性の行動と愛の不可能性に対照されるのが、モリーやテニーの孫娘やミス・ワーシャム (Miss Worsham) ら女性の道徳的行為であると主張する。

一見したところ存在感の薄いマイナーな黒人や女性の登場人物が、実は重要な役割を果たしていることは「昔あった話」の奴隷のタールとテニー、ミス・ソフォンシバの例に見た。またテニーの娘フォンシバはアイクからの祖父の遺産の一部となる金の受け取りを拒否し、極貧の内にありながらも、「私は自由だ」と宣言する。アイクは彼女のこの矜持が理解できない。モリーの場合は「火と暖炉」と「行け、モーセ」に見ることができる。モリーは金に目がくらんだ夫ルーカスを諌めるために身を挺して黄金探索機を持ち出し、離婚さえ厭わない（「火と暖炉」121）。そのモリーの捨て身の行動によってようやく目が覚めたルーカスは黄金探索を放棄し、夫婦の絆は保たれるのである。また孫のサミュエル (Samuel)（ブッチ；Butch）が犯罪人として処刑されたにもかかわらず、遺体を引き取り、然るべく埋葬し、「『どこを見たらええだか、ミス・ベル（ミス・ワーシャム）がおらに教えてくれますだし、おらはそれを見ることができますだよ。これを新聞にのっけてくだせえ。何もかもすっかりのっけてくだせえ』」（「行け、モーセ」365）と、孫の生死を余すところなく新聞に報道することをスティーヴンズ (Gavin Stevens) や新聞の編集長らに要求する彼女の行為には、無視され抹殺されようとする黒人の存在を主張することの意義が明らかに意図されている。また白人でありながらもそのようなモリーの行動を理解し、支えるミス・ウォーシャムの愛と勇気も示される。「デルタの秋」の混血女は、出奔して行方が分からなくなっていたテニーの息子ジムの孫娘だが、ロス・エドモンズの子を宿している彼女に対して「自分の民族の男と結婚しなさい。黒人と」と勧めるアイクを、「老人、あまりに長く生きてあなたは愛が何だったのか忘れてしまったのか」（「デルタの秋」346）と叱責する。

このように白人男性の愛と行動の不可能性と女性（とりわけ黒人）の愛と行動とが対照的に示されるのが『行け、モーセ』である。

作品の技法

多層の語りを特徴とするフォークナーの一連の小説も一九三八年の『征服されざる人々』(*The Unvanquished*)、三九年の『エルサレムよ、我もし汝を忘れなば』(*If I Forget Thee, Jerusalem*)、四〇年の『村』(*The Hamlet*) などを経て、短編連作的な傾向を強めていく。これは発表媒体が短編が主になるという事情とも関係するのだが、いずれにしろ『八月の光』(*Light in August*, 1932) や『アブサロム、アブサロム！』(*Absalom, Absalom!*, 1936) 等の堅固な構造を持った小説から、まとまりの緩い断片的な作品へと変化していく。『行け、モーセ』はまさにそのような作品である。しかし先に見てきたように、例えばバックやバディの同性愛や奴隷解放に関するエピソードが時と場所を違えて異なる語り手によって繰り返し語られ、それらの語りの間に生じる齟齬が事実への疑惑や真実の不確かさに対する疑念をもたらすというしかけとなっている。このしかけを通して読者は作品が提示する世界の別な解釈をすることが可能となる。まさにモダニズム的なしかけである。

それぞれの人物描写においても出来事の描写においても、リアリズム的にすべてを描くというのではなく、断片を繋げていくような描写となっている。このため読者は書かれていないことが何なのかと常に考えながら作品に対峙することを求められる。『行け、モーセ』は、一読して全体が理解できるのではないが、読み返すことによって全体像がはっきりしてくるという読者参加型の作品となっている。

2　『ビラヴィド』における奴隷制と愛の表象

『ビラヴィド』はモリスンの最高傑作と目されており、数冊の論集が編まれている。この作品は作者が奴隷制の問題に正面から取り組んだものであり、ミドル・パッセージから奴隷制の後遺症にいたるまでの総体を描き出すとに腐心した、スケールの大きなものである。中心的なプロットは、奴隷制下においてわが子を殺した女性の苦悩と回復の物語である。

セサの背中の「木」

セサ (Sethe) の物語を、我が子を殺したというトラウマに囚われた女性の話と考えることはしごく当然のことであろう。彼女は子殺しという点では明らかに加害者であり、子殺しをするところまで追い詰められたという点は、奴隷制度の被害者である。いじめや虐待の被害者が、加害者にもなるということがしばしばあるように、セサの場合も被害者であり、加害者でもあった。

セサは自分が殺した赤ん坊を、自らの母乳で育てた自分の子どもであると強固に主張する。また自分はハーレ (Halle) と結婚して、三人の子どもと家族として暮らしていることを強調する。だがそれはガーナー夫妻 (Mr. & Mrs. Garner) のスイートホーム農場という例外的な環境においてのみ通用したものに過ぎず、一歩農場を出れば、当時の一般的な常識からすれば奴隷は人間ではなく動産であり、奴隷には結婚することも、家族を持つことも、ベビー・サッグズ (Baby Suggs) やセサの母のように、自分の子を自分で育てることもままならなかったのである。しかしながらガーナー夫妻のきまぐれによって、例外的な奴隷農場で育ったことによって、セサは白人的な結婚観、家庭観、人間観を身につけ、あたかも自分が白人であるかのような錯覚を持ってしまったのである。

ところがガーナー氏の死去、「学校教師」(Schoolteacher) たちの到来によって、「普通の」奴隷制がこの農場に持ち込まれる。しかしスイートホーム農場が当たり前と信じて疑わないセサには、自分の身体が動物のように計測されたり、自分の子どもを自分の母乳で育てられないことが不当としか受け取れない。このような世間知らずが招いたことが、ガーナー夫人への告げ口を咎めての鞭打ちとレイプ、更には子どもを守るためと称しての子殺しである。

全くの無権利状態である「普通の」奴隷制度がいかにひどいものであるかは、セサ以外の人々の物語の中にあふれている。だが例外的な奴隷制下でロマンチックで無垢な価値観を身につけた奴隷を待ち受けていたものも、厳しく過酷な現実、悲劇である。セサの物語はそのようなコンテクストの中で理解されるべきである。またセサの背中の「木」はその象徴として読まれるべきものである。

だが留意すべきは、セサは作品の中心人物であり、セサの物語は小説のなかの主要なものであるものの、作品にはセサのみならず、ポールD (Paul D)、ハーレ、シクソー (Six O)、ベビー・サッグズ、スタンプ・ペイド (Stamp Paid)、エラ (Ella)、デンヴァー (Denver) などの黒人たちが登場し、奴隷制の悲惨・過酷さを告発していることである。セサの存在と物語はその意味では、登場人物相互のネットワークの上のひとつの網の目として読むべきであろう。

ポールDの缶のふた、ベビー・サッグズとスタンプ・ペイドの名前

セサの次に主要な位置を占める登場人物はポールDである。そもそも彼が一二四番地に現れてから「事件」は起きたのである。ポールDが登場する以前は、セサとデンヴァーと赤ん坊の亡霊が共存していた。この停滞状態を破るのがポールDの出現であった。ポールDはスイートホームの生き証人として、セサとは違った立場から過去の再検証に加わり、ハーレの動向と（おそらく）最期という新情報をセサ（たち）にもたらす。また、彼が赤ん坊の亡

霊を追い払ったために、成人した亡霊（ビラヴィド）が登場する。彼はセサをめぐってビラヴィドと対立したり、ビラヴィドと性関係を持ったりする。また孤立していたセサたちが、彼の登場によって、黒人コミュニティとの接点を持ち始める。彼とスタンプ・ペイドの繋がりによって、セサの過去が明らかにされ再構成される。そして何より重要なことは、彼にも人には語れない秘密があることである。

ポールDはスイートホームの男たちの最後の生き残りである。彼の兄弟であるポールF（Paul F）は売られ、ポールA（Paul A）は殺され、ハーレは正気を失くしておそらく死に、シクソーも焼き殺される。彼は、とりわけシクソーの生死に大いなる感銘を受け、スイートホームの男の代表として、スイートホームの唯一の生き残り女性であるセサに対峙することになる。ポールDの登場が、セサの心の蓋をこじ開けるきっかけをもたらしたのである。ところでポールDの蓋をした心の秘密の核心部分は、物語の展開の中で読者には明らかにされていくが、セサや他の登場人物には打ち明けられない。セサが「学校教師」たちに凌辱されている場面をセサの夫ハーレが物置の屋根裏で見ていて、精神を破壊されてしまったこと、その時のポールD自身は縛られた上に口にはみを嵌められてい て喋ることさえできなったこと、その彼を雄鶏の「ミスター」が勝ち誇った様子で見下していた屈辱などを彼はセサに伝える。(113) しかし彼の奴隷としての最も屈辱的な、そして過酷な体験は、ジョージア州アルフレッドでの強制労働であった。この口にできない屈辱的体験を始めとして、その後の彼の十八年に及ぶ放浪生活が、彼を「どんな女も涙を流して心を開く男」にしたのである。セサの前に現れたポールDはそのような人物だった。

ポールDとは違う意味でセサにとって重要な人物はベビー・サッグズである。彼女の人生は典型的な奴隷のそれで、セサとは対照的である。(87) 八人の子どもの親は六人の男たちであり、ハーレを除くすべての子どもたちについても殆ど記憶がないほど、生まれて間もなくいなくなってしまう。長年の労働の結果、片足が不自由になり、体はほとんど使い物にならない状態である。だが彼女には彼女なりの矜持があり、自分を「ジェニー」と呼ぶガーナー夫妻に、自分は「ベビー・サッグズ」であると反論する。それは自分の愛した最初の夫が「サッグズ」であり、彼が自分を「ベビー」と呼んだからだと言う。その夫は逃亡を果たしてどこかで生きているはずで、もし自分が名前を変えたら相手にわからなくなってしまうというのが彼女が自分の名前に拘る理由であることが語られる。奴隷であっても愛する気持ちはこのように強いのだという例証である。

そのような彼女を息子のハーレが自由にしてくれ、しばし自由の味を満喫する。（彼女の解放に関しては、所詮ハーレの労働分を搾取しているのだと、彼女はガーナー夫妻に批判的である。）解放されて一二四番地に住み始めてからの彼女は、「開拓地」において私設説教師となり説教をおこなう。彼女の説教は道徳を説くのではなくて、「自分を、自分の肉体を愛しなさい」(88)と自己解放を訴えるものだった。また「武器を捨てよ」とセサに忠告するのもベビーである。だがセサの事件のショックで生きる意欲を失い、失意の内に亡くなってしまう。もっとも、彼女の生き方は死んだ後にもセサやデンヴァーに励ましを与えており、デンヴァーが意を決して働きに出る時に思い浮かべるのはベビー・サッグズのことである。

スタンプ・ペイドの場合も奴隷としての悲しい経験が生き方の根底にある。彼は所有者に妻を差し出すことを強いられ、妻を殺す代わりに自分が名前を変えたといういきさつがあることを後にポールDに語る。（『行け、モーセ』の「火と暖炉」においてはルーカス・ビーチャムが妻のモリーを乳母としてザック・エドモンズに差し出すことを強いられるエピソードがあり、この話が物語の中核的な役割を果たしていることが思い起こされる。）自分は支払いを済ませたのだ、誰に対しても人生に借りはないのだというのがその名の由来である。その出来事の後に彼は「地下鉄道」に関わり、奴隷の逃亡の手助けをするようになる。出産直後のセサとデンヴァーの逃亡を手配したのも彼である。シンシナチの黒人共同体が一二四番地に背を向けるきっかけとなったパーティーの苺を摘んできたのも彼であり、「教師」たちがセサたちを取り戻しにきた時に薪割りをしていて、セサの嬰児殺しを目撃し、そのことが書かれた新聞をポールDに見せて、ポールDがセサの家を出ていくことになったのも彼のせいである。このように物語の節目節目において スタンプは、本人の意思とは裏腹に悪い結果をもたらすような働きをしている。しかし最終的にはその苦難を乗り越えることによって物語は一段高い地点で解決を迎えることになる。スタンプはいわば一種の触媒の役割を果たしていると言える。

ビラヴィドの正体

ビラヴィドが一体何者なのかということは、この小説を論じる際に避けて通れない問題であり、その正体については諸説紛々である。(その正体が幾通りにも仮定されるということは作品の技法の問題に密接に絡み合っている。)何人かの研究者がビラヴィドの正体に関する諸説を整理しているが、その中で最も包括的なのが、バーバラ・ソロモンである。彼女は編著『ビラヴィド論』の序論において、七、八種類に及ぶ解釈を整理しているので、それを参考にしながら主に五種類に収斂すると思われる分類を立ててみる。

一つ目の、最も一般的な解釈は、ビラヴィドは殺された赤ん坊が成長した幽霊であるというものである。実際多くの読者・研究者がビラヴィドを「セサの殺された娘で、あの世からこの世へ戻ってきた」幽霊であることを前提として読んでいる。これはこの作品のゴシック性あるいはこの作品がゴシック小説であるということに関連している。

二つ目の解釈として、もしこの作品をリアリズム小説として読むならば、ビラヴィドはエリザベス・ハウスが主張するように、生きた人間であり、「白人に囲い者にされていたが逃げ出してきた少女」と考えなければならない。

三つ目の解釈はビラヴィドをセサの罪悪感が生み出した強迫観念とする心理学的なものである。我が子を奴隷制の地獄へ戻すことを潔しとしないセサは、殺すしかなかった、殺すことによって子どもを苦しみから救った、自分は正しいことをしたと強弁するものの、抑圧されていた、愛する子を殺したトラウマと罪悪感が頭をもたげてくる。死に瀕するほどの苦しい地点まで自己を追い詰め、それを通り越すことによって新たな入口に立つことができるようになるセサの苦悩と再生の物語としてこの作品は成立しているということになる。

四つ目の解釈は、ビラヴィドを黒人の歴史の集合体とみなすものである。第二部二二章、二三章に典型的に見られるように、ビラヴィドの語りには個人を超えた経験が組み込まれており、中間航路を行く奴隷船での奴隷たちの経験が象徴的に描かれている。

五つ目の解釈は、ビラヴィド＝ポルターガイストである。とりわけ赤ん坊の幽霊が家具や屋敷を揺り動かす場面などはホラー映画流行の影響が顕著であると考えられる。この場合、霊媒少女はデンヴァーであり、彼女が霊能力を用いてポルターガイストであるビラヴィドを操作しているという着想もまんざら荒唐無稽とは言い切れない。実際「白いドレスがセサの隣に膝まづいているのを見た」というのはデンヴァーである。(29) 作品の終りにおいてデンヴァーが成長を遂げるとともにビラヴィドが消えてしまうあたりには、この仮定の首尾一貫性が見てとれる。

作品の技法

『ビラヴィド』が単なるリアリズム小説でないことは一読すれば明らかである。この作品はゴシック小説、ネオ・スレイヴナラティヴ、モダニズム小説、アフリカン・アメリカンの語りなど多面的側面を有している。

先に見たようにビラヴィドの正体が生きた黒人女性である可能性も皆無ではないが、通常は彼女は幽霊のようなものとして措定されている。死んだ人間が生き返ったとか、念力のようなもので家や家具を揺るがすとか、片手で軽々と椅子を持ち上げるなどの超能力がある「人物」として描かれ、どこからともなく現れ、身元不明で、最後には忽然と消えうせるという風に、彼女は普通の人間ではないものとして登場している。それも元を辿れば、事件の発端が奴隷女が娘の喉を鋸で切って殺したという血なまぐさい嬰児殺しであることを考慮に入れれば奇異なことではない。そのような理由でこの作品がゴシック性を帯びているのは当然と言えば当然であろう。

嬰児殺し、成仏できずに蘇ってくる亡霊といったおどろおどろしいトピックがあると同時に、この小説は奴隷制の残酷さ、悲惨さ、非人間性を告発するスレイヴ・ナラティヴの性格を有している。殺人に追い込まれたセサを始めとして、セサの母親、ベビー・サッグズ、エラ、ポールD、スタンプ・ペイドなどセサを取り巻くすべての人々が奴隷制社会の下で過酷な経験を強いられている。小説はこれらの人々の経験を語ることによって、奴隷制の下で人々がいかに苦しめられたかを描き出している。しかしこの作品は伝統的なスレイヴ・ナラティヴと異なり、ネオ・スレイヴナラティヴと呼ばれる。それは、ジェニファー・ハイナートが主張するように、伝統的なスレイヴ・ナラティヴは白人の表現手段である英語を用いて白人に向けて書かれていることによって、白人的な価値観を取り込んでしまうという弱点を持っているが、この作品の場合は個人の経験を個人に対して語りによって伝えるという手法を用いることによって、そのような客観化を免れているということである。(Heinert 94)

この作品のモダニズム的な特徴は明らかである。この小説は全知の視点からの客観的な語りでもなく、セサの一人称の語りでもない。物語は誰かが他の人物に向けて語るという形式を基本としており、語り手や聞き手が次々と入れ替わって進行し、同じ挿話が何度も語り直されることにより違うヴァージョンが示されている。例えばデンヴァーの誕生のエピソードは何度も語られるが、最初はセサがデンヴァーに、次にはデンヴァーがビラヴィドにという風に異なる語り手と聞き手によって語られることによって、当然に力点が違っており、場合によると語られる物語相互に食い違いが生じることさえある。セサの嬰児殺しの経緯に関しても、セサの中で反復される出来事と、共同体の人々が了解している出来事、スタンプが新聞記事を示してポールDに伝えたことの間には大きなずれがある。

モダニズム的手法が一番極端に現れているのが、ビラヴィドの正体をめぐってである。先に述べたように、ビラヴィドはある場合は生身の人間である可能性が示され、別な場合は疑いもなく蘇った亡霊として表され、場合によれば集合体の意識や経験を表現しているとも取れるように、曖昧と言えば曖昧に、意図的に何重かの意味を重ねて提示されている。このように作品は語りの層を幾重にも重ねたり、時には矛盾することがらを示したり、どのようにも解釈できる余地のある曖昧で両義的な事実を示したりする。それは真実というものは一刀両断で示せるような単純なものではないということであり、複雑な側面を示すには手の込んだ手法が必要だからである。

このモダニズム的手法と関連しているのが、アフリカ的語りである。アフリカ的語りの根底にはアフリカ的文化がある。アフリカ的宗教においては生者と死者の境界はあいまいであり、生者の生活の中に死者が生きている（侵入してくる）。またアフリカ的コミュニケーションは基本的に音声によるものであり、呼びかけと応答（コール・アンド・レスポンス）である。このため、テキスト中にもあるように、西洋白人の言語観が「始めに言葉ありき」であるのに対してアフリカ（系）の場合は、「始めに音ありき」である。ビラヴィドからセサを救うためにやってきた黒人女たちの祈りは言葉にならないうなりのような音であった。そのように、この小説の基本形はアフリカ的な呼びかけと応答の連続であり、一連の過程を経過していく中で感情的な浄化が達成される。

まとめ

二十世紀前半の南部白人男性作家フォークナーの『行け、モーセ』が、奴隷制の描出を通して主として明らかにしたのが、奴隷を物として所有し、性的搾取、性的錯到をも平然と実行したかもしれない白人男性の始祖たちの罪をあばき、告発し、拒絶することで人間性を保とうとしながらも、結局は愛と行動の不可能性に終始してしまうアイクの認識と生き方に見られる現実の厳しさであった。フォーク ナーの主体性、当事者性からすればそれは当然のことであり、彼はそのような限界の枠内で極めて冷静に自己批判的かつ自己韜晦的に問題の所在を突き詰めたと言うことができるであろう。また、作品の主要な側面としてではないが、作品における女性人物たちの役割と描かれ方に彼の希望が見出せるということができる。

一方モリスンは二十世紀後半のアフリカ系アメリカ人女性作家として、フォークナーの衣鉢を継ぎながらも、異なった角度から奴隷制と愛の問題と格闘している。『ビラヴィド』は奴隷とされた黒人の立場から、いかに奴隷制が人格を破壊する非人間的なものであり、その負の遺産の克服が容易でないかを、執拗に描き出している。一人の黒人女性の子殺しという極限的な選択を中心として、彼女を取り巻く人々、さらにはアフリカから奴隷船に積み込まれてアメリカに連れてこられ、奴隷として苦役を強いられた幾百万の人々の総体としての「歴史」を描き出すことによって、アフリカ系アメリカ人の苦難が「生きた歴史」として再現される。その苦難を克服し再生を遂げるのは黒人女性のみならず同様な苦難を生き延びてきた黒人男性も同様であった。同時にエイミー・デンヴァー (Amy Denver) という白人女性（白人奴隷のような扱いを受けた人物）の登場に見られるように、モリスンは白人を一律に非難しているわけではない。同じような苦難を経験したものには人種、性別を超えて連帯の可能性があることを示している。

技法面においては、フォークナー小説の特徴であるポリフォニックな手法は『アブサロム、アブサロム！』において一つの到達点に達している。初期の作品に見られる多数の語り手による多面的・多焦点的物語の展開に比べれば、以後は「スノープス三部作」(Snopes Trilogy) や『行け、モーセ』などのような短編連作あるいは合成小説的な色彩を濃くしていく。これら後半の作品においては、さほど視点の分散はなく、同じエピソードの繰り返しとバリエーションという、フォークロア的とも言える側面が強まっているとも言える。

モリスンの『ビラヴィド』もエピソードの繰り返しと語り直しによるバリエーションと言う点では、フォークナーの『行け、モーセ』にも共通するものとなっている。しかしモリスンの作品には超現実的な現象や出来事が当然のことのように組み込まれているアフリカ的な語りの要素がある。フォークナーの作品はあくまでもモダニズムの枠内にあるのに比して、モリスンの場合は超リアリズム、ポストモダンとも言える作品となっている。それはこの二人の作家の時代的、人種的、ジェンダー的立場の相違からして当然のことである。だが双方ともにそのような枠組みを超える大きな作品を作り出したところに、両作家の稀有な才能が確認できる。

『行け、モーセ』における奴隷制と愛の表象が白人の罪と愛の不可能性を中心としたものであり、黒人は一見したところ被害者として受身的に存在しているように見える。モリスンが『ビラヴィド』において奴隷制と愛の問題に関して黒人を主体として描いたのは、フォークナーのこの「欠落」を埋めるものとして当然のことであろう。しかし『ビラヴィド』のそのような描写をヒントとして『行け、モーセ』に再び向かうならば、読者はこの作品にも主体的な黒人人物たちの存在が描き込まれていることを積極的に見出し、かつては気付かなかった点に目を開かれる。このような相互作用が永久運動のように繰り返され、読みは深まって行く。フォークナーとモリスンの文学を対にして、互いを互いの鏡として読み返すことによって、読者はそれぞれの作品の新たな側面を発見し、より深い理解に達することになるのである。

＊本稿は日本英文学会関西支部第六回大会（二〇一一年十二月十八日、関西大学）における招待発表「モリスンとフォークナーの奴隷制表象――『ビラヴィド』と『行け、モーセ』を中心に」を基にしたものである。なお『ビラヴィド』に関する節は、現代英語文学研究会編『「記憶」で読む英語文学』（二〇一三年、開文社）所収の拙論「トニ・モリスン『ビラヴィド』におけるトラウマ的記憶と語りによる解放」と一部重複する箇所がある。

註

1 Chloe Wofford, "Virginia Woolf's and William Faulkner's Treatment of the Alienated." (MA Dissertation for Cornell University, unpublished)

2 テクストには次の版を用い、引用末尾のカッコ内にページ数を記す。
William Faulkner, *Go Down, Moses*. Vintage International, 1990. c1942.
Toni Morrison, *Beloved*. A Plume Book,1998, c1987.

引用文献

Davis, Thadious M. "Crying in the Wilderness: Legal, Racial, and Moral Codes in *Go Down, Moses*" Ed. Arthur F. Kinney, *Critical Essays on William Faulkner: The McCaslin Family*, G. K. Hall & Co. 1990.

Dussere, Erik. "Accounting for Slavery: Economic Narratives in Morrison and Faulkner" *Modern Fiction Studies* 47, 2001: 329–55.

Duvall, John N. *Race and White Identity in Southern Fiction: From Faulkner to Morrison*. Palgrave Macmillan, 2008.

Godden, Richard. *William Faulkner: An Economy of Complex Words*. Princeton UP, 2007.

Heinert, Jennifer Lee Jordan. *Narrative Conventions and Race in the Novels of Toni Morrison*. Routledge, 2009.

Solomon, Barbara H. *Critical Essays on Toni Morrison's* Beloved. G.K. Hall, 1998.

Watson, Neil. "The 'Incredibly Loud....Miss-fire': A Sexual Reading of *Go Down, Moses*" Ed. Linda Wagner-Martin, *William Faulkner: Six Decades of Criticism*. Michigan State UP, 2002.

第13章

アン・モロウ・リンドバーグと海
――『海からの贈物』を生みだした背景――

吉原　あけみ

はじめに――文学の中の自然

人は長い人生を歩むうち、時として迷宮に迷い込んだかのように感じることがある。不安になり焦りながら、懸命に出口を探すが見つからず、何度も同じ場所へと戻ってしまう。またある時には、暗いトンネルの中に入ったかのように、まったく前が見えないこともある。真暗闇の中で薄明かりさえ見えず、前に進もうともがけばもがくほど、自分の向かう方向さえも分からなくなる。多くの人にとって、順風満帆のままに人生を終えることは少なく、人生には常に何か困難や悩み事がつきまとう。ＩＴ機器に支配され、目まぐるしく時間が流れていく現代社会においても、また過去に時代を遡ってみても、古くは紀元前の古代ギリシャ時代にいたるまで、人間は常に悩みを抱えていた。悩み苦しむのは人間の常である。悩みながら何らかの答えを求めつつ生きていく。そこに哲学が生まれ、文学が生まれたと言っても過言ではない。そうした中で生まれた文学には、二千年以上もの昔から現代の人々にまで、今なお読まれ続けているものも少なくない。一例をあげるなら、ソポクレス『オイディプス王』、アリストテレス『ニコマコス倫理学』等がある。二作品共に紀元前三、四百年頃の作とされているが、現代のわれわれが読んでも何らの違和感も覚えない。それはなぜなのか。前者は秀でた知力を用い、最高権力の地位に就いた王と、四人の実の娘との関係を描いたものである。後者は人間の生き方について、様々な項目を挙げて作者の考えを述べている。いずれも、人が何か悩みを抱えたとき、手に取りたくなる本なのだ。長い年月を経て、人は時代とともに変わったかに見える。しかし、その中にある人間本来の姿、人間性、考え方は現代の人々とそれほど違うわけではない。同じように悩む人間の姿を見て、読者は共感し勇気づけられる。また時には、作品を読むことで自分とまったく異なる考えの人間のいることも知る。違う考え方を知ることにより、それまでの考えとは全く違う新しい答えを見つけ出すこともある。それが時代を越えて文学が生き続ける所以なのだ。

当然のことながら、アメリカ文学の世界にも、長い間読者を惹きつけてやまない作品は数多く存在する。作品の題材として、「自然」とそれに関わる人間とを扱ったものも多い。メルヴィル『白鯨』、ソロー『ウォールデン』、マーク・トウェイン『ハックルベリーフィンの冒険』、ヘミングウェイ『老人と海』と数え上げれば枚挙にいとまがない。それぞれの作品上で大きな役割を果たしている海、湖、川等の「自然」は常に人間の傍に存在してきた。しかし、人間は長い間「開発」と称しては、身近な「自然」を少しずつ壊してきた。木を切り出し、家を建て、川をせき止め、ダムを造り、果ては海を汚染してきた。その結果、まわりの「自然」は次第に少なくなってきている。しかし、人間は本来「自然」に囲まれて暮らしてきたのであり、まわりに「自然」が少なくなると、人々は「自然」を求め、山や川、海へと出かけていく。忙しい毎日の生活で疲れた時、自然の中に身を置くと、人は癒されて本当の自分を取り戻したかのように感じる。とりわけ海は、身近な「自然」として生活に深く関わっており、その影響も大きい。同じく海を主役として「自然」を取り上げている作品に、アン・モロウ・リンドバーグ (Anne Morrow Lindbergh) の『海からの贈物』(*Gift from the Sea*) がある。この作品も、一九五五年に出版されて以来、今に至るまで読み継がれてきた。この小論では、海に彩られたアンの人生を振り返り、『海からの贈物』の生まれた背景について考えてみたい。

1　海と共に過ごした人生

アン・モロウ・リンドバーグ（一九〇六―二〇〇一）は、アメリカ・ニュージャージー州に生まれ、作家でありながら女性飛行家としても有名でアメリカ飛行界では草分け的存在である。

アンが『海からの贈物』を書いたのは四十九歳の時だ。二十代三十代はまだ若く、夢と希望にあふれ無我夢中で過ごす。そういった時期を通り過ぎた、四十代も終わりに近づいた頃である。人生の半ばを過ぎて、少し落ち着きを取り戻した時期であり、と同時に、忙しく過ごしていた毎日からふと足を止めて人生を振り返り、様々に思いを巡らせたりする頃である。アン自身、まさにそういう時期にあった。では彼女が過ごした二十代三十代とは、どのようなものだったのだろうか。

アンは二十三歳の誕生日直前に、飛行家チャールズ・A・リンドバーグ (Charles Augustus Lindbergh, 1902–74) と結婚した。彼は、腕に自信のある飛行家たちが幾度も挑戦しては果たし得なかったニューヨーク－パリ間の大西洋横断飛行に、一九二七年五月二十日から二十一日にかけて成功し、一躍飛行界の英雄となった人物である。結婚して以来、アンはそれまでの落ち着いた生活とは一変して、多忙な生活を送ることとなった。アン自身も飛行機に魅せられ、苦労の末に飛行機操縦免許、無線免許を取得し、飛行士、通信士として夫の飛行に同行した。当然、外国に飛行機で行くことも多かった。飛行ルートもまだ確立されてない時代である。数々のトラブルに見舞われながら、危険を伴う未知の飛行ルートの調査飛行を行った。その当時、飛行機はまだ一般の人々には手の届かないものであり、もの珍しいものだった。有名な飛行家夫妻である二人は、行く先々で常に人々の好奇の目に晒され、アンは緊張を強いられる日々を送っていた。また一九三二年には一歳九カ月の長男チャールズ (Charles Jr.) が自宅から誘拐され、殺害されるという悲劇にも見舞われる。その後、五人の子供に恵まれたものの、「マスコミから家族の生活を守るために米国を離れ、イギリス、フランスへと外国に暮らすことも余儀なくされた」(Vaughan 17)。

そのような経緯を経て、アンは幾冊かの本を出版し、その後、精神的に少しゆとりが生まれた一九五五年に『海からの贈物』を著したのである。当時、リンドバーグ一家は三年四カ月に及ぶ外国暮らしを終え、既に米国へと住まいを移していた。五人の子供たちのうち、次男ジョン (Jon) は既に二十三歳、末子である次女リーヴ (Reeve) も十歳になっていた。子育ての手が離れる一方で、「大切な家族二人を失ったことが、アンの孤独感を募らせた。一九五四年秋に義母エヴァンジェリン (Evangeline) が、さらに翌年、一九五五年初めに実母エリザベス (Elizabeth) が亡くなる」(Vaughan 79) という悲しい出来事が相次いでいた。殊に、常に目標であり、支えであり続けた母エリザベスの死は、アンにこの上ない喪失感を与えた。そのような時期に書かれたのが『海からの贈物』である。

アンは、忙しい毎日を送りながらも、日々の生活に流されることはなかった。自分自身を省みて、尚かつ、より良き人生を過ごすべく悩み、光を求めていた。彼女は、最初、悩みは自分一人だけの問題であると感じていた。しかし、解決策を求めて様々な人々と話をして見ると、それは自分だけの問題ではなく、多くの女性の抱える問題でもあった。また、女性のみならず、男性の問題でもあることに気づいて行く。答えを求めて模索するうちに、アンは問題解決への手掛かりを海から受け取った。『海からの贈物』のまえがきで "I return my gift from the sea." (私は海からもらった私の贈物を返す) (GS 7) と語っている。作品タイトルにもなっている "gift from the sea" (海からの贈物) だが、海はどのような贈物を与え、またアンは、どのような答えを見つけて「海からの贈物」と命名したのだろうか?

『海からの贈物』を読むとまず浮かぶのが「なぜ、海を主題として選んだのだろうか?」という素朴な疑問である。確かに海は人間にとって常に身近な存在であった。「海の総面積は地球の総面積の七〇・八%も占める」(南日三二七頁)。それほどに広大な海は、古来人間に恵みを与え続け、それを眼にするだけでも人を癒す力を持つ。しかしながら、海はまた時として癒しの存在から、一転して人間に牙をむく恐ろしい存在にもなりうる。海が両面性を持つことは誰もが知るところだが、実際にはその恐ろしさに遭遇するのはごく一部の人達であり、ほとんどの人にとって海辺はどこか懐かしさを覚え、行きたくなる場所なのだ。人間と海とのかかわりは、古くには先史時代の貝塚に痕跡を残し、現代の人々に伝えられている。また、ずっと時代を下ると十八世紀後半からの西欧における博物学の流行にたどりつく。「西欧の蒐集家の興味の対象がそれまでに関心の高かったメダル、絵画その他のものから貝殻、鉱物などの博物学の対象となるものへと移っていったからだった。博物学の流行は富裕層のみならず広く大衆にまで流行し始めた」(ポミアン　一七九―八一頁)。興味の対象が、高価で一般大衆には手の届かなかった物から、容易に手の届く自然物を対象とする物へと広がったのだ。そうなると、人々は貝殻を手に入れることのできる海へと向かうようになり、海は益々人間に身近な存在になっていった。建築の世界でも、形の美しさから貝殻のモチーフが好まれるようになり、その影響を受けた日本の西洋建築のなかにも、貝のモチーフが装飾に用いられて今に残るものもある。[1] その後も海は、栄養に富む貴重な食料をもたらす場として、また疲れを癒す憩いの場として常に人間の傍に存在していた。その「海」をタイトルとした『海からの贈物』は、アン自身が人生を送る上で悩み、答えを模索し、自分と同じように悩む人々のために、答えを見つける一つの手掛かりとして書いたものである。

『海からの贈物』は、忙しい毎日から逃れて来た海の浜辺から始まる。「最初は、何も考えられず、人は唯浜辺に横になるだけで、海辺の持つ原始のリズムに身を任す。幾日かを過ごし、まるで浜辺と一体化したかのようになる。一週間ほど過ぎると、頭と心は目覚めたかのように、再び生き生きと動き出す」(*GS* 12–13)。海での暮らしに慣れた頃、浜辺には様々な貝殻が打ち上げられ、浜辺を歩くアンの目に止まった。浜辺で手にしたいくつかの貝殻を眺めながら、アンは人生について様々に思いを巡らせた。人間の一生と、貝とを比べながら考え抜き、人生を送るための手掛かりを得た。悩める人々が求めてやまない一筋の光、その光となるべく作品の場所に海を設定した理由として、それまでの彼女の人生と、海との関りが考えられる。

Gift from the Sea 五〇周年記念版にアンの次女リーヴが寄せた序文によると、アンがこの作品を書いたのはメキシコ湾岸のキャプティバ島 (Captiva Island) である。「妹のコンスタンス (Constance) と共に、アンが海辺を訪れたのは、一九五五年の春のことだった。家庭の雑務から一時的に逃れることと、暖かい海辺での暮らしの楽しさとが合わさって、変化がもたらされた。海という外部世界と、個人的に内省する内なる世界とが繫がったのだ」(Vaughan 79)。

前述したように『海からの贈物』を書いたのは彼女が四十九歳の時だったが、それまでにも幼少時から様々な形で海との関わりがあった。しかし、海との関わり方も、子供の頃と大人になってから、しかも五十代になろうとする年代では、海に対する考え方や思いには違いがあって当然である。それはどのように変わっていったのか。子供の頃から結婚するまでの期間、結婚後、飛行士として夫と共に長期の調査飛行を行っていた忙しい時期、さらには、移り住んだイギリスを離れ、フランスはブルターニュ (Bretagne) にほど近い小島、イリアック (Illiec) に移り、海に囲まれた生活をしていた頃の三つの時期に絞って見てみよう。

2　楽しい思い出と重なる海

子供時代のアンにとって、海は楽しい思い出へとつながる。裕福な家庭に育ち、両親は共に教育熱心だった。夏になると、決まって家族一緒に海辺の避暑に出掛けていた。初めの頃は、マサチューセッツ州ケープコッド (Cape Cod, Massachusetts) の借家で、後にはメイン州ノースヘイブン (North Haven, Maine) のペノブスコット (Penobscot) 湾の入り口にある島の別荘で過ごすことを常としていた。夏冬共に、事あるごとに一族が再会しては休暇を楽しく過ごしていた。

ノースヘイブンでは、ボートで他の島にピクニックに出掛けた記述も日記に残り、家族で海辺の休暇を十分に楽しんでいた様子がうかがえる。次に示す、一九二六年七月九日付で、ノースヘイブンより母方の祖母へ送った手紙からも知ることができる。

> 夏の間に会えるのでとても嬉しいです。夏の間におばあちゃんと過ごしたことや、夏の素敵な思い出がいっぱいあります。冬ももちろん同じなのですが、でも冬は忙しくてすぐに過ぎてしまいます。夏はお天気が良くて、穏やかで心が安らぎます。(*BU* 32)

手紙から、海辺で家族と過ごす休暇の楽しい様子が垣間見える。またこの時代、外国への移動手段は船に限られていたのだが、父親は、仕事の関係でヨーロッパに行く折も、子供たちを教育する良い機会だとして、大家族での外国旅行の煩わしさも厭わず家族を連れて行った。そのお陰でアンは子供時代から、貴重な体験となる船旅を幾度も経験している。満潮時は海に囲まれ孤立してしまう、フランスのモン・サン・ミッシェル (Mont-Saint-Michel) を、家族と訪れたのもこの頃である。一九二六年八月、二十歳の時に家族と共にフランスに向かう船旅で書いた日記がここにある。

> 今日の午後は小部屋に座って長い間海を見ていた。詩を書こうとしたけれど、もう二度と絶対にそんなことはしないと思う。海の泡はとてもきれいで、色々な美しさを持っていて、とてもはかない。いつもながら〈時よ止まれ、おまえはとても美しい〉[2]と感じたことを納得させる言葉も方法も見当たらない。曲線を描き、向きを変え、落ちる全てを私はずっと見ていた。(*BU* 35)

海の波の美しさに魅せられ、長い間ずっと海を眺め続ける若きアンの姿がそこに浮かびあがる。この後、フランスに上陸して何日か後に、モン・サン・ミッシェルを訪れている。干潮時には、どこまでも果てしなく広がる海の、砂の中にそそり立つモン・サン・ミッシェルの姿と、満潮時は空の青さを背景に、「魚の鱗のように輝く青い海の中に」(*BU* 38) 立つモン・サン・ミッシェルの様子を描き、その教会の素晴らしさと共に、海に対する様々な印象を抱いた様を日記に綴っている。この日の日記は「海と砂浜、海と砂浜と空の広がりの中には、私にとって何か完全で満足出来る心安らぐものがある。完全なる平和、完全なる満足が」(*BU* 38) と締めくくられている。ここでは海を安らぎの存在としてとらえていることがうかがえる。

また、アンは一九二九年五月に自宅で結婚式を挙げたが、新婚旅行には人目を避けて三八フィートのキャビン付モーターボート、カモメ号 (the *Mouette*) を借りて出掛けた。[3] 結局は、記者たちに見つかり、幾度となく彼等に追いかけられた。この時の母親宛の手紙に次の表現がある。

> 今日はとても素晴らしいメイン州らしいきれいな青空です。水平線にはたくさんの小さな白い雲があり、空と海を背に深緑色の松の木がくっきりと立ち、島々の間には遥か遠くに薄水色をした対岸の浜辺が見えます。今日はウッドホール (Woods Hole) 以来、初めて休息出来ます。(*HG* 45)

モーターボートでの新婚旅行中でさえ、それ程ゆっくり出来ない二人だったが、この日は好天に恵まれ、美しい海辺の景色に心が安らいでいる様子が見て取れる。

3　海から大空へと飛び立つ

前述したように、有名な飛行家チャールズ・リンドバーグと結婚してからのアンは、それまでの落ち着いた生活とは一変して、多忙な生活を送ることとなった。普通の生活では到底経験出来ないような、様々な冒険をすることになったのだ。彼らの行った冒険とは、いまだ発展途上の段階にあった飛行機で、未知のルートを飛ぶことだった。この時代には、飛行機で空を飛ぶこと自体が冒険である。さらに未知のルートを飛ぶということは、いかなる危険に直面するか全く予想がつかなかった。気象状況、着陸地点の状況、飛行中の不測事態にと、考えうるあらゆるトラブル、あらゆる状況を想定して飛行準備をした。飛行機に積み込む荷物も重量制限のある中で、一品一品考えに考えられたものだった。彼らが使用した飛行機はアメリカ・ロッキード社の水陸両用機シリウス号だ（Lockheed Sirius 写真1参照）。『翼よ、北に』(*North to the Orient*) 第九章〈暗闇〉("Dark")、第十二章〈濃い霧と千島列島〉("Fog—and the Chishima") には海への着水に苦労する様子が描かれている。水陸両用機は、元来、水面での離着水に適しているため、海上での離着水が多くなる。飛行機でありながら、上空の気象状況を気にかけるのみならず、海上の状況をも把握しなければ命にかかわる危険があった。子供時代のリンドバーグにとって、海は常に楽しい思い出と結びつき安らぎの存在だったが、飛行機で大空を飛びまわる頃においてもなお、海は重要な位置を占めていたのである。

写真1
McLaughlin Aerial surveys Photo.
ティングミッサートク号（ロッキード・シリウス号）
1933年の大西洋調査飛行の後、アメリカ自然史博物館、
海洋生命ホールに展示された。(*Listen the Wind!* 263–64)

一九三一年七月二十七日、リンドバーグ夫妻はニューヨーク州ロングアイランド、カレッジポイント (College Point, Long Island, New York) の海上から、アラスカを経由し日本を含む東洋の国々への調査飛行へと出発した。この二カ月あまりの旅を題材とした『翼よ、北に』が、アンの作家としての第一歩となった。出発地点となったこの海もまた、アンの人生にとっては重要であった。海面から飛び立つその瞬間は第三章〈出発〉("Take-Off") に次の様に描写されている。

離水し始めた時、水しぶきが風防ガラスにバシャッとかかった。――スピードがあがる。――飛び立つ時だ。――海面から離れようと試みていた。機体のフロート[4]が波から波へと乗り越えながらバシャッ、バシャッと波にあたり音をたてる度に私は固唾をのんだ。テスト飛行のためにたくさんの燃料を積んで重くなっていたので、飛行機は羽を切られたアヒルのように動きがぎこちなく感じられた。上昇しようと努力しながら波とぶつかり機体を揺らしていた。いよいよ波の当たる間隔が近くなった。――それと分かる衝撃が少しあった。わたしは受信機に片手をあてた。激しく揺れていた。突然、全ての揺れがおさまった。何の努力もなしに機体は上がった。離水したのだ。空の上へと長い曲線を描いて。(*NO* 19)

作家として踏み出す可能性を含んだ旅の第一歩は、海と共に始まっていたのである。それは激しく当たる波の音としてアンの耳に刻まれた。子供の頃の穏やかで優しかった海のイメージとは違い、これから始まる旅を暗示するかのように、海の厳しい一面を見せるものだった。有視界飛行のこの時代、海、山、川は位置を確認する重要な手掛かりである。しかも、この飛行において、海は安全に降りられる場所として、目的地付近では着水できる海を常に確認しながら飛行していた。有視界飛行では、日が落ちてあたりが暗くなると飛行機の操縦は危険だ。水陸両用機であるシリウス号は、目的地への飛行途中であっても日が暮れれば、付近に適した湾を見つけては海面に着水していたのである。『翼よ、北に』十二章〈濃い霧と千島列島〉には初めて日本の領空内に入り、千島上空で懸命に着水地点を探す様子が記されている。

そこは十五メートルを越えるほどの険しい絶壁になっていて、霧の層の下に水面があった。あそこだ、私達の下の方でじらすかのように移り変わり、身をひそめたりしているところ。そここそが私たちが望む場所。消えてしまう前に手に入れられれば——プールの底に潜って手にする石ころのように。行けるのだろうか、それとも再び上昇してもう一度試みるのだろうか？　絶壁の側を下降して行った。水面の上に来ていた。パシャ、パシャ、パシャ、——飛行機が壊れかけている！　私は沈みかけている。違う——座席がはずんだ、それだけのことだ。きっと波が荒いのだ。今スピードが落ちている。大丈夫だったのだ。——着水出来た！ (*NO* 99)

飛行機は島の上空に近づいたが、「前方に目をやり、気がついた。今や濃い霧の線と千島列島の線とが一緒になりかかっている」。さらに「時折、雲の合間から岩の多い海辺や青い海がきらめいては消えるのが見える」。「引き返して、最初の機会に着水する」と近くの無線局に連絡をとる。すると、「最も適しているのはブロトン湾 (Buroton Bay) です」と通り過ぎたばかりのブロトン湾に降りるよう指示を受けた。しかし霧のために降りられず、結局、ケトイ島 (Ketoi Island) 南東の外洋に不時着したのである。むろん、飛行は常に快晴に恵まれることはなく、むしろ雲や霧に覆われていることのほうが多い。そんな中で、一瞬の晴れ間を縫って着水を試みる。夫チャールズは優れた操縦技術を持っているとはいえ、同行するアンはこの時「ものすごい痛みのような恐怖の波に圧倒されて」、「まるで溺れている人のように、身を起こそうと喘いでいた」(以上 *NO* 94-97)。それというのもアンは、一九二九年二月の婚約発表後、実際にチャールズの操縦する飛行機で、メキシコシティにおいて事故を経験した。飛行中、車軸が外れ、上下逆さまになって着陸したのだ（写真2参照）。幸い二人とも大事には至らなかったものの、アンは

写真２
U.P.I.
チャールズ・リンドバーグはアン・モロウとの婚約時代、メキシコで飛行中に飛行機の車輪片方を失くした。着陸のため機首から突っ込み、上下逆さまに着陸した。(*Hour of Gold, Hour of Lead* 52–53)

三月八日付の妹コンスタンス宛ての手紙で「飛行機はゆっくりと降りていったが、私はひどいパニックの瞬間だった」(*HG* 19–20) と飛行機事故を語っている。しかしながら、水陸両用機にとっての海は、着水地点として常に帰りを待っている故郷のようであり、母のような安心出来る存在だったに違いない。

アンは、一九三三年七月から十二月にかけて、再びシリウス号による大西洋の調査飛行に同行した。この飛行については、アンにとって二作目となる『聞け！風が』(*Listen ! the Wind*) に記されている。作品名は、英国の詩人ハンバート・ウルフ (Humbert Wolfe, 1886–1940) の詩「秋のあきらめ」("Autumn Resignation") の一節「聞け！風が出てきた、空には木の葉が舞って――」("Listen! the wind is rising, and the air is wild with leaves—") (*LW* 204) から採られている。タイトルの『聞け！風が』からも分かるように、離着水が風に大きく影響された飛行だった。第一章〈追い風〉("Tail Wind") に記すように、「風はアゾレス諸島[5]を出発して以来、ずっと助けになっていた」(*LW* 3)。「何の努力もなしに、大きな流れに乗って軽々と運ばれるように、楽に速く」(*LW* 3) 進んでいた。しかし、アフリカ西岸のバサースト (Bathurst) から、ブラジル北東部のナタール (Natal) までの飛行ではそれまでとは様子が違った。第二十一章〈風があったなら〉("If We Had a Wind—") からわかるように、飛び立てる程の風に恵まれず、「二度目の離水の試みが、失敗に終わった後」(*LW* 165) も、幾度となく離水を試みるが、努力の甲斐なく失敗に終わる。「問題は何だったのか――もっと他に何か出来たのだろうか？

自問自答をした。もう燃料は減らせない」(*LW* 190)。原因を考えながら試みるがうまくいかず、何日間も出発が遅れてしまった。強風は危険なのだが、全くの無風状態でも離水は難しい。また、長距離飛行では、目的地の安全着水にそなえ日照時間も考え合わせ出発時間が決められる。いらだちが募る中、「真夜中の離水」も試みて、苦心の末漸く離水出来たのだ。風に翻弄されたかの様な数日間だが、海にも翻弄されていたように見える。風が出たので出発を決めると、飛行機が係留されている「湾に再び向かい、荷物を積み込み、フロートにたまった海水をポンプで汲みだす」(*LW* 177–78)。海上を滑走する。「爆音、大量の水しぶきが私達に覆い被さり、耳をつんざき、フロート、翼、コックピットの上に流れ落ち、座席を通して何度もたたく」(*LW* 162)。不調に終われば同じ動作を繰り返す。その日の離水が取りやめになれば、また荷物をおろし、岸まで戻る。数日間海水と格闘したあげく「バサーストから南米へ向けて飛び立つ最後の試み」(*LW* 203) が功を奏し飛び立てたのだった。

4　海に囲まれた暮し

一九三八年六月リンドバーグ一家は、それまで暮らしていたイギリスのロングバーン[6]を離れ、フランスにある小さな島イリアックに移ることになった。イギリスでの暮らしは、それまで暮らした母国アメリカでの生活に比べると、子供を安心して遊ばせられて「それまでに経験することのなかった私的な幸せをもたらした」(*FN* xiv)。しかし、夫のチャールズは当時、フランスのカレル博士[7]と、人工心臓の研究で度々意見を交わしており、そのカレル博士の住むギルダス島 (Ile St. Gildas) とイリアック島が近かったため、島の購入を決めたのだ。アンにとって、海に囲まれたイリアックでの暮らしは、否応なしに海を意識せずにはいられないものだった。イリアック島はブルターニュの海岸に近い小さな島であり、島の様子を一九三八年四月八日の日記で次のように表現している。

島の周りには他にもたくさんの小さな島がある。――ふたつの半円状に並ぶ島々が。潮が満ちている時にはこれらは島となり、潮が引いたときには、イリアックの本島から島まで干潟を歩いて行ける。イリアックは、波が作り上げた長い石の砂嘴で本土とつながっている。潮が満ちていなければその上を車で行ける。満潮になると船で行かなければならない。(*FN* 238–39)

自然現象である潮の満ち引きは、昔から誰もが知るところだが、いざ実際に島に暮らすようになると、「潮の干満や、月の満ち欠け、それに加え天候に左右されて動く」(*WWW* 76) 島の生活の不便さを痛感させられた。イリアックは「暖房も電気も配管も何もなく」(*FN* xv)、生活上必要なものは全て他から調達する必要があった。干満の時間は毎日少しずつ違い、出掛ける時にはまず潮の状態を見て交通手段を考える必要があった。歩いて他島に行き用を済ますうちに時間が過ぎて、戻る船が必要となったり、また逆の状況もしばしば起こった。島での生活が垣間見られるその頃の日記を少し紹介しよう。一九三八年七月十九日付で、「電報は問題ない。ただし、郵便配達の女性に背負われて普通郵便と一緒に来るのだけど。その人は干潮の時に片手に靴を持って歩いて渡ってくる」(*FN* 328) と記している。九月十八日付で、「真っ暗闇の中、濡れながら島を横切り干潟を戻った。灯りはない。こんな暗闇の中でさえ岩と地面との違いが分かるのは不思議だ」(*FN* 407) とある。また、イリアックに来て間もない頃の日記には、「セント - ギルダスへ泥の干潟を渡って戻り始めた。ジョンはとても疲れていて、私も同じように疲れている。イリアックでの家事はきちんと整って、楽になるのだろうか？ひどく複雑に思える。――それも全てフランス語で！　毎晩本の仕事もある」(*FN* 301) と、始まったばかりの島での生活にアンは不安を抱いている。前記引用からは海に根ざした島の生活の大変さが読み取れる。しかしイリアックでの生活は何よりも家族のプライバシーが守られていた。海辺で無邪気に遊ぶ息子ジョンの姿を眺め、二人で貝を探すのはアンにとって大きな安らぎとなった。

一九三九年四月、アンは子供二人を連れて、それまで暮らしたフランスを去り母国アメリカに戻るため、船に乗りこんだ。船上で、夕食のためのテーブルに着いた時のことを次のように日記に記している。

ノルマンディーの道やブルターニュの岩々の写真が載ったメニューを見ながら、周りのフランス語を聞いているとき、突然にフランスを離れるということの心の痛みを覚えた。私はどれほどフランスを愛していたことか、フランス、国そのものも好きだが、そこに住む人々も好きだ。(*FN* 581)

慣れない生活で最初はつらかったものの、イリアックでの暮らしはいつの間にか当たり前になり、気づかぬうちに好ましいものとなっていたのだ。再びアメリカで暮らしていた一九四〇年一月に、スミス大学時代のカーティス先生（Mrs. Curtiss）[8]に宛てた手紙にはイリアックについて次のように記している。

最初は大変で、とても不安でした。生活は時間の保証さえなくて、潮の干満や、月の満ち欠け、それに加え天候に左右されて動くのです。（牛乳、郵便、食料品などは〈時間〉ではなく〈潮〉に従って本土から渡ってきました）。その上いつも海鳴りと風のうなる音が聞こえていました。それで最初は不安で落ち着きませんでしたが、そのうちにそれは人生のようなものであり、その中に身をゆだねることの中に（飛行機が旋回する時〈身をゆだねる〉ように）人は完全なる平和を見つけるものだと感じ始めました。それはその人自身の人生の中での絶え間ない変化に適応したことであり、船の上のハンモックで寝ているようなものでした。もはや人生の本質であるものとは闘わなか

ったのです。（WWW 76）

また、イリアックでの生活は、アンの家族にとってはどう映ったのかが、次の文章から読み取れる。一九四三年十二月の日記に、自宅で家族だけのクリスマス礼拝をしたときのことが記されている。

「今までのうちで、一番良いクリスマスイブだった！」とジョンが言った。そしてチャールズもまた、そうだったと言った。私は嬉しかった。そう、これがクリスマス、わたしがみんなに覚えておいて欲しいのはこういう雰囲気だ。礼拝は〈イリアック風〉だったとチャールズは言う、イリアックでのひと夏は生涯では十分なものであり、今日のような一夜の思い出もまた一生涯続くのだろう。「良い思い出はたった一つでさえも私達を救う手段となるかもしれない」と私はドストエフスキー[9]を引用した。（WWW 399）

海に囲まれ海と共に生きるイリアックでの暮らしは、一年にも満たない短いものだったが、アンのみならず家族にとっても心温まる思い出を残していたのだ。

アンの人生を振り返ってみると、傍らには常に「海」の存在があった。幼い頃から家族と共に過ごす休暇は海の近くだった。休暇に海辺で遊びながら、海と共に成長してきたのだ。この頃の海は、アンにとって親しい友人のようなものだったかもしれない。また、成長して水陸両用機で夫と共に空を飛んでいる頃の海は、さながら時には厳しくも優しい母のような存在だった。その後、折々に海と接するそれまでの生活から一変して、イリアックでは海に囲まれる毎日を過ごした。そこでの暮らしは、海の違う一面を知ることになる。イリアックでの暮らしは今まで抱いていた「海」のイメージをどのように変えたのか？　その答えは、先に引用した大学時代の先生に宛てた手紙の中にある。アンは、海に囲まれたイリアックでの生活を「人生のようなもの」（WWW 76）と語っている。それは、まるで人生のように、時には耐えがたいほどに厳しく辛いが、その中に身を委ねていると平和が訪れるのだと。実際、イリアックでの暮らしはほんの短い期間であったが、良き思い出として記憶に残るほど、家族にとっては心安らぐものとなっていた。

5　「海」がくれた贈り物

アンが『海からの贈物』を書いたのは今からおよそ五〇年以上も前であるが、作品の生まれた米国は言うに及ばず、日本を含む世界中で今なお読まれている。この作品は、主として「自然」である海に住む貝に視線をあてて書かれている。作品上で海が果たしている役割は大きく、もしも海が主役でなかったならば、はたしてこれほど長い間、人々に愛読されていただろうか。身近な存在の海を題材に取り上げているからこそ、人は折に触れ海に行きたくなるように、幾度となくこの作品を手に取るのではないだろうか。

まず、読者は『海からの贈物』というタイトルの、「自然」である「海」にひかれて作品を手に取る。一度作品を手にすると、作者の気負わない自然で優しい語り口に惹きつけられる。作品は、身近である海の生き物である貝を手にしたアンが、人生について深く考え、思いを巡らせるもので、簡素な文章でありながら味わい深い。唯、一度読むだけではその良さは味わいつくせず、何度も手にしたくなり、作品を手にする毎にその味わいは益々深くなる。『海からの贈物』は小品でありながら、その様な価値を持つ作品なのである。

人は人生を送るうちに様々な問題で悩む。しかし、いかに悩もうと誰しも自分の人生から逃れることは出来ないし、その中で精一杯、自分の役割を果たす他はない。同じように人生で悩み、答えを求めていたアンは、一つの手掛かりを得る。海の傍で暮らすうちに、海での暮らしは人生のようなものだと悟ったのだ。それは、アンが幼い頃から身近にあった海から、長い間に少しずつ学んで得た結論だった。そして、海辺に住む生き物たちからも、同様に人生に活かせる様々な知恵を学んだ。これこそがアンの手にした「海からの贈りもの」だったのである。この味わい深い人生の知恵「海からの贈りもの」を自分一人だけのもので終わらせることなく、他の大勢の人々と共有すべく『海からの贈物』を書いたのだ。だからこそ、寄せては返す波のごとく、途絶えることなく『海からの贈物』は悩む人々の一筋の光として、アメリカ文学の中で輝き続けてきたのである。

註

本論文で引用したアン・モロウ・リンドバーグのテクスト、*The Flower and the Nettle*（1976; Harcourt Brace, 1993. *FN* と略記）、*War Within and Without*（1980; Harcourt Brace, 1995. *WWW* と略記）と Vaughan, D. K. *Anne Morrow Lindbergh.* (Boston: Twayne, 1988.) については、日本語訳が出版されていないため、拙訳によった。*Bring Me a Unicorn*（1972; Harcourt, 1993. *BU* と略記）、*Hour of Gold, Hour of Lead*（1973: Harcourt Brace, 1993. *HG* と略記）、*Gift from the Sea*（1955; Random House, 2005. *GS* と略記）、*North to the Orient*（1935: Harcourt, 2004. *NO* と略記）、*Listen! the Wind*（New York: Harcourt Brace, 1938. *LW* と略記）については基本的には拙訳を使用し、必要がある場合により、『ユニコーンを私に』（中川経子訳 求龍堂、一九九七）、『輝く時、失意の時』（中川経子訳 求龍堂、一九九七）、『海からの贈り物』（吉田健一訳 新潮社、二〇〇四）、『海からの贈りもの』（落合恵子訳 立風書房、一九九五）、『翼よ、北に』（中村妙子訳 みすず書房、二〇〇二）『聞け！　風が』（中村妙子訳 みすず書房、二〇〇四）を参照した。なお、引用に際しては、引用末尾括弧内に、作品名、頁数を記した。

1　ウィリアム・メレル・ヴォーリズ設計の東華菜館（大正十五　京都市）、渡辺節が設計した日本綿業倶楽部（昭和六　大阪市）等の現存する建築物にその影響が見られる。

2 *"Verweile doch, Du bist so schön."* ドイツの作家、ゲーテ (Goethe) のファウスト (*Faust*) からの引用。
3 一九二九年五月三十一日付母エリザベス宛の手紙に、夫チャールズと漁師との会話を記している。その中にボートを「しばらく借りている」とある。(*HG* 42)
4 水上飛行機の浮船。写真1参照。
5 大西洋北部にあるポルトガル領の島群
6 Long Barn イングランド Kent 州 Sevenoaks に近い古い領主の館 一九三六年二月から二年間借りて暮らした。
7 Dr. Alexis Carrel (1873–1944) 外科医・生物学者。一九一二年ノーベル生理学医学賞を獲得。
8 Mina Curtiss (1913–2005) Smith 大学時代の creative writing の先生であり友人。プルースト (Marcel Proust, 1754–1826) とビゼー (Geoges Bizet, 1838–75) に関する著書がある。
9 Fyodor M Dostoevsky (1821–81) ロシアの小説家 代表作『罪と罰』など。

参考・引用文献

Johnson, Anne M. *Return to the Sea: Reflections on Anne Morrow Lindbergh's Gift from the Sea*. 1998; Makawao, HI: Inner Ocean, 2004.
Lindbergh, A. M. *Bring Me a Unicorn*. 1972; New York: Harcourt, 1993
——. *The Flower and the Nettle*. 1976; New York: Harcourt Brace, 1993.
——. *Gift from the Sea*. 1955; New York: Random, 2005.
——. *Hour of Gold, Hour of Lead*. 1973; New York: Harcourt Brace, 1993.
——. *Listen! the Wind*. New York: Harcourt Brace, 1938.
——. *North to the Orient*. 1935; New York: Harcourt, 2004.
——. *Locked Rooms and Open Doors*. 1974; New York: Harcourt Brace, 1993.
——. *War Within and Without*. 1980; New York: Harcourt Brace, 1995.
Milton, Joyce. *Loss of Eden*. New York: Harper Collins, 1993.

Nicolson, H. *Dwight Morrow*. New York: Arno, 1975.

O' Brien, P.J. *The Lindberghs: The Story of A Distinguished Family*. London: Long, 1936.

Ross, Walter S. *The Last Hero: Charles A.Lindbergh*. 1964; New York: Harper & Row, 1976.

Vaughan, D. K. *Anne Morrow Lindbergh*. Boston: Twayne, 1988.

荒牧鉄雄・内田昭一郎『アメリカ文学読本』開文社、二〇〇〇。

アリストテレス『ニコマコス倫理学（上）』高田三郎訳、岩波書店、二〇〇一。

——『ニコマコス倫理学（下）』高田三郎訳、岩波書店、二〇〇一。

澁澤龍彦『幻想博物誌』河出書房新社、一九八五。

白井祥平『ものと人間の文化史83―Ⅰ・貝Ⅰ』法政大学出版局、一九九七。

ソポクレス『オイディプス王』藤沢令夫訳、岩波書店、二〇〇四。

トウェイン、マーク『ハックルベリー・フィンの冒険 上』西田実訳、岩波書店、一九九七。

——『ハックルベリー・フィンの冒険 下』西田実訳、岩波書店、二〇〇八。

南日俊夫『世界大百科事典　三巻』一九八八、下中弘編、平凡社、一九九七。

ヘミングウェイ、アーネスト『老人と海』福田恆存訳、新潮社、二〇〇五。

ポミアン、クシシトフ『コレクション』吉田誠・吉田典子訳、平凡社、一九九二。

第14章

テネシー・ウィリアムズの『牛乳列車はもう止まらない』にみる光と影
――実験「装置」としての日本演劇――

古木　圭子

はじめに――テネシー・ウィリアムズ戯曲における光、影、海

テネシー・ウィリアムズ (Tennessee Williams) の作品においては、頻繁に光と影の対照がなされている。一見すると、光は生命の象徴であり、それとは対照的な死の世界を体現するのが影である。しかし、ウィリアムズ戯曲の世界では、それらは時に逆説的な意味を伴い、光が破壊的要素を内包することもある。また同時に影は死を象徴する存在でありながら、登場人物を保護する肯定的なイメージを有することもある。

『欲望という名の電車』(*A Streetcar Named Desire*, 1947) においては、光と影の対照は、主人公ブランチ (Blanche) のセリフに顕著に表れている。彼女は、若き日に経験した詩人アラン (Alan) との恋愛について「常に半ば影になっていたものに、突然眩しい光があたったようだった」(527) と述べ、新たな「光」の世界が彼女に開かれた様相をミッチ (Mitch) に語る。だがその直後、実は自身が「騙されていた」のだと告白し、彼女の人生に「光」をもたらしたと思っていた夫が、その後自殺を図ったという経緯を述べる。そして彼女の人生において、その後「世界を照らしていたサーチライトは再び消え」、「台所の蝋燭よりも強い光」が点ることはなかった (528)。

このセリフにあるように、ブランチは夫の突然の死に直面して以来、光の世界を避けてきた。彼女は、すべてをさらけ出す「裸電球」を嫌い、それに紙提灯をかぶせる。彼女にとって光とは残酷な現実そのものであり、それを避ける彼女の行為は、現実の生を避け、死の世界へと突き進むことを意味する。しかし逆説的にみれば、眩しい光は、残酷な現実に彼女を晒すことで、死へと彼女を導く役割をもしている。実際、終幕において「裸電球」に紙提灯をかぶせることができなくなった彼女の姿には、光（＝現実）に直面することで、俗世を離れ、精神的な死の世界に赴くことが暗示されている。

ウィリアムズ戯曲においては、光と同様に、死と密接に結びつく要素として、海の存在が挙げられる。海は人間を破壊しうる巨大な力を持つと同時に、人間の生命が回帰する場所でもある。ブランチは最終場面で精神病院へ向かう際、妹のステラ（Stella）とその友人ユーニス（Eunice）に、みずからが死を迎えるのは「海の上」であり、「夏の燃えるような日差し」の中であると描写する（559）。つまり、生存中はずっと影の世界に身を潜め、鮮烈な光を避けてきたブランチは、死を迎える際に始めて白日の太陽のもとに晒され、大海原に抱かれ、平穏の時を迎えることができると思い描くのである。

光と影、そして海が、登場人物の生死を支配するというイメージは、五〇年代後半から六〇年代のウィリアムズ作品においてより明確になる。『去年の夏突然に』（*Suddenly Last Summer*, 1959）においては、ガラパゴス諸島のエンカンタダス島の海岸で、孵化したばかりの海亀の子に無数の食肉鳥が襲いかかる姿に「神」の姿を見出した詩人セバスチャン（Sebastian）が、「熱く、眩しく照りつける白い光」の中、みずから生贄となり、飢えた子どもたちの群れによって食い殺された様が、彼の従妹キャサリン（Catharine）によって描写される。『牛乳列車はもう止まらない』（*The Milk Train Doesn't Stop Here Anymore*, 1963）においては、イタリアのナポリに近い海岸の崖の上に建つ邸宅を舞台に、ゴーフォース夫人（Mrs. Goforth）の死を目前にした壮絶な闘いの様相が描かれる。そこへ現れる

「死の天使」クリス・フランダース (Chris Flanders) は、崖に砕ける波音の口真似をし、「ブーン」と度々つぶやく。これは本戯曲のキーワードでもあり、人間の俗世での権力を奪い、死に導く存在としての海の驚異を象徴する。そしてこの戯曲では、病のために太陽の光を避けなければならないゴーフォース夫人の影の世界は、歌舞伎の黒子を模したステージ・アシスタントによって象徴される。このように、人間の生と死を操る光と影というモチーフは、ウィリアムズの後期作品に至っては、実験的な手法と共に舞台上に提示されることとなる。

以上のような観点から本論では、テネシー・ウィリアムズ戯曲に表れる光と影、そして海のイメージが、どのような点において人間の生と死という問題を具現化しているのかを考察する。さらに、後期の実験的戯曲『牛乳列車はもう止まらない』において、それらがどのように、日本演劇を取り入れた実験的技法と結びついていったのかという点を明らかにしたい。

1　人物の影の象徴――テネシー・ウィリアムズと日本演劇

『牛乳列車はもう止まらない』は、ウィリアムズが「日本の歌舞伎とギリシア劇のコロスの中間的役割」を果たすものとして、二名のステージ・アシスタントを登場人物として配した実験的戯曲である。彼は、日本演劇の要素を取り入れた理由として、本戯曲が「アレゴリー」または「洗練されたおとぎ話」としての要素が濃厚なため、「因習的な演劇」から離れた技法を駆使する方が、その意図が効果的に舞台で伝わるからだと述べている (“Author’s Notes,” *Milk Train* 491)。

ウィリアムズは、その初期から中期の戯曲においても日本演劇、あるいは日本を髣髴とさせる要素を積極的に用いてきた。『欲望という名の電車』でブランチの現実逃避癖の象徴として用いられる紙提灯、『イグアナの夜』(*The Night of the Iguana*, 1962) で主人公ハナ (Hannah) が身に着ける歌舞伎のコスチュームがその例として挙げられる。さらに、一九六九年に発表された『東京ホテルのバーにて』(*In the Bar of the Tokyo Hotel*) は、文字通り東京のホテルを舞台とし、「東洋の偶像を思わせる」バーテンダーが、主人公の画家マーク (Mark) とその妻ミリアム (Miriam) の闘いの観察者として重要な役割を果たす。さらに、六〇年代に執筆されていながら二〇〇八年まで未発表であった戯曲『男が死んだ日』(*The Day on Which a Man Dies*) には、「西洋能」(Occidental Noh Play) とサブタイトルが付され、三島由紀夫をモデルとしたとされるオリエンタル (Oriental) が劇の進行役を担っている。

ウィリアムズは一九五九年に日本を旅した際に歌舞伎を観劇し、劇作への新たなインスピレーションを受けた。その際三島由紀夫との親交も深め、能や歌舞伎、劇作について語り合った。また一九六〇年にアメリカで行われた歌舞伎の公演はウィリアムズに多大な影響を与えた (Hale 369)。ウィリアムズ自身、「偉大な日本の伝統劇から生まれた能と歌舞伎は、ギリシア劇、エリザベス朝演劇、そしてチェーホフとスタニスラブキーの演劇に匹敵するほど、演劇における歴史的発展を促しているものだ」(qtd in Hale 369) と述べている。そしてそれが、歌舞伎の衣装や黒子などを用いた『牛乳列車はもう止まらない』、能の要素を取り入れた一九六〇年代以降の『東京ホテルのバーにて』、『男が死んだ日』のような作品へと発展を遂げてゆくのである。

しかしながら、『牛乳列車はもう止まらない』の実験的試みは不可解であると酷評を受ける。たとえば、アラン・ルイス (Allan Lewis) は、「アクションの無意味さ」と「討論の浅はかさ」を補うために、黒子を模した助手が「背景を置き換え、会話に加わって」いるのだと指摘する。そして、それまでは「熱烈な感情的場面」を創りあげることに成功してきたウィリアムズが、趣向を変えて「思想の演劇」(a play of ideas) の執筆を試みたことは、まったくの失敗に終わっていると評している (61)。ウィリアムズの六〇年代以降の作品に概して高い評価を下しているアネット・J・サディック (Annette J. Saddik) にしても、ステージ・アシスタントを用いる手法に関しては（ウィリアムズ自身の表現を引用しつつ）、この芝居を「因習的な演劇の伝統から切り離す」以外の目的は見られないとし、不可解であるとの見解を隠せないでいる (116)。

この作品が発表された一九六〇年代のアメリカ演劇界においては、カフェ・ラ・ママやオープンシアターの開設にみられるように、アメリカ演劇がリアリズムの枠から外れる様々な試みがなされていた。そのような時代背景においては、ウィリアムズの実験的試みは時代に則していたと言えよう。だが、それ以前のウィリアムズ戯曲がリアリズム演劇の枠組に入れられていたため、彼の実験は、批評家や大衆には受け入れ難いものであった。しかし、初期の戯曲、たとえば『ガラスの動物園』(*The Glass Menagerie*, 1945) は、過去と現在を自由に行き来する語り手トム (Tom) の「追憶」を視覚化する作品である。その点においては、主人公ゴーフォース夫人の「追憶」を口述筆記という形で再現する『牛乳列車はもう止まらない』は、ウィリアムズの初期戯曲の表現主義的技法を拡張したものであると言えるだろう。さらに、本戯曲の実験的技法は、アメリカ演劇改革への声明とも捉えられる。この作品においては、外枠のアメリカ演劇とその補助的要素とみられる日本演劇の主従関係が劇中で逆転し、アメリカ演劇における因習的要素を根本から見直す試みがなされているからである。その劇的枠組みにおける実験こそが、登場人物の内面に潜む光と影、つまり、生命への執着と死への限りない恐怖という二面を舞台上で可視化しているのである。

2　『牛乳列車はもう止まらない』における「装置」——ステージ・アシスタントの果たす役割

『牛乳列車はもう止まらない』の幕開けにおいては、この作品が主人公の死に至るまでの二日間を描いたものであることを、ステージ・アシスタントが観客に明かす。冒頭で劇の結末を明かす構造は、進行に従って観客がプロットを追う西洋写実主義演劇の枠組みから外れるものであり、「因習的」な演劇からの離脱という劇作家の意図を反映している。

1：われわれはまた装置でもある。
2：古代東洋に紀元を持つ劇的装置だ。
1：しかし、西洋の変容も遂げている。
2：われわれは、ステージ・アシスタントである。舞台奥で演技場所を覆っている幕を動かす。
1：取ってきて、そして運ぶ。
2：家具や小道具を。
1：劇、仮面劇、野外劇を提示するために。ゴーフォース夫人の人生の最後の二日間を、より優雅にすばやく移動するのだ。(*Milk Train* 495)

ステージ・アシスタントは、東洋と西洋の要素を併せ持ち、主人公の最期をより明確に描写するための「装置」であるとみずからを位置づける。助手および「装置」という位置付けの人物が東洋のイメージを持つという構図は、帝国主義的側面を表すものであると観客に受け取られる危険性もある。実際ウィリアムズ自身、ゴーフォース夫人の象徴する「帝国主義」に対する観客の批判的感情が、この芝居の受容に否定的に影響したのであろうと述べている（『回想録』三三五）。彼女の住居前に掲げられたグリフィン（Griffin）は、鷲の頭とライオンの体を持つ伝説上の動物で、その鷲の頭はアメリカの国旗、つまり彼女の権力を示している。ゆえに、アメリカを象徴するゴーフォース夫人と、日本を象徴するステージ・アシスタントの関係は、芝居の主たる枠組のアメリカ演劇に従属する日本演劇として捉えることも可能である。実際、クリスと秘書ブラッキー（Blackie）の会話において、「彼女はたぶん日本に行ったことがあるのでしょう」というクリスの問いかけに対し、ゴーフォース夫人が「たぶん（日本を）所有しているのでしょう」（*Milk Train* 509）とブラッキーは皮肉交じりに返答し、ゴーフォースに従属する日本的要素としてのステージ・アシスタントの下位的地位を示しているようである。

しかし、ステージ・アシスタントはまた、ゴーフォース夫人を象徴するグリフィンの旗を操作することで、彼女の生死を支配する。第六場の初め、ゴーフォース夫人が吐血し、死が迫っていることが明確になる。その光景を傍観するステージ・アシスタントは、グリフィンの旗を降ろす準備をし、彼女の危篤を伝えるための電報を、彼女の娘に打つように指示する。続く場面で彼らは、ゴーフォース夫人を象徴するグリフィンが「死を見つめ」、「睨み返そう」としていると描写する（569）。このコメントは彼女の死への抵抗を表すが、その旗が降ろされるという光景は、死を目前にした彼女の無力さを示してもいる。そしてこの場面では、黒い衣装に包まれ、登場人物の影として機能していたステージ・アシスタントが脚光を浴び、主人公の権力を奪い、その生命を操る力を得ることとなる。こうしてゴーフォース夫人は、権力を駆使する光の世界から、死を目前にする闇の世界へと進んでゆく。つまり、一見補助的に見えるこれらの人物は、実験「装置」として取り入れられていると共に、ゴーフォース夫人の支配力（＝帝国）をゆるがす存在でもある。そして、その位置関係の逆転劇にこそ、この戯曲における最大の実験的試みが潜んでいると言える。

3　「死の天使」クリスの役割と海、光のイメージ

年長の婦人を訪問し、彼女らが死を迎えるまで傍に留まることから、「死の天使」というニックネームを授けられたクリス・フランダースもまた、ゴーフォース夫人の運命を担っている。しかしクリスの役柄を複雑にしているのは、彼には、犠牲者、弱者としての面も強調されていることである。ステージ・アシスタントが歌舞伎の黒子を模し、日本のイメージを彷彿とさせていることと同様に、ゴーフォース夫人と初めて言葉を交わす際に彼が着ける衣装は、夫人からあてがわれたサムライのコスチュームである。それは、クリスを従属的立場に留めようとするゴーフォース夫人の帝国主義的側面を露わにする。さらに、ブラッキーとクリスの会話には、富裕な女性にみずからを敢えて従属させるような彼のジゴロ的性質が強調されている。
クリス（ベッドの上に座ったままで）：僕が目覚めた時にはどんなプログラムが用意されているのですか。
ブラッキー（彼にまだ背中を向けたままで）ご自身で計画なさっていることはないのですか。
クリス：誰かを訪問している時は別です。訪問をしている時は、できるだけその方の計画に適応するように努力しているのですよ。
ブラッキー：あなたにとっては、それがほとんどの時間を占めているのでしょうね。
クリス：ええ、ほとんどがそうですね。(511)

右記の会話にみられるように、クリスは、みずからの生活設計を積極的に成すことはなく、その芸術作品ではなく、むしろみずからの性的魅力を用いて生活の報酬を得ている。サムライの衣装によって日本を具現化するクリスが、アメリカ帝国主義を表すグリフィン（＝ゴーフォース夫人）に左右される図は、自己のヴィジョンを曲げても

大衆の好みに迎合しなければならない芸術家、つまり詩人クリス、そして劇作家ウィリアムズ自身のフラストレーションを表していると解することも可能である。

しかしクリスは、ゴーフォース夫人に搾取される存在としてのみ提示されているわけではない。彼はステージ・アシスタントと同様に、「死の天使」としてゴーフォース夫人の生死を操る支配力を有し、さらに彼女の欺瞞を暴く役割を果たすこととなる。そして、その役割と密接に関係しているのが、海の存在である。この戯曲の背景描写に関して、ウィリアムズは「海と空の色」、そしてそれに対応する「光」の存在を重視している。この芝居の装置について彼は、「一つの部屋の内部が使用されている時には、邸宅内部の他の部分は光によって覆われているべきである」と述べ、その色は「海と空の色」である背景幕と「一体化」すべきであると主張している（"Author's Notes," 491）。

『牛乳列車はもう止まらない』においては、海は人間に脅威を与え、人間の生命を破壊する要素として描写されている。ゴーフォース夫人の邸宅は、地中海に囲まれた島の上に建てられており、彼女の邸宅にたどり着くには、険しい崖を登り、獰猛な番犬に追いかけられるという障害を克服しなければならない。クリスはゴーフォース夫人に面会するために大怪我を負うのだが、そのエピソードが示すように、外界の人間がゴーフォース夫人と接触することは極めて困難である。そうすると、海はゴーフォース夫人を他者から遠ざけ、世界から隔離する役割を果たしていることとなる。そしてクリスは、海の破壊的な側面をゴーフォース夫人に思い起こさせ、遠くから眺めている時の波は「白いレースの扇のように繊細に見える」が、時に「岩に体を打ちつけ、骨を折る」（542）事態に人間を陥れるのだと警告する。つまり、外界から彼女を遠ざけ、一見彼女を保護しているように見える海は、彼女を破壊する要素を内包しているのである。

さらにクリスは、ゴーフォース夫人の帝国主義的君臨ぶりを指摘し、彼女を海に例えてもいる。

クリス：……この「ワインのように暗い海」は、世界最古の海ですね。あそこに見えるのが何かご存知ですか。
ゴーフォース：海でしょう。
クリス：そう、そして三段オールのガレー船に乗ったローマ艦隊です。征服に向かう指揮官の命に従った奴隷によって引っ張られているのです。略奪、ブーン！　征服、略奪、そしてより多くの奴隷を得るために。ブーン！　ここからすべての見世物が始まったのです。この西洋最古の海でね。ゴーフォース夫人、この海は地中海と呼ばれています。それは、地球の真ん中という意味です。墓場ではなく、人生の揺りかごなのです。でもそれは、異教徒とキリスト教徒、つまり文明の揺りかごなのです。そして、この海に繋がっている川は、あの古代の水蛇、ナイルなのです。(563)

「ブーン」は、波が岩にあたって砕ける音であり、それはまたゴーフォース夫人の「骨を折る」危険性をも意味することから、生命を滅ぼす音となる。また、古代ローマ人が、海を渡って征服を試みた際の音でもある。クリスはここで、西洋文明を築き上げるために、多くの奴隷が犠牲となったことに言及する。そしてそれは、みずからの創造物＝自伝を創りあげるために、他者を犠牲にするゴーフォース夫人の横暴さをも暗示する。夜中であろうと明け方であろうと、ゴーフォース夫人の自伝の口述筆記のために叩き起こされ、睡眠不足で疲労困憊している秘書ブラッキーの名前が、黒人奴隷を思い起こさせるものであるのも、上記の海の描写と関連付けることができる。

クリスが次に制作するモビール作品の名が「ブーン」であることは、さらに注目すべき点である。彼はブラッキーとの会話において、自作品のコンセプトを「海と空が同じ色になり、お互いが溶けあう」ことだと述べる。そして、それらの色は共に「ワインのような暗い色」だと描写する。海の色を「ワイン」に例えるという彼の説明は、『欲望という名の電車』のブランチが描写する死を思い起こさせるものでもある。

海の香りがするわ。残りの人生は海の上で暮らすのよ。そして死ぬ時には、海の上で息絶えるの。どうやって死ぬかわかるかしら。(ぶどうの房をつまむ)。私は、ある日海の上で、洗っていないぶどうを食べて死ぬことになるでしょう。ハンサムな海船専属のお医者様の手を握ったままで。大きな銀製の時計を持っていて、小さなブロンドの口髭をたくわえている若いお医者様なの。「かわいそうに、キニーネは効き目がなかったようだ」って彼は言うでしょう。あの洗っていないぶどうが、私の魂を天国に運んでくれるの。(大聖堂の鐘の音が鳴る)。そして私は、清潔な白い布に包まれて船から落とされるの——正午に——夏のまぶしい光の中——そして私の初めての恋人の瞳と同じぐらい青い——あの海の中に (559)。

右記のブランチのセリフにもみられるように、「ぶどう」はキリストの血を思い起こさせる要素であるがゆえに、死を連想させる。同時にこの場面では、ブランチの死を導く要素として、光の存在も強調されている。そして、クリスの描写にある海と「ワイン」(=ぶどう) が交じり合う色になっている状態は、人間の生命の終わりを意味する。つまり海と空が全て「ワインのような暗い色」になっている様を表現するクリスの芸術作品は、ゴーフォースの死によってインスピレーションを受けたものである。そうすると、自身の作品を完成させることができなかったゴーフォース夫人は、クリスに芸術的創造力の源泉を与えるミューズの役割を果たしていることにもなる。

さらに、ブランチの描写する死のイメージと関連するかのように、この戯曲のなかで光、つまり太陽は、死を目前にしたゴーフォース夫人に脅威を与える存在である。病に冒された彼女にとっては、太陽の光にあたることは、腫瘍が悪化することを意味するが、そもそも、地中海の島に君臨し、太陽を生命と同一視する彼女にとっては、太陽を避けなければならないことが、すなわち生命の停止を意味するのである。

ゴーフォース夫人：いいえ、どこかその辺に置いて、立ち上がるのを手伝ってちょうだい。太陽の光でめまいがするわ。なぜここに来たのかわからない。ここで私は何をしているのかしら。
ブラッキー：膿瘍、つまり組織の損傷が完全に癒えるまでは、太陽の光にはあたらないようにとレングッチ先生がおっしゃったことを、思い出していただこうとしていたところです。(515)

通常は人間の身体を健康な状態に導くと考えられている太陽の光が、この場面では、ゴーフォース夫人の身体組織を蝕む破壊的存在として描かれている。さらに、その太陽の光は彼女にめまいをもたらし、それによって彼女は思考力、記憶力も停滞する状況に至る。太陽の光を避けなければならないゴーフォース夫人は、ブランチが「裸電球」の光を避けながらも、死に臨む際は光を求めたのと同様に、影（＝死）の世界の住人となっているのである。

さらに、死を目前にした現在だけでなく、過去においても太陽に代表される眩しい光を避けてきた様相が、ゴーフォース夫人自身の言葉で語られている。それが顕著に表れているのが、彼女が語る「最後の」夫アレックス(Alex)との思い出の中である。

いいえ、アレックスは肉体と同じぐらいに、精神も美しい若き詩人だったの。私の夫たちの中で、クロイソスみたいに裕福でなかったのは彼だけだった。アレックスとは、鏡を使わずに愛し合ったのよ。彼、私の目を鏡代わりにしたの。夫たちの中で――六人いたけれど――ベッドの上で明るい光が点ったままで愛し合うことができたのは、アレックスだけだったわ。一〇〇ワットの電球が頭上で輝いていたのよ！(526)

「一〇〇ワットの電球」の下で愛し合うカップルの光景は、生命力に満ちていたゴーフォース夫人の過去の記録である。しかし、アレックスがゴーフォース夫人の瞳を鏡代わりとして、自身の姿を映し出したという光景は、彼女とアレックスが一心同体であるという暗示をも含む。アレックスがゴーフォース夫人の瞳に見ていたのは彼女ではなく自身の姿であり、彼の鏡となった彼女は、彼に同化してゆく。完璧な肉体を有していたアレックスは、ブランチにとってのアランがそうであったように、ゴーフォース夫人の理想とする美の象徴である。また彼の詩人という職業は、ゴーフォース夫人が求める芸術性の象徴でもある。つまりゴーフォース夫人は、自身の理想とする究極の美と精神を夫アレックスの中に見出したのである。そのように考えると、アレックスの存在、少なくとも彼女の思い出の中に住むアレックス像は、ゴーフォース夫人の創造であるという仮定も成り立つ。彼女は、アレックスという生命の象徴を呼び起こす、あるいは創りあげることで、現在の死の恐怖から逃れようと試みているのではないだろうか。

ゴーフォース夫人に初めて死の恐怖を与えたのは、最初の夫ハーロン・ゴーフォースであった。そして、彼女が初めて死の存在を認識したのも彼の瞳の中であった。

> あの人の瞳の中に死の影が見えたの、そしてそれ以上に恐ろしいことに、恐怖が見えたの。彼の瞳の中に見えたの、恐怖が。私はそれを見て、感じて、そしてベッドを抜け出した。まるで砂地獄から逃げるようにベッドから脱け出したの。もう彼の方は見なかったわ。ただベッドから逃げ出して……。(534)

瀕死の夫を見捨てて逃げ出さなければならなかったのは、夫の瞳に映し出された「恐怖」を彼女が受け止められなかったからである。夫の瞳に「恐怖」を見とった彼女は、ここでも夫と自己を同一視していたのではないかと考えられる。彼女はその直後テラスへと駆け出し、「燃えるような光」を目にするが、しかしその光は、夫の目に映し出された「恐怖」の光ほど「明るくはなかった」のである(534)。この場面では、死んでゆく夫の「恐怖」が光にたとえられており、その思い出を語った直後にゴーフォース夫人は、「私は光を失った、見えない、死んでゆく」(534)

と叫ぶ。つまり、夫の眼の中に存在した最後の光は、その眩しさゆえに彼女の視力（＝現実に直面する力）を奪い、それ以来彼女は、他者の瞳（＝光）の中にのみ、自身の姿をみとめるようになったのである。そうすると、自伝を執筆しようとする彼女の行為は、死の恐怖に面して失ってしまった自分自身を、再び取り戻す試みでもあったと言える。

4　アメリカ帝国主義と「東洋」

前章で述べたように、クリスは「死の天使」として、時にゴーフォース夫人を脅かす存在である。しかし、一方で彼は、ゴーフォース夫人が彼の中にみる性の奴隷としての要素を否定することはしない。実際、クリス自身のセリフは、自己のセクシュアリティとステレオタイプ化された東洋のイメージの関係を表出しているようである。

> 何かのお役にたてると思わなければ、ここには来なかったでしょう。その代わりとして、一時の滞在場所、休んで働ける場所をいただければと思っていました。そうすれば、最近失ってしまっていた現実感を取り戻せるだろうと考えていたのです。そんなことを、テラスにいる時にご説明しようとしたのですが、でも――　（573–74）

クリスは、故意に食べ物を与えないゴーフォース夫人の虐待に耐えるのであるが、それは、彼女を死の恐怖から救うという崇高な目的と言うよりは、行き場所や仕事が無いという彼の切迫した現実を表している。侵入者と厭われながらも、彼が夫人の屋敷に留まっていられるのは、彼の性的魅力を夫人が認めているからであり、彼も彼女の欲望を意識している。それゆえに彼は、帝国主義を具現化するゴーフォースの被支配者として位置付けられ、社会的弱者としての側面を暴露されるのである。

登場人物にみられる東洋的イメージは、社会に認知されない芸術家という弱者としてのクリスの立場を示す。しかしまた彼は、芸術家としての自己を敢えて主張しないという「受容」(acceptance) の姿勢において精神の安定を保ち、ゴーフォース夫人が体現する欲望の世界から離脱できると唱えてもいる。クリスは、海辺で自殺を図ろうとしていた老人男性を海へ導き、彼が波にさらわれるまでじっと抱きしめていたという過去の体験をゴーフォース夫人に語る。その行為は、ヒンズー教の僧によって彼の「天職」だと称えられ、その時から彼は「死の天使」としての役割を担うようになった。死へ導く行為を肯定的で創造的だと捉えるクリスの姿は、みずからの死を芸術家としての最後の声明とする『東京ホテルのバーで』のマーク、自殺の美学を説く『男が死んだ日』のオリエンタルを髣髴とさせるもので、六〇年代以降のウィリアムズ作品における芸術家像の一つの典型である。

前に述べたように、ウィリアムズは、この作品を「アレゴリー」あるいは「洗練されたおとぎ話」として意図したが、その数奇な人生を自伝形式で語りながら、死と葛藤するゴーフォース夫人の壮絶な闘いを「アレゴリー」や「おとぎ話」としてみるのは困難でもある。彼女は死という運命に敗北した人物ではあるが、しかしまた、バートン・R・パルマー (Barton R. Palmer) の評にあるように、「ウィリアムズが創作した最も興味深い登場人物の一人」であり、舞台は「彼女の人格の純然たる力」によって支配され、その力は他の人物を圧倒する (264)。しかしウィリアムズの意図は、ゴーフォース夫人という一個人の運命や、彼女を取り巻く人間関係を詳細に描写することではない。むしろ、日本演劇の要素を取り入れ、その要素を表す従属的人物クリス、ステージ・アシスタントが、支配者として君臨するゴーフォース夫人の生死を操るという主従関係の逆転が起きる状況をアレゴリカルに描き、それによってアメリカリアリズム演劇の伝統（＝支配的演劇形式）を実験演劇によって打破しようと試みたのである。

アメリカ人ゴーフォースが地中海の島を所有する様は、「地中海世界の統治権を記すラテン語の帝国 (imperium) に由来するローマ人の帝国 (Imperium populi Romani)」という用語が、「単に修辞的なものではなく、血肉化されたものとして、国外から海外に住む行政長官に賦与される支配力を意味したのである」という帝国主義の定義に当てはまる（アッシュクロフト 146）。そしてさらに、ゴーフォース夫人の自伝の執筆という行為の帝国主義的側面について考える必要もある。彼女の自伝執筆は、死への恐怖によって一旦は失いかけた自己を、他者の上に君臨させることで取り戻そうとする試みだからである。

エドワード・サイード (Edward Said) は、「物語る力、あるいは他者の物語の形式や出現をはばむ力こそ、文化にとってても帝国主義にとってもきわめて重要であり、文化と帝国主義をむすびつける要因のひとつともなっている」と述べている（四）。この定義は、ゴーフォース夫人の状況を反映する。彼女は「この夏」、他者の話に耳を傾ける気になれず、他者が創造した「文学作品」にも興味が持てず、「自身の文学を制作することに夢中になっている」(560)。彼女は、こうして他者の声を排除することで、他者の物語の侵入を拒む。さらに、住居のあらゆる場所にマイクと録音装置を配備し、「夜中であろうと明け方であろうと」(525) ブザーを鳴らし、みずからの物語をブラッキーに口述筆記をさせる彼女の行為は、その独裁性ゆえに帝国主義を象徴すると共に、ブザーによって一方的な命だけを伝えることで他者の声を拒み、みずから孤立に至る彼女の状況を可視化する。

アレックスとの甘美な思い出を語ることで若さと生命を回復させようとして、ゴーフォース夫人は口述筆記を始める。その姿にスポットがあたり、舞台に君臨する彼女の姿を浮き彫りにする。しかしウィリアムズはまた、口述筆記の作業がたびたび中断され、彼女の「作品」が、手厳しい批判を受けている様相をも提示する。

詩的な音楽の一連が聞こえてくる。彼女はふと立ち止まり、「聴いて」というように、宝石の指輪を着けた手を挙げる。そして突然、これまで積み重ねてきた年月が、彼女の心を突き抜ける。舞台は、彼女が占めている前方部分以外は暗くなる。(500)

そして、甘美な音楽が流れ、彼女は、アレックスとの思い出を自己陶酔しながら語り始めるのだが、それはすぐに、クリスの突然の出現によって中断されてしまう。

この瞬間、ゴーフォース夫人の番犬（ルーポス）が、山の奥から大きく吠える。男性が叫び声をあげる。女性の召使たちがイタリア語で叫ぶ。誰かが「ルディ、ルディ」と叫んでいる。ゴーフォース夫人は、こうして自己の甘い思い出が中断されたことに非常に苛立ち、机上のインターコムボックスの様々なボタンを押す。(501)

クリスの出現が、ゴーフォース夫人の物語を中断するという状況は、彼が彼女の支配を阻むことを意味する。アレックスとの思い出がゴーフォース夫人の生命を取り戻す可能性を秘めるとしたら、それを「死の天使」が破壊するという構図は、死を目前にしたゴーフォース夫人の無力さを吐露することになる。さらに、アレックスとクリスは詩人という共通点を有するが、一方はゴーフォース夫人の創造性を掻き立て、もう一方は死に向き合わせる役目を担っているのは皮肉なめぐり合わせである。つまり、クリスは芸術家としてゴーフォース夫人に戦いを挑み、その創造力の源泉であるアレックスとの思い出を破壊することで、彼女の支配力を低下させるのである。

さらに、ゴーフォース夫人の「文学」作品の完成度に対しては批判の眼が注がれている。秘書のブラッキーは、ゴーフォース夫人の自伝における一貫性の欠如を指摘し、批評家としての役割を担っている。その場面においては、奴隷のような扱いを受けてきたブラッキーの逆襲という要素を見ることができる。

私は作家ではありませんけれど、文章には、ある種の論理的な――関連性や連続性――つまり、あるできごとと次のできごとの間の繋がり――というものが必要だと強く思っています。でも、あなたが私に先ほど口述筆記させた内容というのは――。(497)

ゴーフォース夫人の物語が文学として不十分であるとのブラッキーの指摘は、自己の物語への他者の介入を阻むことで帝国を維持しようとする試みの失敗を意味する。そして夫人の口述力の低下は、その支配力の低下＝彼女の死への接近を示す。こうして、従属者、被支配者と位置付けられてきたブラッキーとクリスは、彼女の物語に介入し、さらにそれを批判することで、ゴーフォース夫人の帝国を破壊する役割を担っているのである。

さらに、西洋帝国主義を具現化しているように思われるゴーフォース夫人自身が、歌舞伎に対する興味を示し、中国と日本の違いについて、友人の「カプリの魔女」に講釈をしていることは注目に値する。

これは中国の衣装じゃないのよ。歌舞伎の踊り手のものなの。仲直りのため日本を一緒に旅した時、サイモン・ウィリンガムが私に買ってくれた日本の国宝よ。ほんの何世紀か前のものだけど。税関を通る時にはこっそりと隠しておかなければならなかったわ。チンチラのコートの下にたくしあげて隠していたの。ほら、私、歌舞伎の勉強もしたのでかなり得意なはずよ。台風の救済活動の催しで、ゲストの踊り手として招かれたこともあったわ、まだ踊れるわよ。ほら、ごらんなさい。(522)

ここで彼女は、誇らしげに歌舞伎の衣装の由来を語り、歌舞伎のパフォーマンスを行おうとするが、すぐによろめき、踊り手としてのかつての技能を披露することができない。ゴーフォース夫人が歌舞伎をみずからのパフォーマンスに取り込もうとする行為は、サイードが定義するところの「帝国主義＝遠方の領土に定住区を築くこと」(八)

から、みずからの領土を拡大する行為と受け取れる。しかしパフォーマンスの失敗は、夫人がみずからの領土拡大に失敗したことを意味する。

この作品はさらに、芸術活動をめぐるクリスとゴーフォース夫人との戦いと解することもできる。ゴーフォース夫人の死の直前、クリスは彼女の部屋に「地球は巨大な賭博場の中にある輪」("The Earth Is a Wheel in a Great Big Gambling Casino")と名づけられたモビールを取り付け、彼女の創作活動（自伝の口述）の場であるベッドルームを占拠しようとする。一方のゴーフォース夫人は、クリスの詩の中身を、「うわすべりの感情」と批判し、真の詩人であるためには、「この世の真髄に歯形をつける」ぐらい「タフ」でなければならず、芸術家としての彼の姿勢は弱すぎると批判する(575)。一方のクリスはゴーフォース夫人のバイタリティを称え、もし紀元前四世紀の探検家、マッサリアのピュテアスがいなければ、彼女自身が「西洋世界」を区画化するために、ピュテアスよりも遠くまで探検を続けただろうと述べる(575)。しかし、クリスが示すゴーフォース夫人の領土拡大への欲望とは対照的に、彼のモビールのタイトルが意味するところは、ヒンズー教の導師から授かった「受容」の精神である。

ゴーフォース夫人：メッセージは？　彼は何のメッセージも伝えなかったの。
クリス：そう、その夜のメッセージは沈黙でした。それが沈黙の意味なのです。
ゴーフォース夫人：沈黙の意味ですって？
クリス：受容という意味です。
ゴーフォース夫人：何の受容？
クリス：ああ、多くのことです。ほとんどすべてのことを。われわれのほとんどが知っている以上に威厳に満ちた方法で生き、そして死ぬこと。知らされないでいるべきことを知らずにいること、それをどのように恐れずにいられるかということ。存在しなくなるまでは、まだ生きているという瞬間以外は何も知らないということを

受容すること。そして、死の瞬間さえも受け止めること。(578)

「メッセージ」、つまり言葉や語りで相手を支配しようとするゴーフォース夫人に対し、クリスの「沈黙」がそれを圧する。ゴーフォース夫人は、結局、死との激しい戦いに終止符を打ち、クリスの誘導に従ってその時を「受容」する。そして、ゴーフォース夫人の死を宣言する旗を下げる儀式を行なうのは、「東洋の装置」ステージ・アシスタントである。そして舞台には、「受容」を象徴するクリスの芸術作品「ブーン」だけが残され、ブラッキーとクリスの乾杯で劇は幕を閉じる。ゴーフォース夫人の死を告げる旗下げの儀式、クリスの芸術作品の提示、ゴーフォース夫人に虐待されてきた二人の乾杯はすべて、支配者と被支配者の逆転劇を示しているのである。

おわりに

アネット・J・サディックが指摘するように、劇の基本構造において、本作品はあくまでリアリズム演劇の形式に留まっている(116)。しかし、ウィリアムズが『牛乳列車はもう止まらない』に歌舞伎の要素を取り入れた背景には、「本当らしさ」、「三一致の法則」などにわずらわされることなく、「リアルな説明がなくても、その芝居を十分理解できる」という歌舞伎という形式の自由闊達な部分にあるのではないだろうか（野間　七五）。『牛乳列車はもう止まらない』を始めとして、ウィリアムズの劇作キャリアにおける六〇年代以降は、能の要素を取り入れた『東京ホテルのバーにて』や『男が死んだ日』、そして実験的寓話劇『グネーディゲス・フロイライン』(*The Gnadiges Fraulein*, 1966)、対話を中心とした実験劇『二人だけの劇』(*The Two-Character Play*, 1967) など、リアリズムから離れる試みが駆使された時代であり、本作品における歌舞伎の要素もその一環であると考えられる。

さらに、この作品の新しい視点は、西洋リアリズム演劇と日本演劇の組み合わせ、帝国主義を象徴する領主と奴隷という位置関係逆転にある。支配者たるゴーフォース夫人が取り組む自伝という文学形式、西洋写実主義演劇という外枠の演劇形式、マッサリアのピュテアスにたとえられた君主的アメリカ人の領土拡大願望、これらは、日本演劇の装置である黒子を模した人物、東洋的受容の精神を説くクリスによって否定され、君主は「死の天使」の導きによって世を去ることとなる。そしてこの作品では、『欲望という名の電車』のブランチの場合とは異なり、「侵入者」であるクリスが舞台を最後に占拠し、その芸術活動の持続が暗示されている。そこには、アメリカ演劇を支配してきたリアリズムという形式への反骨精神がみられる。そのように考えると、クリスは、アメリカ演劇界に革命を起こそうとしたウィリアムズの自画像と位置づけることも可能である。

帝国主義を象徴し、みずからの王国に君臨し、影の存在である「死の天使」クリスをいたぶるゴーフォース夫人は、実は常に死＝影の存在に怯えている。文字通り黒の衣装を着け、主人公の影なる「装置」として機能するステージ・アシスタントは、ゴーフォース夫人の生死を操る支配者たる部分を有する。そしてさらに、大枠の西洋リアリズム演劇の背後に隠れた日本の演劇的要素（黒子＝ステージ・アシスタント）が、西洋帝国主義を象徴する主人公を動かすという部分に、最も意義深い光と影の逆転劇がみられるのである。

引用文献

Hale, Allean. "The Secret Script of Tennessee Williams." Southern Review 27 (Spring 1991): 363–75.
Lewis, Allan. *American Plays and Playwrights of the Contemporary Theatre*. New York: Crown Publishers, 1965.
Palmer, R. Barton, Williams Robert Bray. *Hollywood's Tennessee: The Williams Films and Postwar America*. Austin: U of Texas P, 2009.
Saddik, Annette J. *The Politics of Reputation: The Critical Reception of Tennessee Williams' Later Plays*. Cranbury, NJ: Associated UP, 1996.
Williams, Tennessee. *The Two-Character Play. The Theatre of Tennessee Williams*. Vol. V. New York: New Directions, 1976. 301–70.
——. *In the Bar of a Tokyo Hotel. The Theatre of Tennessee Williams*. Vol. VII. New York: New Directions, 1990. 1–52.
——. *The Gnädiges Fräulein. The Theatre of Tennessee Williams*. Vol. VII. 217–62.
——. *The Glass Menagerie. Tennessee Williams: Plays 1937–1955*. New York: Library of America, 2000. 393–466.
——. *A Streetcar Names Desire. Plays 1937–1955*. 467–565.
——. *The Night of the Iguana. Tennessee Williams: Plays 1957–1980*. New York: Library of America, 2000. 327–428.
——. *The Milk Train Doesn't Stop Here Anymore. Plays 1957–1980*. 489–582.
——. *The Day on Which a Man Dies*. Ed. Annette J. Saddik. *The Traveling Companion and Other Plays*. New York: New Directions, 2008. 13–45.
アッシュクロフト、ビル、ガレス・グリフィス、ヘレン・ティフィン、木村公一訳『ポストコロニアル事典』（南雲堂、二〇〇八）。
ウィリアムズ、テネシー『テネシー・ウィリアムズ回想録』白水社、一九七八。
サイード、エドワード『文化と帝国主義1』みすず書房、一九九八。
野間 正二『比較文化的に見た日本の演劇——アメノウズメから野田秀樹まで』大阪教育図書、一九九六。

第15章

絵本の棚から見るアメリカ
――光と大地の物語五〇撰――

石原　敏子

はじめに

ひとは、自然に育てられる。都会であれ、人里離れた土地であれ、人間を取り巻く環境は、そのひとの生き方や価値観の形成に大きな影響を与える要因である。現実にそこに存在する自然のみならず、絵として提示されるバーチャルな自然環境も、こどもだけでなく大人も含めて、そのひとの生きる世界を造る重要な役割を果たす。

アメリカ合衆国は、約九六二万平方キロメートル[1]という広大な土地を占め、山脈、峡谷、河川、氷河、砂漠、平野などがあり、多様な表情を見せる豊かな自然に恵まれている。二十世紀後半から現代にかけてアメリカ合衆国で活躍を続けてきた絵本作家たちは、アメリカ大陸の、あるいは、自国の自然にどのように向き合い、それをどのように描いているのであろうか。またそれを描くことで何を伝えようとしているのであろうか。

自然を描くアメリカの絵本を一〇〇冊近く概観した結果、以下の六種類のグループに分類することができた。(1)アメリカの歴史上重要な人物と自然に関わる絵本、(2)アメリカ合衆国のある地域に関わるもの、(3)アメリカ大陸の主要な川を扱うもの、(4)ネイティブ・アメリカンと自然を扱うもの、(5)脅威としての自然を扱うもの、(6)身近な自然を扱うものである。本論考では、その中から、アメリカ大陸の大自然を扱うものに限定し、(1)～(5)に属する五〇冊の絵本を、個々に取り上げて紹介する。そして、それらが並ぶ本棚から見えてくるもの――このジャンルならではの特徴とその意味――を考えてみることとする。

1　アメリカの歴史上重要な人物に関わる絵本

このグループに属する絵本――いわゆる伝記もの――は、アメリカの絵本出版界では、教育の目的もあり数多く見られる。その中でも、自然と関わりを持つ人物をユニークな視点から描く絵本を取り上げる。

(1) Thomas Locker. *John Muir: America's Naturalist.* Golden, Colorado: Fulcrum Publishing, 2003.

(2) ――, Illustrated. *Rachel Carson: Preserving a Sense of Wonder.* Text by Joseph Bruchac. Golden, Colorado: Fulcrum Pub-lishing, 2004.

(3) ――. *Walking with Henry: The Life and Works of Henry David Thoreau.* Golden, Colorado: Fulcrum Publishing: 2002, 2011.

(4) Kathryn Lasky. *John Muir: America's First Environmentalist.* Illustrated by Stan Fellows. Massachusetts: Candlewick Press, 2006.

アメリカ合衆国における自然環境保護運動の父とも言えるジョン・ミュアー (John Muir) は、この国土の「野生」を保護しようとした人物であり、彼の努力により、ヨセミテ・ヴァレーが国立公園に指定されたことで、その後の国立公園指定運動に拍車がかけられたと言っても過言ではない (Nash, 105–06)。[2]

生まれ故郷のスコットランドでの幼少時代からはぐくまれたミューアーの自然への強い関心は、家族とともに移住したウィスコンシンで、土地を開墾する父への反発という形で現れることもあったが、のちにカリフォルニアのヨセミテ・ヴァレーに足を踏み入れることで一層高まり、その結果、彼は自然環境保護運動に携わるようになった。絵本(1)は、こうした自然とともに歩んだ、ミューアーの人生における重要なターニングポイントを的確に捉えて提示している。

この絵本では、全篇をとおして、テキストは見開き左ページに置かれ、右ページは絵のために確保されている。森や海を思わせる緑・茶・青色を背景に白文字で書かれたテキストは、同ページの片隅に引用されたミューアー自身の言葉と響き合う。右ページ全体に提示される、ハドソン・リバー・スクールの絵を思わせるような、雄大なアメリカの野生の絵は、それぞれが一枚の絵画としても鑑賞できる質の高いもので、この絵本を画集として楽しむことができる。絵本の最後には、ミューアーの生涯の年表と著作からの引用が載せられている。

この絵本は、トーマス・ロッカー(Thomas Locker)による自然環境保護者シリーズの中の一冊であり、他に絵本(2)と(3)がある。どちらも、ミューアーを扱った絵本と同様のフォーマットを用い、アメリカのネイチャー・ライティングの祖とも言えるヘンリー・デイヴィッド・ソロー(Henry David Thoreau)と、環境汚染の問題に勇気をもって立ち向かったレイチェル・カーソン(Rachel Carson)の生涯をたどる。詩的なテキストと、雄大な自然のさまざまな表情を描く絵が、読者を魅了する。三冊ともに、自然に対して読者の心が開かれる素晴らしい絵本である。

ジョン・ミューアーの伝記絵本のもう一つの例として、絵本(4)を挙げておく。上記のロッカーの絵本(1)と比較すると、こちらのテキストはその何倍もの長さを持ち、この偉大な環境保護者の自然への敬意を十分に伝えている。「ミューアーという名前は、スコットランドの言葉で、『野生の地』を表す」という書き出しから、キャスリン・ラスキー(Kathryn Lasky)のテキストは、読者の心をつかんで離さず、各所に散りばめられたミューアーの日記からの引用が、読者を飽きさせることがない。スタン・フェローズ (Stan Fellows) による絵も、ミュアーの性格をよく捉えており、伝記絵本としての完成度を高めている。

(5) John Muir, Retold by Donnell Rubay. *Stickeen: John Muir and the Brave Little Dog*. Illustrated by Christopher Canyon. Nevada City, CA: Dawn Publications, 1998.

(6) Elizabeth Koehler-Pentacoff. *John Muir and Stickeen: An Alaskan Adventure*. Illustrated by Karl Swanson. Brookfield, Connecticut: The Millbrook Press Inc., 2003.

(7) Julie Dunlap and Marybeth Lorbiecki. *John Muir and Stickeen: An Icy Adventure with a No-Good Dog*. Illustrated by Bill Farnsworth. Chanhassen, Minnesota: NorthWord Press, 2004.

ミュアーが行なった数多くの探検の中でも、一八八〇年のアラスカでの探検が、彼には一番印象深いものであったようだ。吹雪をおしての氷河観察についてきた犬スティッキーンとの大冒険で、数十メートルにおよぶクレバスを眼下に、幅一〇センチもない氷の橋を渡り、対岸の直立の氷壁を登り、生還するという快挙であった。

ミュアーは、人に乞われて、何度もこの経験を語ったということである (Limbaugh, 18–19)。そして、このストーリーをあたため、推敲を重ね、一八九七年に一応の完成を見るが、その後も書き直しを続け、一九〇九年に本として出版した。さらに、一九一五年には、この犬との冒険に焦点をしぼった短縮版を、著書『探検』(*Explorations*) に収めている。[3]

『スティッキーン』は、ミュアーの書き物のなかでも、特にその高いドラマ性ゆえに人気を博し、動物が登場するお話しとして、アメリカ文学史においても重要な位置を占める作品である。しかしながら、絵本(5)の裏表紙に掲載された紹介文にも指摘があるように、自然描写に用いられる語彙が難しいため、残念なことに、現代のこどもたちにはとっつきにくい。その点で、ドンネル・リュベイ (Donnell Rubay) がミュアーの原作にある重要な言葉やイメージを巧みに用い、ふたり（ひとりと一匹）のドラマを十分に伝える形で語り直し、クリストファー・キャニオン (Christopher Canyon) が、ミュアーの探検ルートを十分に調査した上で、丁寧に絵をつけ、絵本という形で提示したことには大きな意味がある。こうして、こどもたちにも、ミュアーとスティッキーンの勇気と友情の物語に触れる道が開かれることになった。

リュベイとキャニオンによる絵本の出版から五年後、同じ題材を扱った作品(6)が出されている。前者のテキストが、ミュアーによる一人称の語りを継承し語り直しているのに対し、絵本(6)では、三人称の視点からの描写で、テキストは極限まで短縮され、切り詰められた表現が緊張感を生む。また、アクリル絵の具の重みとパステルのやわらかさを巧みに用いたカール・スワンソン (Karl Swanson) の絵は、吹雪の中での二人の命がけの闘いの臨場感を伝えて余りある。

絵本(7)は、作者が意識したかどうかは不明であるが、上記二作品それぞれの語りの特徴の両方を兼ね備えたものとなっている。このテキストは、三人称の視点から語られ、そうすることでミュアーのストーリーテラーとしての語り口が失われるが、その分については、彼の日誌を思わせる手書きのテキストを組み込むことで、ミュアーの存在を直接に感じさせる工夫がなされている。こうした二層のテキストを構成することで、この冒険物語に客観性と主観性を持たすことに成功していると言える。

以上のように、それぞれの作家により描き方は異なるが、スティッキーンとの冒険を題材として複数の絵本が出されていることからは、この物語が、いかに絵本作家の創造力を掻き立てるかがわかる。

(8) Ginger Wadsworth. *Camping with the President*. Illustrated by Karen Dugan. Honesdale, Pennsylvania: Calkins Creek, 2009.

一九〇三年、当時の大統領セオドア・ルーズベルト (Theodore Roosevelt) が、ヨセミテ国立公園にミュアーを訪れ、お付きのものを伴わずに自然の中で四日間キャンプをしたという実話を絵本にしたものである。このキャンプで二人が語り合ったことは、後日、五つの国立公園と一六の国有記念物の設定という形で結実することになる (Author's Note)。

この絵本のテキストを書いたジンジャー・ワズワース (Ginger Wadsworth) は、自らも自然愛好家としてアメリカ西部に強い関心を持ち、ミュアーの伝記『ジョン・ミュアー：野生の保護者』(*John Muir: Wilderness Protector*) を著している。絵本の本文中に、ミュアーやルーズベルト自身の言葉が引用され、本人の声が響いているのがよい。また、引用の原典が丁寧に記されており、関心を持つ読者には指針となる。

絵に関しては、ルーズベルトとミュアーの一般によく知られた実際のイメージを保ちながら、そこに独特な風合いのコミックな要素を交えることにより、絵本の読者にもアピールする方法をとっており、この本を単なるインフォメーション本に留めておかない。絵からは、大統領が普段の仕事から解放され自然を心から楽しんでいる様子が伝わり、読者もともにその気分を味わえるのは快いことである。

(9)　D. B. Johnson. *Henry Hikes to Fitchburg*. Boston: Houghton Mifflin Company, 2000.
(10)　——. *Henry Builds a Cabin*. Boston: Houghton Mifflin Company, 2002.
(11)　——. *Henry Climbs a Mountain*. Boston: Houghton Mifflin Company, 2003.
(12)　——. *Henry Works*. Boston: Houghton Mifflin Company, 2004.

これら四作品は、マサチューセッツ州コンコルドの森に入り、効率を目指す都会生活とは一線を画し、自然のなかでむしろ不便な生活を自分に強いながら、その暮らしぶりやそこでの思索を『ウォールデン——森の生活』

(*Walden: Life in the Woods*, 1854) に残した、ヘンリー・デビッド・ソローをモデルにしている。これらの絵本をとおして、大人の読者は自身の生活の見直し、旅することや家に住まうこと、仕事の意味などについての再考へと導かれることになるが、こどもにも読めるものとなっているのは、主人公ヘンリーをクマに設定するというジョンソン (D. B. Johnson) のアイデアによるところが大きい。特に絵本(11)では、ソローのもう一つのよく知られる作品、『市民の抵抗』(*Civil Disobedience*, 1849) に書かれている、奴隷制を容認する政府への納税を拒んだソローの善良なる市民としての良心と信念が扱われており、こどもたちには難しいテーマであるが、愛嬌のあるくまのおかげで、楽しい動物物語として読めるようになっている。それに加えて、絵は、〝キュービスト風〟(*Booklist* の書評) の、スタイル化された描き方で、現実からかけ離れた描写が、ソロー自身の書き物からの距離を置くことを可能にしていると言える。

(13) Julie Dunlap and Marybeth Lorbiecki. *Louisa May & Mr. Thoreau's Flute*. Pictures by Mary Azarian. New York: Dial Books for Young Readers, 2002.

のちに『若草物語』(*Little Women*, 1868–69) を書くことになるルイザ・メイ・オールコット (Louisa May Alcott) は、幼くしてすでに書く喜びを見い出しており、それは、近所に住む若いヘンリー・デイヴィッド・ソローの導きによるところが大きかったということを、この絵本から知ることができる。厳格な教育を強いる文筆家であったルイザの父に対して、こどもたちをコンコルドの自然の中で自由に過ごさせるというソローの教育を通して、彼女は、自分の内からリズムや言葉が湧いてくることを発見した。

この絵本のテキストを書いた二人は、オールコットとソローの日記や手紙、また彼らを知る人たちによる書き物から、できるだけ事実に忠実にこの二人の友情のストーリーを書きあげたということである。ルイザの大胆で豊かな創造的精神と、ソローの信条を貫き自然を愛する心との出逢いが、簡潔な文章で語られている。その上、コルデコット賞受賞版画家メアリー・アザリアン (Mary Azarian) が版画という難しいメディアを用いて、ルイザの心の内の変化を巧みに捉えており、強い印象を残す絵本である。

(14) Robert Burleigh. *Into the Woods: John James Audubon Lives His Dream*. Paintings by Wendell Minor. New York: Atheneum Books for Young Readers, 2003.

アメリカ大陸における鳥の生態を丁寧に描き残した、鳥類学者として有名なジェームズ・オードゥボン (James Audubon) の生涯をつづる絵本である。医者になってほしいとの父の反対を押し切って、森のなかへと自分の道を進めたオードゥボンが、父に向かって自分の心情を手紙につづるという設定が取られている。それに加えて、彼の実際の著作からの引用が配され、また、ウェンデル・マイナー (Wendell Minor) の絵に加えて、オードゥボン自身の鳥のスケッチが数枚挿入されている。

絵本には、オードゥボンが自然を求めた森においても、のちには開発を進める人間により木が伐採されていった様子を描くページが含まれており、こうして、自然と開発の拮抗の歴史を映し出すことで、読者に現代の生活の見直しを促している。オードゥボンがどれだけ鳥をそして自然を愛したかが、マイナーの色鮮やかで光り輝く絵からよく伝わってくる。

(15) Patricia Reeder Eubank. *Seaman's Journal: On the Trail with Lewis and Clark*. Nashville, Tennessee: Ideals Children's Books, 2010.

(16) David A. Adler. *A Picture Book of Lewis and Clark*. Illustrated by Roald Himler. New York: Holiday House, 2003.

一八〇三年、トーマス・ジェファーソン大統領（Thomas Jefferson）の命を受け、メリウェザー・ルイス（Merriwether Lewis）は、ウィリアム・クラーク（William Clark）とともに、「発見隊」を率い、ミズーリー州以西の地を太平洋に至るまで踏破し、再びミズーリー州に戻るという八〇〇〇マイルを超える探検を行った。訪れた土地の様子やネイティブ・アメリカンとの出逢いや関わりなどが、ルイスとクラークの日誌に残されており、それを読むことで、この探検がいかに大きな困難を伴うものであったかを知ることができる。

絵本(15)の作家パトリシア・リーダー・ユーバンク（Patricia Reeder Eubank）は、この旅の記録をとおして、アメリカという国がどのように拡大・発展していったかを知らせようとしている。ルイスの愛犬シーマンを語り手とすることで、探検者ルイスとクラークの視点からとは別の探検物語が構成されている点が注目に値する。探検隊による厳しい自然との闘いやネイティブ・アメリカンとの交渉の観察と同時に、この犬の、初めて目にする動物に対する驚きや、ルイスを危険から守った誇り、また、旅の途中から同行したネイティブ・アメリカンの女性とそのこどもとの暖かいつながりといった情動的な描写が加わることで、ルイスとクラークの探検紀行が、こども読者により身近なものと感じられるよう配慮がなされている。

絵本(16)は、デビッド・A・アドラー（David A. Adler）によるホリデイ・ハウス出版「絵本伝記」シリーズの一冊である。アメリカ合衆国の歴史において重要な人物を扱い、よくリサーチされたノンフィクションの伝記集として、秀作である。この一冊も、幼い人たちがルイスとクラークの探検を知るのに必須の情報源となる。[4]

2　アメリカ合衆国の具体的な地域に関わる絵本

アメリカ合衆国国土には、多様な自然風景がある。具体的に地域を特定する絵本のほかに、地域名を言及することなく、ある土地の特徴を描き出しているものも少なくないが、紙面の都合上、前者のみに限る。

(17) Jason Chin. *Redwoods*. New York: Roaring Brook Press, 2009.

絵本中に、『セコイア』(*Redwoods*) という同タイトルの絵本が登場する、入れ子細工になった作品である。読者は、絵本中絵本を見つけた少年とともにそれを読み、彼の想像力を借りて、カリフォルニア州にあるジャイアント・セコイアの森を逍遥することで、この森の歴史を体感し、その生態の科学的事実を学ぶことになる。この絵本中絵本は、次に別のこどもの手に入ることになるが、その少女がこの絵本のタイトルページにすでに登場していることから、このストーリーが終わりからまた始めへと円環を描きながら続いていくことが予感される。作者は、セコイアについての正しい知識が次々と受け継がれ、この森への関心が深まっていくように、そして森が守られていくことを期待しているということであろう。

科学的知識を教える絵本でありながら、情報伝達だけに終わることがないのは、この少年がセコイアに出合うときの、自然に対する畏怖の念や驚嘆の表情の描写によるところが大きい。それが、読者の感情と共鳴するのである。こうして、この絵本を読むことが情動的経験となり、森への思いが読者のこころに残ることになる。[5]

(18) Wendell Minor, Paintings. *America the Beautiful*. Poem by Katherine Lee Bates. New York: Puffin Books, 2003.

この絵本のテキストは、一九一〇年に発表され、今日まで人々に口ずさまれてきた歌の歌詞である。詩は、マサチューセッツ州生まれの高校教師キャサリン・リー・ベイツ (Katherine Lee Bates, 1859–1929) が、コロラド州へ向かう旅で目にした風景に心を大きく動かされ、その印象を表わしたもので、それに、サミュエル・オーガスタス・ワード (Samuel Augustus Ward, 1848–1903) が音楽を付けて完成したとのことである (The Author's Note)。

この詩に、ウェンデル・マイナーが、自身の旅で心に残ったアメリカの風景を、水彩とガッシュ絵具で生き生きと描き出し、この国の国土の豊かさを視覚的に伝えている。アメリカ合衆国の東海岸から西海岸まで、またピルグリムの到着からさらにさかのぼり、ネイティブ・アメリカンが住み始めたころから現代の宇宙開発まで、時間と空間を縦横に移動し、この国の成り立ちとその歴史が示されている。ヨセミテ国立公園やマウント・ラッシュモア国有記念物 (Mount Rush-more National Memorial)、ナバホ族の歴史を示すアリゾナ州キャニオン・ド・シェイ国定記念物 (Canyon de Chelly Monument)、ミシッシッピー川流域、ゴールドラッシュでカリフォルニアに向かう多くの家族が幌馬車で駆け抜けたスコッツブラフ国定記念物 (Scotts Bluff National Monument) などが選ばれており、この一冊でアメリカ合衆国めぐりができる。詩人と絵本作家の、自分の国土を愛する気持ちがよく伝わる作品である。

(19) Jean Craighead George. *Everglades*. Paintings by Wendell Minor. New York: HarperCollins Publishers, 1995.

エヴァグレーズは、フロリダ州南部に位置する五〇〇〇平方マイルに拡がる大湿地帯で、この地に固有の動植物を多数宿しており、その南西部は国立公園に指定されている。作者ジーン・クレイグヘッド・ジョージ (Jean Craighead George) は、自然と人間の営みを描き続け、こどもやヤングアダルト向けの作品を一〇〇冊以上出版している。中でも、*Julie of the Wolves* で一九七三年にニューベリー賞を、*My Side of the Mountain* で一九六〇年に同賞のオナー賞を授与されている。

この絵本では、エヴァグレーズの太古から現在、未来に向けての歴史が語られている。この地と人間が関わるようになってからは、ネイティブ・アメリカンのカルサ族がスペイン人に追い払われ、また後にはキャロライナに居住していたセミノール族がヨーロッパ勢に押し出され、この地に住みついたことなどが、さらには、時代が下ってこの地を人間がトラクターで開拓し、動植物の生態系を破壊してしまったことが伝えられる。こうした歴史を、カヌーで川を下りながら、ストーリーテラーがこどもたちに語って聞かせるという設定である。この地の悲しい歴史を知ったこどもたちは、自分たちの力でこの地の豊かさを取り戻そうと決意し、絵本は終わる。最後の見開きに描かれた、夕暮れのなかをこどもたちをのせ語り部がカヌーを漕いで家路につくシーンからは、静かながら確かな希望が感じられる。

(20)　Diane Siebert. *Mojave*. Paintings by Wendell Minor. New York: HarperCollins Publishers, 1988.
(21)　——. *Heartland*. Paintings by Wendell Minor. New York: HarperCollins Publishers, 1989.
(22)　——. *Sierra*. Paintings by Wendell Minor. New York: HarperCollins Publishers, 1991.

絵本(20)は、モハーヴェ族がもと住んでいた、アリゾナとカリフォルニア両州のコロラド川沿いに位置する砂漠を、絵本(21)は、小麦やとうもろこし畑の広がる合衆国の中西部を、絵本(22)は、シエラ山脈を描く。絵本(21)では、その土地を耕す人間の営みが取り上げられるが、人間の力は自然の前では全く無力であることが強調されている。

これら三作において、語り手は、それぞれ砂漠、平地、山であり、一人称で語られている。読者は、大地の声を直接聞くことになり、その土地に強く引かれ、まるで神話の世界に誘われるようである。その語りは詩的で、その土地の神秘性をよく引き出している。ウェンデル・マイナーの絵は、力強く、印象的である。人間の力を超えた自然の大きさをたたえる絵本である。

(23)　Wendell Minor. *Grand Canyon: Exploring a Natural Wonder*. New York: The Blue Sky Press, 1998.

ウェンデル・マイナーは、グランドキャニオンに一二日間滞在し、一二〇年以上前の画家トーマス・モラン(Thomas Moran)の足跡をたどり、その場での印象を描きとめることにした。この絵本およびナッシュが伝えるところによると、モランは、カラー写真が発明される前、水彩でイエローストーンを描き、そのスケッチは、一八七二年、この地が国立公園に指定される際、有力な材料の一つとして働いたということである(Nash 83)。また、グランドキャニオンが、一九一九年、第一五番目の国立公園とされたときも同様であった。

時間や天候により変化する雄大なグランドキャニオンの姿や、そこに住む動物や鳥たちを、マイナーは写真やスケッチに収めた。それと同時に、自然に対する想いやそのときの自分の気持ちをつづる文章が、読者の心をひきつける。スタジオで仕上げられる彼の絵もよいが、心惹かれる場所でのスケッチや水彩には、画家の息遣いが感じられ臨場感が伝わる。

(24) David Domeniconi. *M Is for Majestic: A National Parks Alphabet*. Illustrated by Pam Carroll. Chelsea, MI: Sleeping Bear Press, 2003.

(25) Stephanie Feeney. *"A" Is for Aloha*. Hawai'i: University of Hawai'i Press, 1980.

一八七二年にイエローストーンがアメリカ合衆国初の国立公園に制定されてから現在にいたるまで、五〇を超える国立公園が作られてきた。絵本(24)は、それらの公園をアルファベット順に紹介していくＡＢＣ絵本である。この国の豊かな自然を、また別の視点からとらえた興味惹かれる絵本である。

絵本(25)は、ハワイの風景やこどもたちを撮った写真で作られたＡＢＣ絵本である。ハワイの南国の雰囲気が、あえて色をおさえた白黒写真で捉えられているところに趣向がある。

(26) Jean Craighead George. *The Wolves Are Back*. Paintings by Wendell Minor. New York: Dutton Children's Books, 2008.

(27) ――. *The Buffalo Are Back*. Paintings by Wendell Minor. New York: Dutton Children's Books, 2010.

絵本(19)の作者でもあるジーン・クレイグヘッド・ジョージのテキストから、読者はアメリカ合衆国における野生動物について驚くべき事実を知ることになる。

国立公園に獰猛な動物は不要という考え方から、すべての狼を排除するという条例が出されたため、一九二六年までに、狼はアメリカ合衆国から完全に姿を消してしまった。その結果、生態系のバランスが壊れ、他の動物、鳥、植物に大きな影響を及ぼした。この憂慮すべき事態を改善すべく、一九九五年イエローストーン国立公園に一〇頭の狼が放たれた。それらが繁殖したおかげで、自然に変化がもたらされ、生態系に改善が見られるようになった。この事実を伝える絵本(26)において、ジョージのテキストは簡潔で無駄がなく読者のこころをしっかりと捉える。一方、動物の動きや表情を的確に描きとったウェンデル・マイナーの絵が、この事実を力強く読者に訴える。

一八〇〇年代半ばには七五〇〇万頭を数えたグレイト・プレインズのバッファローは、狩猟のため一九〇〇年にはほとんどいなくなり、この地は荒地となってしまった。この悲劇を生んだ理由として、絵本(27)では、ネイティブ・アメリカンの立ち退き、開拓者の到来、開墾、一九三〇年代のダスト・ボールが指摘される。その後セオドア・ルーズベルト大統領の采配で、この地に少しずつバッファローが戻り、それとともに健康な自然が戻ってきた様子が伝えられている。絵本(26)と同様、自然を愛する作家と画家の優れたチームワークのおかげで出来たすばらしい作品であり、アメリカの野生保護の未来に希望を感じさせる。

3　アメリカ大陸の主要な河川を扱う絵本

今回観察した絵本の中に、河川を扱う絵本が複数冊見られた。アメリカ大陸を流れる川をトピックにした絵本を考察することで、どういうことが見えてくるのだろうか。

(28) Lynne Cherry. *A River Ran Wild: An Environmental History*. New York: Harcourt, Inc., 1992.
(29) Diane Siebert. *Mississippi*. Illustrated by Greg Harlin. New York: HarperCollins Publishers, 2001.
(30) Hudson Talbott. *River of Dreams: The Story of the Hudson River*. New York: G. P. Putnam's Sons, 2009.

三作品とも、それぞれの川と人間との関わりの歴史を描いている。ネイティブ・アメリカンが住み始め、生活の場としていた土地が、独立戦争を経て、開拓者が流入し、南北戦争や世界大戦の舞台となっていった。また後には、開発による汚染をこうむるが、再び環境の改善へ至るという歴史をたどる。

絵本(28)で描かれているのは、マサチューセッツ州とニューハンプシャー州を流れ、メリマック川に合流するナシュア川である。はじめてそこに住みついたネイティブ・アメリカンの言葉で、"Nash-a-way"（「小石底の川」）と名付けられたこの川が、七〇〇〇年後には、工場からの廃水で汚染されるが、二十世紀半ば、一市民（マリオン・ストッダート［Marion Stoddart］）により始まった活動で、元の健康を取り戻してきたことが語られる。

テキストを左ページに、絵を右ページに描くパターンが続く。左ページを枠で囲み、その枠空間に、テキストで扱われている時代に見られた生き物や、用いられた道具、当時の風景などをいくつも描くことで、テキストと絵の情報を補い、絵本をより豊かにしている。全編を通して続くこのパターンに変化を与えるように、絵本の最初と半ば、そして最後に、見開き全体を用いて、森のなかを蛇行するナシュア川を描くページが挿入されている。この絵本のテーマ、自然の中で生き続ける人々とナシュア川の交流を印象付ける重要な役目を果たしている。

絵本(29)の前半は、ミシシッピー川の太古から現代にいたる歴史がたどられ、現代では公害の被害を受けている様子や、また、河川氾濫の危機として人間の暮らしを脅かすことが描かれる。絵本の後半は、ミネソタ州イタスカ湖を水源とする細流が、ミネソタ、アイオワ、ミズーリー、テネシー州の地域を二、三五〇マイル南下し、大河となってメキシコ湾に流入する広大な情景で終わっている。

テキストは、ミシシッピー川を語り手とし、二行ずつ韻をふむ詩文である。声に出して読むと、そのリズムが川の流れのようにスムーズで心地よい。この絵本が、情報絵本としてではなく、感動を呼ぶ絵本として心に残るのは、その詩的テキストと、この川の雄大さを捉えたグレッグ・ハーリン (Greg Harlin) の絵の絶妙な響き合いによるところが大きい。

絵本(30)は、中国をめざしてオランダから派遣されたヘンリー・ハドソン (Henry Hudson) がこの川に到達して以降、四世紀にわたるハドソン川の歴史をたどる。アメリカの独立戦争の舞台ともなったハドソン川は、のちに水上交通に利用され、また、その沿岸を機関車が走り、人々のさまざまな夢が果たされていった。その後は、上記二つの川がたどったのと同様の歴史である。

絵本では、ワシントン・アーヴィング (Washington Irving) やジェームズ・フェニモア・クーパー (James Fenni-more Cooper) といった文学者たちがこの川の流域の自然を描いたこと、また、ハドソン・リバー・スクールがアメリカで初の芸術運動であったことが記されており、この川が、アメリカ文化を形成するうえで、いかに重要な役割を果たしたかが示される。[6]

これらの絵本作品 (28) (29) (30) において、それぞれの川の歴史を知ることは、アメリカの成り立ちを学び返すことである。絵本が、自国の文化形成の見直しを助けるという重要な役割を果たすことを示す好例である。

(31) Doreen Rappaport. *Freedom River.* Pictures by Bryan Collier. New York: Hyperion Books for Children. 2000.

(32) Gloria Whelan. *Friend on Freedom River.* Illustrated by Gijsbert van Frankenhuyzen. Chelsea, MI: Sleeping Bear Press, 2004.

オハイオ川をはさんで、ケンタッキー州は奴隷使用を認め、オハイオ州はそれを禁じていた。絵本(31)の註によると、ここで扱われるジョン・パーカー (John Parker) は、十九世紀後半、自身も奴隷の身から自由を手に入れた歴史上の人物で、ケンタッキーの奴隷たちを一〇〇〇フィート幅のオハイオ川を渡り自由の地へと導いた。その数、九〇〇人に及ぶと言われている。この川を渡る一組の家族の逃亡の様子を、ドリーン・ラパポート (Doreen Rappaport) の簡潔な文章と、ライアン・コリヤー (Ryan Collier) のコラージュと水彩画が、ドラマチックに捉えている。特に、コリヤーの絵は、危険が迫る場面の緊張感をよく伝えている。人物の顔や腕に描かれた波打つ縞模様に、読者の目はくぎづけにされるが、それは、奴隷たちが命をかけて渡るオハイオ川の水を暗示し、期待とそれよりももっと大きい不安に大きく揺さぶられる彼らの心の様子を直接的に表現しており、効果的である。

アンダーグラウンド・レイルロードによる奴隷たちの自由への旅を描く絵本は多く存在するが、この絵本は、その中でも群を抜いて印象的である。それは、コリヤーの絵の力強さによるところが大きいと言えよう。

絵本(32)も、同様の内容を扱っている。この絵本は、父の代わりに、奴隷がデトロイト川を渡りカナダへ逃亡するのを助ける少年を主人公にしている。テキストに描かれた少年の勇気が、読者の心に印象深く刻まれる。こどもたちに正義と信念の重要性を伝える絵本である。

(33) Alice Provensen. *Klondike Gold.* New York: Simon & Schuster, 2005.

一八九七年、アラスカ州のクロンダイクで金が掘り当てられたというニュースで、一〇万人もの人々がユーコン川の支流であるクロンダイク川を目指した。そのなかの一人、実在の人物ビル・ハウウェル (Bill Howell) を扱う作品である。ハウウェルは友人ジョーとともに、ボストンから、シアトル、ダイエアを経由し、厳しい内陸の旅を経て、苦労の末に五万ドルに見合う金を発見した。しかし、帰路、そりが川にはまり自分の持ち分の金を失ってしまったジョーに、ビルは自分の分を分け与える。「また来年来られるさ」という終わりの言葉が、明るい気分でストーリーをしめくくる。

一攫千金という人間の欲望に色塗られた川の物語であるが、アリス・プロベンセン (Alice Provensen) のコミカルな筆致がこの絵本に明るい雰囲気を与えている。ビルとジョーの友情も、このストーリーをよい読み物にしている要素の一つである。全篇をとおしてページの下部に空間を確保し、そこに旅に必要なもののリストや、地図、金の採掘の仕方などが文字やイラストで脚注のように載せられている。これは、ストーリーを補い、その世界を膨らませる重要な工夫である。

(34) Thomas Locker. *Where the River Begins*. New York: The Penguin Group, 1984.

この論考において何度も言及されるトーマス・ロッカーの作品の中で、これは特別の意味を持つ絵本である。一九三七年ニューヨーク市に生まれ、六〇年代からハドソン・リバー・スクールを思わせる絵画を描いていたロッカーが手掛けた絵本第一作である。こども二人が祖父に連れられ、川の源泉に向けて旅をし、再び家に戻ってくるという話である。この先三〇年間ロッカー作品の特徴となる、自然美とその力強さを捉えるテキストと豪華な絵のスタイルが、すでにこの絵本において確立されている。この絵本においては、川の源を求める少年たちの旅を描き出すと同時に、ロッカーの、ハドソン・リバー・スクールにその起源をたどる画家としての立場が、ここに声高く宣言されているようにも読める。

川をたどって海から内陸へ、そして山のなかへと進んでいくにつれ変化する自然、そして時間による変化が丁寧に描き込まれており、とても美しい絵本である。と同時に、こどもと老人のつながりが読者の心を和ませる。[7]

4　ネイティブ・アメリカンの世界観を表す絵本

開拓を目的にヨーロッパからやってきた移民の多くにとって、自然は征服や支配の対象であった (Nash 23-43)。それに対し、彼らが来る以前からそこに住んでいたネイティブ・アメリカンは、自然とともに生き、自分たちを取り巻くものとの調和を大切にしていた。こうした価値観のぶつかり合いが、特に十七世紀以降のアメリカの歴史と文化の形成に影響を与えた。したがって、アメリカの自然と絵本について考えるとき、私たちは、ネイティブ・アメリカンの自然観を伝える絵本を見る必要がある。

(35) Paul Goble. *The Earth Made New: Plains Indian Stories of Creation*. Bloomington, Indiana: World Wisdom, 2009.
(36) ———. *The Girl Who Loved Wild Horses*. New York: Aladdin Paperbacks, 1978, 1993.
(37) ———. *Death of the Iron Horse*. New York: Aladdin Paperbacks, 1987, 1993.

イギリス生まれのポール・ゴーブル (Paul Goble) は、幼いころからネイティブ・アメリカンの文化に強い関心を抱き、ロンドンの芸術学校セントラル・スクール・オブ・アーツアンドクラフツ (Central School of Arts and Crafts) を卒業後、何度もアメリカ合衆国を訪れインディアン居住区で生活し、ラコタ族、ヤキマ族に受け入れられ、一九七七年には、サウスダコタ州ブラックヒルに移り住んだ。ネイティブ・アメリカン文化を理解しようとするゴーブルの姿勢は真摯で、彼の描くイラストは彼らの文化を忠実に映していると高い評価を得ている。[8] 彼の第一作品 *Red Hawk's Account of Custer's Last Battle of the Little Bighorn* (1969) から、代表作の *The Girl Who Loved Wild Horses*（一九七九年コルデコット賞受賞）や *The Buffalo Woman* (1986) を経て、最新作 *The Man Who Dreamed of Elk Dogs and Other Stories from Tipi* (2012) に至るまで、ネイティブ・アメリカンの口承伝説を描く絵本を三〇作以上制作しており、多くの読者を獲得している。

絵本(35)は、グレイトプレインズに住むネイティブ・アメリカン部族——シャイアン、ブラックフット、アラパホ、クロウなど——に伝わる創世記神話を、ゴーブルが調査し、一つの物語にまとめたものである。この絵本の前書きで、ゴーブルは、キリスト教の創生紀の影響を排除し、ヨーロッパの価値観が侵入する前のネイティブ・アメリカンに固有のストーリーを取り出すよう努力した、と述べている。

ネイティブ・アメリカンによると、この世界以前にもう一つ世界があり、この世界のあとにも、また世界が生まれる。水のなかに沈んだ一つ目の世界の土がカモに運ばれ、カメの背中に置かれてアメリカ大陸ができた。[9] そこに、山や平原、動物（バッファローや馬など）・植物・鳥が作られていく様子が、ゴーブル独特の明瞭で繊細、色彩豊かなイメージとともに描き出されている。

絵本(36)は、異種間婚姻譚である。ネイティブ・アメリカンの伝説には、動物譚や異種間婚姻譚が多く見られ、その事実からは、彼らにとって、野生の馬やバッファローは、自分たちの住む土地を共有する仲間であり、動物が畏怖や尊敬の対象であったことが再確認できる。ゴーブルもよくこのテーマを扱っている。

絵本(37)においては、白人の世界観とネイティブ・アメリカンのそれとのせめぎ合いが如実に現れている。この作品は、一八六七年八月七日実際に起こったインディアンによる鉄道脱線事故を題材としている。その原因は、「鉄の馬」が自分たちの領地を走るのをシャイアン族が嫌い、母なる大地を縛り付けている線路を取りはずしたことにあった。合衆国政府によるネイティブ・アメリカンの放逐に拍車がかけられるなかで、シャイアンのひとびとの取ったこの行動は、まさに自分たちの生活を守るためのものであった。多く書かれてきたインディアンによる鉄道襲撃事件はどれもフィクションにすぎず、実際にはこの事件一件のみであったことを、ゴーブルの端書きから初めて知る読者も少なくないだろう。白人とネイティブ・アメリカンの対立を扱う絵本は、筆者の知る限りでは決して多くない。そうした中で、ネイティブ・アメリカン側から見た歴史の一端を提示する貴重な一冊である。絵本には、誤った歴史認識を正すという大役を果たすこともできるという重要な例である。

(38) Gerald McDermott, Adapted. *Arrow to the Sun: A Pueblo Indian Tale.* New York: The Penguin Group, 1974.

プエブロ・インディアンの民話をジェラルド・マクダーモット (Gerald McDermott) が語り直し、絵をつけたものである。太陽神からプエブロ・インディアンに送られた太陽の息子は、自分の出自を知らず、父親探しの旅に出る。太陽のところにたどり着いた少年は、課せられた試練——ライオン、蛇、はち、雷の部屋を通り抜けること——を乗り超え、初めて息子として認められる。その後、太陽の力を人間に伝えるため、再び地球へと送られる。

この物語は、かつて、現在のアリゾナ州やニューメキシコ州の砂漠に住んでいた人々にとって、厳しい自然環境や敵対する動物という過酷な状況の中で、太陽の力がいかに大切なものとして捉えられていたかを映し出している。

マクダーモットは、神話や民話に強い関心を持ち、映像および絵本を手段として、人間の古来の表現を現代のそれに置き換える。この絵本では、赤・オレンジ・黄・黒などの原色や幾何学的形態が特徴的で、その抽象性が普遍的な民話の世界を作り出している。この絵本では、テキストは最小限に切り詰められ、色鮮やかな絵が読者の目を引く。特に、太陽神から課せられた試練を描くページは、七ページ連続でテキストがなく、絵が物語を進める。この絵本に先駆けて、ほとんど語りのない（少年が四回言葉を発するのみ）アニメーション版 (1972) がマクダーモットにより制作されていたことを考えれば、この絵本で文字よりも視覚に重きが置かれているのは納得のいくところである。この絵本で、マクダーモットは、一九七五年のコルデコット賞金賞を授与されている。[10]

(39) Tomie DePaola, Retold and Illustrated. *The Legend of the Bluebonnet: An Old Tale of Texas*. New York: Penguin Putnam Books for Young Readers, 1983.

(40) ——, Retold and Illustrated. *The Legend of the Indian Paintbrush*. New York: Penguin Putnam Books for Young Readers, 1988.

絵本(39)は、テキサス州の州花であるブルー・ボンネットがこの地に咲くようになったいきさつを説明するコマンチ族の民話を語り直したものである。大地から得られるものを当たり前とするようになった人間をこらしめるために神々が雨を降らせず、飢饉が起こっていることを知った一人の少女が、自分の大切な人形を犠牲として燃やし、その灰をまいたところ、青い花が咲いたというお話である。心を打つストーリーが簡潔に語られ、トミー・デ＝パオラ(Tomie DePaola)の無駄のないイラストが、この心洗われる物語を一層感動的なものにしている。

絵本(40)は、テキサスやワイオミングで、春になると赤やオレンジの花を咲かせるインディアン・ペイントブラシュ（カステラソウ）という名前の由来を伝える民話の語り直しである。絵を描くこと以外特技のない少年を主人公として、個性の大切さを説く。長く語り継がれてきたストーリーの力と、美しい色と一見単純に見えるイラストが、この絵本が世代を超えて読まれる人気を説明する。

(41) Byrd Baylor. *Before You Came This Way*. Illustrated by Tom Bahti. New York: E. P. Dutton & Co., Inc., 1969, 1971.

(42) ——. *The Desert Is Theirs*. Illustrated by Peter Parnall. New York: Aladdin Paperbacks, 1975.

絵本(41)において、アメリカ南西部――アリゾナ、ニューメキシコ、テキサス南部――の峡谷の岩などに残されたインディアンによる絵から、バード・ベイラー(Byrd Baylor)は、当時のひとびとと砂漠に棲む動物や気候との関わりを読み、生活の音を聞き取り、それをテキストに紡いでいる。一方、イラストを担当したトム・バーティー(Tom Bahti)は、メキシコのオトミインディアンに伝わる古代からの製法による紙を用い、全体を茶褐色で統一し、砂漠のイメージを効果的に作り出している。また同じコンビで作られた『土がうたうとき』(*When Clay Sings*, 1972)は、コルデコット賞の銀賞を授与された。

絵本(42)は、ベイラーが別のイラストレターと組んで作った絵本の中の一冊である。この作品と、この二人による別の二作、『タカよ、わが兄弟』(*Hawk, I'm Your Brother*, 1976)、『一日のはじまり』(*The Way to Start a Day*, 1978)が、それぞれ、コルデコット賞銀賞獲得の栄誉に輝いた。どの絵本においても、砂漠における植物や動物、そしてそこに住むひとびとの共存の様子をとらえる無駄や感傷性を排除したベイラーの詩的なテキストと、ピーター・パーノール(Peter Parnall)の流動的で抽象的なフォルムと具象物とが生み出す不思議でシンボリックな絵画表現とが呼応し合い、独特の神話的世界を作り出している。

(43) Joseph Bruchac. *Between Earth & Sky: Legends of Native American Sacred Places*. Illustrated by Thomas Locker. New York: Harcourt Brace & Company, 1996.

ネイティブ・アメリカンと自然とのつながり方を教えてくれる絵本である。西洋人が四つの方位で世界を捉えるのに対し、ネイティブ・アメリカンの宇宙観は、七つの方位から構成されているということを、ネイティブ・アメリカンの少年がおじから学ぶという設定である。現在のアメリカ合衆国の様々な地域に居住していたネイティブ・アメリカン部族が、それぞれに神聖なる場所として大切にした土地から、東（マサチューセッツ州大西洋岸＝ワンパノーグ族)、南(グレート・スモーキー・マウンテン＝チェロキー族)、西(アリゾナ砂漠＝パパゴ族、アリゾナ州エル・キャピタン＝ナバホ族)、北(ナイアガラ滝＝セネカ族)、それに加えて、天(ロッキー山脈＝シャイアン族)と地(グランド・キャニオン＝ホピ族)の六か所が挙げられ、その土地にまつわる自然や動物と人間の太古からの関係をつづる物語が語られ、それぞれの土地の荘厳さがロッカーの絵筆で巧みに捉えられている。そして、最後の一番大切な方位は、人間ひとりひとりの心であり、そこにこそ真に神聖な場所が存在すると知らされるとき、ネイティブ・アメリカンの崇高な哲学に読者の心が動かされるのは必定である。絵本には、ひとを内省へ導く力があることを示す一冊である。

(44) Joseph Bruchac. *The Earth Under Sky Bear's Feet: Native American Poems of the Land.* Illustrated by Thomas Locker. New York: The Putnam & Grosset Group, 1995.

絵本(43)と同じコンビによる。夕暮れから夜をとおし、夜明けにかけて天空をめぐりながら、スカイ・ベアー(＝北斗七星)が目にし耳にする地球上の人間の暮らしや歌が、わかりやすい詩で歌いあげられる。また、神秘的な夕暮れや夜の美しさがロッカーの繊細な感受性によって捉えられ、静謐さを漂わす絵本である。北米大陸に住むネイティブ・アメリカンのうち一二部族の生活が取り上げられ、星座の起源を説明する神話が語られると同時に、雨や木や花、季節のめぐり、収穫への感謝、小ネズミからバッファローまでいろいろな動物への愛があふれている。この絵本から、ネイティブ・アメリカンの、自分たちの土地と自然に対する畏敬の念や感謝が、よく伝わってくる。

5　自然の脅威を扱う絵本

人間と自然のつながりについて考えるとき、自然災害も忘れることのできないテーマである。自然は、いつもその優しさで人を包んでいるわけではない。ときにその厳しさが人を襲うことがある。以下に、自然の脅威を扱う絵本をあげる。

(45) Jane Kurtz. *River Friendly River Wild*. Illustrated by Neil Brennan. New York: Aladdin Paperbacks, 2000, 2007.
一九九七年四月、ミネソタとノースダコタの州境を北流するレッド・リバーで、雪解けの水が原因で大洪水が起こった。この洪水により避難を余儀なくされ、しばらくはモービルハウスで生活するといった作者ジェイン・カーツ (Jane Kurtz) 自身の経験から生まれた作品である。

想像を絶する自然の力に対する恐怖や、友人やペットという大切なものを一時的にせよ失う喪失感、そして、記憶をともにしたコミュニティ崩壊の危機を乗り越え、新たな出発へと向かうグランド・フォークスの人々の立ち直りの過程が、カーツの簡潔で直裁的な詩的テキストと、オイルペイントの上に上塗りをすることで生まれる深みのある色調を抑えたニール・ブレナン (Neil Brennan) のイラストで、饒舌に描き出されている。

作者はこの絵本を、この洪水のみならず、他の自然災害の影響をこうむりながらも苦難を乗り越えた人々、さらに、それを支えた人々への賛辞であるとしている。この絵本から、読者は自然の脅威を感じ、それに対する心構えを持つと同時に、人間の立ち直りの力への信頼を感じることができる。

(46) Bruce Hiscock. *The Big Rivers: The Missouri, the Mississippi, and the Ohio*. New York: Atheneum Books for Young

Readers, 1997.

ミシガン生まれのブルース・ヒズカック (Bruce Hiscock) は、幼いころから川が大好きな少年で、水への強い関心から大学では化学を専攻しPh.D. を取得した。その知識を生かし科学絵本を制作している。

ミズーリー川とオハイオ川が合流し、アメリカ合衆国の中部を流れるミシシッピー川になる成り立ちや、一九九三年の大洪水の原因をわかりやすく説明する科学絵本である。また、洪水の被害を極力抑えようと、ナショナル・ガード、ボランティア、企業、個人経営者、一般市民たちが協力し合った様子の描写が、読後印象をポジティブなものにする。最後のページでは、自然の恩恵を受け、ときには自然の脅威と闘いながら生きる人間の生活が、水の循環という何十億年もの昔から続くサイクルの中に位置づけられ、読者は自然の偉大さに対して畏敬の念を抱くことになる。単に知識を与えるに留まらない、すぐれた科学絵本である。

(47) Compiled by Barbara Barbieri McGrath. *The Storm: Students of Biloxi, Mississippi, Remember Hurricane Katrina.* Watertown, MA: Charlesbridge, 2006.

二〇〇五年八月二十九日、ハリケーン、カタリーナがアラバマ、ミシシッピー、ルイジアナ州の沿岸を襲い、壊滅的な被害を及ぼした。この絵本の著者であるバーバラ・バルビエリ・マックグロース (Barbara Barbieri McGrath) は、幼稚園の教諭を務めたあと子どもの本の作家に転身しているが、彼女は、カタリーナの事故直後にミシシッピー州、ビロクシの学校に向けて書籍を送るプロジェクトを立ち上げ、その事業の一環として現地の幼稚園や学校を回った。そのときのこどもたちとの交流で、この絵本を作ろうと考えるに至ったとのことである。こどもたちの文章や絵から、いかにこの洪水が彼らの心に傷痕を残しているかを知り対処法を見つけることを目的とすると同時に、自分の恐怖の経験に表現を与えることで、こどもたちが自分の気持ちを整理し、ひいては希望へと向かう可能性があると信じてのプロジェクトである。この絵本の収益の一部は、ビロクシの学校に贈られるとのことである。絵本の使命は子どものこころの成長を促すことであるとすれば、この絵本の働きもまさにそこにあると言えよう。[11]

(48)　Kirby Larson and Mary Nethery. *Two Bobbies: A True Story of Hurricane Katrina, Friendship, and Survival.* Illustrated by Jean Cassels. New York: Walker & Company, 2008.

絵本(47)と同じく、二〇〇五年のハリケーン、カタリーナがニュー・オリンズで引き起こした混乱を描いている。この絵本の主人公は、ボッビとボブ・キャットという犬と猫である。かれらは、人間たちと同様、この災害で家も何もかも失うが、互いに助け合いながら災害後の混乱を生きながらえ、後日、動物愛護団体の手をとおして新しい飼い主のもとで幸せな暮らしを取り戻すという、喪失と復活の実話を描いている。その間に、実はボブ・キャットは目が不自由で、ボッビがその手足となって助けていたことがわかる。復興への希望を感じさせると同時に、暖かい友情の物語でもあり、勇気が鼓舞される絵本である。また、絵本には、この地域の復興のために働いたボランティアへの敬意も表されている。このテキストを書いた二人は、その売上げの一部をベスト・フレンズ・アニマル・サンクチュアリに寄付しているとのことである。そうした作者の心の温かさが感じられる絵本である。

(49)　Gail Gibbons. *Hurricanes!* New York: Holiday House, 2009.

(50)　——. *Tornadoes!* New York: Holiday House, 2009.

絵本(49)は、こどものために一七〇冊以上のノンフィクション本を書いてきた絵本作家による科学絵本である。ハリケーンの発生のメカニズム、規模や名前の付け方、そして予測の方法を説明した上で、ハリケーンが接近したときの対処の仕方までを教える。明るい色使いで、コミックな描き方を選ぶことにより、こどもたちの恐怖心を増長させることなく、この自然の脅威に対して準備をさせる目的を果たす絵本である。同時に、上記の絵本と同様のフォーマットで、トルネードの説明をする絵本(50)が出版されている。どちらもアメリカ大陸を襲うおそれのあるもので、こどもたちに正しい知識を与えようとする大人の意図がうかがえる。

6　絵本から射す光

アメリカの大自然というテーマに関わる五〇冊の絵本を紹介してきた。以上の観察から、以下の特徴が明らかになった。

(1) アメリカ大陸固有の雄大な自然の風景を描く絵本が、数多く出版されている。自然を描き出す絵本は、読者に自国の自然への誇りを植え付け、今持てるものへの愛着を深めることになる。

(2) ネイティブ・アメリカンと白人との対立を描く絵本は比較的少ないのに対し、前者の誇りとする文化、および生き方を伝える絵本は多く見られる。これは、今では失われてしまった貴重な自然との共存という彼らの思想が、今こそ必要であるとの認識によるものである。

(3) さまざまな土地の歴史を語り、自国の文化形成の過程を思い起こさせる絵本が散見される。それらの本は、それぞれの土地が、自然と人間、また人と人との関わりにおける力の対立に彩られているという事実を、読者に再び気づかせることになる。

アメリカ大陸に渡ってきた人びとの多くは、野生の自然を前にして、それを支配すべく土地を開拓していった。その過程で、自然のみならず、人間や動物、そして文化を侵略し破壊するという悲劇を引き起こすことになった。

ポール・ゴーブルは、ネイティブ・アメリカンの口承伝説の研究において、ネイティブ・アメリカンに固有のストーリーを取り出すには、キリスト教の創生紀の影響を排除する必要があると述べていたが、ヨーロッパの価値観の侵入が、神話・伝説の領域にまで及んでいたことを再認識させる言及である。また、川の絵本では、ネイティブ・アメリカンからの土地の奪取や、アフリカン・アメリカンの奴隷制による悲劇が扱われていた。さらに、野生の動物たちは自分たちの生きる場所を奪われ、絶滅の危機に陥ることもあったことが絵本で伝えられている。

ひとは生きる限り、自然との、また自分とは異なる文化との拮抗は避けられないものなのかもしれない。しかし、ひとは破壊や対立の状態に留まるのではないことをアメリカの歴史は教えてくれる。

開拓の歴史の中で、「野生」に対する考え方が、「人間が対抗し支配すべきもの」から、「大切に保存され共存すべき存在」へと変化していった道筋にこそ、希望を見つけることができると言えよう。十八世紀から十九世紀にかけて開拓精神が推進された結果、アメリカの国土は急速に開発されていった。しかし、そのままでは野生の喪失につながるという危惧から、十九世紀半ば、ジョン・ミューアーなどの熱意によりのちの環境保護運動への先鞭が付けられ、当時の大統領セオドア・ルーズベルトの理解を得て、アメリカ合衆国は、国を挙げて野生の保存に乗り出すことになった。その後も、環境汚染の危機に面することになるが、二十世紀半ばには、レイチェル・カーソンなどの努力により、公害の危険性の認識が進み、その解決策が模索された。また、動物保護の動きも、二十世紀前半から現れている。こうした再生を願う人々の熱心な活動のおかげで、野生の大自然が残され、動物たちが戻ってくることで生態系のバランスが改善し、汚れていた河川には魚が棲むようになったことが、絵本に示されていた。

以上のように、アメリカ合衆国における歴史は、破壊・喪失と復興・復活の繰り返しであると言うことができよう。自然の再生からは、人間性の復活の道が開かれるはずである。

絵本が、その道への希望を示す強力な手段となりうることは、すでに見てきたとおりである。絵本が果たす役割は大きく、その可能性は無限である。絵本作家の描くこどもと大人のための世界には、過去から現在、未来へと続く、確かな光がある。

註

1 外務省のホームページ http://www.mofa.go.jp/mofaj/area/usa/data.html による二〇一二年六月のデーターである。日本の面積の約二五倍ということである。

2 「野生」という概念が、アメリカの人たちの間でどのように発生し、変化をとげ、それが環境保護運動とどのように関わっていったかについては、ロデリック・フレイジャー・ナッシュ（Nash, Roderick Frazier）の『野生とアメリカの心』(*Wilderness & the American Mind*, 1967, 2001) に詳しく述べられている。この論考を作成するのに、この書物から多くを学んだ。

3 推敲の過程は、ロナルド・リンボー（Ronald H. Limbaugh）による『ジョン・ミュアーの「スティッキーン」と自然のレッスン』(*John Muir's "Stickeen" and the Lessons of Nature*, 1996) に詳しい。それぞれの版において描写は異なり特徴があるが、筆者は、一九〇九年版がミュアーとスティッキーンの交流を最もよく描きだしていると考える。

4 同トピックを扱いながら本文中に挙げた二冊とは対照的な本、ニック・ベルトッチ（Nick Bertozzi）による『ルイスとクラーク』(*Lewis & Clark*, 2011) を挙げておく。この作品は、グラフィック・ノーベルというジャンルに属し、コミック・スタイルでルイスとクラークの冒険をユーモラスに描き直している。二人の探検家の性格や心理面がよく表されており、その人間性が強く感じられる。この冒険物語を新たな側面から描き出す試みである。

5 この絵本は、二〇一一年に日本語に翻訳され出版（福音館）されているが、セコイアの森が日本に存在しないという状況にありながら、こうした絵本が翻訳され書店の絵本コーナーに並ぶのは、自然の偉大さの再認識という風潮の反映なのだろう。セコイアに対する正しい知識が持たれ、カリフォルニア州にあるセコイアの森の保護と同時に、森全般に対する関心が、日本においてもより高まっていくことを期待する。

6　この絵本の最後の見開きによると、この川と偶然にも同じ名前を持つ作者は、その美しさに惹かれてハドソン川流域に移り住み、愉しみ感謝しつつ仕事を続けているということである。

7　ロッカー自身の言葉によると、この絵本は、彼が息子たちを連れて川の源流探しに出かけた実際の経験に基づいており、少年たちは自分の息子がモデルであるということである (Locker, 1999, 10)。この論考の執筆中に、ロッカーの訃報（二〇一二年三月九日）に付した。大自然のなかで今も絵筆を握っておられることだろう。どのような作品が仕上がっているのだろうか。

8　ネイティブ・アメリカン側からのゴーブルの捉え方には批判的なものも見られる (Seale, 158–60)。

9　『野生の実践』(*The Practice of the Wild*, 2010) という書のある自然愛好家の詩人ゲーリー・シュナイダー (Gary Snyder) の初期の作品に、自然とともに生きる生活を提唱する『カメの島』(*Turtle Island*, 1974) があったことが思い出される。

10　短篇フィルム『太陽へとぶ矢』より以前に制作されたイカロスを描いたフィルム『太陽へ飛ぶ』(*Sun Flight*, 1966) は、人間が太陽に接近しすぎた人間のおごりを描いており、話は異なるが、用いられているイメージは類似している。

11　二〇一一年三月十一日に起こった東北大震災後にも同様の試みがなされ、傷ついたこどもたちの元気の取り戻しへの試みがなされている。児童心理学者、ケースワーカーなどとの連携で、こどもたちの笑顔が一日も早く戻ってくることを祈願する。

引用文献

Adler, David A. *A Picture Book of Lewis and Clark*. Illustrated by Roald Himler. New York: Holiday House, 2003.

Baylor, Byrd. *Before You Came This Way*. Illustrated by Tom Bahti. New York: E. P. Dutton & Co., Inc., 1969, 1971.

——. *The Desert Is Theirs*. Illustrated by Peter Parnall. New York: Aladdin Paperbacks, 1975.

——. *Hawk, I'm Your Brother*. Illustrated by Peter Parnall. New York: Aladdin Paperbacks, 1976, 1998.

——. *The Way to Start a Day*. Illustrated by Peter Parnall. New York: Aladdin Paperbacks, 1978, 1986.

——. *When Clay Sings*. Illustrated by Tom Bahti. New York: Aladdin Paperbacks, 1972, 1987.

Bertozzi, Nick. *Lewis & Clark*. New York: First Second, 2011.

Bruchac, Joseph. *Between Earth & Sky: Legends of Native American Sacred Places*. Illustrated by Thomas Locker. New York: Harcourt Brace & Company, 1996.

——. *The Earth Under Sky Bear's Feet: Native American Poems of the Land*. Illustrated by Thomas Locker. New York: The Putnam & Grosset Group, 1995.

——. *Rachel Carson: Preserving a Sense of Wonder*. Illustrated by Thomas Locker. Golden, Colorado: Fulcrum Publishing, 2004.

Burleigh, Robert. *Into the Woods: John James Audubon Lives His Dream*. Paintings by Wendell Minor. New York: Atheneum Books for Young Readers, 2003.

Cherry, Lynne. *A River Ran Wild: An Environmental History*. New York: Harcourt, Inc., 1992

Chin, Jason. *Redwoods*. New York: Roaring Brook Press, 2009.

DePaola, Tomie, Retold and Illustrated. *The Legend of the Bluebonnet: An Old Tale of Texas*. New York: Penguin Putnam Books for Young Readers, 1983, 1996.

——, Retold and Illustrated. *The Legend of the Indian Paintbrush*. New York: Penguin Putnam Books for Young Readers, 1988.

Domeniconi, David. *M Is for Majestic: A National Parks Alphabet*. Illustrated by Pam Carroll. Chelsea, MI: Sleeping Bear Press, 2003.

Dunlap, Julie, and Marybeth Lorbiecki. *John Muir and Stickeen: An Icy Adventure with a No-Good Dog*. Illustrated by Bill Farnsworth. Chanhassen, Minnesota: NorthWord Press, 2004.

—— and Marybeth Lorbiecki. *Louisa May & Mr. Thoreau's Flute*. Pictures by Mary Azarian. New York: Dial Books for Young Readers, 2002.

Eubank, Patricia Reeder. *Seaman's Journal: On the Trail with Lewis and Clark*. Nashville, Tennessee: Ideals Children's Books, 2010.

Feeney, Stephanie. *"A" Is for Aloha*. Hawai'i: University of Hawai'i Press, 1980.

George, Jean Craighead. *The Buffalo Are Back*. Paintings by Wendell Minor. New York: Dutton Children's Books, 2010.

——. *Everglades*. Paintings by Wendell Minor. New York: HarperCollins Publishers, 1995.

——. *The Wolves Are Back*. Paintings by Wendell Minor. New York: Dutton Children's Books, 2008.

Gibbons, Gail. *Hurricanes!* New York: Holiday House, 2009.

——. *Tornadoes!* New York: Holiday House, 2009.

Goble, Paul. *The Buffalo Woman*. New York: Aladdin Paperbacks, 1984, 1986.

——. *Death of the Iron Horse*. New York: Aladdin Paperbacks, 1987, 1993.

——. *The Earth Made New: Plains Indian Stories of Creation*. Bloomington, Indiana: World Wisdom, 2009.

——. *The Girl Who Loved Wild Horses*. New York: Aladdin Paperbacks, 1978, 1993.

——. *The Man Who Dreamed of Elk Dogs and Other Stories from Tipi*. Bloomington, Indiana: World Withdom, 2012.

——, with Dorothy Gable. *Red Hawk's Account of Custer's Last Bottle of the Little Bighorn*. New York: Pantheon Books, 1969.

Hiscock, Bruce. *The Big Rivers: The Missouri, the Mississippi, and the Ohio*. New York: Atheneum Books for Young Readers, 1997.

Johnson, D. B. *Henry Builds a Cabin*. Boston: Houghton Mifflin Company, 2002.

——. *Henry Climbs a Mountain*. Boston: Houghton Mifflin Company, 2003.

——. *Henry Hikes to Fitchburg*. Boston: Houghton Mifflin Company, 2000, 2009.

——. *Henry Works*. Boston: Houghton Mifflin Company, 2004.

Koehler-Pentacoff, Elizabeth. *John Muir and Stickeen: An Alaskan Adventure*. Illustrated by Karl Swanson. Brookfield, Connecticut: The Millbrook Press, Inc., 2003.

Kurtz, Jane. *River Friendly River Wild*. Illustrated by Neil Brennan. New York: Aladdin Paperbacks, 2000, 2009.

Larson, Kirby, and Mary Nethery. *Two Bobbies: A True Story of Hurricane Katrina, Friendship, and Survival*. Illustrated by Jean Cassels. New York: Walker & Company, 2008.

Lasky, Kathryn. *John Muir: America's First Environmentalist*. Illustrated by Stan Fellows. Massachusetts: Candlewick Press, 2006.

Limbaugh, Ronald H. *John Muir's "Stickeen" and the Lessons of Nature*. Fairbanks, Alaska: University of Alaska Press, 1996.

Locker, Thomas. *John Muir: America's Naturalist*. Golden, Colorado: Fulcrum Publishing, 2003.

——. *The Man Who Paints Nature*. Photographs by Tim Holmstrom. Katonah, New York: Richard C. Owen Publishers, Inc., 1999

——. *Walking with Henry: The Life and Works of Henry David Thoreau*. Golden, Colorado, Fulcrum Publishing: 2002, 2011.

——. *Where the River Begins*. New York: The Penguin Group, 1984.

McDermott, Gerald, Adapted. *Arrow to the Sun: A Pueblo Indian Tale*. New York: The Penguin Group, 1974.

McGrath, Barbara Barbieri, Compiled. *The Storm: Students of Biloxi, Mississippi, Remember Hurricane Katrina*. Watertown, MA: Charlesbridge, 2006.

Minor, Wendell, Paintings. *America the Beautiful*. Poem by Katherine Lee Bates. New York: Puffin Books, 2003.

——. *Grand Canyon: Exploring a Natural Wonder*. New York: The Blue Sky Press, 1998.

Muir, John, Retold by Donnell Rubay. *Stickeen: John Muir and the Brave Little Dog*. Illustrated by Christopher Canyon. Nevada City,

CA: Dawn Publications, 1998.
Nash, Roderick Frazier. *Wilderness & the American Mind*. New Haven: Yale University Press, 1967, 4th Edition, 2001.
Rappaport, Doreen. *Freedom River*. Pictures by Bryan Collier. New York: Hyperion Books for Children. 2000.
Provensen, Alice. *Klondike Gold*. New York: Simon & Schuster, 2005.
Seale, Doris. "Paul Goble" in *A Broken Flite: The Native Experience in Books for Children*, edited by Doris Seale and Beverly Slapin. Berkley, CA: Altamira Press, 2005.
Snyder, Gary. *The Practice of the Wild*. Berkley, CA: Counterpoint, 1990, 2010.
——. *Turtle Island*. New York: New Directions Publishing Corporation, 1974.
Siebert, Diane. *Heartland*. Paintings by Wendell Minor. New York: HarperCollins Publishers, 1989.
——. *Mississippi*. Illustrated by Greg Harlin. New York: HarperCollins Publishers, 2001.
——. *Mojave*. Paintings by Wendell Minor. New York: HarperCollins Publishers, 1988.
——. *Sierra*. Paintings by Wendell Minor. New York: HarperCollins Publishers, 1991.
Talbott, Hudson. *River of Dreams: The Story of the Hudson River*. New York: G. P. Putnam's Sons, 2009.
Wadsworth, Ginger. *Camping with the President*. Illustrated by Karen Dugan. Honesdale, Pennsylvania: Calkins Creek, 2009.
Whelan, Gloria. *Friend on Freedom River*. Illustrated by Gijsbert van Frankenhuyzen. Chelsea, MI: Sleeping Bear Press, 2004.

第16章

シルヴィア・プラスの海と自伝神話化

武藤脩二

1 「ワン、ツー、ワン、ツー」

"OCEAN 1212-W"（「オーシャン 一二一二—W」）

これはシルヴィア（Sylvia Plath）が一九六二年、亡くなる前年に書いたBBC放送用の、つまり読むため、聴かせるためのエッセイである。そのことは冒頭の文章からも窺われる。

My childhood landscape was not land but the end of the land—the cold, salt, running hills of the Atlantic.（21）

これを単に「わたしの幼少期の光景は陸地ではなく陸地の外れでした」と訳してはニュアンスは伝わりにくい。landscapeと切り出したので「landではなくlandの外れの、大西洋の冷たい、塩からい、流動する丘（hills）」のような海景（seascape）なのだと、ラジオの聴き手に断ったのである。聴こえ方、つまりオーラルの効果を意識していたということである。それには聴覚性も大事にという、テッド・ヒューズ（Ted Hughes）の助言も効いていただろう。本来シルヴィアは画家になることも考えたほど絵画に巧みで、詩も視覚的なのである。「幼少期」を視覚的な「光景」(land-scape) として提示しているのはその表れである。そしてその光景の聴覚的効果をさらに考慮したのである。

このエッセイの結末のパラグラフは、“And this is how it stiffens, my vision of that seaside childhood. My father died, we moved inland.” (27) で始まっている。「私の海辺の幼少期の光景はこうして硬化するのです。つまり父が死んで私たちは内陸 (inland) に移ったのです。」この *inland* に注目したい。幼少期は land の外れの海辺で始まり、海辺を離れて land の内部に移ることで終わったとしているのである。このことは注意深い聞き手には、あるいは、分かっただろう。たしかなのは、シルヴィアはそのように計算していたということである。

この文の後で「そこで私の人生の最初の九年間は、ガラス瓶の中の船のように密閉されたのです——美しい、手に取れない、使えないもの、見事な、白い、飛翔する神話」(27) とエッセイを閉じている。とくに「見事な、白い、飛翔する神話」(a fine, white flying myth) に注目していくので、ここであらかじめ引用しておきたい。

このエッセイでもう一箇所、とりわけ聴覚性を強く示している箇所がある。それは他ならぬ “OCEAN 1212-W” の音のことである。これはシルヴィアが幼少期を過ごした海辺の祖母の家の電話番号である。「私は今でもお祖母さんの電話番号を覚えている。OCEAN 1212-W。私はこの番号を静かな湾岸にある私の家から交換手に繰り返すのだった。それは呪文、見事な押韻で、私は黒い受話器が、ほら貝のように、お祖母さんのハローばかりでなく、あちらの海のさらさらと囁く音を返してくれるのをかなり期待していたのだ」(23)。

注すれば、この「静かな湾岸」というのはシルヴィアの家があるイギリスの湾岸のことである。イギリスにいて「時々、私の海の少女時代に郷愁を覚える」(22) と、それを気遣ってくれる人が近くの海に連れて行ってくれるが、同じ海でも違う。マサチューセッツから祖母の返事ばかりでなく海の波の音が聞こえてくれば、祖母の家がある海浜での幼少時代の記憶が呼び戻されるからである。[1]

シルヴィアは、祖母の電話番号 OCEAN 1212-W を [óuʃən wʌ́n tuː wʌ́n tuː dʌ́bljuː] と発音した。これは強弱四歩格の「見事な押韻」なのであり、かつ「呪文」のごときものなのである。それが呪文として引き寄せるのは、まずは祖母の「ハロー」ばかりでなく「あちら（アメリカのディア・アイランド）の海の「さらさらと囁く音」なのである。

また W (dʌ́bljuː = double you) の音はまさしく「ダブルなあなた」である。祖母の大洋 (ocean) の海辺、波打ち際はダブルを生み出す。ここでダブルとして呼び起こされるのは幼少期の特殊な意味である。祖母と大洋の二重性ばかりではなく、海そのものの二重性や、海辺の経験の二重化という意味でのダブルである。それは後で触れるように、現実を神話とするという意味での二重性である。（シルヴィアが大学時代からダブルに強い関心を抱いていたことはよく知られている。）

さらに受話器が「ほら貝」に準えられていることにも注目、というよりも傾聴しなければならないだろう。ほら貝はギリシア神話のトリトン（ローマ神話のマーマン。シルヴィアはマーメイドとマーマンに特別な関心を寄せていた）のアトリビュットである。トリトンはほら貝を吹いて波を静めた。そこでほら貝のような受話器からはささやくような静かな波の音 (susurrous murmur) が聞こえてくるのである。この susurrous murmur 自体、静かな波の音として、詩の響きがある。murmur だけでよいところさらにオノマトペのような susurrous（この語の名詞形 susurrus には whisper の意味がある）を加えて海のさらさらという音を（murmur に mama の母性を響かせながら）強調しているのである。

電話番号の 1212、つまりワン、ツー、ワン、ツーは同時に波の音である。これにはすでに前例がある。ヴァージニア・ウルフ (Virginia Woolf) も、「私の最初の記憶」、「私の記憶の中で最も重要な記憶」の中でこの波の音を聞いた。

人生にその基盤となるものがあるとすれば、もしその基盤が人が次々と満たしていく器であるとすれば――私の器は疑いもなくこの記憶を基盤としている。それはセント・アイヴスの子供部屋のベッドで半醒半眠の状態で寝ているときの記憶である。海の波がワン、ツー、ワン、ツーと砕け、海辺に水飛沫を打ち上げ、またワン、ツー、ワン、ツーと砕けるのを、黄色いブラインド越しに聞いている記憶である。

この文章はウルフの回想記『過去素描』(*A Sketch of the Past* 64) にある。[2] ヴァージニアは後にこのイメージを作品で甦らせ、かつ変奏している。「本は、われわれの幼少の頃の生活、初期の経験の土壌の奥深く根をおろす木のここかしこについた花か実なのである」(ウルフ『ダロウェイ夫人』「モダン・ライブラリ版への序文」三一五頁) というとおりに。「夏の日には、波もまたそのようにあつまり、バランスを失い、くずれる。あつまってはくずれる」(『ダロウェイ夫人』六二頁)。そして、

浜辺に打ち寄せる波の単調な音だけが聞こえていた。その波音は、たいていは控え目に心を和らげるリズムを奏で、夫人が子どもたちとすわっていると、「守ってあげるよ、支えてあげるよ」と自然の歌う古い子守歌のようにも響くのだが、また別の時には、……そんな優しい調子ではなく、激しい太鼓を打ちならすように生命の律動を容赦なく刻みつけ、この島もやがては崩れ海に没し去ることを教えるとともに、あれこれ仕事に追われるうちに彼女の人生も虹のように消え去ることを、あらためて思い起こさせもするのだった(『灯台へ』二九―三〇頁)。

さらに、「そうだ、これこそ永遠の復活、高まっては砕け落ち、落ちては高まる無限のくり返しだ」(『波』二九一頁) となる。こうした波の動きと音は夫人たちの内面の反映である。幼児期の記憶に次々と経験が重なり、人生のアップダウンを経て、海の音も変調し、物語の伴奏曲となる。

『灯台へ』の「子守歌」(cradle song) はシルヴィアのテクストにも微妙な形で反響している。エッセイで描かれているハリケーンは「ノアの豪雨」のように雨を降らせ、「巨人同士の喧嘩」(どちらも神話的場面) のように吼え、家を揺さぶるが、「それを見る子供たち [シルヴィアと弟のウォレン]を揺すって眠らせた」(27)。ハリケーンは揺り籠 (cradle) のように家を揺するが、同時に子供たちを揺り籠のように寝かせつけるである。ハリケーンも詩人を生み出す揺籃となった。(当時ハリケーンは女性の名前がつけられていた、とシルヴィアはあえて書いている。)

繰り返せば、シルヴィアはあの電話番号 (の特にワン、ツー、ワン、ツーのリズム) を「呪文」(incantation) だと言った。incantation は「呪文をかける、魔法をかける」を意味するラテン語を語源としている。祖母の海辺の音を呼び起こす魔法のような呪文である。そして、その音自体がシルヴィアの幼少時代を呼び起こす呪文となる。

シルヴィアの幼児期に母親はマシュー・アーノルドの「妻に去られた人魚」(Matthew Arnold, "Forsaken Merman") の一節をシルヴィアと弟に読んで聞かせた。人間の妻に去られた人魚が教会にいる妻を引き戻そうとして果たせなかったという一四五行の物語詩、そのうち海の神話的生き物の描写に向けられているのはこの一一行だけである。海辺の洞穴は穏やかで、海の動物も海の牧場で餌を食み、海蛇はとぐろを巻いて鱗を陽に当てている。海ではモンスターの鯨が泳ぎに泳いでいる、海蛇も聖書に登場する鯨も、その起源からして神話的存在である。この海岸洞窟も海の神話世界との境界、というよりは神話的異界の縮図である。そうした神話的洞窟の詩のイメージと韻律が少女シルヴィアに戦慄と幸福感をもたらした。(まさに波打ち際はアクセルロッドがいみじくも言うように、エピファニーの場であった [Axelrod 6])。詩のリズミカルな「呪文」としての力である。幼少時に詩の「呪文」の力を感じたシルヴィアは自らその力を揮うことになる。

2　神話と魔女

そして呪文を巧みに行使するのは魔女であることを想起しなければならない。『マクベス』の三人の魔女の予言は同時に呪文の力を発揮する。次の詩「神話創造の死」("The Death of Myth-Making", *C(omplete) P(oems)* 104) はシルヴィアにおけるこの問題への入り口となる。

二つの美徳が種馬と駄馬に乗っている
私たちのナイフとハサミを研ぐために。
顎の突き出た《理性》とずんぐりした《常識》。
《理性》はあらゆる類の博士の気を引き
《常識》は主婦や店主の気を引く。

木は枝を刈り込まれ、プードルは毛をトリムされ
労働者の爪は平らに切られる。
この二人の役人は
なまくらになった刃を砥石で研ぎ
人を混乱させる悪魔を切り刻む。

疎らに生えた森で悪魔の梟の目は
妊婦を流産させ、
犬を縮こまらせ哀れな声で鳴かせ、

農家の少年の気質を狼のようにさせ、
主婦の気質を気紛れにしたものだ。

ここでの「神話」は悪魔・魔女の神話・伝説のことで、理性と常識が否定し排除する非合理な迷信・妄想といわれるものである。（理性と常識を否定することは、十八世紀の支配的なイデオロギー、つまり理性と常識［良識、ボン・サンス、コモン・センス］[3]への信仰に対する十九世紀以降のロマン派のイデオロギーである。）理性と常識はこうした神話を消滅・死滅させた。合理主義は清潔を教え込み、悪魔を殺す。かつて不合理（妄想）が魔女を殺した（セイレムでのように）のと対照的に、合理が悪魔を切り刻む。詩人はそれを嘆いている。詩人の役割の一つは不合理な「神話」を創造することだとの意欲が見える。つまり詩の魔女的な、非理性・非常識の呪文性を取り戻すことである。

プラスにおける魔女は重要な項目である。多くの詩で取り上げられているが、たとえば、山羊飼いが信じる説話の中の、山羊や牛の乳房を吸い尽くす「山羊吸い鳥、別名悪魔鳥」は、「魔女の衣でつくった羽で漆黒の空中」を飛ぶ（「山羊吸い鳥」［"Goatsucker", *Collected Poems* 111］）。「私は魔女として火刑柱に縛られ火をつけられ体を丸めて黒焦げになったほうがましだ」（「ウィージャをしながらの対話」［"Dialogue Over a Ouija Board: A Verse Dialogue", *CP* 280］）。「神話創造の死」の「梟」も魔女の使い魔（familiar [spirit]）である。

合理主義の時代に追放された非理性・非合理なるもの、悪魔と狂気を復権させること、である。プラスが自分の狂気に創造的な要素を見出していたことは疑えない。狂気こそ自分の、そして時代のあるべき領域と自覚していた。ダブルとしてのもう一人の自分である。

さらに合理主義の男性性に対して非合理主義の女性性にもシルヴィアは関心を向けていたと思われる。次の文章は、シルヴィアの母が所有し、シルヴィアも読んだ本 (John Langdon-Davies, *A Short History of Women*, 1927) で、シルヴィアがアンダーラインを施した部分である。

自然と技術が協力して女性に対して残酷な仕打ちをすることをやめれば、女性たちの性は男性よりも強力である。それというのも、女性の性のほうが目的の純一性が大きく、想像力の蘊奥も深いからである。この二つのものはすべての男性が現今の産業文明の制度と必然のもとでは没収されざるをえないからである (Aurelia 32)。

目的の純一性と想像力の蘊奥、この二つのものを、男性は産業文明の下では没収されざるをえない。女性の特異な能力と役割は想像力の発揮だということになるだろう。それは神話の復権と創造の想像力という形をとる。想像力は非合理的な力であり、キリスト教文明、さらに産業文明の中では異教的悪魔の力である。ついでに、「ある意味で魔女 (witch) は私たちの頭の中では女性 (woman) と同義語である」というエリカ・ジョングの言葉を引いておく (Jong 69)。またホーソンの『ブライズデイル・ロマンス』(Hawthorne, *The Blithedale Romance*) の「(ゼノビアの) 活発な想像力 (quick fancy) と魔術的な技術 (magic skill)」(501) という表現も想起される。シャーロット・ギルマンの「黄色い壁紙」(Gilman, "The Yellow Wallpaper") の神経衰弱に罹った女性は「想像力と物語を造る習癖」(7) の逞しい人で、現実的な夫の抑圧の下、狂気に至る。なおギルマンは願望実現能力を持つ魔女を扱った「私が魔女だった時」("When I Was a Witch") なる短編を書いている。

シルヴィアは「朝の月の歌」("Moonsong at Morning", *CP* 316–17) で、次のように書いている。

……………………

あの楕円形の月は
私たちに理性を捨て
この伝説の気まぐれの
地平線に行くようにと
魔法にかけた

論理の光は、すべての
月狂いの魔術は
支離滅裂だと
明らかにするだろう

このように月は魔法［呪文］、魔術、気まぐれ、伝説、月狂い（moonstruck）をもたらすものであり、理性や論理の対極にある。理性や論理は神話を追い払うものである。「白い、飛翔する神話」の白い色は、純粋で美しい月の光として神話の光ともなるのである。

シルヴィアが一九五六年より三、四年前に書いた、大学時代の詩のひとつに「本物の海のほとりの二人の恋人と一人の漂流物拾い」（"Two Lovers and a Beachcomber by the Real Sea", *CP* 327）がある。

寒くなり、終わりになって、想像力は
伝説［本物の対極］化されたサマーハウスを閉じる
青い眺めも板を張られ、私たちの甘美な休暇も

砂時計の中で減少する

緑色の引き潮で縺れた
人魚の髪の迷路を見出した思考は
今や蝙蝠のように翼を閉じ
頭蓋骨の屋根裏に消える

私たちはありえる私たちではない
現実の私たちは「今ここ」
という合間を越えた推測を締め出し
白い鯨は白い海とともに消滅する

独りで浜辺を漁る者は
様々な貝殻の残骸の中で蹲り
くすくす笑う鴎たちのテントの下で
砕けたヴィーナスを棒で探る

沈んだ脛骨は［シェイクスピアの『あらし』でいう死者の眼を真珠に、骨を珊瑚に変える］「海の変化」もなく
返す波の中で嗤う
心は真珠貝（oyster=pearl oyster）のように苦闘を続けても
［真珠どころか］一粒の砂しか私たちは得られない

水は規則に従って流れ、現実の太陽は
綿密に上り沈む
厳格な月に小人は住んでいない
すべてそんなもの、そんなものなのだ

第二連の「蝙蝠」は魔女の化身、あるいは使い魔。第三連の「白い鯨」と「白い海」はメルヴィルの『白鯨』(Melville, *Moby-Dick; or, The Whale*) の whitened sea (294) にも由来するだろうが、さらにはヴィーナス誕生にも由来するだろう。「白い海」は次の連の「砕けたヴィーナス」と結びつく。「mermaid という言葉は字義的には海の乙女 (virgin of the sea) であり、女神アフロディーテ（ヴィーナス）に似ている。アフロディーテは描かれるときだいたい海の泡から生れ、大きな蛤から姿を現す、流れるような金髪をして――人魚そっくりに」(Haven 113–14)。シルヴィアが幼女時代にその存在を信じた人魚とアフロディーテの類縁は明らかである。「今ここ」だけの現実にあっては、ヴィーナスも発掘されず、「海の変化」もなく、真珠も手に入らず、水も太陽も決まったようにしか動かない。月の神話もない。すべてそんなものだ、という。一時的にしか想像力も思考も働かず、神話も伝説も機能しない世界の無味な平板さを語っている。大人になってからの世界である。それだけに幼少期の神話は貴重なのである。それは砂時計の砂のように落下し減少することなく、同じガラスの器でも船はその中に封印されて、飛翔するのである。

プラスの詩業は（幼少期の）神話の保存と、（成人後の）神話の崩壊と再生をテーマとすることである。"OCEAN 1212-W" はその幼少期の神話の創成と保存と再生の努力の成果である。

3　神話へのイニシエーション

シルヴィアは一九五二年に「イニシエーション」（"Initiation"）という短編を書いている。ハイスクールの排他的なクラブへの入会儀式《イニシエーション》に選ばれたミリセントは、その一つの儀式として、バスの乗客たちに「朝食に何を食べますか」ときく。最後にきいた乗客は「ヒース鳥の眉をのせたトースト」と答える。その乗客は、「ノーム［老人の姿をしており、地中の宝を守るとされている地の精］か、陽気なレプラコーン［小さな老人の姿をして、自分を捕まえた人に宝のありかを教える妖精］」のような人で、「ヒース鳥は神話的なムーアに住み、一日中日向で野生的な美しい声で鳴き、鮮やかな紫色をし、すごく美味しい眉をしている」という。「自分は神話の中の人間というわけではないが、いつかそうなりたい。神話的であるということは自我に奇跡を起こす」という（305）。

ミリセントは老人ににわかに近親感を覚える。さらにある日、儀式の途中で、はるか遠くからヒース鳥の鳴き声（音楽的な呪文）を聞く。自分の中でもそれに応えるメロディが飛翔するのを感じる。「ミリセントは自分個人の秘儀参入《イニシエーション》が始まったのだと知った」（307）。それは世俗的・社会順応的・画一化的な名門クラブへの入会儀式ではなく聖なる神話への秘儀参入儀式となったのである。「力強く元気いっぱいな」（307）飛翔は神話的なものが自我に及ぼす奇跡なのである。「選ばれし者の一人になることを望まぬ娘がいるだろうか」（299）と思っていたミリセントが真に望んだのは、クラブの一員（「選ばれし群の一人」［307］）に選ばれることではなく、ストレンジャーによって神話の世界の一員に選ばれることであった。イニシエーションという神話的パターンを神話へのイニシエーションとしたところにシルヴィアの独創があった。もしくは幼女シルヴィアが突き抜けようとして母親に引き戻された波の壁、「理性」と「常識」の壁を越える儀式といえる。その先に、飛翔する神話の領域がある。

「まるで自分の神話の詩人かつヒロインになることで、人間の弱さに対する配慮から超越しなければならないではいられなかったかのようだ」（スティーブンソン　五六頁）。このように気に染まぬ現実から超越するためには神話の超現実性・飛翔性に頼るほかなかったかのようである。（シルヴィアにおける神話の人物はメデューサやペルセウス、マイダスなどあえて数えるまでもない。）

この物語に登場するストレンジャーはアメリカ文学によく現れるアイリッシュ・キャラクターであろう。フィリップ・フレノーの『書簡集』(Freneau, *Letters*, 1799) に登場するアイリッシュは、革命後の共和国の市民に対してストレンジャー、エイリアンとして対峙する。

ポーは「鐘楼の悪魔」(Poe, "The Devil in the Belfry", 1839) で、昔からいささかも変わらないある町にやってきた非常に小さな外国人らしい、悪魔の容貌をした男が、鐘楼を占拠し、アイリッシュ・フィドルでアイリッシュ民謡を異常な音で演奏し続けて町の秩序を完全に破壊してしまう、という物語を書いている。アメリカ社会の破壊者としてのアイリッシュである。

ポーのアイリッシュ・ストレンジャーを経てトウェインの『ミステリァス・ストレンジャ』(Twain, *The Mysterious Stranger*, 1916) が書かれる。さらにハック・フィンはアイリッシュ英語を喋る、アイリッシュ的怠け者のストレンジャーである。

ジェローム・ラヴィングは『トウェイン伝』(Loving, *Mark Twain*) で、「このようなアメリカの後背地の小さな町では〈ストレンジャー〉はつねに、少なくとも最初はミステリアスであり、時にトリックスターである」(431) という。トリックスターという文化人類学的人物（神話や伝説に登場するいたずら者。秩序の破壊者で同時に創造者）はアメリカン・アイリッシュに多くの場合当てはまり、シルヴィアのアイリッシュにも適用できる。

（アメリカ文学最大のアイリッシュ・トリックスターはケン・キージー『郭公の巣』(Ken Kesey, *One Flew Over the Cuckoo's Nest*, 1962) のマックマーフィーであろう。）

悪魔や魔女は社会にとってストレンジャー、トリックスターである。そのストレンジなものを排除することは神話を排除することになった、とシルヴィアは理解していた。そこで、より神話・伝説の世界に生きてきたアイリッシュを神話復活・復権の文化的触媒としたのである。その効果はアメリカの精神が失っていた神話の世界への導入となる。

4　「聖なるマントヒヒ」

シルヴィアは弟が誕生して親の愛を独占できなくなったとき、自分がすべてのものから切り離され、永遠に追放された者だとの疎外感を強烈に味わった。「いつもと反対の恐ろしげな監獄のある方向」に向かい、「私は星からのように、冷たく醒めて、すべてのものが隔絶されているのを見た。私の皮膚が壁になっているのを感じた。私は私、石は石。私のこの世の物との美しい融解は終わったのだった」(24)。そこで自分が選ばれた特別な存在であるという徴 (sign) を求める。それが海によって打ち上げられるのを期待する。そして発見するのが猿の像、「聖なるマントヒヒ」(Sacred Baboon, 25) である。このエピソードは、この回想記が後のあるいは語りの時期に作り直されていることを物語る。幼児が猿の像から「聖なるマントヒヒ」を連想できるとは想像し難しい。猿の像は浜辺で発見され、ケルプという海藻に絡まれていた。いかにも海から生れたようにみえる。しかしケルプを羊膜とすることは幼児にはできない。後の脚色・潤色が施されている。そもそも猿の像は他人の発見であった。「オーレリア・プラスによれば、……シルヴィアがこの散文のなかで「選びの徴」と解釈している「聖なるマントヒヒ」にしても、それを浜辺で見つけたのはシルヴィアではなくて家族の友人なのである」(スティーブンスン　三七頁)。

「人は浜辺のように心を空にして、開いて、何も選ばずに、横たわっていなければならない——海からの贈り物を待ちながら」とリンドバーグ夫人は言う（Lindbergh 10–11）。シルヴィアは反対に選びの心を抱いて浜辺を歩き、他人の発見をも自分の発見とし、さらに自分への聖なる贈り物としたのだ。

「聖なるマントヒヒ」。これは hamadryas [baboon]＝マントヒヒのことで、sacred（聖なる）は訳として不要なのだが、古代エジプトの神トト（Thoth）の姿なのでシルヴィアにとっては必要な一語なのである。トトはトキやマントヒヒを上半身としている（シルヴィアは「動物園主の妻」[“Zoo Keeper's Wife”, *CP* 155] で「鬘を被り蝋の耳をしたマントヒヒ」と書いている）。トトは知恵、学問、魔法の神であり、とりわけヒエログリフ（神聖な絵文字）の発明者である。文字の発明者を発見した幼女シルヴィアはやがて詩人となるべく特別に選ばれたのである。「私は神やサンタクロースではなく人魚を信じていた」(21–22) というシルヴィアはトトの「聖なるマントヒヒ」をも信じたのである。

シルヴィアはこの像をトーテムだとしている。トーテムは氏族、家族、集団の象徴である。シルヴィアの場合、家族の中で自分ひとりが選ばれし者であることの徴である。きわめて個人的な象徴である。

選民（the select）とは神に選ばれた、すぐれた民族、特にユダヤ民族が旧約聖書によって自らを指していう語であるが（「エホバ嗣業《ゆづり》にせんとて撰びたまえるその民」[「詩篇」]）、また新約聖書でも「この故に兄弟よ、ますます励みて汝らの召されたること、選ばれたること (call and election) を堅うせよ」（「ペテロ後書」）とある。初期のアメリカ移民が同様に自らを選民と見做したことは改めて言うまでもない。シルヴィアの「徴」願望はこの伝統を継いでいるとも見られる。

ホイットマンの「群がる大衆の中で」（“Among the Multitude”）はこの点に関して示唆的である。「男女の群がる大衆の中で、ある人が秘密の聖なる徴によってぼくを選び出すのが分かる」(Whitman 113)。シルヴィアは「大衆の中で」選民として選ばれるのではなく、むしろ大衆の頭上に上昇する（あるいは飛越・飛翔する）ことを願った。その徴となったのが古代エジプトの異教の神トト、聖なるマントヒヒの像であったのである。

シルヴィアの疎外意識はとりわけ二十世紀の意識である。この意識を克服超克するために、特別に選ばれることを願ったのである。普遍的な意義を帯びている、と言いたい。

このマントヒヒがまず「猿の『考える人』」(simian Thinker) とされているのはオニールの影響であろう。オニールの『毛猿』(O'Neill, *The Hairy Ape*, 1922) で、汽船のボイラー室にいるアイリッシュのヤンクは、「この檻の中にいるのは、暗黒のアフリカでも決して見られない珍しいヒヒです」(140) と言われる。ヤンクは考え込み、「考える人」の姿勢をとる、オニールの多くの人物と同じように。出自や宗教から猿呼ばわりされていたアイリッシュの中に苦悩する人間性を認めて「考える人」としたのである。オニールは、デューラー (Albrecht Dürer) からロダン (Auguste Rodin) を経てきた「考える人」のメランコリアの系譜に、猿＝アイリッシュの「考える人」を加えた。

一方、シルヴィアは「ピーナッツを食べバカみたいな」(25) 一般の猿ではなく、「考える人」の高貴な姿勢をしているので「聖なるマントヒヒ」を選びの徴としたのである。いうまでもなくこのマントヒヒが古代エジプトの神トトの偶像であるからこそ、そのように見たのである。いずれにしてもシルヴィアが「考える人」の系譜に新たな像を加えたことは確かである。そして「聖なるマントヒヒ」として神格化・神話化したのである。海は様々なものを打ち上げる。波打ち際は神話発見の場所、現実と神話の出会う、あるいは現実から神話に突き抜ける、そして現実が神話に変容する場所である。

5　「詩の器」「飛翔する神話」

繰り返せば、ヴァージニア・ウルフは「人生にその基盤となるものがあるとすれば、もしその基盤が人が次々と満たしていく器 (bowl) であるとすれば――私の器は疑いもなくこの記憶を基盤としている」と語った。

H. D. (Hilda Doolittle) にとって、器は「坩堝」(crucible) である。H. D. の特徴は、一つの言葉を意味と音の連想と連鎖によって、思いがけない意味展開を提示することにある。たとえば、旧約聖書にある marah, mar（ヘブライ語で、それぞれ「苦しみ、苦味」、「苦しい、苦い」を意味する）を坩堝の中に入れて溶解させ別の物質（意味）に変える（詩人の想像力の作用をこのように表現した）。marah, mar をスペイン語の mar（海）へつなぎ、海水 (brine)、白波（brine から breaker）、誘惑者（女の貞操を break する男）、生命を与える者（妊娠させる男）、涙を与える者（女を泣かせる男）へと展開する。この二つの言葉を坩堝に入れて熱すると、溶解してフランス語の mer（海）、mère（母）となり、やがて Mary（マリア）、Mother（聖母）へと至りつく (*Tribute to the Angels* 71)。苦しみから救いへ。坩堝の錬金術である。この坩堝を「詩の器」(poem-bowl) とスーザン・グーバー (Gubar 209) はいう。この「詩の器」というタームはヴァージニア・ウルフの詩作にもシルヴィア・プラスの詩作にも適用できるだろう。器を扱って、ヴァージニア・ウルフ、H. D.、そしてシルヴィア・プラスはそれぞれにヴァージョンを作り上げた。人生の経験を次々と入れて混合複雑化する器（ヴァージニア）、言葉を変換していく坩堝 (H. D.)、そして幼児期の生活を封入して神話とする器（シルヴィアの場合にはさらに「選びの器」[a chosen vessel「使徒行伝」] である）。これら三つの異なる器にも、女性詩人の器という共通性を見て取ることができる。三人の女性詩人はみな精神を病み、二人は自殺した。彼女らにとって器は、外部から閉ざされ、囲われ、そして病める女性の自我を探り表現する「詩の器」なのであった。

シルヴィアはこのエッセイの最後で、「私の海辺の幼少期の光景はこうして硬化するのです。つまり父が死んで私たちは内陸に移ったのです」と記し、この後で「そこで私の人生の最初の九年間は、ガラス瓶の中の船のように密閉されたのです——美しい、手に取れない、使えないもの、見事な、白い、飛翔する神話」と閉じた。この文章について、ジュディス・クロール (Judith Kroll) は、このエッセイでは「ガラスの柩が幼少時代、ひいては幼児自身を包み込む」と言い、ベル・ジャーも「ガラスの柩」なのだと続ける (225–26)。またサンドラ・ギルバート (Sandra Gilbert) もエッセイのこの部分を引用して、「これは重要ではあるが誤解を招く」とし、「瓶に密閉されるのは彼女自身だからである」、瓶はベル・ジャーなどと同じである、と言う (252)。

父の死を契機として幼少期は終わったとしているのであるから、シルヴィアはガラスの柩に密封されたと読むのは不自然ではないし、ベル・ジャーという前例も強力な補強となりそうである。[4] また、「硬化する」(stiffen) のだから死後硬直のイメージもある (「死後硬直が訪れてすべての生き物を硬直させるかもしれない」[「ペルセウス」["Perseus", *CP* 83])。しかし一方で聖性を帯びた静止のイメージもある (「教会の聖人たちの手と顔は聖性を帯びて硬直している」(「月とイチイの木」["The Moon and the Yew Tree", *CP* 173])。エッセイの場合も、聖性を帯びているととりたい。神話へと飛翔するのであるから。

また「飛翔する」(flying) をめぐって、シルヴィアは、「針」("Stings", *CP* 215) で、

今や、彼女「ガラスの羽をした女王蜂」は飛翔している
これまでになかったほど凄まじく、
空の赤い瘢痕となり
彼女を殺した機関

（それは霊廟、蝋の家）
を越える赤い彗星となって

と書いている。女王蜂は殺されて霊廟に納められたが、今や飛翔し去る。死からの飛翔である。また「赤い瘢痕」は「白い、飛翔する神話」の「白い」を浮かび上がらせる。「凄まじさ」の反対の「美しさ」を示している。われわれのエッセイのガラス容器は、たとえガラスの柩であるとしても、その中の船とともにガラスの羽で白く飛翔する神話へと止揚されるのである。これは死んで再生する月の女神の神話である（グレィヴズ『白い女神』[Graves, *The White Goddess*] から示唆を受けただろう）。

ジョイスは『ユリシーズ』(James Joyce, *Ulysses*) でギリシア神話の枠組みを取り入れ、エリオットは『荒地』(Eliot, *The Waste Land*) でウェストンの『祭祀よりロマンス』(Jessie L. Weston, *From Ritual to Romance*) から示唆を受け、フレィザーの『金枝篇』(J. G. Frazer, *The Golden Bough*) を利用した。フォークナーは「歴史小説を超える」ために聖書や神話の物語を援用した。グレィヴズの『白い女神』は、問題のある著書ながら、詩と神話の密接な関係を論じたもので、シルヴィアも影響を受けた、というよりは、クロールによれば、「『白い女神』はシルヴィアに自分の人生はすでに神話の輪郭を帯びていたということを確認したのである」(Kroll 54) という言葉に耳を傾けたほうがいいかもしれない。それというのも、幼児期の孤独感、疎外感の対応手段として神話的な神聖なるマントヒヒを想定したことからも想像できるように、神話は彼女の実存そのものに関わる意義を持っていたからである。

シルヴィア・プラスにあっては「今ここ」の理性と常識の支配する現実、そして疎外感を超越・克服する手段としても神話は取り込まれた。自伝も神話化されなければならない。その好例がこの幼少期の自伝だったのである。

それ以前の時期のない、そもそもの最初期の自伝だから一層その意図のもとに書かれ、語られたのである。このエッセイは幼児期の神話化の物語である。それはいわば個人の創世記である。創世記はすべての創世神話においてそうであるように、後の神話の基盤・基礎とすべく、創造されたものである。シルヴィアの場合も同様で、彼女が詩人となったのちに、その詩人創成の創世神話として創作されたと見ることができる。このエッセイはクロールのいう「神話化された伝記」、いや「神話化された自伝」となっている。

註

1　この幼少期のシルヴィアの母親は「海の女」(sea-girl) と記されている。そしてシルヴィアも祖母も同様に「海の女」であった。このエッセイは祖母、母親、そして自身の、「海の女」の小歴代記である。しかし祖母と母親はたしかに「海の女」たちではあるが、海の中あるいは海の彼方の存在ではない。

"sea-girl" はエリオットの「J・アルフレッド・プルーフロックの恋歌」(Eliot, "The Love Song of J. Alfred Prufrock") の最後の連、

海の乙女ら (sea-girls) が赤や茶色の海草で飾った
海の部屋に……　　(Eliot 7)

が典拠と思われる。*OED* によれば "sea-girl"「海の乙女＝人魚」はここが初出。神話や想像上の存在に使われる sea の用法とある (Arnold, "Forsaken Merman" の "sea-cattle" もその一例)。この「用法」に注目したい。母や祖母はこの言葉を与えられながら神話の人魚とはなりえていない。母は幼いシルヴィアが波を突破しそうになると足を引っ張る。それは弟ウォレンのエピソードであるとしても、いやそれだからこそ、人魚を信じるシルヴィアの特性を際立たせている。「神やサンタクロースを信じないで、人魚を信じていた」シルヴィアは「海の乙女」をあらためて本物の「人魚」にするのである。シルヴィ

アは人魚の絵を少なくとも二点描いた。それも陸から見た人魚ではなく、海から陸地を望んでいる人魚である。

2 「この自伝的エッセイは一九三九年に書かれ……のちにレナード・ウルフ (Leonard Woolf) によって編集され死後出版された。今日では『存在の瞬間』(*Moments of Being*, 1976, 1985) に収められている」（ウイキペディア）とのことだから、シルヴィアはレナード編のこのエッセイを読んだ可能性もなくはない。ウルフを小説創作のモデルとしたシルヴィアとの共通点は見逃せない。シルヴィアにとってウルフは「文学の母」、「アイドル」であった。

3 デカルトの『方法序説』(René Descarte, *Discours de la méthode*) の冒頭で取り上げられている「ボン・サンス」は「理性」のことである。『コモン・センス』(*Common Sense*, 1776) を書いたトマス・ペイン (Thomas Paine) は『理性の時代』(*The Age of Reason*, 1794–95) をも書いた。

4 しかし、「空は高く晴れて、青いベル・ジャーのようだ」という『日記』の記述（一九五九年二月二十五日）も忘れないほうが公平だろう (Plath, *The Unabridged Journals* 470)。幽閉の器、ベル・ジャーも蒼穹へと飛翔する。ホフマンスタール (Hugo von Hofmannsthal) のヴェニスのサンマルコ広場の描写、「空は鮮やかな青をたたえてまるくかぶさり」を想起させる（武藤脩二『アメリカ文学と祝祭』八四頁）。

引用文献

Axelrod, Steven Gould. *Sylvia Plath: The Wound and the Cure of Words*. Baltimore: Johns Hopkins UP, 1990.

Connors, Kathleen & Sally Bayley, eds. *Eye Rhymes: Sylvia Plath's Art of the Visual*. Oxford UP, 2007.

Doolittle, Hilda (H. D.). *Tribute to the Angels*. 1945. *Trilogy*. New York: New Directions, 1973. 61–110.

Eliot, T. S. *Collected Poems, 1909–1962*. New York: Harcourt, Brace & World, 1962.

Freneau, Philip Morin. *Letters on Various Interesting and Important Subjects*. 1799. Ecco Print Editions.

Gilbert, Sandra. "A Fine, White Flying Myth: The Life/Work of Sylvia Plath." *Shakespeare's Daughters: Feminist Essays on Women Poets*. Eds. Sandra M. Gilbert & Susan Gubar. Bloomingdale: Indiana UP, 1979. 245–60.

Gilman, Charlotte Perkins. "The Yellow Wallpaper." 1892. *The Charlotte Perkins Gilman Reader*. Ed. Ann J. Lane. Charlottesville; UP of Virginia. 4–19.

Graves, Robert. *The White Goddess*. 1948. London: Faber & Faber, 1961.

Gubar, Susan. "The Echoing Spell of H. D.'s *Trilogy*." *Shakespeare's Daughters: Feminist Essays on Women Poets*. Eds. Sandra M. Gilbert & Susan Gubar. Bloomingdale: Indiana UP, 1979. 200–218.

Haven, Kendall. *Wonders of the Sea: Merging Ocean Myth and Ocean Science*. Westport, CT: Libraries Unlimited, 2005.

Hawthorne, Nathaniel. *The Blithedale Romance. The Novels and Tales of Nathaniel Hawthorne*. New York: The Modern Library, 1937. 437–585.

Jong, Erica. *Witches*. New York: Harry N. Abrams, 1981.

Kroll, Judith. *Chapters in a Mythology: The Poetry of Sylvia Plath*. New York: Harper & Row, 1976.

Lindbergh, Anne Morrow. *Gift from the Sea*. 1955. New York: Pantheon Books, 2005.

Loving, Jerome. *Mark Twain: The Adventures of Samuel L. Clemens*. Berkeley: U. of California P. 2010.

Melville, Herman. *Moby-Dick; or, The Whale*. New York: Hendricks House, 1952.

O'Neill, Eugene. *The Hairy Ape*. 1922. *Eugene O'Neill: Complete Plays 1920–1931*. New York: Library of America, 1988. 119–63.

Plath, Aurelia Schober. Introduction. *Letters Home: Correspondence 1950–1963*. By Sylvia Plath. 1975. New York: Harper & Row, 1975. 1–41.

Plath, Sylvia. "Initiation." 1952. *Johnny Panic and the Bible of Dreams: Short Stories, Prose, and Diary Excerpts*. New York: HarperPerrenial, 2000. 298–307.

——. "OCEAN 1212–W." 1962. *Johnny Panic and the Bible of Dreams: Short Stories, Prose, and Diary Excerpts*. New York: HarperPerrenial, 2000. 21–28.

——. *The Bell Jar*. 1963 ; New York: Perennial Classics, 1999.

——. *The Collected Poems*. Ed. Ted Hughes. New York: HarperPerrenial, 1992.

——. *The Unabridged Journals of Sylvia Plath: 1950–1962*. Ed. Karen V. Kukil. New York: Anchor Books, 2000.

Stevenson, Anne. *Bitter Fame: A Life of Sylvia Plath*. London: Penguin Books, 1989.（邦訳　風呂本淳子訳『詩人シルヴィア・プラスの生涯』晶文社、一九九四。）

Whitman, Walt. *Leaves of Grass*. New York: Modern Library, 1921.

Woolf, Virginia. *Mrs Dalloway*. 1925. Penguin Books, 1964.（邦訳　富田彬訳『ダロウェイ夫人』角川文庫、二〇〇三。）

――. *To the Lighthouse.* 1927. Penguin Books, 1964.（邦訳　御輿哲也訳『灯台へ』岩波文庫、二〇〇四。）
――. *The Waves.* 1931. Penguin Books, 1951.（邦訳　鈴木幸夫訳『波』角川文庫、一九五四。）
――. *A Sketch of the Past. Moments of Being.* Ed. Jeanne Schulkind. 2nd ed. London: Harcourt Brace Jovanovitch, 1985. 61–159.
武藤脩二『アメリカ文学と祝祭』研究社出版、一九八二年。

あとがき

本書のキーワードである〈水〉と〈光〉は文字通りアメリカの原点を語る上で必然の組み合わせといえる。ジョン・ウィンスロップがアルベラ号に乗船し、新大陸へ向かう大西洋上で、高らかに宣言した理想郷「丘の上の町」に、その源泉たる「マタイによる福音書」第五章十四節にてイエス・キリストが語った「あなた方は世の光である。丘の上の町は隠れることができない」という言葉を重ね合わせると、ウィンスロップが心に思い描いたアメリカの原風景には〈水〉と〈光〉が存在したことは想像に難くない。そして彼の言葉は時空を超え、アメリカ建国の象徴として、またアメリカの全歴史を貫く神髄として数え切れぬほど人々の心に語りかけられ、血肉となっている。時の権力者たる大統領の演説にも彼の思想は受け継がれている。ジョン・F. ケネディが一九六一年一月に行なった大統領選勝利後の演説で、ロナルド・レーガンが一九八九年に大統領としての最後の演説の中で、二〇一一年一月にバラク・オバマが「一般教書演説」の中で、「丘の上の町」を引き合いに出し、アメリカの未来と建国の原点を呼び起こした。歴代の指導者たちもウィンスロップ同様に、アメリカを語る中で、〈水〉と〈光〉を目にしていたのではなかろうか。

本書の全ての論題に〈水〉と〈光〉に関連する語が含まれているのも故なきことではない。我々がアメリカの原点に一度立ち戻り、そこから東部、西部、中部、南部へと、また十七世紀から二十一世紀へと、ウィンスロップが目にした〈水〉と〈光〉がビッグバンのごとく時を超えてアメリカ各地の作家の心に、また彼らの作品にいかに継承されているか、その有様を検証するという意図があったからである。結果、本書の表題のもとで首尾よく一つの書が編まれたことは、アメリカ文学に通底する地下水脈、あるいはアメリカ文学を先導する灯火として、〈水〉と〈光〉がその中核的な役割を担ってきたことを物語っている。

さて、本書出版の発端が、入子文子先生の関西大学ご退職を記念して、企画された事情を考えあわせれば、先生自身のこれまでの研究人生について触れないわけにはいかない。入子先生の幾多の瞠目すべき研究成果を思い浮かべれば、さぞかし研究一途の人生を歩んで来られたかと思われる諸氏もいらっしゃるであろうが、むしろその原点を辿ってみると、そこには意外なほどの一生活者としての素顔があるように思われる。お茶の水女子大学を卒業後、竹中工務店に就職、その後結婚子育てに勤しまれた期間を経て、研究活動の途に就かれたため、その端緒は早いとは言い難い。しかし満を持して滑り出した研究の旅は、『英文学研究』での画期的な『緋文字』論を皮切りに、その道程にて綺羅星のごとき珠玉の論文を残してこられた。自然、入子先生のご研究は多くのアメリカ文学研究者の注視するところとなり、今回、東西にまたがる多彩な研究者が快く執筆を引き受けて下さったことも、先生の学問的注目度を語るひとつの証左となろう。

私が先に生活者と申したのは、入子先生が一時家庭に入っておられただけでなく、執筆された種々の論文を拝読して、そう感じるからである。先生の論文はいわゆる「足で書く論文」と称されており、「科学研究費補助金」を初めとする各種の研究助成を獲得して、作品ゆかりの各所を調査し、国内外の研究機関にて一次資料を丹念に渉猟することが執筆の原点となっている。その上で論文の萌芽を冷徹なる観察眼にて掴み取り、その萌芽を無駄なく開花させる強固な論理性を構築する、そうした入子先生の一貫した執筆の姿勢には現実を見据えたリアリストたる生活者の姿勢が反映されているように思われてならない。一方で、ナサニエル・ホーソーンを起点に、大西洋を越え、ルネサンスや新プラトン主義へと文学的想像力を働かせ、主にホーソーンを巡るスケールの大きな論文を執筆されることを考え合わせると、そこに研究者のあるべき原点、緻密さと発想力の融合の理想を眼にすることができる。

最後に入子先生の教育者としての側面にも触れておきたい。先に言及すべきであったが、入子先生は神戸常盤短期大学での専任講師を皮切りに、神戸海星女子学院大学文学部を経て、一九九六年に関西大学文学部教授に着任された。その間、そして今日に至るまで教育者として後進の育成に熱心に取り組まれた。暖かくも、妥協を許さない指導、常に学生を鼓舞する姿勢、入子先生のこうした薫陶はその弟子たちに引き継がれるであろう。とは申しても、入子先生ご自身の研究の灯火はまだまだ輝きを増すであろうし、近年の研究業績の数から察するに、むしろこれから研究の「大局面」(The Major Phase) を迎えるのではないだろうか。本書の上梓は入子先生にとって一つの一里塚であろうが、以後も先生の研究動向を注視していきたいものである。

二〇一二年冬

中村　善雄

夢 106–8, 111–14
寄せ集め 117
ヨセミテ・ヴァレー 310–1

ラ・トゥール La Tour 44, 46–8
ラスキン，ジョン John Ruskin 102–3, 117
ラングドン＝デイヴィス，ジョン John Langdon-Davies 350
『女性小史』*A Short History of Women* 350
ラヴィング，ジェローム Jerome Loving 355
『トウェイン伝』*Mark Twain* 355
リーフ，キャサリン Catherine Reef 202
リンドバーグ，アン・モロウ Anne Morrow Lindbergh 267–86, 357
『内と外の戦争』*War Within and Without* 280–2
『海からの贈り物』*Gift from the Sea* 267–86
『輝く時！ 失意の時』*Hour of Gold, Hour of Lead* 274, 278
『聞け！ 風が』*Listen ! the Wind* 278–9
『翼よ！ 北に』*North to the Orient* 275–7
『花とイラクサ』*The Flower and the Nettle* 279–81
『ユニコーンを私に』*Bring Me a Unicorn* 273–4
リンドバーグ，ジョン Jon Lindbergh 270, 280–1
リンドバーグ，チャールズ・A Charles Augustus Lindbergh 269, 275, 277–9, 282
リンドバーグ，リーブ Reeve Lindbergh 70
ルイス，アラン Allan Lewis 290
ルイス，メリウェザー Meriwether Lewis 317
ルイス，R・W・B R. W. B. Lewis 66
『アメリカのアダム』*The American Adam: Innocence, Tragedy, and Tradition in the Nineteenth Century* 66
レナルズ，デイヴィッド David Reynolds 67
『アメリカン・ルネッサンスの地層』*Beneath the American Renaissance: the Subversive Imagination in the Age of Emerson and Melville* 67
レノルズ，マイケル Michael Reynolds 203
レヴィン，ハリー Harry Levin 59, 66
『闇の力』*The Power of Blackness: Hawthorne, Poe, Melville* 66
ローウェル，ジェイムズ・ラッセル James Russell Lowell 29
ローマ・カトリック 30–1, 43, 46–50
ローリー，ウォルター Walter Raleigh 3–26
「シンシアへの大洋の書の最終第二一巻」"The 21th and Last Booke of the Ocean to Scinthia" 3–26
ロアノウク Roanoke 4, 6–9, 16, 18, 23
ロウ，ジョン・カーロス John Carlos Rowe 66
『税関を通って』*Through the Custom-House: Nineteenth-Century American Fiction and Modern Theory* 66
ロダン，オーギュスト Auguste Rodin 358
ロマンス 99, 114–15, 205–6
ロマンスの中間理論 205
ロングバーン 279
ロングフェロー，ヘンリー・ワズワース Henry Wadsworth Longfellow 31, 45, 54, 77
『エヴァンジェリン』*Evangeline: A Tale of Acadie* 31, 45

ワイドマン，ジョン・エドガー John Edgar Wideman 69
ワグナー・マーティン，リンダ Linda Wagner-Martin 202
ワシントン，ジョージ George Washington 72
ワトソン，ニール Neil Watson 252

「ユラリウム」"Ulalume" 87
「妖精の国」"The Fairy-Land" 85
ポーク，ノエル Noel Polk 251
ポープ，アレクサンダー Alexander Pope 100, 111
ポーリン，バートン Burton R. Pollin 83
ポルティ，ジョエル Joel Porte 66
『アメリカのロマンス』*The Romance in America: Studies in Cooper, Poe, Hawthorne, Melville, and James* 66

マ行

マーカス，グレイル Grail Marchus 69
『ハーヴァード大学版新アメリカ文学史』*A New Literary History of America*（ワーナー・ソラーズと共編） 69
マーフィ，グレッチェン Gretchen Murphy 67
『半球的想像力――モンロー・ドクトリンとアメリカ帝国のナラティヴ群』*Hemispheric Imaginings: The Monroe Doctrine and Narratives of U.S. Empire* 68
マーロウ，クリストファー Christopher Marlow 22
『ヒーローとリアンダー』*Hero and Leander* 22
マイケルズ，ウォルター・ベン Walter Benn Michaels 66
『アメリカ・ルネッサンス再考』*The American Renaissance Reconsidered: Selected Papers of the English Institute, 1982–1983*（ドナルド・ピーズと共編） 66
マグリット，ルネ Rene François Ghislain Magritte 93–5
マザー，コットン Cotton Mather 78
マシーセン，F. O. Francis Otto Matthiessen 59–67, 70, 75, 77
『アメリカン・ルネッサンス』*American Renaissance* 59, 63–4
マシューズ，ブランダー Brander Matthews 141
マボット，トマス・オリヴ Thomas Ollive Mabbott 83, 89, 93
マリア，アンリエッタ Henrietta Maria 35
マルクス，カール Karl Marx 78
『資本論』*Das Kapital* 78
マルクス・エンゲルス Karl Marx and Friedrich Engels 77
『共産党宣言』*Das Kommunistische Manifest* 77
ミシシッピー川 324, 334
宮崎駿 121–3, 135
ミュアー，ジョン John Muir 310–4, 337–8
ミラー，ディヴィド David Miller 80–1, 86–7
ムーア，トマス Thomas Moor 83
ムカージー，バラーティ Bharati Mukherjee 65, 69
メランコリー 38
メルヴィル，ハーマン Herman Melville 60, 63, 66, 68,72, 75, 123–36, 353
『ジョン・マー』*John Marr and Other Sailors* 134
『戦争詩集』*Battle Pieces and Aspects of the War* 123–36
『白鯨』*Moby-Dick; or, The Whale* 60, 68, 72, 134, 136, 353
『ピエール』*Pierre: or, The Ambiguities* 60, 63
『ビリー・バッド』*Billy Budd, Sailor (An Inside Narrative)* 72
「ベニト・セレノ」"Benito Cereno" 72
モリスン，トニ Toni Morrison 246, 248, 256–65
『ビラヴィド』*Beloved* 246–7, 256–65
モンテーニュ，ミシェル Michel de Montaigne 117

ヤ・ラ・ワ行

八木敏雄 67

ヘミングウェイ，アーネスト Ernest Hemingway 201–7, 214–5, 220–1
『移動祝祭日』*A Moveable Feast* 220
「大きな二つの心臓のある川」“Big Two-Hearted River” 206
「キリマンジャロの雪」“The Snows of Kilimanjaro” 206
『午後の死』*Death in the Afternoon* 207, 220
「最前線」“A Way You'll Never Be” 207
「白い象たちのような山々」“Hills Like White Elephants” 201, 221
『誰がために鐘は鳴る』*For Whom the Bell Tolls* 215
ベーカー，カーロス Carlos Baker 202
ベクマンベトフ，ティムール Timur Bekmambetov 73
『リンカーン／秘密の書』*Abraham Lincoln: Vampire Hunter* 73
ペイン，トマス Thomas Paine n363
『コモン・センス』*Common Sense* n363
『理性の時代』*The Age of Reason* n363
ホーソーン，ウィリアム William Hathorne 30, 45
ホーソーン，ナサニエル Nathaniel Hawthorne 60–1, 63, 67–9, 75, 98–120, 127–8, 130, 205–6, 350
『おじいさんの椅子』*Grandfather's Chair* 30
「綺想の殿堂」“The Hall of Fantasy” 112
「主として戦争問題について」“Chiefly About War Matters” 127–8
『大理石の牧神』*The Marble Faun* 30
『七破風の館（屋敷）』*The House of the Seven Gables* 60–1, 63, 98–120
『緋文字』*The Scarlet Letter* 60–1, 67, 69, 99
『ブライズデイル・ロマンス』*The Blithedale Romance* 350
ホアン，ユンテ Yunte Huang 68
『環太平洋的想像力』*Transpacific Imaginations: History, Literature, Counterpoetics* 68
ホイットマン，ウォルト Walt Whitman 60, 62–4, 129–30, 357
『草の葉』*Leaves of Grass* 60, 63
『軍鼓の響き』*Drum-Taps* 129
「群がる大衆の中で」“Among the Multitude” 357
北西航路 4–5
ボナパルト，マリ Marie Bonaparte 86
ホフマン，ダニエル Daniel Hoffman 66, 86–7
『アメリカ文学の形式とロマンス』*Form and Fable in American Fiction* 66
ホフマンスタール，フーゴー・フォン Hugo von Hofmannsthal n363
ホモエロティック 249
ホモセクシュアル 252–3
ホワイト，ジョン John White 6–7, 18, 23
ボーン D. K. D. K. Vaughan 270–1
ボストンの海 28–9, 31–2, 34, 51
ポー，エドガー・アラン Edgar Allan Poe 63, 73, 76, 355
『アーサー・ゴードンピムの冒険』*The Narrative of Arthur Gordon Pym of Nantucket* 90, 93
「アッシャー家の崩壊」“The Fall of the House of Usher” 87, 94
「アナベルリー」“Annabel Lee” 87
「アル・アーラーフ」“Al Aaraaf” 89, 91
「アルンハイムの領地」“The Domain of Arnheim” 82, 93–5
「大渦への降下」“A Descent into the Maelstrom” 90, 93
「海中の都市」“The City in the Sea” 82, 89, 92
「鐘楼の悪魔」“The Devil in the Belfry” 355
「灯台」“The Lighthouse” 81, 90
「眠れる人」“The Sleeper” 85
「不安の谷間」The Valley of Unrest” 85
「湖に」“The Lake” 80, 82, 89
「夢の国」“The Dream-Land” 87, 94

『アメリカ・ルネッサンス再考』*The American Renaissance Reconsidered: Selected Papers of the English Institute, 1982–1983*（ウォルター・ベン・マイケルズと共編）66
『幻影の契約——文化的コンテクストにおけるアメリカ・ルネッサンス文学』*Visionary Compacts: American Renaissance Writings in Cultural Context* 67
ファイデルスン・ジュニア，チャールズ Charles Feidelson, Jr. 59, 65–6, 70
『象徴主義とアメリカ文学』*Symbolism and American Literature* 59
ファンタズマゴリア（ファンタズマゴリック）162–3, 171
フィードラー，レズリー Leslie Fiedler 66
『アメリカ文学における愛と死』*Love and Death in the American Novel* 66
フォークナー，ウィリアム William Faulkner 225–55, 263–5, 361
『アブサロム！ アブサロム！』*Absalom, Absalom!* 255, 264
『行け！ モーセ』*Go Down, Moses* 246–55, 259, 263–5
『ウィリアム・フォークナー原稿 第9巻』*William Faulkner Manuscripts 9: These Thirteen* 228–9, 236
『エルサレムよ！ 我もし汝を忘れなば』*If I Forget Thee, Jerusalem* 255
「乾いた九月」"Dry September" 225–45
「スノープス三部作」"Snopes Trilogy" 264
『征服されざる人々』*The Unvanquished* 255
『八月の光』*Light in August* 255
『村』*The Hamlet* 255
フォスター，スティーヴン Stephen Foster 69
フォックス姉妹 the Fox Sisters 77
梟 114
フレイザー，J. G. J. G. Frazer 361
『金枝篇』*The Golden Bough* 361
フレッチャー，メアリー・デル Mary Dell Fletcher 218
フレノー，フィリップ Philip Morin Freneau 355
『書簡集』*Letters on Various Interesting and Important Subjects* 355
フロスト，ロバート Robert Frost 84
フロビシャー，マーチン Martin Frobisher 4, 16
ブース，ジョン・ウィルクス John Wilkes Booth 75
ブリストル船 32–41, 44
ブルーム，ハロルド Harold Bloom 202
プラス，ウォレン Warren Plath 347, n362
プラス，オーレリア Aurelia Schober Plath 356
プラス，シルヴィア Sylvia Plath 343–5, 347–51, 353–62, n362, n363
「朝の月の歌」"Moonsong at Morning" 450
「イニシエーション」"Initiation" 354–5
「ウィージャをしながらの対話」"Dialogue Over a Ouija Board: A Verse Dialogue" 349
「オーシャン 一二一二－W」"OCEAN 1212–W" 343–4, 353
「神話創造の死」"The Death of Myth-Making" 348–9
「月とイチイの木」"The Moon and the Yew" 360
「動物園主の妻」"Zoo Keeper's Wife" 357
『日記』*The Unabridged Journal of Sylvia Plath: 1950–1962* n363
「針」"Stings" 360
「ペルセウス」"Perseus" 360
「本物の海のほとりの二人の恋人と一人の漂流物拾い」"Two Lovers and a Beachcomber by the Real Sea" 351
「山羊吸い鳥」"Goatsucker" 349
ヘイル，アリアン Allean Hale 290
ヘイヴン，ケンドール Kendall Haven 353

デュセア，エリック Erik Dussere 254
デュヴォール，ジョン John N. Duvall 253
デリダ，ジャック Jacques Derrida 78
『マルクスの亡霊たち』*Spectres de Marx: l'état de la dette, le travail du deuil et la nouvelle Internationale* 78
トウェイン，マーク Mark Twain 355
『ミステリアス・ストレンジャー』*The Mysterious Stranger* 355
『ハック・フィン（ハックルベリー・フィンの冒険）』71
ドゥネー D'Aulney 44, 46, 48–9
洞窟 98, 100, 103–5, 118
同性愛 253, 255
ドストエフスキー，ヒョードル・M Fyodor Mikhaylovich Dostyevsky 282, 285
ドナルドソン，スコット Scott Donaldson 202
奴隷制 246, 248, 250, 252, 256–7, 260, 262, 264–5
奴隷貿易 36, 39

ナ行

ナイ，デイヴィッド David Nye 151, 154
ナシュア川 323–4
ナボコフ，ウラジミール Vladimir Nabokov 131
『ロリータ』*Lolita* 131
日本演劇 289, 291, 293–4, 301, 307
ニュー・アメリカニズム 66
ネイティブ［ネイティヴ］・アメリカン 69, 309, 317, 319, 322–3, 327–9, 331–2, 336–7, 339
ネオ・スレイヴナラティヴ 261–2

ハ行

ハーフィズ Ḥāfiẓ Shīrāzī（ペルシャ詩人）68
ハイナート，ジェニファー・リー・ジョーダン Jennifer Lee Jordan Heinert 262
ハウス，エリザベス Elizabeth House 260
白熱電球 138, 142–3, 146, 158
ハクルート，リチャード Richard Hakluyt 5–6, 9
『西方植民論』*A Discourse on Western Planting* 5
ハドソン・リバー・スクール 311, 324, 326
ハドソン川 62, 324, 339
ハリオット，トマス Thomas Harriot 6
『ヴァージニアの新発見地に関する簡潔かつ真正なる報告』*A Brief and True Report of the New Found Land of Virginia* 6
バーコヴィッチ，サクヴァン Sacvan Bercovitch 67–8, 70
『ケンブリッジ大学版アメリカ文学史』*Cambridge History of American Literature* 68
『緋文字の役割』*The Office of "The Scarlet Letter"* 67
バートン，ティム Tim Burton 73
『リンカーン／秘密の書』*Abraham Lincoln: Vampire Hunter* 73
バーンズ，サラ Sarah Burns 92
『バガバッド・ギータ』（インドの聖典）68
バシュラール，ガストン Gaston Bachelard 80–1, 84
バルカ，ハンニバル Hannibal Barca 215–6
万国博覧会（万博）159–60
パール，マシュー Matthew Pearl 76
パスタカク 36
パルマー，バートン・R Barton R. Palmer 301
ヒューズ，テッド Ted Hughes 343, n362
氷山理論 220–1
ビーズカーテン 205–6, 209–14
ビグズビー，クリストファー Christopher Bigsby 76
ビュエル，ロレンス Lawrence Buell 66
『文学における超絶主義』*Literary Transcendentalism* 66
ピーズ，ドナルド Donald Pease 67

『ユリシーズ』*Ulysses* 361
女性飛行家 269
ジョング，エリカ Erica Jong 350
ジョンソン，バーバラ Barbara Johnson 66
　『批評的差異』*The Critical Difference* 66
人種混交 250–2
崇高（サブライム）151, 154
ステージ・アシスタント 289, 291–3, 295, 301, 306–7
スティーブンソン，アン Anne Stevenson 355–6
ストーカー，ブラム Bram Stoker 73
　『吸血鬼ドラキュラ』*Dracula* 73
ストウ，ハリエット・ビーチャー（ストウ夫人）Harriet Beecher Stowe 69, 77, 83
　『アンクル・トムの小屋』*Uncle Tom's Cabin* 69
スピヴァク，ガヤトリ Gayatri Chakravorty Spivak 65, 67, 79
　『ある学問の死』*Death of a Discipline* 65
スペイン 33, 35, 37–8
スペクタクル 90, 93, 138–9, 144–7, 150–4, 159–61, 167, 171, 175
スペンサー，エドマンド Edmund Spenser 13
聖母マリア 201–2, 210, 213–4, 216–9
西洋帝国主義 304, 307
装置 292–3, 295, 306–7
ソラーズ，ワーナー Werner Sollors 68–9
　『ハーヴァード大学版新アメリカ文学史』*A New Literary History of America*（グレイル・マーカスと共編）69
ソロー，ヘンリー・デイヴィッド Henry David Thoreau 60, 68, 135, 268, 311, 315–6
　『ウォールデン——森の生活』*Walden* 60
ソロモン，バーバラ Barbara H. Solomon 260

タ行

大西洋横断旅行 269
巽孝之 60
　『アメリカン・ソドム』60
　『ニュー・アメリカニズム』60
　『リンカーンの世紀』60
ダーウィン，チャールズ Charles Darwin 66
堕胎 201–2, 204, 207, 211–2, 217–8, 220–1
脱構築批評 66
チェイス，リチャード Richard Chase 66
　『アメリカ文学とその伝統』*The American Novel and Its Tradition* 66
チェイニー，ラッセル Russell Cheney 63–4
チェスナット，チャールズ Charles Chesnutt 69
チェッリーニ，ベンヴェヌート Benvenuto Cellini 105, 117
チャップマン，J.G. J. G. Chapman 83
中間領域 205–6
帝国主義 292, 294–5, 301–2, 304, 307
テクノロジカル・サブライム 151–4
ディズマル・スワンプ 81, 83–4, 88–9
ディック，フィリップ・K　Philip K. Dick 76
　『高い城の男』*The Man in the High Castle* 76
ディモク，ワイ・チー Wai Chee Dimock 68, 70
　『階級を再考する——社会編成と文学批評の横断』*Rethinking Class: Literary Studies and Social Formations*（マイケル・ギルモアと共編）70
　『環大陸の文学』*Through Other Continents: American Literature Across Deep Time* 68
デイヴィス，サディアス Thadious M. Davis 254
デカルト，ルネ René Descarte n363
　『方法序説』n363
デトロイト川 325
デューラー，アルブレヒト Albrecht Dürer 358

Studies and Social Formations（ワイ・チー・ディモクと共編）70
『言葉をめぐる戦争』*The War on Words: Slavery, Race, and Free Speech in American Literature* 65, 70–1, 73
『表層と深層――アメリカ文化における読解可能性の探求』*Surface & Depth: The Quest for Legibility in American Culture* 72
『闇の中の差異――アメリカ映画とイギリス演劇』*Differences in the Dark, American Movies and English Theater* 72
クーパー，ジェイムズ・フェニモア James Fennimore Cooper 68, 77, 324
クラーク，ウィリアム William Clark 317
クレーン，ハート Hart Crane 133–5
「カティ・サーク」"Cutty Sark" 133
「メルヴィルの墓にて」"At Melville's Tomb" 134–5
クロール，ジュディス Judith Kroll 360–2
クロンダイク川 326
グーバー，スーザン Susan Gubar 359
グランドキャニオン 321
グレアム＝スミス，セス Seth Grahame-Smith 73–4, 76
『吸血鬼殺しエイブラハム・リンカーン』*Abraham Lincoln: Vampire Hunter* 73–6
『高慢と偏見とゾンビ』*Pride and Prejudice and Zombies* 73
グレイト・プレインズ 322
グレイヴズ，ロバート Robert Graves 361
『白い女神』*The White Goddess* 361
グロッタ 98, 100, 103–8, 111–15, 118
グロテスク 99–108, 112–13, 116–18
グロテスク模様 101, 103–4, 106–8, 112
ケイン，ウィリアム William Cain 62, 64
ケネディ，J・ジェラルド J. Gerald Kennedy 81
月光 241–2
コール，トマス Thomas Cole 92
孤独 98–100, 114–15
コブラー，J. F. J. F. Kobler 201, 206, 212–3
ゴシック小説 261
ゴドゥン，リチャード Richard Godden 251

サ行

サイード，エドワード Edward Said 302, 304
酒本雅之 66–7
『アメリカ・ルネッサンス序説』66
サディック，アネット・J Annette J. Saddik 290–1, 306
サルモン，リチャード Richard Salmon 157, 159, 161
シェイクスピア，ウィリアム William Shakespeare 352
『あらし』*The Tempest* 166, 352
『マクベス』*Macbeth* 348
シェリー，P. B. P. B. Shelley 91
シリウス号 275–6, 78
私掠船 buccaneer 34, 38–9
真実 108, 111–15
新歴史主義批評 66–7, 70, 74
ジェイムズ，ヘンリー Henry James 157–60, 162, 164–6, 171–3
「檻の中」"In the Cage" 157–9, 164, 166, 168, 171
『使者たち』*The Ambassadors* 157, 159, 160–2, 164, 171–3
「小説の技法」"The Art of Fiction" 165
「懐かしの街角」"The Jolly Corner" 157, 172
ジェファソン，トマス Thomas Jefferson 72
「独立宣言」"The Declaration of Independence" 72
ジョーンズ，アン・グッドウィン Anne Goodwyn Jones 235, 238–9
ジョイス，ジェイムズ James Joyce 361

Volpe 229, 233–4, 236–7, 239, 240, 244
H. D. (Hilda Doolittle) 359
『天使への捧げもの』*Tribute to the Angels* 359
『エクセルシオール』*Excelsior* 138, 143–54
エコノミー 248
エジソン，トマス Thomas Edison 138–9, 142–6, 148, 150, 153, 155, 158
エデル，レオン Leon Edel 159–60
エマソン，ラルフ・ウォルドー Ralph Waldo Emerson 60, 62, 66, 68
『代表的人間』*Representative Men* 60
エリオット，T. S.　T. S. Eliot 75, 210–11, 213, 217, 361, n362
『荒地』*The Waste Land* 361
「J・アルフレッド・プルーフロックの恋歌」"The Love Song of J. Alfred Prufrock" n362
「リトル・ギディング」"Little Gidding" 217–8
エリオット，ゲーリー・D　Gary D. Elliott 210–13
エリオット，エモリー Emory Elliott 68
『コロンビア大学版アメリカ文学史』*Columbia Literary History of the United States* 68
エリクソン，スティーヴ Steve Erickson 69, 76
『黒い時計の旅』*Tours of the Black Clock* 76
エリザベス女王 3–5, 8, 11, 13–17, 19–20, 22–4
エヴァグレーズ 319
オーガン，デニス Dennis Organ 210–13
オードゥボン，ジェームズ James Audubon 316
オールコット，ルイザ・メイ Louisa May Alcott 315
オコナー，フランク Frank O'Connor 207–8
オニール，ユージン Eugene O'Neill 358
『毛猿』*The Hairy Ape* 358
オハイオ川 325, 334
オバマ，バラク Barack Obama 70

カ行

カーソン，レイチェル Rachel Carson 311, 337
海賊（船）34, 53
カリブ海 32–4, 36
カレッジポイント 276
キージー，ケン Ken Kesey 355
『郭公の巣』*One Flew Over the Cuckoo's Nest* 355
綺想 100–3, 106–15
キャプティバ島 272
キラルフィ，イムレ Imre Kiralfy 139, 143–5, 147, 149, 153
キング，マーティン・ルサー Martin Luther King Jr. 75
キングスレー，チャールズ Charles Kingsley 3
近親姦 250–2
逆説 111, 115
ギルバート，サンドラ Sandra Gilbert 360
ギルバート，ハンフリー Humphrey Gilbert 4–5, 10, 23
「カタイへの新航路の発見に関する論」"A Discourse of a Discouerie for a New Passage to Cataia" 4
ギルマン，シャーロット Charlotte Perkins Gilman 350
「黄色い壁紙」"The Yellow Wallpaper" 350
「私が魔女だった時」"When I Was a Witch" 350
ギルモア，マイケル Michael Gilmorc 65–6, 70–2, 74
『アメリカ・ロマン派の文学と市場経済』*American Romanticism and the Marketplace* 66
『階級を再考する――社会編成と文学批評の横断』*Rethinking Class: Literary*

索　引

ア行

アーウィン，ジョン John Irwin 66
　『アメリカ的象形文字――アメリカ・ルネッサンスにみるエジプト象形文字の象徴』*American Hieroglyphics: The Symbol of the Egyptian Hieroglyphics in the American Renaissance* 66
アーノルド，マシュー Matthew Arnold 347, n362
　「妻に去られた人魚」“Forsaken Merman” 347, n362
アーマンド，バートン・セント Barton St. Armand 94–5
アーヴィング，ワシントン Washington Irving 62, 77, 324
アカディー 31, 44–6, 54
アクセルロッド，スティーヴン Steven Gould Axelrod 347
アディソン，ジョセフ Joseph Addison 105–6
　『スペクテイター』*Spectator* 105
アフリカ的語り 263, 265
アリストテレス Aristotle 124–7
イエスズ会士 46, 49
イエローストーン 321–2
伊藤詔子 67, 82
　『アルンハイムへの道』 82
イリアック 272, 79–82
入子文子 67
　『ホーソーン・〈緋文字〉・タペストリー』 67
ウィリアムズ，テネシー Tennessee Williams 287
　『イグアナの夜』*The Night of the Iguana* 290
　『男が死んだ日』*The Day on Which a Man Dies* 290, 301, 306
　『ガラスの動物園』*The Glass Menagerie* 291
　『グネーディゲス・フロイライン』*The Gnadiges Fraulein* 306
　『牛乳列車はもう止まらない』*The Milk Train Doesn't Stop Here Anymore* 288–90, 295, 306
　『去年の夏突然に』*Suddenly Last Summer* 288
　『東京ホテルのバーにて』*In the Bar of the Tokyo Hotel* 290, 301, 306
　『二人だけの劇』*The Two-Character Play* 306
　『欲望という名の電車』*A Streetcar Named Desire* 287, 290, 296, 307
ウィンスロップ，ジョン John Winthrop 27–8, 33–4, 36, 39–41, 45, 47–51, 91
　丘の上の都市（町） 91, 153
ウェストン，ジェシー Jessie L. Weston 361
　『祭祀よりロマンス』*From Ritual to Romance* 361
ウォルポール，ホレス Horace Walpole 101
ウルフ，レナード Leonard Woolf n363
ウルフ，ヴァージニア Virginia Woolf 246–7, 345–6, 359, n363
　『過去素描』*A Sketch of the Past* 346
　『存在の瞬間』*Moments of Being* n363
　『ダロウェイ夫人』*Mrs Dalloway* 346
　『灯台へ』*To the Lighthouse* 346–7
　『波』*The Waves* 346
ヴァージニア 3, 5–10, 14, 17, 22
ヴァージニア植民 3–4, 7–12, 14, 16–7, 22
ヴィカリー，ジョン B. John B. Vickery 232, 243–4
ヴォルペー，エドマンド L. Edmund L.

Shiomi's *Mask Dance. EurAmerica* (Institute of European and American Studies, Academia Sinica) 41.4 (2012);「「転換期」の劇作家――ジェームズ・A・ハーン」『アメリカ演劇』第 23 号(日本アメリカ演劇学会、2012);「パロディ化された「悲劇」の主人公――Tennessee Williams の *And Tell the Sad Stories of the Deaths of Queens*――」『英米文化』第 41 号 (英米文化学会、2010)

水野　眞理(みずの　まり)

京都大学人間・環境学研究科教授　京都大学大学院博士後期課程満期退学
【共著】『図像のちからと言葉のちから』(大阪大学出版会、2007);『詩人の詩人スペンサー』(九州大学出版会、2006);『視覚のアメリカン・ルネサンス』(世界思想社、2006)/【論文】「ヘンリー・フォザギル・チョーリー――ヴィクトリア朝におけるホーソーンの発見」『文学と評論』第 3 集第 6 号 (2008)

武藤　脩二(むとう　しゅうじ)

中央大学名誉教授　東京都立大学大学院博士課程満期退学
【著書】『ヘミングウェイ「われらの時代に」読釈――断片と統一――』(世界思想社、2007);『世紀転換期のアメリカ文学と文化』(中央大学出版部、2007);『印象と効果――アメリカ文学の水脈』(南雲堂、2000);『アメリカ文学と祝祭』(研究社出版、1982)

山下　昇(やました　のぼる)

相愛大学教授　同志社大学大学院修士課程修了
【著書】『一九三〇年代のフォークナー』(大阪教育図書、1997)/【編著】『メディアと文学が表象するアメリカ』(英宝社、2009);『冷戦とアメリカ文学』(世界思想社、2001)/【共編著】『二〇世紀アメリカ文学を学ぶ人のために』(世界思想社、2006)

吉原　あけみ(よしはら　あけみ)

立命館大学非常勤講師　文学博士(関西大学)
【論文】「共鳴する感性――アン・モロウ・リンドバーグとサン＝テグジュペリ」『比較文化研究』第 84 号(日本比較文化学会、2008);「Anne Morrow Lindbergh と日本 (1)」『千里山文学論集』第80号(関西大学大学院文学研究科、2008)

Fantastic in the Arts] Distinguished Scholarship Award);『メタファーはなぜ殺される――現在批評講義』(松柏社、2000);『ニュー・アメリカニズム』(青土社、1995、福沢賞受賞)、『E・A・ポウを読む』(岩波書店、1995) ほか多数

*谷口　義朗 (たにぐち　よしろう)

関西大学教授　関西大学大学院博士後期課程満期退学

【論文】「フォークナーの『墓地への侵入者』」『英文学論集』第 36 号 (関西大学英文学会、1996);「『征服されざる人々』について」『文学論集』第 38 巻第 3・4 合併号 (関西大学文学会、1989);「フォークナーの *The Sound and the Fury*」『英文学論集』第 22 号 (関西大学英文学会、1983)

常山　菜穂子 (つねやま　なほこ)

慶應義塾大学法学部教授　文学博士 (慶應義塾大学)

【著書】『アンクル・トムとメロドラマ――19 世紀アメリカの演劇・人種・社会』(慶應義塾大学出版会、2007);『アメリカン・シェイクスピア――初期アメリカ演劇の文化史』(国書刊行会、2003)／【共著】『視覚のアメリカン・ルネサンス』(世界思想社、2006)／【論文】「ミュージカルの誕生と 19 世紀アメリカ社会における序列化」『演劇学論集』51 (日本演劇学会、2010)

*中村　善雄 (なかむら　よしお)

ノートルダム清心女子大学准教授　文学博士 (関西大学)

【共著】『ヘンリー・ジェイムズ『悲劇の詩神』を読む』(彩流社、2012);『笑いとユーモアのユダヤ文学』(南雲堂、2012);『英米文学と戦争の断層』(関西大学出版部、2011);『実像への挑戦――英米文学研究』(音羽書房鶴見書店、2009)

疋田　知美 (ひきた　ともみ)

近畿大学・追手門学院大学非常勤講師　文学博士 (関西大学)

【論文】「二つの世界を繋ぐモノ――"Hills Like White Elephants" に見るヘミングウェイの小説技法」『比較文化研究』No. 96 (日本比較文化学会、2011);「象徴で読む "Hills Like White Elephants"」*POIESIS* 第 35 号 (関西大学大学院英語英米文学研究会、2011)

古木　圭子 (ふるき　けいこ)

京都学園大学経済学部教授　文学博士 (関西大学)

【著書】*Tennessee Williams: Victimization, Sexuality, and Artistic Vision* (大阪教育図書、2007)／【論文】'Masking' and 'Unmasking' Korean Adoptees: On Rick

伊藤　詔子（いとう　しょうこ）

広島大学名誉教授　学術博士（広島大学）

【著書】『よみがえるソロー——ネイチャーライティグとアメリカ社会』（柏書房、1998）;『アルンハイムへの道——エドガー・アラン・ポーの文学』（桐原書店、1996）／【監修・共著】『カウンターナラティヴから語るアメリカ文学』（音羽書房鶴見書店、2012）／【共著】*Poe's Pervasive Influence*. Ed. Barbara Cantalupo. Bethlehem, Penn.: Lehigh University Press/Roman & Littlefield, 2012 (Anthology of Ten Selected Papers from Poe Bicentennial International Conference in 2009)

里内　克巳（さとうち　かつみ）

大阪大学言語文化研究科准教授　京都大学大学院博士前期課程修了

【編著】『バラク・オバマの言葉と文学——自伝が語る人種とアメリカ』（彩流社、2011）／【共著】『アメリカ文学における「老い」の政治学』（松籟社、2012）;『マーク・トウェイン文学／文化事典』（彩流社、2010）;『独立の時代——アメリカ古典文学は語る』（世界思想社、2009）

舌津　智之（ぜっつ　ともゆき）

立教大学教授　Ph.D.（テキサス大学オースティン校）

【著書】『抒情するアメリカ——モダニズム文学の明滅』（研究社、2009）／【共著】*Melville and the Wall of the Modern Age*（南雲堂、2010）;『アメリカン・テロル——内なる敵と恐怖の連鎖』（彩流社、2009）／【論文】"Cannibal Connections: A Buddhist Reading of 'The Encantadas,'" *Leviathan: A Journal of Melville Studies* 8.3 (2006)

妹尾　智美（せのお　ともみ）

関西大学・近畿大学・京都教育大学非常勤講師　文学博士（関西大学）

【論文】「Holgrave と新プラトン主義的想像力——*The House of the Seven Gables* を読む」『第 82 回大会 Proceedings』（日本英文学会、2010）;「〈グロテスク〉の饗宴——ラパチーニの庭を読む」『フォーラム』第 13 号（日本ナサニエル・ホーソーン協会、2008）;「"Chanticleer and his family"—*The House of the Seven Gables* を読む」『関西アメリカ文学』第43号（日本アメリカ文学会関西支部、2006）

巽　孝之（たつみ　たかゆき）

慶應義塾大学文学部教授　Ph.D.（コーネル大学）

【著書】*Full Metal Apache: Transactions between Cyberpunk Japan and Avant-Pop America* (Duke UP, 2006, The 2010 IAFA [International Association for the

監修・執筆者紹介

監修・執筆者

入子　文子（いりこ　ふみこ）

関西大学文学部教授　人文科学博士（お茶の水女子大学）
【著書】『メランコリーの垂線――ホーソーンとメルヴィル』（関西大学出版部 2012）;『アメリカの理想都市』（関西大学出版部、2006）;『ホーソーン・《緋文字》・タペストリー』（南雲堂、2004）／【編著】『英米文学と戦争の断層』（関西大学出版部、2011）／【共編著】『独立の時代――アメリカ古典文学は語る』（世界思想社、2009）;『図像のちからと言葉のちから――イギリス・ルネッサンスとアメリカ・ルネッサンス』（大阪大学出版会、2007）;『視覚のアメリカン・ルネサンス』（世界思想社、2006）／【共著】『メディアと文学が表象するアメリカ』（英宝社、2009）;『緋文字の断層』（開文社、2001）;『女というイデオロギー』（南雲堂、1999）;『アメリカを読む』（大修館書店、1998、1999）／【論文】「ポパイとその瘤を解剖する」『フォークナー』14 号（日本ウィリアム・フォークナー協会、2012）;「ホーソーンの〈ジョージ・ワシントン〉」『アメリカ研究』43 号（アメリカ学会、2009）;「『緋文字』――さまざまな再生と古典的〈メランコリー〉」『英語青年』（研究社、2000）;「パールのゆくえへの新しい考察――図像で読む『緋文字』」『英語青年』（研究社、1998）;「Mistress Prynn の罪と罰」『英文学研究』（日本英文学会、1997）;「Chillingworth のゆくえ」『英文学研究』（日本英文学会、1995）

執筆者（アイウエオ順、*は編者）

石原　敏子（いしはら　としこ）

関西大学外国語学部教授　Ph.D.（ニューヨーク州立大学バッファロー校）
【共著】『不滅の金字塔――16 日本代表詩人』（思潮社、2011）／【論文】「エロール・ル・カイン絵本における絵と文字テキストの関係――『いばらひめ』の場合」『絵本学』No. 12（絵本学会、2010）;「わたしのくすり箱――絵本の窓から眺めたこと」『関西大学外国語学部紀要』創刊号 (2009)／【共訳】『対訳百人一首』（関西大学出版部、1997）

水と光——アメリカの文学の原点を探る　［検印廃止］

Light and Water in the Origin of American Literature

2013年2月20日　初版発行

監修者	入子文子
編者	谷口義朗
	中村善雄
発行者	安居洋一
組版	ほんのしろ
印刷・製本	モリモト印刷

〒162-0065　東京都新宿区住吉町8-9

発行所　**開文社出版株式会社**

TEL 03-3358-6288　FAX 03-3358-6287

http://www.kaibunsha.co.jp

ISBN978-4-87571-065-3 C3098